Helene Hübener

ES MUSS DOCH FRÜHLING WERDEN

Helene Hübener

Es muss doch Frühling werden

FRANCKE
Verlag der Francke-Buchhandlung GmbH

Bibliografische Information Der Deutschen Bibliothek
Die Deutsche Bibliothek verzeichnet diese Publikation in der Deutschen Nationalbibliografie; detaillierte bibliografische Daten sind im Internet über http://dnb.ddb.de abrufbar.

ISBN 3-86122-847-5

35037 Marburg an der Lahn
Umschlaggestaltung: Henri Oetjen, Design Studio Lemgo
Satz: Verlag der Francke-Buchhandlung GmbH
Druck: Koninklijke Wöhrmann, Niederlande

www.francke-buch.de

Inhaltsverzeichnis

Erster Teil

Die Pension

Herr von Buchwald suchte für seinen zwölfjährigen Sohn eine Pension in der Landeshauptstadt. Er hatte sich das nicht so schwierig vorgestellt, umso weniger, als er auf eine Zeitungsanzeige Berge von Zuschriften bekam. „Siehst du, Mamachen“, hatte er die ängstlich sorgende Mutter getröstet, „so viele Häuser sind bereit, unsern Kurt aufzunehmen!“

„Lass uns erst prüfen und dann sehen, wie viele bleiben.“

Und bald erwies sich ein Drittel der Zuschriften als völlig wertlos; doch blieben immer noch genug, um vielleicht beim nächsten Besuch in der Stadt etwas Passendes zu finden. Herr von Buchwald hatte sich auf einige Tage in einem Hotel eingemietet, um die Suche mit Ruhe betreiben zu können; ihm lag das Wohl seines Jungen zu sehr am Herzen, als dass er nur oberflächlich und flüchtig geprüft hätte.

So war er durch viele Straßen gewandert, treppauf, treppab gestiegen, doch ohne Erfolg. Er kehrte ermüdet und missmutig ins Hotel zurück. Bei dem einen war die Wohnung eng und ungesund gelegen, beim andern herrschte neben äußerer Eleganz unverkennbare Unordnung und Unsauberkeit. Hier unchristlicher, oberflächlicher Sinn, der sich beim Gespräch gar bald zeigte, dort wieder zu hohe Forderungen, die ans Unverschämte grenzten und deutlich erkennen ließen, wie alles nur aufs Verdienen abgestellt war. Hier fehlte wieder die männliche Autorität, die dem Jungen so durchaus notwendig war, kurz, Herr von Buchwald hatte sich nicht entschließen können, sein Kind einem der besuchten Häuser anzuvertrauen.

„Beim Rektor des Gymnasiums bist du angemeldet, aber eine Pension finde ich nicht für dich, was nun?“, sagte Herr von Buchwald zu seinem Sohn, als er im unteren Saal des Hotels mit ihm gespeist hatte.

Da hörte er die Stimme eines Herrn: „Nun behüt' dich Gott, Konrad, bleibe brav und grüße mir deine Pflegeeltern!“

Herr von Buchwald blickte auf. Ein Vater nahm von seinem Sohne Abschied. Er schien Eile zu haben, denn er griff schon nach Koffer und Hut und war im Begriff, das Zimmer zu verlassen. Herr von Buchwald war schnell aufgestanden und zu ihm getreten. „Verzeihung, mein Herr, haben Sie Ihren Sohn hier in Pension?"

Der Angeredete sah Herrn von Buchwald erstaunt an und erwiderte eilig: „Ja, seit einem Jahr!"

„Sind Sie zufrieden?"

„Durchaus!"

„Bitte, geben Sie mir die Anschrift, und verzeihen Sie meine Zudringlichkeit." Mit diesen Worten zog Herr von Buchwald sein Notizbuch aus der Tasche und schrieb die Angaben hinein, während der unbekannte Herr sich verneigte und mit seinem Sohn, der Schulbücher unter dem Arm hatte, schnell das Zimmer verließ.

„Sollte das ein Wink von Gott sein?", dachte Herr von Buchwald. „Er kann auf mancherlei Art seine Wege vorzeichnen, und ich habe ihm die Sache anbefohlen." Dann wandte er sich zu seinem Sohn und sagte: „Komm, Kurt, wollen sehen, ob wir dich in der Steinstraße 20 unterbringen."

In dem bezeichneten Hause stieg Herr

von Buchwald langsam die Treppen hinauf, während Kurt ihm vorangeeilt war und schon erwartungsvoll oben stand. Er las an der Vorsaaltür den Namen „Professor A. Rothe“.

„Vater, hier ist es, soll ich klingeln?“, flüsterte er, als Herr von Buchwald herankam.

Der nickte. Kurt zog an der Klingel, und es erfolgte ein so grelles Läuten, dass die Türe eiligst aufgerissen wurde und ein unmutiges Gesicht sich zeigte, das einem reizenden Mädel von etwa sechzehn Jahren gehörte. Der Unwille legte sich sofort, als es den fremden Herrn erblickte.

„Verzeihen Sie“, stotterte es errötend, „ich dachte, es wäre einer von unsern Jungen; sie wissen, dass die Eltern um diese Zeit schlafen, vergessen es aber oft – und da wollte ich schelten!“

„Nun, da schelten Sie nur“, sagte Herr von Buchwald lächelnd. „Wir haben's verdient, wenn wir die Eltern gestört haben, und werden später wieder reinschauen.“

Das junge Mädchen, das mit klugen Augen die Sache durchschaut hatte, dachte sich wohl, dass der Junge zu den Eltern in Pension gebracht werden solle, und da sie wünschten, zu drei Pflegesöhnen noch einen vierten bei sich aufzunehmen, sagte sie mit gewinnender Stimme:

„Nein, fortlassen darf ich Sie nicht, da würde der Papa ungehalten sein. Bitte, wollen Sie eintreten?“

Herr von Buchwald betrat einen geräumigen hellen Vorsaal, der, nach dem Büfett und dem großen Esstisch zu urteilen, als Speisezimmer diente. Das junge Mädchen hatte augenscheinlich hier mit Näharbeit gesessen. Sie war noch in ihrer Hand, auch war es Herrn von Buchwald nicht entgangen, dass es eine geplatzte Weste war, die von der kunstfertigen Hand des kleinen Blondkopfes wiederhergestellt wurde. „Ein gutes Zeichen“, dachte er, „hier flicken sie für die Pensionäre.“ Was ihn weiter angenehm berührte, war die einfache und äußerst sauber gehaltene Wohnung. Das junge Mädchen öffnete die Tür des Besuchszimmers und ließ die Fremden mit der Versicherung hinein, der Papa würde gleich kommen. Während Herr von Buchwald gern die schneeweißen Gardinen, die blanken Fenster, die blühenden, wohlgepflegten Blumen betrachtete und von da seine Blicke auf gute Kupferstiche und Photographien schweifen ließ, sagte er sich: „Hier weht gesunde Luft, innerlich und äußerlich, Gott gebe, dass ich mich nicht täusche."

Der Blondkopf war unterdes eiligst in die Küche gelaufen mit den Worten: „Emma, Emma, geschwind! Ein neuer Pensionär! – Ein ganz vornehmer Herr mit einem netten, frischen Jungen!"

Diese Worte wurden an eine nahezu Vierzigjährige gerichtet. Sie war im einfachen Hauskleid und hatte eine große weiße Schürze um; die riesige Schüssel, in der sie eifrig den Teig rührte, bewies, dass sie beim wichtigen Geschäft des Kuchenbackens war. Ihr erhitztes Gesicht wandte sich Mariechen zu, die ratlos und ängstlich bei ihr stand.

„Mariechen", sagte sie, „du bist nun bald sechzehn Jahre, du solltest dir doch auch einmal zu helfen wissen. Ich setzte dich in den Vorsaal, um ungestört beim Kuchen bleiben zu können, und nun belästigst du mich doch. Komm, rühre mir den Teig immer nach einer Seite, bis ich wiederkomme, ich will es Onkel selbst sagen."

Damit schlüpfte sie geschwind aus der Küche, klinkte die Stubentüre leise auf, weckte Onkel und Tante und meldete den Besuch. Gleichzeitig überreichte sie die ihr von Mariechen übergebene Visitenkarte. Eilig kehrte sie dann in die Küche zurück und hieß Mariechen den Herrn unterhalten, bis der Papa bereit sei. Die, gewohnt, der älteren Kusine zu gehorchen, ging höchst ungern. Hätte sie gewusst, welchen guten Eindruck ihre liebliche Erscheinung auf Herrn von Buchwald gemacht, sie würde weniger zaghaft gewesen sein. Sie stand noch einige Sekunden an der Tür, horchte, ob doch nicht vielleicht der Vater schon eingetreten sei – doch alles blieb still. Ein Griff nach dem Drücker, und entschlossen trat sie ein.

„Es tut uns so leid, dass Sie warten müssen", begann sie nun frisch zu reden.

Herr von Buchwald lächelte: „Ich habe Zeit, Fräulein Rothe, wir beide, Kurt und ich, haben heute Nachmittag nichts zu versäumen."

„Aber, bitte, setzen Sie sich", sagte nun Mariechen und wandte sich dann an Kurt: „Nimm du auch Platz. Wir nennen unsere Pensionäre alle ‚du' bis zur Konfirmation."

Wieder trat ein Lächeln auf Herrn von Buchwalds Gesicht. Mariechen bemerkte es und errötete leicht. Woher wusste sie denn, dass Kurt ihr künftiger Pensionär werden sollte? Es hatte noch niemand davon geredet, sie hatte gewiss etwas recht Dummes gesagt. Sie wollte gern ein anderes Gespräch anknüpfen, konnte sich aber in ihrer Verwirrung auf nichts besinnen.

„Mein Fräulein", sagte Herr von Buchwald plötzlich, „Sie sind gewiss immer sehr fleißig, haben viel zu tun!" Bei diesen Worten sah er lächelnd auf ihre Tasche, aus der, o Schreck!, die zu flickende Weste zur Hälfte hervorguckte. War sie erst errötet, so deckte jetzt eine Purpurglut Gesicht und Nacken.

„Ach", stotterte sie verlegen, „ich steckte die Weste schnell in die Tasche, als ich den Kuchenteig rühren musste, und darüber habe ich sie vergessen." Sie zog sie heraus und enthüllte sie vor den Augen des Herrn von Buchwald. „Sehen Sie nur, von unten bis oben geplatzt – so machen es unsere Jungen, wir haben oft viel zu tun!"

„Das würde ich einem Flickschneider übergeben", meinte Herr von Buchwald. „Sie sind doch nicht verpflichtet, für die fremden Jungen zu flicken."

„Verpflichtet nicht, aber Mama sagt, was sie für die eigenen Kinder tut, das tue sie auch für die Pflegesöhne gern, und Papa und Mama sind gegen sie wie rechte Eltern."

Eben wollte Herr von Buchwald etwas erwidern, als sich die Tür öffnete und ein älterer Herr mit straffer Haltung und würdigem Aussehen eintrat. Seine Gesichtszüge drückten Biederkeit und Treue aus; ein großer grauer Bart sowie auffallend buschige dunkle Augenbrauen vermochten wohl dem Gesicht auf den ersten Blick etwas Finsteres zu geben, doch sah man in die freundlichen, offenen Augen, so lag darin viel Herzensgüte und Wohlwollen.

Die Herren begrüßten sich. „Ich habe die Freude, mit Ihnen, Herr von Buchwald, zu sprechen", sagte Professor Rothe. „Ihr Name hat einen guten Klang hierzulande, und ganz abgesehen davon, dass ich in Ihnen einen Gesinnungsgenossen begrüße, sind es noch besondere Bande, die mich an Ihre Familie fesseln. Der Bruder meiner Frau war lange in Wiesendorf Hauslehrer. Erinnern Sie sich an Heinrich Lange?“

„An meinen ehemaligen Lehrer? Wie könnte ich ihn und alles, was ich ihm verdanke, je vergessen! Er ist ein Bruder Ihrer Frau! Das ist ja eine köstliche Entdeckung! Herr Professor, Sie waren mir ein Fremder, als ich Ihr Haus betrat. Jetzt sind Sie mir ein lieber Bekannter, und als solchen lassen Sie mich zu Ihnen reden. Ich bringe Ihnen hier meinen Jungen, wollen Sie ihn mir erziehen? Wollen Sie einen braven, tüchtigen Menschen aus ihm machen?“

„Mit Gottes Hilfe“, sagte der Professor ernst. „Es ist eine schwere, aber beglückende Aufgabe, die wir uns gestellt haben. Es kommt sehr viel darauf an, unter welchem Einfluss die Jungen stehen. Unser Bemühen ist, alles übel Einwirkende fernzuhalten, dagegen die Kinder bekannt zu machen mit allem, was Herz und Geist ausbildet. Dass sie in frischer, gesunder

Atmosphäre leben, dafür sorgt schon meine Frau, unsere Nichte und das Kind da! – Darf ich Sie meiner Frau vorstellen? Es liegt Ihnen gewiss daran, die Hausfrau und Pflegemutter kennen zu lernen."

Der Professor ließ durch sein Töchterchen, das Kurt an einem Nebentisch Bilder gezeigt hatte, die Mutter bitten.

„Ein prächtiges Mädchen", meinte Herr von Buchwald, als die anmutige Gestalt elastischen Schrittes hinauseilte.

„Ja, wir können wohl sagen, sie ist der Sonnenschein unseres Hauses. Aber sie ist noch ein ganzes Kind, dem man manches nachsehen und verzeihen muss. Meine Frau und ich fürchten oft, dass sie durch ihr unbedachtes Tun und Reden sich das Missfallen Fremder zuzieht. Aber, Gott weiß, wie es kommt, sie haben sie alle gern, und mit Gottes Hilfe wird sich ja auch das Ungeschickte an ihr immer mehr abschleifen. Der Grund ist gut, das ist die Hauptsache."

Herr von Buchwald nickte zustimmend, und jetzt betrat eine Dame das Zimmer, anmutig und gewinnend, dass man sofort wusste: „Das ist Mariechens Mutter."

Freilich waren die Haare ergraut, doch die schönen Augen voller Güte und Milde, die freundlichen, regelmäßigen Gesichtszüge, das herzliche Lächeln – kurz, wie einmal von ihr gesagt wurde: „Das sonnige Antlitz erquickt Herz und Gemüt." Sie sah leidend aus, und manche Kummerfalte zeigte, dass sie schon viel erlebt hatte. Doch war über ihr Gesicht der Friede Gottes ausgegossen, das dem einsichtigen Fremden die Gewähr bot, dass das Haus dieser prächtigen Menschen eine Stätte des Friedens sein müsse.

Nach der Begrüßung von Herrn von Buchwald folgte eine lange lebhafte Unterhaltung über den Bruder der Professorin, dann sprach man über Erziehungs- und die Regelung der äußeren Fragen. Schließlich wandte sich die Professorin freundlich an Kurt. „Ich denke, es soll dir bei uns gefallen. Wir wollen uns recht lieb haben, nicht wahr?"

Dabei reichte sie ihm die Hand hin und sah ihn so gütig und liebevoll an, dass Kurt ihr vertrauensvoll seine Hand gab und zutraulich fragte: „Wo werde ich denn wohnen?"

„Das sollst du gleich sehen", sagte die Professorin und ging mit ihm durch das Studierzimmer ihres Mannes und ließ Kurt in das daran stoßende Gemach sehen, ein großes helles Arbeitszimmer, das mit seinen Schreibtischen, Bücherregalen und Landkarten ein ganz gelehrtes Aussehen hatte. „Nebenan werdet ihr schlafen", fügte sie hinzu und öffnete wieder eine Tür, die in ein freundliches, geräumiges Schlafzimmer führte. Die Herren waren gefolgt.

„Schon recht, schon recht", sagte er befriedigt. „So wäre die Hauptsache erledigt, und die etwa noch zu erwähnenden Einzelheiten können ja brieflich abgemacht werden. Oder ich schicke Ihnen meine Frau einmal; die Mütter wollen auch gerne sehen und prüfen", fügte er lächelnd hinzu.

„Freilich", sagte die Professorin, „ein Mutterauge sieht immer noch mehr!"

„Ich habe heute genug gesehen", erwiderte Herr von Buchwald, schüttelte dann den beiden Professorsleuten kräftig die Hand und verabschiedete sich.

Der Professor und seine Frau kehrten in die Wohnstube zurück. Er warf sich in seinen Lehnstuhl, sah seine Frau freundlich an und sagte: „Siehst du, Mutter, der liebe Gott verlässt uns nicht, wir sorgten noch gestern, ob wir die teure Wohnung mit nur drei Pflegesöhnen würden halten können, und nun ist alle Sorge behoben!"

„Und mit so liebenswürdigen Leuten bekommen wir zu tun."

Ein Kopf guckte zur Türe herein. „Darf der Kaffee kommen?"

„Freilich, Emma, es ist großer Durst vorhanden", rief die Professorin fröhlich. Emma kam schon mit dem Kaffeebrett, setzte es nieder, sah Onkel und Tante bedeutungsvoll an und sagte neugierig: „Nun?"

In dem „Nun?" lag eine solche Berechtigung, alles wissen zu müssen, was im Hause vorging, dass man merken konnte, Emma war ganz Tochter des Hauses. Und wie konnte es anders sein! Schon seit ihrem sechzehnten Jahr war sie eine treue Stütze der Verwandten, hatte Freud und Leid mit ihnen geteilt, sie in Krankheiten gepflegt, Umzüge mitgemacht und nun, als der Professor, der in einer kleineren Stadt Lehrer am Gymnasium gewesen, sich wegen Kränklichkeit pensionieren ließ, hatte sie auch dem Entschluss, in die Hauptstadt zu ziehen und Pensionäre zu nehmen, zugeredet. Da sie selbst Brüder hatte, wusste sie gut mit Jungen umzugehen, hatte sich auch bald nach Einrichtung der Pension das Vertrauen der Pensionäre durch das Interesse, das sie an ihren Arbeiten und Spielen zeigte, erworben. Ihr Vater war früh gestorben; die Mutter lebte mit ihrer anderen Tochter Klara in einer größeren Stadt Norddeutschlands. Sie hatte ihre Jungen mit viel Sorge und Mühe großgezogen, genoss aber nun viel Freude an den zu tüchtigen Männern gebildeten Söhnen. Sie hatte Emma gern den Verwandten abgetreten. Doch wurde ein inniger Verkehr aufrechterhalten, und öftere Reisen in die Heimat leisteten Emma für die Trennung von ihren Lieben Ersatz.

Emma hatte Wilhelm und Marie, die einzigen Kinder ihrer Verwandten, mit erzogen und suchte noch jetzt besonders auf die Erziehung von Mariechen einzuwirken. „Wie kannst du das tun?“ oder „Das schickt sich für dich nicht mehr!“, tönte es oft verweisend aus ihrem Mund.

Mariechen hing aber trotzdem sehr an Emma und wusste, dass die Kusine es gut mit ihr meinte.

Nachdem nun Onkel und Tante ausführlich über den neuen Pensionär und dessen Eltern berichtet hatten, kam auch Mariechen zum Kaffee und sagte schmeichelnd: „Nicht wahr, Mamachen, wenn wir den neuen Pensionär haben, da wirft's wohl auch ein weißes Kleid für mich ab? Ich habe mir schon lange ein solches gewünscht, und du sagtest, wenn bessere Zeiten kämen ..."

„Wollen sehen, Kind", sagte die Mutter. Emma dagegen warf ein: „Das sehe ich gar nicht ein. Siehst in deinem himmelblauen Kattunkleid reichlich so hübsch aus als in einem weißen. Erst muss die Küche ein neues Aufwaschfass haben, auch verschiedenes Kochgeschirr ist nötig."

„Und mir fällt ein", sagte der Professor, „dass Wilhelm einen neuen Rock braucht, so wird in diesem Jahr wohl nichts aus dem neuen Kleid werden."

„Wenn ich alt und grau bin, brauche ich keins mehr", schmollte Mariechen.

„Wilhelm muss ein recht wilder Student sein, weil er so oft neue Sachen braucht.“

„Nicht zu oft. Im Gegenteil, ich freue mich über Wilhelms Sparsamkeit. Doch ich denke, wir lassen dies Kapitel! Da klingelt's!“

„Natürlich Käthchen“, sagte Emma hinauseilend.

Es erfolgte eine laute stürmische Begrüßung, wie es nur unter guten Freundinnen der Fall ist. Nach einigen Minuten betrat ein junges Fräulein das Zimmer. Nach der Begrüßung mit Professors rief sie aus: „Ich kann mir nach dem arbeitsreichen Morgen das Vergnügen nicht versagen, ein Kaffeestündchen mit Ihnen zu verplaudern.“

„Das ist recht, Fräulein Käthe. Sie wissen, Sie sind uns jederzeit willkommen, kommen Sie nur, sooft Sie mögen“, sagte der Professor.

Während nun Käthchen alles hören musste, was Rothes erlebt, und das neueste Ereignis natürlich gründlich durchgesprochen wurde, war Emma hinausgegangen, um für die Knaben Vesperbrot zu schneiden. Es währte nicht lange, so ließen sie sich auf der Treppe hören. Sie kamen frisch und munter aus der Nachmittagsschule.

„Fräulein Emma“, sagte ein dicker blonder Junge von etwa dreizehn Jahren, „ich habe heute großen Hunger, haben Sie die Brote recht dick geschnitten?“

„Jawohl, Ludwig, wirst zufrieden sein!“

„Fräulein Emma“, begann nun ein dünner, lang aufgeschossener Junge, „ist heute ein Herr hier gewesen mit einem Jungen in meiner Größe?“

„Ja, wo hast du den gesehen?“

„Ich war mit Vater im Hotel. Dort waren sie auch. Der Herr ließ sich Ihre Anschrift geben.“

„So? Kennst du sie?“

„Nein! Kommt der Junge zu uns?“

„Vielleicht! Doch jetzt los, sonst wird der Kaffee kalt. Ist Ernst noch nicht da?“

„Der kommt heute erst um fünf!“

„Gut, dann will ich ihm seinen Kaffee warm stellen.“

„Fräulein Emma“, fing der Dicke wieder an, „wie weit sind Sie mit dem Stück?“

„Es wird bald fertig sein.“

„Na, ich habe noch tüchtig an meinen Kulissen zu arbeiten. Es dauert ja auch noch einige Zeit, bevor es aufgeführt wird. Aber nicht wahr, die Hexe machen Sie?"

„Natürlich mache ich die Hexe. Aber versäumt nur eure Schularbeiten nicht darüber, sonst wird Onkel böse!"

Mit diesen Worten verließ sie die Jungen, erledigte in der Küche Verschiedenes, räumte dann die Kaffeetassen und den leer gewordenen Butterbrotteller aus dem Schulzimmer und sah, wie Ludwig sich an das Malen seiner Kulissen machte, Konrad dagegen, wie immer in den Freistunden, sich mit seiner Briefmarkensammlung beschäftigte. Emma ging ins Wohnzimmer zurück, wo die Unterhaltung mit dem redelustigen Käthchen flotten Fortgang genommen hatte.

„Nun, Emma", sagte Käthchen, „hast du gute Nachrichten von den Deinen? Was macht dein Bruder, der glückliche Bräutigam?"

„Hermann geht's gut", sagte Emma mit leichtem Erröten, und die Tante, die wusste, dass Emma über diese Sache nicht gern sprach, sagte: „Sind die Jungen alle versorgt?" – „Jawohl, der Kaffee ist schon getrunken."

„Was machen sie jetzt?“

„Ludwig liegt auf dem Boden und malt an seinen Kulissen.“

Alles lachte. „Der Ludwig ist ganz erpicht aufs Theaterspielen“, sagte die Professorin. „Denken Sie sich, Fräulein Käthe, Emma dramatisiert das Märchen ‚Rolands Knappen‘. Wollen Sie nicht auch eine Rolle übernehmen?“

„Ist gar nicht mehr anzukommen“, lachte Emma, „es sei denn, du wolltest meine Rolle spielen. Doch ist sie nicht beneidenswert.“

„Was spielst du, wenn ich fragen darf?“

„Die Hexe!“, war Emmas Antwort. „Und Mariechen?“

„Erst eine Fee, dann die Prinzess!“

„Kann man zur Aufführung?“

„Natürlich bekommst du eine Einladung, doch wird es wahrscheinlich Herbst werden.“

„Nun, da ist ja Zeit! Aber ich muss gehen, habe schon zu lange geplaudert“, rief Käthchen.

„Und ich muss meine Jungen an die Arbeit treiben“, meinte der Professor.

„Und ich einen Korb Strümpfe stopfen

für meine Pflegesöhne, wobei Mariechen mir recht schön helfen wird“, sagte die Professorin. Mariechen seufzte.

„Willst du lieber“, sagte Käthchen heiter, „meine fünfunddreißig Hefte durchsehen, da bleibe ich hier und helfe stopfen.“

„Es ist wohl eins so schlimm wie das andere“, meinte Mariechen. „Ich helfe ja auch gern und will mich geduldig in das Unvermeidliche fügen.“

Einige Stunden später, als Käthe längst fort war, saßen Rothes traulich um den Sofatisch, Mutter und Tochter mit Stopfen beschäftigt, während der Professor mit wohlklingender Stimme „Käthi, die Großmutter“ von Jeremias Gotthelf vorlas. Ab und zu störten die Kinder, die zu jeder Zeit Zutritt ins Wohnzimmer hatten; Professors waren immer für sie da, jedes Anliegen fand offene Ohren. Waren die Schularbeiten gemacht, kamen die Jungen ganz ins Wohnzimmer; es wurde Schach, Dame oder Mühle gespielt oder etwas Passendes gelesen. Wer unbemerkt hineingesehen hätte, hätte kaum geglaubt, dass es nicht Professors eigene Kinder waren, die so vertraulich mit ihnen umgingen. Und wer dann abends dabei gewesen, wie sich die ganze Familie um das Oberhaupt des Hauses zur Abendandacht scharte, wie der Professor mit eindringlicher Stimme einen Abschnitt aus der Bibel vorlas und darauf alle laut das Vaterunser beteten und der Hausherr den Segen über alle seine Angehörigen sprach, der hätte gemerkt, dass dies ein gesegnetes Haus war und dass der Friede Gottes über dieser Stätte ruhte.

Käthe

In einem hübsch eingerichteten Zimmer mit Blumen am Fenster sitzt Käthe Walter im Sonntagskleid beim Kaffeetrinken.

Sie ist von kleiner zierlicher Gestalt. Was ihr nicht ganz regelmäßiges Gesicht anziehend macht, sind die wunderschönen, großen dunklen Augen. Wer einmal in diese Augen geschaut, vergisst sie so bald nicht wieder, wohl aber vergisst man darüber die etwas große Nase und den nicht ganz zarten Teint. Die Haare sind hinten in schönen Flechten aufgesteckt, der Anzug ist nett, sauber und geschmackvoll; kurz, Käthe muss auf den ersten Blick gefallen, und wem sie nicht gleich gefällt, der muss sie bei längerem Zusammensein mit ihr wegen ihres frischen, offenen Wesens und ihrer Klugheit lieb gewinnen.

Als Tochter eines Gerichtsrats im Weimarschen verlor sie die Mutter im Alter von zwei Jahren, und da niemand sich des Kindes annehmen konnte, nahmen es die Großeltern zu sich. Später entschloss sich der Vater wieder zu heiraten, doch wenn die Wahl auch für ihn gut ausfiel, konnte Käthe sich an eine zweite Mutter schwer gewöhnen und ging ihren Weg ziemlich allein. In der Schule wurde sie sehr gelobt, und als der Lehrer einmal äußerte: „Käthe, du solltest Lehrerin werden“, – da stand es bei ihr fest: „Ja, ich werde Lehrerin, dann gehe ich meinen Weg allein und habe einen Beruf, der mich befriedigt.“ Der Vater liebte sein Kind über alles, doch war er durch das Amt so in Anspruch genommen, dass er sich nicht viel um die Kleine kümmern konnte.

Als Käthes Konfirmation bevorstand, fasste sie sich ein Herz und offenbarte ihrem Vater den Wunsch ihres Herzens.

Der Vater war dagegen, aber Käthe, die Charakter hatte und was sie sich einmal vorgenommen auch auszuführen gedachte, ließ nicht nach mit Bitten, sie doch den dreijährigen Kursus im Lehrerinnenseminar in St. durchmachen zu lassen, bis der Vater den Verwandten die Sache vorlegte.

„Was!“, riefen Tante Rieke und Tante Lotte, zwei alte Freundinnen des Hauses, „Käthe nach St. schicken in das fromme

Pensionat! Dass sie eine Kopfhängerin wird! Nur das nicht!"

„Oh", sagte Käthe ganz entschieden, „wenn ich dann auch fromm werde, das schadet nichts."

Kurz und gut, sie setzte es durch, dass der Vater mit ihr nach St. reiste. Der Direktor der Anstalt erkannte in ihr nach der Prüfung ein äußerst begabtes Mädchen und sagte dem Vater: „Das wird, will's Gott, eine tüchtige Lehrerin, lassen Sie uns die Kleine da." Und so musste der Gerichtsrat die Sache gehen lassen, wie sie ging. Käthe blieb im Seminar. Sie lernte brav, bekam ausgezeichnete Zensuren, und nach drei Jahren wurde sie als geprüfte Lehrerin entlassen. Sie hatte der Anstalt viel zu verdanken, aber eins, was sie mit auf den Weg bekommen, schätzte sie als das Beste und Teuerste, dass sie sich in Gott geborgen wusste. Es war ja auch Gnade, dass ihr Gott einen festen Sinn gegeben, das wusste sie und war demütig. Der Direktor, der seine Leute kannte, wusste aber auch, dass er gerade sie in ein Haus senden konnte, wo andere Mädchen nicht hingepasst hätten. Ein reiches

Kaufmannshaus, in dem es nur ein Töchterchen zu erziehen gab, begehrte eine geprüfte Lehrerin. „Geh hin, meine Tochter“, hatte der Direktor gesagt, „Gott sei mit dir. Halte, was du hast, dass niemand deine Krone nehme.“

Und sie hielt sich gut, das kleine achtzehnjährige Mädchen. Tapfer gegen alle Versuchungen von außen, tapfer in ihrem Bekenntnis, wo es galt. So war es nicht zu verwundern, dass sie im Städtchen bald mit der christlich gesinnten Familie des Gymnasialprofessors Dr. Rothe bekannt wurde und sich in nicht zu langer Zeit ein Freundschaftsverhältnis entspann.

Groß war die Freude aller, als Käthe nach der Konfirmation ihres Zöglings eine Stelle als Lehrerin bekam. Professors waren ihr behilflich, eine Wohnung zu finden, wo sie Kost, Bedienung und was sie sonst gebrauchte, bekam. Die Ferien verbrachte sie zu Hause. Ihre Tanten wunderten sich dann immer wieder, dass Käthe trotz ihrer starken Religiosität so fröhlich geblieben war, und meinten aber, sie würde den Kopf schon noch hängen lassen.

Aber bis jetzt ließ sie ihn nicht hängen. Nein, hoch aufgerichtet hatte sie ihn, als sie, nachdem sie den Kaffee getrunken, die Bibel zur Hand genommen hatte und die Epistel des Sonntags gelesen: „Alles, was von Gott geboren ist, überwindet die Welt, und unser Glaube ist der Sieg, der die Welt überwunden hat."

„Die Welt überwunden hat", wiederholte sie leise, „die Welt mit allem, was darinnen ist, auch das, was mir das Schwerste jetzt ist! – Ist es überwunden, oder noch nicht? Wenn nicht, so soll's von heute an durch Gottes Kraft überwunden werden."

„Wenn's nur nicht so schwer wäre!", seufzte sie leise. „Unser Glaube ist der Sieg, der die Welt überwunden hat – ja, es muss gehen, den alten Überwindern nach! Fröhlich und getrost weiter!" – Sie machte sich zum Kirchgang fertig, schloss die Tür und ging die Treppe hinunter.

Am Nachmittag klopfte sie bei Rothes an. Sie traf Emma an, die sie ins Wohnzimmer zog. „Heute sind wir beide allein", rief diese, „können also ein gemütliches Plauderstündchen halten. Setz dich an mein Fenster, Käthe, da hast du den schönen, knospentreibenden Kastanienbaum vor Augen, der an den kommenden Frühling erinnert."

„Ja, es wird wieder Frühling", sagte Käthe mit einem leisen Anflug von Traurigkeit, was Emma nicht entging. Sie sah sie treuherzig an, gab ihr die Hand und sagte: „Du hast doch fröhliche Ferien gehabt?"

„O ja", erwiderte Käthchen. „Die Eltern waren beide so gut, ich habe nur zu danken."

„Das ist ja schön", sagte Emma. „Morgen", fuhr sie fort, „reist unser Student wieder ab, und die Pensionäre rücken ein. Das wird ein kunterbunter Tag, ich wollte, wir wären acht Tage weiter und alles im alten Geleise. In den ersten Tagen wollen die Jungen immer so viel, die guten Tage von zu Hause stecken allen in den Gliedern, die Schule und das Lernen will noch nicht schmecken, und man braucht selbst Zeit, sich in alles hineinzufinden. Darum lass uns den köstlichen, stillen Sonntagnachmittag mit Bewusstsein genießen und zu gemeinsamer Aussprache verwenden."

Und nun kam es, wie es gewöhnlich geschieht, wenn zwei Mädchen, die sich lieb haben, allein sind. Kaum war eine Stunde vergangen, waren alle Geheimnisse vom Herzen weg. Emma hatte noch einmal vertraulich gefragt: „Käthe, was hast du nur heute, deine Augen schauen mir gar nicht so munter drein als sonst?“, da war’s in Käthes Augen feucht geworden, sie sah Emma eine Weile still an und sagte langsam:

„Rudolf hat sich verlobt.“

„Rudolf“, sagte Emma erschrocken. „O Käthe, ich dachte, es sollte anders kommen! Wann hast du es erfahren?“

„Sein Vater kam den letzten Tag vor meiner Abreise und teilte es uns mit.“

„Arme Käthe“, sagte Emma mitleidig, wusste sie doch, wie sehr Käthe an dem Freund ihrer Kindheit gehangen und wie nun eine tiefere Neigung zu ihm im Herzen vorhanden gewesen.

„Warum hat er dich nur nicht genommen, der böse Mann?“, fuhr sie nach einer Pause mit Tränen in den Augen fort.

„Weil er eine Bessere gefunden, die ihm mehr sein kann, als ich es vielleicht gewesen“, erwiderte Käthe. „Ich bin überzeugt, er wird seiner Jugendfreundin stets ein freundliches Interesse bewahren; es war bei ihm weiter nichts als eine alte Freundschaft; dass es bei mir tiefer gegangen, daran bin ich selber schuld. Aber der Traum, einmal vereint mit dem Freunde meiner Jugend durchs Leben gehen zu dürfen, war zu schön; es war lauter Frühling, Lust und Leben, doch der Frühling ist dahin, es ist alles trüb und grau geworden."

„Liebe Käthe, das sage nicht. Weißt du nicht, dass uns aus den Gräbern vernichteter Hoffnungen die schönsten Blumen erblühen? Nimmt uns Gott ein irdisches Gut, so segnet er uns dafür tausendfältig an himmlischen Gaben; je ärmer hier, desto reicher dort. Und müssen nicht denen, die Gott lieben, alle Dinge zum Besten dienen?"

„Du hast Recht", sagte Käthe, sich aufrichtend, „es soll anders werden. Ich will Gott bitten, dass er mein Herz stille macht, dass ich treu werde in meinem Beruf und allen unnützen Gedanken entsage. Es ist sehr schwer, seiner Gedanken Herr zu werden."

„Kämpfe und bete, dann wird Gott sie zerstreuen und alles aus deinem Herzen ausscheiden, was ihm nicht gefällt. O welch eine wunderliche Welt ist es, in der wir leben. Während du um einen Geliebten trauerst, der nicht der Deine geworden, trauert ein anderes junges Mädchen, dass ein Mann sie begehrt."

„Wer wäre denn das?"

„Die die Braut meines Bruders werden sollte, behauptet, ihn nicht lieben zu können."

Käthe schüttelte verwundert den Kopf. „Das begreife ich nicht."

„Es muss durchaus persönliche Abneigung sein, und wenn das stimmt, ist es ja auch besser so", erwiderte Emma.

Käthe schüttelte wieder den Kopf und wollte eben etwas darauf erwidern, als Professors eintraten und dem Zwiegespräch ein Ende machten. Sie begrüßten ihren Sonntagsgast mit Freuden, und Käthe war bald mit ihnen in eifrigem Gespräch, während Emma in die Küche ging, um für Wilhelm die Abschiedsschokolade zu kochen. Die Schokoladen waren im Rotheschen Hause von guter Bedeutung, es schwebte immer etwas Feierliches in der Luft, wenn die Schokolade im Kessel dampfte. Da gab es Abschieds-, Ankunfts-, Geburtstags-, Examensschokoladen, kurz, jede hatte ihre Bedeutung, und wenn das braune Getränk aufgetragen war und die Familie um den Tisch saß, dann war gewiss jeder in der Feststimmung.

Nach dem Abendessen bat der Professor Käthe, ein Lied zu singen, und sie tat es gern, weil sie wusste, sie machte Professors eine Freude damit. Freilich war's ihr heute nicht ganz leicht, all die Volkslieder, die Jugendlust und Frühlingswehen atmeten, vorzutragen. Als zum Schluss der Professorin Lieblingslied ertönte „Harre meine Seele, harre des Herrn" und die Worte kamen „Sei unverzagt, bald der Morgen tagt und ein neuer Frühling folgt dem Winter nach" – da zitterte Käthes Stimme. Emma, die neben ihr stand, war auch bewegt.

Als das Lied zu Ende war, drückten sie sich stumm die Hände, dann gingen sie ins Wohnzimmer und blieben noch eine Weile in traulichem Gespräch beisammen, bis Käthe aufbrach und vom aufmerksamen Studenten nach Hause geleitet wurde.

„Kinder“, sagte der Professor vor dem Schlafengehen, „nun alle Köpfe in die Höh’. Morgen beginnt wieder das Leben für die Pflegesöhne, und jeder trage an seinem Teil dazu bei, dass wir die übernommene Verantwortung treu durchführen.“

Ende der Ferien

Am andern Morgen waren Emma und Dore früh auf. Sie überzogen Betten für die Jungen und brachten ihre Stuben in Ordnung. Emma trat ans Fenster und sah auf die noch stille Straße. Dann fiel ihr Blick unwillkürlich auf das gegenüberliegende Haus, wo alles noch in tiefem Frieden zu schlafen schien. Die Rollläden waren herunter, nur im Erdgeschoss wurde ein Laden geöffnet, und ein gähnendes Mädchen zeigte sich. Aber sieh da – in der zweiten Etage war auch schon Leben. Da saßen an dem mittleren Fenster, ihr gerade gegenüber, zwei Mädchen, eifrig mit Näharbeiten beschäftigt. Die Köpfe waren gesenkt, und die Nadeln flogen, als ob es ums Brot ginge. Emma konnte sie unbemerkt beobachten. Jetzt erhoben beide ihre Köpfe und schienen miteinander zu sprechen. Ob das Schwestern waren? Dem äußern Anschein nach wohl kaum. Während die eine, die Blonde, ein ziemlich derbes, etwas plumpes

Gesicht zeigte, war die andere mit dem feinen Profil, den regelmäßigen Zügen, dem prächtigen schwarzen Haar und den großen, tiefen Augen schön zu nennen. Emmas Interesse war lebhaft erweckt.

„Dore", begann sie, „weißt du, wer da drüben wohnt?"

„Ja, Fräulein Emma, das ist eine Witwe mit ihren beiden Töchtern, eine Frau Schmidt. Sie soll nicht viel zu leben haben, ich glaube, die Mädchen müssen nähen."

„Also sind es Schwestern?"

„Ja, es sind Schwestern. Aber die eine ist viel hübscher als die andere. Sie sollten sie nur einmal sehen! Ein Mädchen, schlank wie eine junge Tanne! Alle Leute sagen's, dass sie schön ist."

„Komm fort, Dore, sie sehen uns. Wir wollen nicht so neugierig sein!"

„Wer kommt denn aber da? Mariechen, Kind, was willst du schon, es ist kaum halb sechs!"

„Ich merkte, dass du schon aufgestanden warst, und wollte fragen, ob ich nicht auch etwas helfen könnte."

„Gutes Kind", sagte Emma und streichelte sie. „Nun, wenn du einmal da bist, sollst du auch Arbeit bekommen."

Im Laufe des Morgens reiste Wilhelm ab. Mariechen vergoss viele Tränen, und auch der Studiosus war in weicher Stimmung, als er seiner alten „Mieze", wie er sie gern nannte, Lebewohl sagte. „Nun ist aller Spaß vorbei", sagte Mariechen. „Vor den Pensionären muss man sich in Respekt setzen, darf keinen Unsinn machen."

„Nun, Mieze, ganz so schlimm ist's wohl nicht", rief Wilhelm. „Ihr seid, wie mir scheint, lustig genug; die sonntäglichen Aufführungen sind doch immer ein Hauptvergnügen. Und im Ganzen, glaube ich, wird hier mehr gelacht als geweint."

Mariechen musste ihm Recht geben und fing an, sich auf die lustigen Jungen zu freuen.

„Übrigens, Mieze", sagte Wilhelm, „gönnst du mir denn auch den neuen Rock? Vater sagt, du hättest lieber ein weißes Kleid haben wollen. Allein, denke dir die Schwester in festlich weißem Gewand und den Bruder in fadenscheinigem Rock daneben! Aber warte! Wenn ich Kandidat bin, bekommst du von mir das schönste weiße Kleid, das je ein Mädchen getragen."

„Wilhelm", rief Emma, „die Droschke wartet unten, es ist Zeit!"

„Nun, dann behüte euch Gott alle miteinander." Und Wilhelm eilte die Treppe hinunter, hinaus in die weite Welt, begleitet von den Gebeten und dem Segen seiner Eltern. Dore hatte einen schweren Tag heute. Eine Droschke kam um die andere, ein Koffer nach dem andern wurde vor der Haustür abgesetzt; da musste sie immer in Bewegung sein, um die Sachen hinaufzubefördern. Zuerst kam Ludwig, der so genannte „Dicke", wenn möglich noch dicker und rosiger. Konrad kam strahlenden Gesichts zur Frau Professor und brachte ihr von der Mama eine große Honigbüchse. Ernst aber ließ sich gar nicht sehen! Er hatte wieder Pech gehabt, den Kofferschlüssel verloren, es passierte ihm oft Derartiges. Dore hatte es gleich bemerkt, als der Koffer, mit dickem Strick umwunden, vom Wagen kam. „Ernst, wo haben Sie den Schlüssel?"

„Seien Sie nur still, Dore, dass der Herr

Professor es nicht hört. Und ach!, beste Dore, wenn Sie heute in die Stadt gehen, bringen Sie mir doch einen Kamm mit, ich habe meinen zu Hause gelassen!"

Dore lachte und versprach, ihm aus der Verlegenheit zu helfen.

Nun hielt auch Kurt seinen Einzug. Mit den Worten: „Gott segne deinen Eingang", ging Frau Rothe ihm entgegen. Sich dann gegen die ihn begleitende Dame verneigend, fragte sie: „Frau von Buchwald?"

„Kurts Mutter", sagte eine freundliche Stimme. „Die Mütter lassen es sich nicht nehmen, ihre Kinder selbst zu bringen."

„Er soll von einer Mutterhand in die andere gehen", erwiderte Frau Rothe, „und kann ich ihm auch die Mutter nicht ganz ersetzen, so wollen wir ihm doch seinen Aufenthalt hier so viel wie möglich zur Heimat machen."

Die Damen gingen ins Besuchszimmer, und Emma stellte Kurt seinen Mitpensionären vor. Sie wusste den fremden Jungen bald in die Interessen der schon Ansässigen hineinzuziehen und hatte die Freude, in einigen Minuten ein Bekanntwerden erzielt zu haben, das sonst durch gegenseitige Verlegenheit nicht so bald erfolgt wäre.

Mariechen brachte dem Besuch auf zierlichem Brett eine Tasse Kaffee. Er nickte ihr freundlich und bekannt zu, und als sie das Zimmer verlassen hatte, erzählte Frau von Buchwald, dass ihr Mann so sehr durch das frische, natürliche Wesen des Mädchens eingenommen sei, wie es ihm überhaupt so wohl in dem Familienkreis gewesen und wie er so glücklich nach Hause gekommen. „Nun“, fügte sie hinzu, „komme ich noch mit einer besondern Bitte zu Ihnen, liebe Frau Professor. Mein Mann sagte mir, dass Ihr Haus sonntags für liebe Gäste geöffnet sei. Sie gestatten gewiss meinem ältesten Sohn Waldemar, der als Offizier bei einem hiesigen Regiment steht, zuweilen bei Ihnen vorzusprechen oder den Abend bei Ihnen zuzubringen. Ich schätze es so sehr, wenn junge Leute dem Familienleben nicht entfremdet werden, und Waldemar geht mir zu viel mit seinen Altersgenossen um, unter denen leider recht leichtsinnige Burschen sind.“

Da meldete Dore Leutnant von Buchwald, der gekommen sei, seine Mutter abzuholen. Der hübsche junge Soldat trat ein. Frau von Buchwald stellte ihn vor, und Frau Rothe forderte ihn auf, an die eben gehabte Unterhaltung anknüpfend, sie öfter zu besuchen. Der junge Mann lehnte höflich ab, seine Zeit sei sehr besetzt, und er habe schon sehr viel Umgang, so dass es Frau Rothe fast leid tat, etwas gesagt zu haben.

Frau von Buchwald, die etwas missvergnügt dreinsah, meinte: „Nun, Waldemar, so viel Zeit, denke ich, ließe sich finden." Doch brach sie ab und fügte nur noch im Hinausgehen eine herzliche Einladung an Mariechen bei.

„Schicken Sie uns Ihr Töchterchen", bat sie. „Unser Röschen, auch sechzehnjährig, wird überglücklich sein, einmal eine Altersgenossin bei sich zu haben." Frau Rothe sagte, dass sie ihrer Tochter gern diese Freude gönnen würde, dass aber ein solcher Besuch nur in den Ferien ausgeführt werden könne, da sie sonst nicht gut zu entbehren sei.

Es wurde nun verabredet, dass es vielleicht in den Pfingstferien zu machen wäre, doch wollte Frau von Buchwald vorher schreiben. Nachdem sich diese von Kurt verabschiedet, dankte sie Frau Rothe; auch Emma und Mariechen mussten kommen, und Frau von Buchwald bedauerte nur, den Hausherrn nicht zu Hause getroffen zu haben. Nach einigen Tagen ging alles seinen regelmäßigen Gang. Den Jungen schmeckte die Schule wieder, und das fröhliche Leben bei Professors heimelte die Kinder an. Kurt, der die ersten Tage mit Heimweh zu kämpfen hatte, gewöhnte sich bald an das Stadtleben und gewann seine Kameraden lieb. Für Ludwigs Malerei zeigte er hohes Interesse und war glücklich und stolz, als er ihm einen Teil der Kulissen zu malen übertrug. Dass er auch eine Rolle in „Rolands Knappen“ zugeteilt bekam, versteht sich von selbst.

Die Sonntage, die gerade oft in Pensionen das meiste Heimweh erwecken, waren im Rotheschen Hause Tage, die erfrischend auf Herz und Gemüt der Kinder wirkten. Und doch gab es gerade in diesen Tagen einen wunden Fleck, der nie ganz heilte. In der Woche wurde Punkt sechs aufgestanden; niemand sträubte sich dagegen; denn um sieben war Schulanfang. Sonntags schienen aber die Pensionäre das vollste Recht zu haben, sich so lange wie möglich in den Betten herumzudehnen. Für Dore und Emma eine peinliche Zeit: Dore wollte gerne die Zimmer machen, ehe sie in die Kirche ging, Emma wollte den Kaffee bringen, und die Burschen kamen nicht. Alle klopften und mahnten abwechselnd, bis schließlich der Professor mit lauter Stimme dem Trödeln ein Ende machte und Leben in die Sache brachte. Man hätte denken sollen, die Jungen schämten sich wegen dieser energischen Aufrüttlung und hätten das Stück am nächsten Sonntag nicht wieder aufgeführt; – aber jeden Sonntag wiederholte sich das –, so kam es, dass dann meist die Gesichter einen etwas bedrückten Ausdruck hatten; des Professors, weil er schelten musste, der Frau Professor, weil es ihr wehtat, den Frieden des Sonntagmorgens gestört zu sehen, Emmas und Dores, weil sie über die Jungen ärgerlich waren, und diese wiederum, weil sie unbarmherzig aus dem Bett getrieben wurden.

Am ersten Sonntag nach Schulanfang

waren Ludwig, Kurt und Konrad endlich im Sonntagsstaat, nur Ernst fehlte noch. Eben traten Professors mit Mariechen aus der Wohnstube mit Gesangbüchern in der Hand, und der Hausherr rief: „Kommt, Jungen, wir wollen gehen“, da öffnete sich leise die Schlafstubentür, und beschämt trat Ernst in seinen Wochentagskleidern heraus.

„Aber Ernst, warum gehst du denn nicht sonntäglich?“, rief Frau Rothe erschrocken aus. Und nun kam's an den Tag, warum Ernst so verlegen bei seiner Ankunft gewesen war.

„Das – war's – ja eben!“, stotterte er. „Ach – das wissen Sie – noch gar nicht!“

„Was denn, was denn?“, fragte Frau Rothe erregt, während der Professor den dreien winkte und mit ihnen die Wohnung verließ.

„Ja – nun ja!“, stotterte Ernst weiter. „Ich habe – meine Sonntagssachen zu Hause gelassen.“

„Das hättest du aber gleich sagen sollen oder wenigstens sofort schreiben, dass sie dir nachgeschickt würden!“

„Ja – das ist es eben, meine Eltern sind

am selben Tag, an dem ich abfahren musste, auf mehrere Wochen verreist, und das Haus ist zugeschlossen. Ich – ich kann die Sachen nicht eher bekommen, als bis sie wieder da sind."

Frau Rothe schüttelte den Kopf. Emma bat die Tante zu gehen, sie wolle alles tun, was in ihren Kräften stehe, um der Jacke ein sonntägliches Ansehen zu geben.

Diese kleinen Intermezzi griffen wohl störend ein, beeinträchtigten aber die Harmonie im Rotheschen Hause nicht. Der Nachmittag brachte ungetrübtes, geselliges Zusammenleben, der Abend gesellschaftliche Spiele, Musik und allerlei Kurzweil. Es gab viel Vergnügen, wenn die Jungen bei dieser oder jener Aufführung als Damen in alten Röcken und Taillen von Emma ausstaffiert erschienen. Der Professor seufzte gewöhnlich vor der Aufführung; es erfasste ihn ein unbestimmtes Grauen „vor all der Wirtschaft", öffneten sich aber dann die Türen, und ein lebendes Bild wurde sichtbar, lächelte er schließlich und ergötzte sich ebenso daran wie alle andern.

Käthe war fast jeden Sonntag zugegen

und belebte die Gesellschaft. Auch Studenten und andere junge Leute verkehrten gern im Rotheschen Hause. Die Unterhaltung war anregend und geistvoll, nur unterbrochen durch das Klingeln der Jungen, die ein neues Stück vorführten und dabei den Wunsch hatten, dass alle Anwesenden sie gebührend bewundern möchten. Es wurden den Jungen gerade sonntags alle möglichen Freiheiten im Hause gestattet. Sie sollten ihr Vergnügen nicht außerhalb des Hauses suchen, sollten keine eigenen Wege gehen. Die Wochen zwischen Ostern und Pfingsten eilten schnell dahin. Mariechen hatte einen sehr netten Brief von Frau von Buchwald bekommen, mit einer dringenden Einladung, die Pfingstferien bei ihnen zu verleben. Frau von Buchwald schrieb: „Kurt wird mit seinem Papa die ersten Tage eine Reise zu Verwandten machen, so können Sie nicht mit ihm zusammen hierher reisen. Doch die Fahrt mit der Bahn ist ja kurz, hier am Bahnhof werden Sie abgeholt, ich schicke Ihnen Robert, der Sie sicher zu uns geleiten wird."

Wer war glücklicher als unser Mariechen!

Von einem Diener sollte sie abgeholt werden, in einem wirklichen Schloss sollte sie wohnen! Es konnte ja gar nicht glanzvoller sein! „Wenn nur die Garderobe sich einigermaßen machen würde! Ja, das weiße Kleid! Wenn ich das jetzt hätte“, meinte sie seufzend zur Mama.

„Du wirst in deinem frisch gewaschenen hellblauen Kleid auch gefallen, mein liebes Kind“, sagte die Mutter und streichelte sie. „Wir sind keine reichen Leute, und jeder muss sich nach seiner Decke strecken. Rosa von Buchwald wird alles viel schöner haben als du, aber beneide sie nicht deswegen, denke nur, dass die Hauptsache ist: der verborgene Mensch des Herzens unverrückt mit sanftem und stillem Geist, das ist köstlich vor Gott!“

Mariechen sah ihre Mutter mit ihren blauen Augen an und sagte: „Ja, mein Schmuck soll nicht auswendig sein, ich will mehr an den inneren Menschen denken.“ Dann gab sie ihrer Mutter einen Kuss und ging vergnügt in die Küche, um Emma bei ihrer Arbeit zu helfen.

Die Besuchsreise

„Mariechen, es ist vier Uhr, du willst verreisen!“ Mit diesen Worten rüttelte Emma die Kleine auf. Mariechen rieb sich die Augen und kleidete sich an. Dann lief sie mit den Worten ans Fenster: „O Emma, das schöne Wetter, wie ich mich freue. Das ist die erste Reise, die ich allein mache. Ich erzähle dir später alles, Emma!“

„Ja, das musst du. Aber nun nimm dich auch mit deinem Reden und Tun in Acht und mache keine Dummheiten.“

„Was denkst du, Emma! Ich werde euch keine Schande machen. Aber dass ich gerade heute fortgehe, wo du so viel zu tun hast.“

„Darum gräme dich nicht, Mariechen. Es sind ja nur die unruhigen Abreisestunden, sind die vorüber, so haben wir eine ganze Woche ruhiger Tage vor uns. Doch spute dich, halb sechs kommt die Droschke, die dich an den Bahnhof bringen soll. Sieh nach deinen Sachen, trinke Kaffee, sage den Eltern Lebewohl, und dann geh mit Gott – in die weite Welt.“

Etwas abseits von dem freundlichen, sauberen Wiesendorf lag das stattliche Herrenhaus. Zur Seite dehnte sich der geräumige Hof mit den Wirtschaftsgebäuden aus; vor dem Hause war ein großer Rasenplatz, und ein paar mächtige Linden beschatteten das Haus. Hinter ihm befand sich ein wohlgepflegter Park mit schönen Bosketten, herrlichen Teppichbeeten und kurzgeschorenen Rasenplätzen. Schattige Gänge luden zum Spazierengehen, mit Schlingpflanzen bewachsene Lauben zum Ausruhen ein. Am Hause selbst befand sich eine mit wilden Reben bewachsene Veranda, auf der am Sonnabend vor Pfingsten der Kaffeetisch serviert war. Frau von Buchwald saß in einem geschmackvollen Morgenkleid beim Kaffee, eifrig strickend. Plötzlich sah sie nach der Uhr, sprang auf und rief: „Wie konnte ich das vergessen!“

Sie nahm eine auf dem Tisch stehende Klingel und schellte. Ein sauber gekleidetes Dienstmädchen erschien.

„Wo ist Robert?“, fragte sie.

„Robert ist in die Stadt gegangen, um

Besorgungen zu machen, wie die gnädige Frau es gestern anordneten."

„Und Lene?"

„Lene scheuert die Stube des Herrn, Mine ist mit der Mamsell beim Kuchenbacken und ich ..."

„Du bist beim Plätten, ich weiß – aber es kann nichts helfen, Auguste. Du musst dich losmachen und auf den Bahnhof laufen, in einer Viertelstunde kommt der Zug. Wir erwarten Besuch."

„Gnädige Frau, in fünfzehn Minuten kann ich mit dem besten Willen nicht ..."

„Aber ich könnte es vielleicht ermöglichen, gnädige Frau, wenn Sie mir gestatten wollen, den Besuch abzuholen", ertönte eine Stimme vom Garten herauf, und ein junger Mann verneigte sich, Frau von Buchwald seinen Morgengruß bietend. Zugleich sprang ein etwa zehnjähriger Junge die Stufen der Veranda hinauf, umschlang Frau von Buchwald und rief: „Guten Morgen, Mama, denke dir, Herr Werner hat einen Morgenspaziergang mit mir gemacht, wir haben Rehe und Hasen und ..." „Stille, Kind! Herr Werner, wollten Sie mir die Liebe erweisen, Professor Rothes Töchterchen abzuholen? Ich habe es dummerweise ganz außer Acht gelassen, und nun sind die Leute alle beschäftigt ..."

„Gewiss, gnädige Frau! Doch Zeit zum Umziehen ist nicht mehr."

„Seien Sie ohne Sorgen", sagte Frau von Buchwald lächelnd – doch schon eilte Herr Werner durch den Park über einen Fußweg nach dem nahen Bahnhof. Man hätte auf den ersten Blick keinen Kandidaten der Theologie in Herrn Werner entdeckt; der leichte Strohhut auf das braungelockte Haar gedrückt, das kurze graue Jackett ließen vielmehr einen Landmann in ihm vermuten. Sah man aber die hohe freie Stirn, die etwas große, gebogene Nase, besonders aber das Auge und den Gesichtsausdruck, so konnte man bei näherer Betrachtung wohl den Gelehrten erkennen.

Fröhlich näherte sich der Kandidat dem Bahnhof, gerade als das Pfeifen der Lokomotive das Nahen des Zuges verkündete. Ein Bauer stieg aus und außer ihm ein junges Mädchen, schlank und blond im himmelblauen Kattunkleid. Einen Koffer in der Hand, den Regenmantel über den Arm geschlagen, sah sie sich forschend um. Als sie den Kandidaten, der auf sie zugehen wollte, sah, eilte sie ihm entgegen, sah ihn mit ihren blauen Augen so treuherzig an und sagte schnell: „Sind Sie aus Wiesendorf?"

„Jawohl, mein Fräulein", antwortete er und verneigte sich.

Noch bevor er Zeit hatte sich vorzustellen, fuhr sie fort: „Heißen Sie Robert?"

Ganz erstaunt erwiderte der Kandidat: „Robert Werner ist mein Name."

Kaum hatte er dies gesagt, packte ihm das junge Mädchen ihren Koffer auf, legte ihren Regenmantel über seinen Arm und sagte: „Es ist gut, Robert, dass Sie da sind, ich hätte mich allein nicht zurechtgefunden. Bitte, nehmen Sie die Sachen, meinen Schirm will ich behalten."

Herr Werner war so verblüfft, dass er gar nicht wusste, wie ihm geschah. Sie ließ sich jedoch nicht irremachen. „Nun können wir gehen", sagte sie, „bitte, wollen Sie mir den Weg zeigen."

Der bepackte Kandidat machte eine stumme Handbewegung, Mariechen schritt voran, in der Meinung, es gezieme sich nicht, mit dem Diener zusammen zu gehen. Eine Allee rotblühender Kastanienbäume nahm sie auf.

„Wie schön“, rief Mariechen, „und o, dort am Graben blühen Vergissmeinnicht.“ Schnell war sie hinabgesprungen und hatte ein Sträußchen gepflückt. Aber das Gras war noch feucht, das schöne blaue Kleid bekam einen Rand. „Wie schade“, sagte sie, es mit Bedauern betrachtend. „Wenn das Emma sähe: Robert, Sie haben wohl keine Stecknadel bei sich, ich will mir das Kleid doch lieber ein wenig aufstecken.“

„Tut mir leid, mein Fräulein.“ Für was hält sie mich nur eigentlich, dachte er – doch plötzlich ging ihm ein Licht auf – Robert hieß ja auch der Diener des Hauses, gewiss hatte das junge Mädchen den Namen gehört und hielt ihn – für – den – Bedienten. Große Ehre fürwahr! Er sollte seine Ahnung bald bestätigt finden.

„In Wiesendorf“, hob Mariechen naiv an, „tragen die Diener wohl gar keine Livree?“

„Gewiss, mein Fräulein, zu Mittag können Sie den Diener im Rock mit blanken

Knöpfen, in Gamaschen und gestreifter Weste sehen."

Die Geschichte fing an, ihn zu belustigen. Jetzt wollte er sich um keinen Preis verraten; er hätte das junge Mädchen zu sehr in Verlegenheit gesetzt. Die Vorstellung mochte Frau von Buchwald übernehmen; einstweilen gefiel er sich in der Dienerrolle, und die Kindlichkeit des blonden Mädchens amüsierte ihn. Sie hatte bald den Standesunterschied vergessen und plauderte munter mit Robert, erzählte von Kurt und dem Pensionsleben, was den früheren Lehrer Kurts natürlich sehr interessierte. Jetzt näherten sie sich der Gartenpforte.

„Fräulein Rothe, gehen Sie da hinein, ich gehe mit den Sachen vorn herum. Sie können Frau von Buchwald, die dort den Laubengang herunterkommt, gleich begrüßen."

Er ging eilig dem Hause zu, legte sein Gepäck unten ab, und froh, von der Dienerschaft nicht gesehen worden zu sein, sprang er die Treppe hinauf und ging in sein Zimmer.

Mariechen klinkte schüchtern die eiserne Gartentür auf und betrat den Park. Sie sah zwei Frauen, eine ältere und eine junge, auf sich zukommen. „Dass ich mich nur gut benehme“, dachte sie, eingedenk der Ermahnungen Emmas. Sie machte einen zierlichen Knicks und küsste Frau von Buchwald die Hand. Die hieß sie freundlichst willkommen und, nachdem sie sie mit ihrer Tochter bekannt gemacht, fragte sie:

„Wie ist es mit Ihrem Gepäck, liebes Mariechen, wir wollen es holen lassen.“

„Robert, der Diener, hat alles mitgebracht, gnädige Frau.“

„War denn Robert doch am Bahnhof? Das freut mich. Da hat mein Mann, eh’ er abreiste, ihm Auftrag gegeben. Das ist gut! Röschen, führe unsern Gast in sein Zimmer.“

Röschen ergriff sichtlich erfreut Mariechens Hand. Junge Mädchen müssen erst ein Viertelstündchen allein sein, wenn sie vertraut miteinander werden wollen.

„Kommen Sie“, sagte sie. „Sie haben Ihr Zimmer neben mir.“ Damit führte sie Mariechen durch die Veranda ins Speisezimmer, von da über den großen gewölbten Hausflur die Treppe hinauf. Wie groß und weit und vornehm kam Mariechen alles vor, und gewöhnt, ihre Gedanken schnell auszusprechen, rief sie: „Wie schön haben Sie alles, es ist mir, als ob ich gar nicht hierher gehörte.“ Röschen lächelte und sagte, als sie die Tür zu ihrer Stube öffnete; „Sehen Sie, mein Zimmer ist nicht sehr groß, aber recht traulich.“ Mariechen stand in dem reizendsten Mädchenstübchen, das sie je gesehen. Helle freundliche Tapeten, Vorhänge und Möbelstoff von reizend geblümtem Zeug, ein Schreibtisch mit allen möglichen Zieraten, Photographien in schönen geschnitzten Rahmen, Vasen mit frischen Blumen, an den Fenstern Blumenstöcke und ein Vogelbauer. Was aber Mariechen das Schönste dünkte, war ein Erker mit zwei gepolsterten Stühlen und Aussicht auf den Park, auf den nahen Fluss, auf die fernen Berge.

„Hier wollen wir uns setzen“, rief Mariechen ganz begeistert aus, doch gleich sich verbessernd, fügte sie bescheiden hinzu: „Wenn es Ihnen recht ist, gnädiges Fräulein.“

„Warum nennen Sie mich denn gnädiges Fräulein“, sagte Röschen unwillig, „wir werden uns doch ‚du‘ nennen und einen Kuss darauf geben, sonst werden wir nicht recht vertraut.“ Mit diesen Worten umarmte Rosa Mariechen und küsste sie herzlich. Diese machte es ebenso und rief glücklich aus:

„Ich habe mir immer eine Freundin gewünscht, und nun willst du sie sein! Jetzt fürchte ich mich gar nicht mehr, hier zu sein; sie hatten mir alle so Bange gemacht, und Emma hatte mir streng befohlen, ja ‚gnädiges Fräulein’ zu sagen; wie wird die staunen, dass ich dich ‚du‘ nennen darf!“

Und nun war der Bann gelöst, die beiden Mädchen saßen wie alte Bekannte im Erker, schwatzten und lachten zusammen. Röschen brachte alle ihre Herrlichkeiten, die Mariechen mit unverhohlenem Erstaunen und größter Kindlichkeit bewunderte. So verging die Zeit, bis ein Klopfen an der Tür sie aufhorchen ließ. Auguste brachte Frühstück für die Mädchen mit der Botschaft, sie möchten es heute oben verzehren, der Herr aus Telschow sei gekommen, und Frau von Buchwald habe mit ihm zu sprechen. Mariechen machte ein etwas ängstliches Gesicht, doch Rosa meinte: „Brauchst dich nicht zu fürchten. Onkel Harry, Mamas Bruder, ist sehr gut und freundlich, er wird dich auch gern haben, wenn er dich sieht."

„Wenn ich mich nur nicht dumm benehme! Mama und Emma hatten Sorge, dass ich etwas Unrechtes sagen oder tun könnte; bis jetzt ist mir noch nichts weiter passiert, als dass mein Kleid beim Blumenpflücken einen Rand bekommen hat."

„Das schadet nichts", meinte Röschen, „du ziehst zu Mittag ein anderes an."

Nach dem Frühstück führte Rosa Mariechen in ihr Zimmer, und ließ sie in die vielen Fremdenstuben und in das Billardzimmer sehen.

„Wer ist da drin?", fragte Mariechen, auf eine Tür zeigend, hinter der sie mit lauter Stimme dozieren hörten.

„Da kann ich dich nicht hinführen, es ist Herrn Werners Stube, Walter hat eben Stunde."

„Herr Werner ist wohl euer Lehrer? Vor dem werde ich großen Respekt haben", sagte Mariechen. „Kurt hat mir schon viel von ihm erzählt, er ist sehr streng, nicht wahr?“ – „In den Stunden ja, aber sonst ist er nett. Du wirst ihn ja heute Mittag kennen lernen.“

Was sollte Mariechen nicht alles kennen lernen! Sie wollte recht auf alles achten.

Arm in Arm betraten die jungen Mädchen gegen Mittag den Speisesaal, in dessen Mitte die Tafel gedeckt war. „Ist der Tisch bei euch immer so schön?“, fragte das erstaunte Mariechen.

„Ja, ich glaube“, sagte Röschen. „Doch komm auf die Veranda, ich höre Mamas und Onkels Stimmen, da können wir dich gleich vorstellen.“

„Nun“, sagte Frau von Buchwald freundlich, „es scheint mir, ihr seid schon Freundinnen?“

„Natürlich, Mama, wir nennen uns ‚du‘ und haben uns schon viel anvertraut ...“

„Zwei Seelen und ein Gedanke, zwei Herzen und ein Schlag“, meinte Onkel Harry lächelnd. „Also das ist die Kleine aus der Hauptstadt, wo Kurt in Pension ist. Nun, Fräulein, folgt denn Kurt gut, macht er Ihnen nicht viel Not?“

„Gar keine“, erwiderte Mariechen eifrig. „Papa und Mama sagen oft, an dem sieht man die gute Erziehung.“

„Siehst du, Schwester, was für ein Lob du erntest“, sagte Onkel Harry belustigt.

„Gnädige Frau, es ist angerichtet“, ertönte des Dieners Stimme, und ein Mann in reicher Livree, der aber nicht die entfernteste Ähnlichkeit mit dem Robert vom Morgen hatte, stand in der Tür.

„Ist das Robert?“, fragte Mariechen leise.

„Ja, unser Diener“, sagte Röschen und schritt mit ihr hinter der Mama und dem Onkel in den Saal. Gleichzeitig öffnete sich die gegenüberliegende Tür, und herein trat ein Herr in tadelloser Kleidung.

„Sieh da, Herr Werner“, sagte der Baron, ihm freundlich die Hand schüttelnd, und in der gleichen Minute rief Frau von Buchwald: „Sie kennen sich schon, Fräulein Rothe, Sie haben Herrn Werners Bekanntschaft bereits gemacht!“

Herr Werner machte eine stumme Verbeugung – und das arme Mariechen?

Ja, da stand es wie vom Blitz getroffen! Ganz bleich war sie geworden vor Schreck, und erst als Rosa sagte: „Mariechen, was ist dir, komm, setze dich“, folgte sie mechanisch an den ihr angewiesenen Platz. Die Gegenwart des Barons, mit dem Frau von Buchwald sich angelegentlich unterhielt, war Ursache, dass diese nichts von Mariechens Unruhe merkte. Rosa, die von dem Vorgefallenen keine Ahnung hatte, war zu unschuldig, um sich bei Mariechens verändertem Wesen etwas zu denken. Herr Werner bemerkte es jedoch, es tat ihm aufrichtig leid, das kleine Fräulein in solche Verlegenheit gebracht zu haben. Er war aber zu gewandt, um durch irgendeine Miene seine Gefühle zu verraten. Erst beschäftigte er sich mit Walter, der neben ihm saß, dann beteiligte er sich in lebhafter Weise an dem Gespräch, das Frau von Buchwald und ihr Bruder führten. So hatte Mariechen Zeit, sich zu sammeln; sie rief sich Emmas gute Ermahnungen über Selbstbeherrschung ins Gedächtnis und nahm stumm und gefasst von den Speisen, die ihr der Diener reichte. An sie gerichtete Fragen beantwortete sie höflich; – als jedoch die Tafel aufgehoben war, fasste sie krampfhaft Rosas Arm, stürmte mit ihr auf die Veranda und sank auf eine Bank. „Rosa, dass mir so etwas passieren musste! Gleich den ersten Tag! Es ist schrecklich! Ich möchte am liebsten gleich wieder abreisen!“

„Aber, liebes Mariechen, was hast du nur?“, sagte Rosa ängstlich. „Du bist doch nicht krank? Ich sah dich schon vor Tisch so blass werden ...“

„Denke dir nur“, schluchzte Mariechen – und nun erzählte sie Rosa, wie sie gedacht, es sei der Diener, der sie am Bahnhof abgeholt, wie sie Herrn Werner mit allen Sachen bepackt und ihn so von oben herab behandelt habe. „Ich kann ihn nie – nie wieder ansehen – ich schäme mich zu sehr! Rosa, was soll ich tun?“

Rosa brach in ein so herzliches Lachen aus, dass Mariechen fast böse werden wollte. In diesem Augenblick betrat Frau von Buchwald die Veranda. „Nun“, sagte sie, „was soll denn das? Die eine Freundin lacht, die andere weint. Mein liebes Kind, was haben Sie denn? Doch nicht schon Heimweh?“

Rosa berichtete nun Mariechens Kummer, doch war er nicht dazu angetan, Frau von Buchwald Tränen zu entlocken. Sie konnte sich eines Lächelns nicht erwehren, sagte aber dann ernst: „Nun, da bin ich die Schuldige. Da ich vergaß, den Robert, wie ich schrieb, auf die Bahn zu schicken, war Herr Werner so freundlich, sich im letzten Augenblick anzubieten. Ich hätte ihm allerdings zugetraut, sich selbst vorzustellen."

„Dazu hatte er gar keine Zeit", fiel Mariechen entschuldigend ein. „Ich fragte nur: ‚Heißen Sie Robert?' Und als er sagte: ‚Robert Werner ist mein Name', packte ich ihm sofort die Sachen auf und sagte: ‚So, Robert, nun können wir gehen.'"

Frau von Buchwald musste wieder lachen, es war doch eine zu drollige Szene, und wie mochte das Ganze Herrn Werner belustigt haben. Der geistvolle Mann war von der ganzen Familie, in deren Hause er schon mehrere Jahre die Erziehung der Söhne leitete, sehr geschätzt. Ein Zug feiner Ironie und Sinn für das Komische hatten sich hier bei ihm gezeigt. Frau von Buchwald tat es Mariechens wegen leid, dass das Zusammentreffen so unglücklich gewesen, und sie beschloss, gleich mit

Herrn Werner Rücksprache zu nehmen. Sie fand ihn im Musikzimmer am Flügel. Als er Frau von Buchwald eintreten sah, sprang er sofort auf; sein Lächeln bewies, dass er wüsste, weshalb sie komme.

„Herr Werner“, sagte sie, den Finger halb scherzend, halb drohend aufhebend, „was haben Sie gemacht? Da sitzt auf der Veranda ein armes Mädchen, das weint, als sei es fürs Leben durch Sie unglücklich gemacht. Fräulein Mariechen will Ihretwegen heute wieder abreisen!“

„Darf ich ihr vielleicht das Gepäck an die Bahn zurückbefördern, gnädige Frau?“

„Sie Unverbesserlicher! Nein, Sie sollen Ihre Sache wieder gutmachen und das arme Kind beruhigen ...“

„Darum ist mir nicht bange, gnädige Frau. Das kleine Fräulein scheint mir nicht schwermütig veranlagt zu sein, wir wollen sie schon fröhlich machen. Soll ich gleich zu ihr gehen?“

„Warten Sie lieber, bis sie sich ein klein wenig mehr beruhigt hat.“

Jetzt trat Frau von Buchwalds Bruder ein, und während sie mit ihm in den Salon ging, eilte Herr Werner ins Speisezimmer und von da auf die Veranda. Die beiden Mädchen saßen noch da. Rosa hatte ihren Arm beschwichtigend um Mariechen gelegt; sie weinte nicht mehr, hielt aber das Taschentuch fest in der Hand, um es bei etwaiger Wiederkehr der Tränen gleich in Bereitschaft zu haben. Als Herr Werner in der Tür sichtbar wurde, ergoss sich eine glühende Röte über ihr Gesicht, sie erhob sich schnell und machte ihm eine kleine Verbeugung, es hätte nicht viel gefehlt, so wären die Tränen wieder geflossen.

„Mein verehrtes Fräulein“, sagte er, „ich höre, Sie grämen sich darüber, dass Sie mir Ihr Gepäck zu tragen gegeben haben. Ich bitte Sie, sich nicht weiter darüber zu beunruhigen, ich bin durch die kleine Last durchaus nicht ermüdet.“

„Ach nein“, unterbrach ihn Mariechen, „das ist es nicht allein. Sie wissen recht gut, was ich alles zu Ihnen gesagt, in der Meinung, Sie seien der Diener. Und nun schäme ich mich.“ Und dabei sah sie so unglücklich und traurig aus, dass Herr Werner ausrief: „Nun, wissen Sie was, Fräulein Rothe, wir wollen's so machen:

Wir vergessen, was war, wir betrachten diese kleine Bahnhofsgeschichte als gar nicht geschehen und datieren unsere Bekanntschaft erst von dem Zeitpunkt an, wo Frau von Buchwald uns einander vorstellte!"

Mariechen sah erleichtert zu ihm auf. „Ja, wenn das geht", meinte sie. „Doch müssen Sie mir versprechen, wenn Sie einmal zu uns kommen, nichts davon zu erwähnen, sonst bekomme ich noch nachträglich eine gehörige Strafpredigt."

„Was man vergessen hat, erzählt man nicht weiter", sagte der Kandidat lächelnd, „und nun wollen wir gute Freunde sein."

Die jungen Mädchen gingen ins Haus, der Kandidat blieb noch einen Augenblick auf der Veranda stehen und sah ihnen nach. „Ein allerliebstes Mädchen, in der Freude und im Schmerz gleich frisch und natürlich. Origineller Anfang einer Bekanntschaft!" – Dann, nachdem er einige Augenblicke in Gedanken versunken dagestanden, sagte er leise: „Wie Gott es fügt" und betrat das Haus.

Gegen Abend fuhr der Baron auf sein

benachbartes Gut zurück, und die Familie sammelte sich im Salon um den Teetisch. „Mama", meinte Walter, „es ist doch schade, dass Papa und Kurt die Feiertage nicht mit uns verleben, Kurts erste Ferien!"

„Onkel Hugo, Kurts Pate, wünscht ihn zu sehen. Und da der Onkel leidend ist und selbst nicht reisen kann, war es Papas Pflicht, mit Kurt zu ihm zu gehen. Einem Kranken tut man gern etwas zuliebe, nicht wahr?"

Walter nickte. „Aber Waldemar hätte doch kommen können, warum hat er sich nur keinen Urlaub geben lassen?"

„Gott weiß es", seufzte Frau von Buchwald. „Ich hoffte immer, er sollte uns überraschen, doch seine Freunde scheinen ihm mehr wert zu sein als die Heimat." Sie sagte dies mit einem Anflug von Bitterkeit. Ihr Erstgeborener war immer ihr besonderer Liebling gewesen, und die Entfremdung vom Elternhaus tat ihr sehr weh. Sie fürchtete, dass leichtsinnige Freunde ihn beeinflussten, so dass ihm ihre kostspieligen Vergnügungen mehr waren als die unschuldigen Freuden des Elternhauses. Als treue Mutter dachte sie täglich an ihr Sorgenkind und hoffte, Gott werde ihn wieder auf die rechte Bahn bringen.

Nach dem Tee begab sich die ganze Familie ins Musikzimmer zur Abendandacht, Herr Werner setzte sich an den Flügel. Die hohen Bogenfenster waren geöffnet. Die Vögel sangen und zwitscherten in den Bäumen und Büschen, und als nun das Pfingstlied erklang, da jubilierten die Sänger draußen immer lauter. Sie priesen ihren Schöpfer, während drinnen Stimmen erklangen, die den Geist der Gnaden von ganzem Herzen anriefen, dass er sie heilige und reinige und ihre Seelen bereite, Pfingsten zu feiern im rechten Sinn. „Du wertes Licht, gib uns deinen Schein, dass wir Jesum Christum erkennen allein", tönte es in den stillen Abend hinaus.

Mariechen war tief beeindruckt. Ganz so war es zu Hause! Nach der Andacht entfernte sich die Dienerschaft, wie herzlich klang das „Gute Nacht, ihr Leute!" von Frau von Buchwald. – Halb zehn Uhr schickte sie die Mädchen hinauf, nachdem sie sich an dem Geplauder der kleinen Städterin ergötzt. „Ein köstliches Mädchen“, dachte sie. „Solchen Umgang habe ich mir längst für unser Röschen gewünscht, ich wollte, ich könnte die Kleine ganz dabehalten.“

Am zweiten Feiertage predigte der Kandidat im Dorfkirchlein. Nach der Kirche meinte Mariechen zu Rosa: „Wie schön hat Herr Werner gesprochen!“

„Ja“, erwiderte sie, „er ist sehr fromm und sehr gescheit.“

„Das merkt man“, sagte Mariechen. „Und ich habe ihn so behandelt! Ich vergesse es doch in meinem ganzen Leben nicht!“

„Herr Werner hat's aber vergessen, und nun quäle dich nicht mehr. Komm, lass uns in den Garten gehen. Mariechen, ich wollte, ich hätte dich immer hier. Die einzigen jungen Mädchen hier in der Umgegend sind die Töchter des Geheimrats von Brandt. Ich mag sie gar nicht, sie sind so stolz. Und doch steht uns ihr Besuch in den nächsten Tagen bevor. Zum Geburtstag kommen sie immer.“

„Geburtstag? Wessen Geburtstag?“

„Mein Geburtstag“, entgegnete Röschen

lächelnd, „ist am Freitag. Du sollst ihn mit uns feiern!"

„Das ist ja wunderschön", rief Mariechen. Dieser Gedanke beglückte sie so, dass alle Sorgen, die ihr kleines Köpfchen wieder einnehmen wollten, entschwanden.

Dienstagabend kam Herr von Buchwald mit Kurt zurück. Allgemeiner Jubel entstand, als der Wagen vorfuhr. „Hier ist ein Tag immer schöner als der andere, Röschen", rief Mariechen. Sie und Kurt waren ja längst die besten Freunde, sie erfreute sich außerdem in hohem Maß der Gunst Herrn von Buchwalds, der ihr beide Hände entgegenstreckte: „Nun, Fräulein Mariechen, lässt sich's in Wiesendorf leben?"

„Es ist zu schön, Herr von Buchwald. Alle sind so freundlich gegen mich."

Nun erst, als auch der Hausherr zugegen war, gestaltete sich das Familienleben im Herrenhause Wiesendorf vollkommen glücklich. Doch einem feinen Beobachter konnte es nicht entgehen, wie sich auf Herrn von Buchwalds Stirn ein Schatten legte, als seine Gemahlin ihm zuflüsterte: „Waldemar ist nicht gekommen."

Am folgenden Tage schrieb Mariechen nach Hause. Dann wollte sie Rosa im Garten aufsuchen. Sie eilte die Treppe hinunter und öffnete die Tür des Speisezimmers. „Nicht herein“, rief die Stimme Frau von Buchwalds. „Oder sind Sie allein, Mariechen? Nun, dann kommen Sie. Sie können sehen, was wir vorhaben.“ Eine Menge duftigen weißen Stoffs lag ausgebreitet auf dem Tisch. „Sehen Sie, Röschen bekommt ein weißes Kleid zum Geburtstag, gefällt es Ihnen?“

Mariechen trat näher. „Der feine Stoff“, und ihre Finger glitten über den durchsichtigen Mull. „Es muss doch herrlich sein, ein weißes Kleid zu besitzen“, sagte sie.

„Sie haben keins?“, fragte Frau von Buchwald erstaunt.

„Bis jetzt noch nicht; es ist auch gar nicht abzusehen, wann ich eins bekomme. Ich habe es mir schon lange gewünscht. Aber Mama sagt, das Notwendige muss vorgehen. Wilhelm braucht einen neuen Anzug, oder Emma will in der Küche etwas anschaffen, oder die Eltern haben Wünsche, so muss ich immer warten. Warten, bis ich etwa dreißig Jahre alt bin, und dann brauche ich es nicht mehr!“

Frau von Buchwald lachte; Mariechen aber stand immer noch da, den Stoff streichelnd, als ob er es ihr angetan, bis Frau von Buchwald rief: „Ich glaube, Rosa kommt, schnell Mariechen, lassen Sie sie hier nicht herein!“

Mariechen eilte auf die Veranda und hätte bald den Kandidaten umgerannt, der eben durch die Glastür trat. Mit einem „Verzeihung!“, trat er zurück und ließ das kleine Fräulein passieren, das hocherrötend ein „Entschuldigen Sie, bitte“ stammelte und die Stufen hinuntersprang.

„Wie unangenehm“, dachte sie. „Er hat es gewiss gehört, was ich von dem weißen Kleide sagte. Er ist mir auch immer im Wege; ich glaube, wenn er nicht hier wäre, wäre es wirklich schön!“

Wer beschreibt aber Mariechens Erstaunen und Entzücken, als am Freitag die Bescherung vor sich ging und neben dem reichgeschmückten Geburtstagstisch Rosas auf einem Nebentisch ein weißes Kleid auch für sie sich befand. Kaum konnte sie die Stunde des Ankleidens erwarten.

Heute nahm sie die Hilfe von Auguste an, die die hellblauen Schleifen am Kleide befestigte und dann meinte: „Es steht Fräulein Mariechen sehr gut!"

Für den Nachmittag war eine Waldpartie arrangiert, deshalb wurde schon um zwölf Uhr zu Mittag gegessen. Dann rollte der Wagen des Herrn von Brandt vor, der seine Töchter brachte, junge Damen, die etwas stolz und vornehm auf Mariechen herabblickten; doch war die zu glücklich, um sich dadurch bedrücken zu lassen.

Das Waldvergnügen war einzig in seiner Art. Eine mitten im Holz gelegene Wiese war zum Festplatz ersehen. Große Körbe mit Proviant wurden von der Dienerschaft herbeigetragen, und herrlich mundete es im Freien. Dann gab es Gesellschaftsspiele, an denen sich sogar Vater, Mutter und der Kandidat beteiligten, selbst die steifen Fräulein aus der Stadt wurden lebhaft dabei. Jetzt wurde „eins, zwei, drei, das letzte Paar herbei" gespielt. Herr Werner rief es, und herbei flog Mariechen von der rechten, Walter von der linken Seite. Wer konnte es dem Kandidaten verdenken, dass er sich nach rechts wandte und

Mariechen zu haschen versuchte? Als sie es merkte, beflügelte sie ihre Schritte, leicht flatterten die blauen Bänder im Winde, sie schwebte dahin wie eine Elfe. „Mein musst du werden, Maiblümchen", dachte Werner und beeilte seine Schritte. Fast wäre sie ihm entschlüpft, wenn nicht ein Dornbusch sie festgehalten und sie nun das Gefangenwerden vor sich sah. Als jedoch der Kandidat die Hand nach ihr ausstrecken wollte, wurde er von hinten festgehalten, und eine Stimme rief: „Halt, Herr Kandidat, so jagt man nicht die Feen des Waldes."

Werner drehte sich um und sah sich von einem schlanken Offizier umfasst. „Herr von Buchwald, Sie hier?", rief er erstaunt.

Aber schon war der junge Mann gesehen worden! „Waldemar", riefen die Stimmen durcheinander. Er wusste nicht, wen er zuerst begrüßen sollte, die Mutter oder das Geburtstagskind, den Vater oder die Brüder. „Grüß Gott euch, wie geht's? Freut mich, euch so fröhlich zu sehen. Erfuhr daheim, dass das ganze Nest ausgeflogen, und schlich mich hierher, euch zu überraschen. Konnte es doch nicht übers Herz bringen, zum Geburtstag meiner Rosa fern zu sein!“

Die Brandtschen Damen neigten anmutig ihre Köpfe. Es war doch sehr hübsch, dass er gekommen, die ganze Sache bekam dadurch mehr Reiz!

Doch das Waldvergnügen erreichte sein Ende. Der Hausherr mahnte zum Aufbruch. Herr von Buchwald schritt mit dem Kandidaten und den Jungen voran, die jungen Damen folgten unter fröhlichem Geplauder, Waldemar machte mit der Mutter den Beschluss.

Frau von Buchwald sah ihren Sohn an und drückte ihm die Hand: „Ich freue mich, dass du gekommen bist, es ist mir ein Beweis, dass du das Elternhaus nicht ganz vergessen hast.“

„Liebe Mutter“, erwiderte Waldemar, „es ist seit einigen Tagen eine Veränderung in mir vorgegangen. Lass mich schweigen von der Fügung Gottes, die Veranlassung dazu war. Mit dem leichtsinnigen Wesen ist es abgetan. Der Verkehr mit den Freunden, die dir nicht zusagten, ist abgebrochen. Ich weiß jetzt, was ich am Elternhause gehabt, es ist, als ob eine Decke von meinen Augen genommen sei. Nun weißt du die Hauptsache; jetzt lass uns von anderen Dingen sprechen." Die Worte kamen alle kurz heraus, wie es Waldemars Art war. Er liebte keine langen Gefühlsäußerungen. Das wusste Frau von Buchwald. Sie verlangte nicht mehr, sondern war dankbar bewegt über die Worte: „Es soll anders werden." Sie dankte im Stillen Gott, dass er auch ihre Gebete erhört.

Wir aber wollen einige Tage zurückgehen, die eine so plötzliche Sinnesänderung in Waldemar hervorbrachten.

Ein Pfingstmorgen

Ein lieblicher Pfingstmorgen war's, mit Blütenduft und Sonnenschein, dazu stiegen Lerchen jubelnd zum blauen Himmel empor, in den Zweigen und Büschen zwitscherten und sangen die Vögel. So zogen in Scharen die Menschen hinaus aus der dumpfen Stadt, ließen alle Sorgen dahinten und freuten sich über die Herrlichkeit Gottes, die er in Wald und Feld zur wonnigen Frühlingszeit offenbarte. Wie wenige aber gab es darunter, die von der Bedeutung des Festes durchdrungen waren. Die meisten strömten nach dem öffentlichen Garten; sie wollten den schönen Morgen genießen; hier und da drängte sich wohl auch ein flüchtiger Gedanke an Gott auf, der alles so schön gemacht, ja bei den Gefühlvollen konnte sich vielleicht noch etwas Rührung zeigen, wenn sie die Schönheit des Morgens auf sich wirken ließen. Bei der großen Masse aber hieß es, es sich so lustig wie möglich zu machen, im großen Garten Kaffee zu trinken, dann weiter hinaus in die Dörfer, Baumblüte zu genießen oder vielmehr das Bier zu prüfen und erst am Abend, wenn der Beutel leer und die mitgenommenen Kinder müde waren, nach Hause zurückzukehren. Unter dem Publikum, das sich da am Eingang des öffentlichen Gartens drängte und schob, war auch ein junger Offizier; er sah müde und abgespannt aus, wahrscheinlich hatte er die Nacht durchzecht und spürte nun das Unbehagen. Waldemar von Buchwald hatte auf Aufforderung seiner Freunde bei Spiel und Karten die Nacht verbracht. Gegen Morgen war er nach Hause gekommen und hatte sich ins Bett geworfen, doch der Schlaf floh ihn. Der Kopf war wüst und schwer.

„Vielleicht wird's in der frischen Luft besser", dachte er, sprang auf und eilte ins Freie. Er wusste nicht, wohin er seine Schritte lenkte, willenlos folgte er dem Strom des Volkes, und eh' er sich's versah, stand auch er vor dem Eingang des öffentlichen Gartens. Durch das Drängen aufmerksam gemacht, sah er um sich. Da wollte er ja gar nicht hinein, es trieb ihn weiter in die Einsamkeit, in Feld und

Wald, wo die frische Morgenluft ihn umwehte. Er bog also seitwärts ab, hörte noch eine Weile das Lachen und Sprechen der Menge, dann wurde es um ihn still. Eine Baumallee, der Fahrweg nach einem nahen Dorf, nahm ihn auf. Hier war's duftig und schön; doch immer in Furcht, Menschen zu begegnen, bemerkte er rechts einen kleinen Seitenweg, gerade in die Felder hinein. Er wollte eben von der Landstraße abbiegen, als plötzlich Kinderstimmen an sein Ohr tönten. „Auch hier nicht allein", dachte er, doch als er noch einige Schritte gegangen, sah er ein Bild vor sich, wie es lieblicher nicht gedacht werden konnte. Am Feldrand saß ein wunderschönes Mädchen. Die Zartheit, die üppige Fülle des schwarzen Haares, die schönen dunklen Augen, die regelmäßigen Formen, alles war in vollendeter Harmonie.

Auf den ersten Blick glaubte man sie der höchsten Klasse angehörig, die sehr einfache, fast dürftige Kleidung jedoch ließ erkennen, dass sie keine Ansprüche auf Rang und Vornehmheit erhob. Die sie begleitenden Kinder waren noch ärmlicher gekleidet, der Rock des etwa achtjährigen Knaben war sehr geflickt, und das kleine Mädchen hatte wohl ein neu gewaschenes, aber sehr verblichenes Kattunkleidchen an. Waldemar war durch einen größeren Busch gedeckt, so dass er nicht bemerkt wurde, selbst aber alles beobachten konnte. Das junge Mädchen wand einen Kranz aus Kornblumen, und die Kinder liefen geschäftig hin und her, ihr sie zuzutragen. Jetzt war der Kranz fertig; sie legte ihn befriedigt auf den Schoß, doch schnell hatte die Kleine ihn ergriffen, und bevor sie es wehren konnte, hatte sie ihr den Kranz aufgesetzt. „Nicht doch, Klärchen", sagte das junge Mädchen. „Der Kranz soll ja nicht für mich, sondern für deine Mutter sein, die Geburtstag hat."

„Aber, Fräulein Hildegard, Sie sehen so schön in dem Kranz aus, lassen Sie ihn noch ein wenig, es schadet ihm ja nicht." Still jedoch nahm Hildegard den Kranz vom Kopfe, legte ihn neben sich, setzte ihren Strohhut auf und sagte zu den Kindern: „Nun wollen wir unser Pfingstlied noch einmal sagen, dann ist es Zeit, nach

Hause zu gehen.“ Da traten beide Kinder mit gefalteten Händen an sie heran und begannen mit ernster, langsamer Stimme:

„O Heilger Geist, kehr bei uns ein und lass uns deine Wohnung sein, o komm, du Herzenssonne. Du Himmelslicht, lass deinen Schein bei uns und in uns mächtig sein zu steter Freud und Wonne. Sonne, Wonne, himmlisch Leben willst du geben, wenn wir beten, zu dir kommen wir getreten.“

Daran knüpfte Hildegard eine Erklärung des Verses und sprach in einer für die Kinder verständlichen Weise von der Bedeutung des Pfingstfestes, legte den Kleinen ans Herz, wie sie um den Heiligen Geist bitten mussten, dass er Wohnung in ihren Herzen mache und dass, gleich wie die Sonne mit ihren Strahlen die Erde erleuchte, so auch der Heilige Geist als Herzenssonne die Herzen erleuchte, dass es hell und licht darin werde, dass die Sünde weiche und der Herr Jesus einkehren könne.

Die Kinder lauschten andächtig, und in

dem Gebüsch stand der Soldat und hatte unwillkürlich die Hände gefaltet. Voller Interesse hörte er die Worte des jungen Mädchens über die Bedeutung des Pfingstfestes, und es war ihm, als hörte er Stimmen aus dem Vaterhause; alte Erinnerungen an die Heimat wurden wach, an die Heimat, wo die Mutter ähnlich gesprochen, wenn sie abends mit ihm gebetet oder nach der Morgenandacht. Im Elternhause hatte er eine christliche Erziehung gehabt. Es war alles so anders geworden! Durch leichtsinnige Freunde, immer mehr dem Christentum entfremdet, hatte er aufgehört, die Kirche zu besuchen, und als ob er fühle, dass ihn im Elternhause eine unsichtbare Macht zurückziehen wollte in das frühere Leben, fing er an, es zu meiden. Er kam seltener nach Hause, suchte nach Gründen, die sein kurzes Bleiben entschuldigten, dagegen fand er am Kartenspiel und Trinken großes Wohlgefallen. Noch die letzte Nacht hatte er wüst zugebracht, eine bedeutende Geldsumme verspielt und sich dadurch in solche Verlegenheit gebracht, dass er irgendeinen Einfall ersinnen musste, von seinem Vater, der sehr streng war, eine Summe zu erpressen. Die einfache Rede des Mädchens ließ ihn auf einmal sein sündiges Leben erkennen. Das Wort Gottes ergriff ihn mit ähnlicher Gewalt, wie einstmals Saul auf dem Wege nach Damaskus.

Jetzt erhob sich das junge Mädchen. Durch den Aufbruch in seinem Versteck beunruhigt, wandte sich der Offizier zum Gehen, doch der Knabe hatte ihn bemerkt.

„Fräulein, ein Soldat!“, rief er, Hildegard am Kleide zupfend. Sie warf einen Blick nach dem nahen Gebüsch und erschrak heftig. Eine glühende Röte überzog ihr Gesicht, sie nahm die beiden Kinder an die Hand und wollte sich eilig entfernen. Doch der Offizier vertrat ihnen mit den Worten den Weg: „Erschrecken Sie nicht, Fräulein, am liebsten wäre ich ungesehen fortgegangen, da Sie mich aber bemerkt haben, danke ich Ihnen herzlich. Ich war unfreiwilliger Zuhörer Ihrer Worte. Sie haben mich gelehrt, an die Bedeutung des heutigen Festes zu denken.“

„Wenn ich auch zu den Kindern davon

redete", antwortete das Mädchen ernst, „würde ich es doch nie getan haben, wenn ich gewusst hätte, dass ich nicht allein war."

„Und doch hat Gottes Wort durch Sie bei mir angeklopft."

„Gottes Wort wird uns überall reichlich geboten. Hören Sie die Kirchenglocken? Sie rufen zum Gotteshaus! Dort werden uns Schätze geboten, die unvergänglich sind", sagte das junge Mädchen einfach.

Unter diesen Worten waren sie weitergegangen. Einige Leute kamen den Landweg herauf. Ängstlich bittend sah Hildegard den Offizier an. Er verstand sie. „Sie sollen durch mich nicht in Verlegenheit gesetzt werden", sagte er. „Ich werde nie vergessen, welchen Dank ich Ihnen schuldig bin." Mit diesen Worten grüßte er und ging eilig davon. Wieder kam er in die von Menschen gefüllten Alleen. Er achtete nicht auf die Menge. Tönten die Glocken heute besonders laut und feierlich? Es war ihm, als seien die Glockentöne Stimmen, die ihm zuriefen: „Kommet alle, Jesus ruft euch. Hört es doch und glaubt daran: Jesus nimmt die Sünder an."

Unter solchen Gedanken hatte er seine Wohnung erreicht. Er ahnte, dass der heutige Tag ein Wendepunkt in seinem Leben sein werde. Wie oft hatten seine Eltern darauf hingewiesen, wie er als einstmaliger Erbe doppelte Verantwortung für die Verwendung seiner Güter haben werde. Ein alter Onkel, Inhaber eines bedeutenden Majoratserbes, war kinderlos, nach seinem Tode ging Titel und Grundbesitz auf Waldemar als den nächstberechtigten Erben über. War es nicht natürlich, dass die Eltern wünschten, ihr Sohn möchte sich seines künftigen Berufes würdig erzeigen? Dass sie besorgt sahen, wie er sich mehr und mehr dem Leichtsinn hingab, der in ihm noch durch den Gedanken bestärkt wurde, dass künftige große Reichtümer ihn in den Stand setzen würden, seinen kostspieligen Neigungen noch mehr nachzugehen. Aber Gott hatte gesprochen: „Bis hierher und nicht weiter." Es war Waldemar, als sei ihm dies durch Engelsstimmen zugerufen worden. So machte er sich mit einem Herzen, das nach der Gerechtigkeit hungerte und dürstete, auf, um in die Kirche zu gehen. Und das Wort Gottes, an heiliger Stätte gepredigt, erwies sich an seiner Seele lebendig und kräftig.

Kaum war er vom Gottesdienst zurück, so hörte er stürmisch an seiner Wohnung klingeln. Frau Brendel, bei der er einige Stuben gemietet, öffnete und ließ einen Leutnant ein, der eilig nach Herrn von Buchwald fragte.

„Er ist soeben nach Hause gekommen“, hieß es, und im gleichen Augenblick hatte der Besucher schon geklopft und war eingetreten. „Wie soll ich mir das reimen?“, begann er. „Wir haben den ganzen Morgen im Restaurant auf dich gewartet und nahmen an, dass dir der gestrige Abend schlecht bekommen sein müsse. Du siehst aber gut aus, scheinst mir nicht unwohl, he?“

„Ihr werdet wohl noch manchmal auf mich warten müssen“, sagte Buchwald. „Ich war heute statt in der Kneipe im Gotteshaus, und der Tausch gefällt mir nicht übel. Ich denke, es von nun an alle Sonntage so zu machen.“

„In – der – Kirche?“, rief der Besucher halb erschrocken, halb spöttisch. „Was hat dich denn da hineingetrieben? Sei doch nicht närrisch!"

„Ich habe seit gestern viel erlebt", antwortete Buchwald ernst. „Willst du mit mir gehen, soll es mir recht sein, ich gehe von nun an nicht mehr mit euch. Ich habe das unordentliche Treiben satt."

„Du hast wohl gestern zu viel eingebüßt und bist furchtsam geworden, mein Jüngelchen? Na, frisch auf, heut Abend kann's wieder besser werden. Jetzt komm mit und lass uns eins trinken, damit die Grillen aus dem Kopfe gehen, hallo!"

„Gib dir keine Mühe", sagte Buchwald entschieden. „Ich rühre keine Karten mehr an, und das Kneipen hat auch ein Ende."

„Möchte wissen, wer dir den Kopf verdreht hat. Nun ich denke, diese Einfälle werden sich bis heute Abend legen. Um fünf Uhr komme ich dich abholen."

Als er gegen Abend wiederkam, mit noch zwei anderen Kameraden als Verstärkung, erfuhren sie, dass Herr von Buchwald nicht zu Hause sei. So mussten sie sich diesen Abend ohne ihn vergnügen. Dass aber viel über ihn gespöttelt und gelacht wurde, lässt sich denken. Er wusste dies recht gut, wusste auch, dass ihm noch manche Kämpfe bevorstehen würden, ehe er sich von der leichtsinnigen Gesellschaft lösen konnte. Er wusste aber ebenso gut, dass es anständige Leute im Regiment gab, und beschloss, sich an diese anzuschließen.

Am liebsten wäre er gleich nach Hause geeilt, doch am Mittwoch hatte er Dienst, so beschloss er, Ende der Woche Urlaub zu nehmen, was er auch ausführte.

Hildegard war über diese Begegnung sehr erschrocken und vor allen Dingen besorgt, dass sie in Begleitung eines Offiziers von den Leuten gesehen worden sei. Dieser Gedanke war ihr unangenehm, weil sie nicht ins Gerede der Leute kommen wollte. Doch bald konnte sie sich beruhigen. Die Leute, denen sie begegnete, gingen lachend und schwatzend vorüber, zu sehr mit ihren eigenen Angelegenheiten beschäftigt, als dass sie Zeit gehabt hätten, sie zu beobachten. So zog sie wieder ruhig ihres Weges, sich an den fröhlichen Kindern freuend, die so glücklich waren, ihrer Mutter zum Geburtstag etwas bescheren zu können. Hildegard hatte am Tage zuvor die Kinder, die in demselben Hause mit ihr wohnten, belauscht, wie sie in kindlicher Weise miteinander redeten.

„Weißt du, Klärchen, dass morgen Mutters Geburtstag ist?“, hatte Fritz gesagt. „Wenn wir ihr nur etwas schenken könnten.“

„Wir sind nur so arm“, hatte das Klärchen geantwortet, „kaufen können wir ihr nichts.“

„Nun“, sagte Fritzchen, „die Mutter meint immer, der liebe Gott sei reich über alle, vielleicht schenkt er ihr etwas.“

„Da müssen wir ihn darum bitten, aber ganz leise“, antwortete Klärchen, „dass es die Mutter nicht hört!“

Jetzt trat Hildegard, die unten auf dem Flur gestanden, hervor: „Kinder, ihr habt Recht“, sagte sie, „Gott ist reich über alle. Er lässt viele schöne Blumen wachsen, die er uns alle umsonst schenkt. Ich will morgen mit euch in die Felder gehen, da wollen wir Blumen pflücken und einen schönen Kranz für die Mutter winden.“ Bevor Hildegard am andern Morgen ihre einfache Kleidung beendet, standen die Kinder schon fertig angezogen an der Tür und warteten auf sie.

Nachdem Hildegard mit ihnen mehrere Straßen durchwandert und beim Bäcker den versprochenen Kuchen gekauft, bogen sie in die Steinstraße ein und verschwanden in dem Hause gegenüber der uns bekannten Pension. Hildegard verabschiedete sich von den Kindern und klingelte in der zweiten Etage. Ein freundliches blondes Mädchen öffnete. „Es ist gut, dass du kommst“, sagte es, „wir haben schon mit dem Kaffee gewartet.“

Hildegard betrat die kleine Wohnstube, die mit ihren hellen Möbeln und weißen gehäkelten Decken einen freundlichen, aber sehr bescheidenen Eindruck machte. Ein Bild über dem Sofa zeigte das Porträt eines Mannes in hohem, braunem, zugeknöpftem Rock; es war der verstorbene Rendant Schmidt, dessen Witwe, eine kränkliche blasse Frau, jetzt hier wohnte. Die schmale Pension reichte für die Bedürfnisse der Familie kaum, und die fleißigen Hände mussten sich rühren, um durch Näharbeit einen kleinen Zuschuss zu gewinnen. Die beiden Töchter,

Hildegard und Minchen, waren sehr verschieden veranlagt. Während diese praktisch begabt war und ihre volle Befriedigung im Wirtschaften fand, strebte Hildegards Geist höher. Schon als Kind war ihr größter Wunsch, recht viel zu lernen, und da die Befähigung sowie reges Interesse da waren, dienten die Schuljahre dazu, alle Gaben und Talente gut in ihr zu entwickeln. Die Eltern hatten sie die letzten Jahre in eine höhere Lehranstalt geschickt. Als Hildegard bat, Minchen dieselbe Schule besuchen zu lassen, hatte diese gemeint, das sei nicht nötig, sie habe keine Lust, ihren Kopf noch mehr anzustrengen. Und die Mutter hatte hinzugesetzt, dass für beide die Schule zu kostspielig sein würde. Dies betrübte Hildegard; sie wollte nichts vor der Schwester voraushaben, und doch wollte es ihr scheinen, als ob die Mutter sie in manchen Dingen bevorzuge. Nun, eins stand fest, Hildegards Erziehung hatte bedeutend mehr gekostet als die Minchens, zumal auch Musik- und Singstunden dazukamen. So war Hildegard aber auch fest entschlossen, mit den erworbenen Kenntnissen treu hauszuhalten und durch Stundengeben möglichst viel zu verdienen, um die Mutter zu unterstützen. Auch war sie nicht abgeneigt, später eine Stelle als Erzieherin oder Gesellschafterin in einem vornehmen Hause anzunehmen, wenn sich Gelegenheit dazu bieten würde. Einstweilen war sie ja erst siebzehn, und daheim lebte sich's doch am besten. Am Nachmittag des Festtages saß Hildegard allein am Fenster. Sie war müde gewesen und hatte Kopfschmerzen gehabt, als die Mutter mit Minchen und ihr ausgehen wollte. Sie schloss sich sonst nie von den gemeinsamen Spaziergängen aus, aber heute sehnte sie sich nach Ruhe, und die Mutter drang deshalb nicht weiter in sie, mitzugehen. Allerlei Gedanken gingen ihr durch den Kopf. Die Begegnung mit dem jungen Mann diesen Morgen war doch seltsam gewesen! Immer wieder tauchte seine Erscheinung vor ihr auf, wie er vor ihr stand, sie so ernst anblickend. „Wer mochte er nur sein, und was konnte er getan haben?“ Doch jetzt lenkte lebhafter Verkehr auf der Straße ihre Gedanken von dem Erlebnis ab. Ein eleganter Wagen kam gefahren. Ein Diener sprang herab, öffnete den Wagenschlag und ließ die Herrschaft, die von einer Spazierfahrt zurückkehrte, aussteigen. „Oh“, sagte Hildegard zu sich, den Kopf zurücklehnend, „es muss ganz hübsch sein, vornehm zu sein, möchte auch so im Wagen sitzen und mich spazieren fahren lassen!“ Doch gleich besann sie sich und dachte: „Wie hochmütig! Aber wie kommt es nur, dass ich mich oft aus dieser engen Umgebung hinaussehne? Wie undankbar! Ist das der Lohn dafür, dass Mutter mir eine so gute Erziehung gab? Es war vielleicht nicht gut, dass ich in der Schule mit so vielen vornehmen Mädchen zusammenkam und von ihnen Dinge hörte, die meinen Neid erregten. Was habe ich jetzt davon? Ist mir eine Freundin geblieben? Nein, stolz sehen sie auf mich herab, viele mögen mich nicht kennen, wenn wir uns begegnen. Ich will mir lieber ein Beispiel nehmen an meinem Gegenüber. Dort ist wieder das ältere Fräulein mit dem gütigen zufriedenen Gesicht am Fenster bei ihren Blumen. Wo mag das hübsche blonde Mädchen stecken? Ich wollte, ich dürfte in dieser Familie verkehren. Es scheint ein guter Ton dort zu herrschen. Wie schön, wenn sonntags der ältere Herr mit seinen Pflegesöhnen in die Kirche geht, hintendrein die Dame des Hauses mit ihren Töchtern."

Mit solchen Gedanken hatte Hildegard unverwandt nach den gegenüberliegenden Fenstern gesehen, und Emma, die gleichfalls Hildegard scharf ins Auge gefasst, konnte nicht anders, als freundlich nicken, als ihre Blicke sich begegneten. Der Gruß wurde von Hildegard erwidert, und somit war der erste Schritt zur Annäherung getan.

„Tantchen", meinte Emma später, „unser Gegenüber zieht mich an, besonders das schöne Mädchen mit den großen dunklen Augen, ich glaube, wir werden noch Freunde."

„Kind", sagte Frau Rothe, „knüpfe nur nicht noch weitere Fäden an. Unser Bekanntenkreis ist schon so groß, wir dürfen ihn nicht erweitern."

„Nun, so weit ist es noch nicht", sagte Emma, „aber wenn ich dem Mädchen einmal auf der Straße begegne, dann rede ich es an!“

Die Feiertage waren vorüber. Hildegard saß bei einem englischen Buch, um Studien zu machen – da klopfte es bescheiden an der Tür. Es war Klärchen aus dem oberen Stockwerk. „Die Mutter ist krank“, begann sie schüchtern, „ob nicht eins von den Fräulein zu ihr kommen wollte?“

Minchen war in der Küche und wusch, so machte sich Hildegard schnell von ihrem Buche los und ging mit der Kleinen hinauf. In einem engen Stübchen lag auf dürftigem Lager eine blasse Frau. Es war ein heißer Plättdunst in der Stube, und ringsumher auf Tisch und Stühlen lag sauber geplättete feine Wäsche.

„Ach Fräulein, es ist gut, dass Sie kommen, die Arbeit will gar nicht mehr gehen. Ich war kaum fertig, da kam ein so heftiger Hustenanfall, dass ich mich legen musste.“

„Liebe Frau Berger“, sagte Hildegard, „Sie sollten bei Ihrer schwachen Gesundheit gar nicht solche Arbeit machen.“

„Ich muss wohl“, seufzte die arme Frau. „Aber das Schlimmste ist – die Wäsche soll bis heute Abend bei den Herrschaften abgeliefert sein, ich habe es fest versprochen – nun liege ich da. Klärchen ist zu klein – da wollte ich ...“

„Da wollten Sie uns bitten“, fiel Hildegard ein, „die Sachen den Herrschaften abzuliefern.“

„Ach, ich kann es ja nicht von Ihnen verlangen, Fräulein. Ich dachte, vielleicht Fräulein Minchen.“

„Ich bin nicht besser als Minchen“, sagte Hildegard ärgerlich. „Ich werde es für Sie besorgen, sagen Sie nur, wohin.“

„Die Kragen und Hemden sollen zu Frau von Hattig, die immer gleich zahlt. Das andere geben Sie bitte bei Frau Brendel ab, Harte Straße 9/1. Sie zahlt monatlich. Sie brauchen also nur dort zu klingeln und die Wäsche abzugeben.“

Ein neuer Hustenanfall hinderte die Frau am Sprechen; Hildegard legte die Wäsche zusammen und ging damit hinunter. „Mutter“, sagte sie, „hast du nicht noch etwas von deinem Hustentee, Frau Berger oben ist wieder recht elend; geh doch einmal hinauf, ich mache unterdes eine Besorgung für sie.“

Die Wohnung der Frau von Hattig war bald erreicht. Die freundliche alte Dame nahm ihr selbst die Wäsche ab, erkundigte sich teilnehmend nach Frau Berger und versprach, einmal selbst nach der Kranken zu sehen. Nun noch zu Frau Brendel! Die Wohnung war nicht so schnell erreicht. Die Harte Straße lag ziemlich weit von der Steinstraße, doch machte sich Hildegard nichts daraus. Endlich stand sie vor der Wohnung. Sie stieg die Treppe hinauf und klingelte. Eine bejahrte Frau öffnete und sah sie erstaunt an.

„Ich bringe Ihre Wäsche von der Frau Berger, die krank geworden." – „Ja, so", meinte Frau Brendel. „Packen Sie nur aus, der junge Herr wollte selbst noch etwas sagen, ich sollte es melden, wenn die Wäsche gebracht würde."

„Junger Herr!", dachte Hildegard. „Mit einem jungen Herrn möchte ich nichts zu tun haben!" Doch bevor sie Frau Brendel zurückrufen konnte, hatte diese die Tür geöffnet und hineingerufen: „Herr Leutnant, die Waschfrau ist da!"

„Sagen Sie ihr, ich möchte die Kragen und Manschetten steifer haben als das letzte Mal“, ertönte eine Stimme, die Hildegard schon einmal gehört zu haben glaubte, doch eh’ sie sich besinnen konnte, stand in der Tür ein Leutnant. Es war Waldemar von Buchwald, dem die Worte im Munde stecken blieben, als er Hildegards ansichtig wurde. „Sie – meine Waschfrau“, stotterte er verlegen.

„Das ist doch wohl nur ein Missverständnis, Herr Leutnant“, sagte Hildegard und richtete sich auf. Sie nahm den Korb, der unterdes ausgepackt war, und verließ ohne Gruß die Wohnung. Sie war innerlich so erregt, dass sie mehr lief als ging, um aus dieser Straße zu kommen. Erst als sie eine gehörige Strecke zurückgelegt, ging sie wieder langsamer. „Muss mir dieser Herr immer in den Weg laufen, oder vielmehr ich ihm! Nein, ich will nicht“, sagte sie heftig und stampfte ein klein wenig mit dem Fuß auf. Ja, was wollte sie nicht? Seit jenem Pfingstmorgen war die Gestalt des jungen Offiziers immer wieder in ihr aufgetaucht. Sie wollte nicht an ihn denken, und je mehr sie es sich vornahm, desto mehr hatte sie zu beklagen, dass die Gedanken sich nicht in Zaum und Zügel halten ließen. „Es ist ja Unsinn“, hatte sie gesagt. Und nun? Nun konnte sie ja zufrieden sein. Die heutige Begegnung war derart gewesen, dass sie nach keiner Seite hin befriedigen konnte. „Gut“, sagte sie trotzig, „er hält mich für seine Waschfrau!“ Nach einer Weile fuhr sie fort: „Lächerlich! Sehe ich denn wie eine Waschfrau aus? Nun, Herr Leutnant, wir haben uns hoffentlich zum letzten Mal in unserm Leben gesehen – ich trage wenigstens kein Verlangen nach einer nochmaligen Begegnung! So romantisch die erste, so prosaisch die letzte!“

Und ihm war's, als ob jemand einen Eimer kalten Wassers über ihn ausgeschüttet. „Also in diese Umgebung gehört das schöne Mädchen, das in letzter Zeit meine Ruhe gestört! Denn ist sie auch selbst nicht Waschfrau, so doch jedenfalls ihre Tochter. Nun, dem sei, wie ihm wolle, das Mädchen zieht mich gewaltig an, ich hoffe, wir haben uns nicht das letzte Mal gesehen. Es ist etwas Hohes, Edles in ihr, trotz allem. Wie schön war sie in ihrem Stolz, als sie so trotzig die kleinen Lippen aufwarf.“

Hildegard kam still nach Hause. Sie lieferte Frau Berger das Geld ab und sagte nur: „Sie könnten es mir vorher sagen, dass die andere Wäsche einem Herrn gehörte, es war mir sehr unangenehm, mit ihm zusammenzutreffen."

Frau Berger war so unglücklich, das Fräulein in Verlegenheit gebracht zu haben, dass Hildegard alles aufbieten musste, sie zu beruhigen. Dadurch wurde sie selbst ruhiger, ja musste schließlich lächeln, dass sie überhaupt deswegen Unruhe empfunden. Der Mutter sagte sie nichts. Nachdem sie ihren Hauptfehler, den bösen Stolz, bekämpft, ging sie wieder still ihren Weg und suchte mit Ernst und Treue an der Stelle, an die Gott sie gesetzt, zu dienen und zu arbeiten.

Mariechen war wieder zu Hause! Mit großem Jubel hatte sie die Eltern und Emma begrüßt, hatte von ihren Erlebnissen erzählt, ihr weißes Kleid triumphierend gebracht, zugleich aber auch Emmas wirtschaftlichen Sinn erfreut mit Schinken, Würsten, Butter und Backobst, das Frau von Buchwald für sie eingepackt hatte.

„Unserm Kinde wird es nun gar nicht mehr bei ihren Eltern gefallen, fürchte ich“, sagte der Professor.

„O doch“, rief Mariechen und warf sich in seine Arme. „Daheim ist's am besten.“

Die Sommermonate gingen in der gewohnten Weise dahin. In den Ferien zerstreute sich die Familie, und als sich nach vier Wochen alle wieder zusammenfanden, hatte jeder viel zu berichten, es war ein fröhliches Durcheinander. Dann wurden die Tage kürzer, und die hübschen Abende kehrten wieder, besonders die Sonntagabende gestalteten sich immer schöner und interessanter. Viele junge Leute kehrten ein, unter ihnen der Kandidat Werner, der bald nach Pfingsten seinen ersten Besuch im Rotheschen Hause gemacht hatte und seitdem so oft da war, dass er bereits zu den Hausfreunden und Sonntagsgästen zählte. Er musizierte mit Käthe oder Mariechen, es wurde mehrstimmig gesungen, oder die Knaben führten Spiele auf, und die ganze Familie vereinigte sich zu gesellschaftlichen Spielen. Zum Klavierspielen mit Herrn Werner wollte sich Mariechen anfangs nicht verstehen. Als aber der erste Versuch gelungen war und er sie lobte, wagte sie es öfter. Es konnte wohl geschehen, dass der Kandidat, der ein sehr guter Spieler war, oft ein „Schneller, Fräulein Mariechen!“, oder „Adagio, Fräulein Rothe!“ dazwischenwarf und hie und da kleine Bemerkungen machte. Mariechen spielte sich mit der Zeit aber ganz hübsch mit ihm ein, bis die beiden Beethovensche Sonaten und Symphonien zur allgemeinen Befriedigung vortrugen. Kandidat Werner neckte gern. Käthe mit ihrem sprudelnden Geist blieb ihm nie eine Antwort schuldig, doch war Mariechen auch nicht auf den Mund gefallen. Einmal war zwischen Käthe und

Herrn Werner die Rede von Schulinspektoren, und dieser sprach davon, wie ihm als künftigem Geistlichen dies Amt auch einmal obliegen werde. „Nun“, warf Mariechen keck ein, „von Ihnen möchte ich mich nicht inspizieren lassen.“

„Dazu ist wohl auch keine Aussicht vorhanden, Fräulein Mariechen. Oder haben Sie die Absicht, Lehrerin zu werden?“, sagte er mit einem Anflug leiser Ironie.

„Das kann man gar nicht wissen“, sagte Mariechen, „Lust hätte ich schon dazu, doch Sie würde ich glücklicherweise nie zum Schulinspektor haben, da Sie einem andern Land angehören.“

„Halten Sie mich denn für so barbarisch, Fräulein Mariechen?“, fragte er sie neckisch anblickend. Sie errötete und meinte: „Nein, das nicht – aber schrecklich wäre mir der Gedanke, Schule halten zu müssen, wenn Sie mich dabei ansähen. Ich glaube, es ginge alles verkehrt!“

Alles lachte. Kandidat Werner lächelte still für sich in dem Gedanken: „Bis zum Schulehalten lassen wir es erst gar nicht kommen.“ Er wandte sich schnell Käthe zu und sagte: „Fräulein Walter, Sie hätten wohl weniger dagegen, mich einmal Ihre Schule inspizieren zu lassen?“

„Ich bin an dergleichen gewöhnt“, sagte Käthe lachend. „In unserem Schulleben verliert sich die Angst ja etwas vor diesen gestrengen Herren, doch angenehm ist es nicht, vor ihnen examinieren zu müssen.“

Eines Sonntags, als alle in heiterem Gespräch beisammensaßen, wurde Leutnant von Buchwald gemeldet. Waldemar entschuldigte sein spätes Hereinbrechen in die Gesellschaft und bat um die Erlaubnis, ein Stündchen bleiben zu dürfen. Kurts Freude über sein Kommen sowie Herrn Werners Anwesenheit berührten ihn angenehm. Die Bekanntschaft mit den anderen jungen Leuten machte ihm Vergnügen; besonderes Wohlgefallen fand er an zwei jungen Norwegern, die im Rotheschen Hause aus- und eingingen, um sich in der deutschen Sprache zu üben sowie deutsche Sitte und Gewohnheit kennen zu lernen. Ihr offenes, treuherziges Wesen zog ihn an, auch machte ihm die Art und Weise, wie sie ihr Deutsch radebrechten, großen Spaß. An der Musik fand er Freude, ja sang selbst einige

Duette mit und sagte sich beim Nachhausegehen, dass er lange keinen so genussreichen Abend gehabt habe. Frau Rothes Bitte, seine Besuche zu wiederholen, wurde diesmal nicht mehr abgelehnt.

Der Eindruck, den Waldemar am Pfingstmorgen gehabt, war nicht vorübergehend gewesen, die guten Vorsätze waren zur Tat und Wahrheit geworden. Er dachte oft in Dankbarkeit an den guten Engel, den Gott ausersehen, ihn zur Einkehr zu bringen. Nie hatte er sie wiedergesehen, obwohl er oft in das Feld hinausgewandert war, wo er sie damals an jenem denkwürdigen Morgen belauscht. Das Intermezzo mit der Wäsche war ihm unangenehm, es hatte ihn aus seinen idealen Träumen gerissen. Wie konnte er daran denken, ein Mädchen, das den untersten Ständen angehörte, sein Eigen zu nennen! Seine Eltern würden dies nie zulassen, und bei nüchterner Überlegung musste er sich selbst sagen, dass es unausführbar sei. Aber trotzdem tauchte ihr Bild, wie sie am Feldrand saß, geschmückt mit dem Kranz der Kornblumen, oft vor ihm auf. Es blieb der stille Wunsch seines

Herzens, dem Mädchen noch einmal zu begegnen.

Im Rotheschen Hause herrschte unter den Pensionären große Aufregung, da das von Emma dramatisierte Märchen vor Beginn der Herbstferien zur Aufführung gelangen sollte. Wilhelm, der den Jungen zu Gefallen eine Rolle übernommen hatte, wurde sehnlichst herbeigewünscht. Er sollte bei der Aufstellung der Dekorationen, die schön zu werden versprachen, Hilfe leisten. Niemand war geplagter als Emma. Die Jungen wollten Rollen überhört haben, sie sollte Kostüme erfinden und nähen, kurz, sie wurde in den Freistunden fortwährend in Anspruch genommen, und der Professor meinte kopfschüttelnd: „Es ist mir gar nicht recht, dass die Kinder dadurch von ihrer Arbeit abgelenkt werden."

„Lieber Onkel, es ist ja nur einmal im Jahr, verdirb uns den Spaß nicht", bat Emma.

Es war an einem Mittwoch. Ludwig malte eifrig an den Kulissen, die andern halfen oder lernten ihre Rollen. Abends sollte die erste Probe sein. Der Professor war in seinem Studierzimmer. Frau Rothe war einer Einladung zum Kaffee gefolgt. Emma und Mariechen nähten fleißig. Da sprang Emma plötzlich auf und rief: „Wie konnte ich das vergessen! Ich habe notwendige Einkäufe zu machen und muss Dore mitnehmen. Mariechen, es geht nicht anders, ich muss dich einmal allein mit den Pensionären lassen. Also halte um fünf Uhr die Vesper bereit; Butter bringe ich erst mit, du kannst heute Pflaumenmus zum Brot geben. Gib reichlich, aber nicht zu viel, und binde den Topf, wenn du fertig bist, wieder zu."

Mariechen versprach alles treu auszuführen. Als Emma mit Dore zurückkehrte, begegnete ihnen auf der Treppe der alte Briefträger, der eben den letzten Rest eines Pflaumenmusbrotes verzehrte. „Das hätte Mariechen nicht nötig gehabt", dachte Emma. Als sie den Vorsaal betraten, saß die alte Waschfrau am Fenster, die behaglich an einem Musbrot kaute. Die Alte erhob sich und knickste höflich, sagte, dass sie die Wäsche hätte holen wollen, aber das kleine Fräulein habe noch nicht Zeit gehabt, sie ihr zu geben.

Nun öffnete Emma die Küchentür und wusste nicht, ob sie lachen oder weinen sollte. Da stand Mariechen ganz erhitzt am Küchentisch und holte Pflaumenmus, immer frische Ladungen, mit dem Löffel heraus, strich es in reicher Fülle auf das Brot und fütterte die Jungen, die in malerischer Stellung um sie gruppiert waren. Ludwig saß auf dem Küchentisch, in nächster Nähe des Mustopfes, Kurt ritt auf dem Kohlenkasten, schleunigst essend, damit die andern ihm nicht vorauskämen. Konrad saß auf dem Fensterbrett, und Ernst stand hinter Mariechen, um wieder ein frisches Brot in Empfang zu nehmen, während er triumphierend ausrief: „Fräulein Emma, die sechste!"

Emma schritt schnell auf den Küchentisch zu, warf einen Blick in den Mustopf, sah Mariechen mit einem unbeschreiblichen Blick an und ging ohne ein Wort zu sagen hinaus. Mariechen folgte ihr auf dem Fuß in ihr Stübchen, sah sie verlegen an und sagte: „Emma, ich habe dir wohl zu viel Pflaumenmus vertan?"

„Unverantwortlich hast du gehaust; der große Topf ist ja dreiviertel leer und sollte auf viele Wochen reichen. Es war ein dummer Streich von mir, dass ich es dir überließ, aber ich konnte es nicht ahnen, dass du deine Sache nicht besser machen würdest!“

„Sei nur nicht böse“, bat Mariechen, „aber – in der Wohnstube sitzt noch einer und isst Musbrot!“

Jetzt musste Emma wirklich lachen. „Noch einer! Nein, es ist zu toll! Wer ist denn das!“

„Herr Werner aus Wiesendorf. Frau Meier hatte ihm wahrscheinlich aufgemacht, ohne dass ich etwas gemerkt. Plötzlich stand er hinter mir, als ich eben am Musstreichen war, und sagte bittend: ‚Oh, Fräulein Mariechen, das ist ja etwas Köstliches, bekomme ich denn auch etwas?‘ Künftig werde ich sagen: ‚Ich darf nicht, Emma erlaubt es nicht!‘“

„So ist es nicht gemeint! Aber wo ist Onkel?“

„Konrads Vater ist bei ihm und hatte allein mit ihm zu sprechen, so konnte ich Herrn Werner nicht zu ihm lassen. Ich habe ihm daher die Zeitung hingelegt und einen Teller mit Musbrot hingestellt und mich entschuldigt, weil ich draußen Pflichten habe. War es nicht recht so?“

„Ganz gut“, sagte Emma lächelnd und ging, Herrn Werner zu begrüßen. Da saß der arme Mann und schaute etwas gelangweilt drein, einen großen Teller Musbrot hatte er vor sich. „Herr Werner, es tut mir leid, der Onkel wird hoffentlich gleich frei sein.“

„Ich kann warten, Fräulein Rothe, ich habe einen Auftrag des Herrn von Buchwald an Herrn Professor, sonst würde ich wieder gegangen sein.“

„Sie haben sich gewiss recht gelangweilt?“

„O nein, Fräulein Mariechen hat für meine leiblichen und geistigen Bedürfnisse hinreichend gesorgt, wie Sie sehen“, dabei zeigte er lachend auf die umfangreichen Brote. „Die Zeitung war allerdings bald durchgelesen, es war ein Beiblatt, welches nur Offerten und Familiennachrichten enthielt, für die Damen allerdings das Wichtigste, darum hat Fräulein Mariechen nach bestem Wissen gehandelt.“

Emma lachte und wollte etwas erwidern – da trat die ersehnte Tante ein, die Emma frei machte, so dass diese die alte Meier befriedigen konnte. Es war einer jener Tage, wo keine Ruhe eintreten wollte, wo alles Mögliche, Erwartetes und Unerwartetes, kam und ging, wo die Gedanken in fortwährender Spannung gehalten wurden. Endlich fand sich ein ruhiges Stündchen, wo Professors allein waren und sich gegenseitig von des Tages Ereignissen berichten konnten. So erzählte denn Emma, wie sie, vom Markt kommend, Äpfel aus ihrer allzu vollen Tasche verloren habe. „Ich bückte mich eben, um sie aufzuheben, da springt ein junges Mädchen, das hinter mir gegangen, dienstfertig herzu und hilft mir mit den Worten: ‚Erlauben Sie, dass ich die Äpfel in mein Körbchen stecke, ich trage sie Ihnen, wir wohnen gegenüber.‘ Als ich sie näher ansehe, ist es unsere Schöne von drüben. Wir waren bald in anregender Unterhaltung, und ich muss sagen, es hat mir lange kein junges Mädchen so gefallen wie sie!“

„Unsere Kleine ausgenommen“, schaltete der Professor ein.

„Natürlich“, lachte Emma. „Fräulein Schmidt ist aber ganz anders als Käthe. Sie sind beide sehr liebenswürdig, doch wenn diese außerordentlich lebhaft und übersprudelnd ist, so hat Fräulein Schmidt etwas Ruhiges, ich möchte fast sagen Hohes in ihrem Wesen. Sie scheint mir gebildet, wenigstens drückt sie sich gut aus, und ihr Benehmen lässt nichts zu wünschen übrig."

„Du wirst sie schon zu uns herüberziehen", meinte Frau Rothe lächelnd, „hast schon längst mit ihr geliebäugelt."

Es klingelte. „Da ist sie", sagte Emma ruhig. „Wir waren heute Nachmittag in so eifrigem Gespräch, dass wir beide nicht an die Äpfel dachten, die sie in ihr Körbchen steckte. Jetzt wird sie sie bringen."

„Jetzt hast du uns neugierig gemacht, nun bringe sie auch", flüsterte Frau Rothe.

Nach einigen Minuten trat Hildegard ein. Sie entschuldigte ihr spätes Kommen, sie war nicht gleich zum Auspacken des Korbes gekommen und hatte die Äpfel vergessen. Frau Rothe bat sie freundlich, sich zu setzen, und während sie mit dem jungen Mädchen eine Unterhaltung anzuknüpfen bemüht war, erschien Ludwig, um Emma zu der vielbesprochenen Probe zu holen.

„Meine Nichte hat eine Aufführung mit den Pensionären vor", sagte Frau Rothe. „Wenn sie zustande kommt, Fräulein Schmidt, und Sie finden Vergnügen daran, müssen Sie sich auch einfinden." Hildegards Gesicht strahlte. „Wenn Sie mir erlauben wollen, hin und wieder einmal zu Ihnen kommen zu dürfen, werde ich Ihnen sehr dankbar sein. Ich habe wenig Umgang."

„Kommen Sie, sooft Sie wollen und können, Sie sind immer willkommen", sagte Frau Rothe, entzückt von dem liebenswürdigen Benehmen des Mädchens. Sie liebte alle jungen Mädchen, und es war eigen, wie schnell auch ihr alle Mädchenherzen zuflogen. Sie hatte ein tiefes Verständnis für sie, da sie sich bis in ihr Alter hinein einen kindlichen Sinn, ein reines und fröhliches Herz erhalten hatte.

Als Emma zurückkehrte, brach Hildegard auf, nachdem Frau Rothe ihr noch einmal versichert, wie sehr sie sich freuen würden, sie öfter bei sich zu sehen. Emma und Mariechen begleiteten sie hinaus. Eine neue Bekanntschaft war wieder gemacht!

„Ist sie nicht entzückend?“, rief Mariechen, als sie zu den Eltern ins Zimmer trat.

„Habe ich zu viel gesagt?“, warf Emma triumphierend dazwischen und sah die Tante forschend an.

„Nein“, erwiderte sie, „es ist ein ungewöhnlich hübsches Mädchen. – Und hat einen Takt, einen Anstand ...“

„... wie man ihn nur bei Fräulein Walter findet“, fügte der Professor lächelnd hinzu. Jetzt erhob sich ein Sturm. „Deine Goldtochter ist natürlich unübertrefflich, Papa“, rief Mariechen, „aber du musst doch zugeben, dass Fräulein Schmidt eine schönere Figur als Käthe hat.“

„Das mag sein“, sagte der Professor. „Doch was gehen mich die Figuren an, wenn nur die Naturen gut sind. Die Käthe kennen wir durch und durch, sie ist in- und auswendig prächtig. Sagt mir nichts gegen Fräulein Walter!“

„Papachen“, sagte seine Frau, „du musst nicht einseitig sein. So wie jede Blume ihre besondere Schönheit, ihren eigenen Reiz hat, so hat jedes junge Mädchen seine besonderen Talente und Vorzüge, und darüber können wir uns freuen.“

„Ja, ja, es ist schon gut, Mutter, lass nur. Mir gefällt Fräulein Schmidt auch sehr gut, ich kann nur nicht gleich so außer mich geraten wie ihr. – Doch Kinder, es ist spät geworden, ruft zum Abendsegen!" Die Kinder kamen. Als sie später „gute Nacht" sagten, flüsterten drei von ihnen Emma etwas ins Ohr. Sie schien nicht gerade angenehm davon berührt, sagte aber bereitwillig: „Ja, ja, hängt nur alles an meine Tür!"

Als sie dann selbst in ihre Kammer ging, fand sie eine geplatzte Weste, einen Rock mit zerrissenem Ärmel sowie eine Jacke, an der ein Knopf fehlte. Seufzend lud sie es sich auf den Arm, denn sie war heute sehr müde und verschwand damit in ihrer Stube. Hier setzte sie sich an einen Tisch und begann die kleinen Ausbesserungen möglichst schnell zu machen. Die Gedanken gingen ihr dabei wie Mühlräder im Kopf herum. Was hatte sie heute wieder alles erlebt, wie viele neue Eindrücke gehabt! Vor allem beschäftigte sie die Bekanntschaft mit Hildegard. Sie schien kaum achtzehn Jahre zu sein, da war es ganz natürlich, dass sie sich mehr an

Mariechen anschloss. Doch schien sie etwas viel Reiferes zu haben als diese; sie war entschieden ihrem Alter voraus. Sie hatte etwas Sinnendes, Tiefes – kurz, sie zog Emma sehr an. „Ich werde sie recht lieb haben“, dachte sie, „und sie wird mit der Zeit Vertrauen zu mir fassen und mich vielleicht auch ein wenig lieb gewinnen. Warum soll Alt und Jung nicht gut Freund miteinander sein?“ Unter diesen Gedanken waren die Sachen fertig geworden. Befriedigt schlich sie auf den Zehen hinaus, hängte die Kleidungsstücke an die Schlafstubentür der Jungen und begab sich nach dem vielbewegten Tage zur Ruhe.

Die Aufführung

Es war Freitag in der Michaeliswoche. Auf den Straßen rasselten mit Koffern bepackte Droschken. Vor Professors Hause bemerkte man keine. Die Abreise sämtlicher Pensionäre sollte erst Sonnabend stattfinden, da am Freitagabend das vielbesprochene Märchen in Szene gesetzt werden sollte. Die Aufregung und Verwirrung in der zweiten Etage war groß.

„Liebe Tante", bat Emma, „drücke heute nicht ein, sondern alle beide Augen zu, es wird wohl etwas drunter und drüber gehen."

Was halfs! Die Tante musste gute Miene zum bösen Spiel machen, musste es geduldig ertragen, dass schon tags zuvor der Salon vor ihrer Nase zugeschlossen wurde, worauf Emma den Schlüssel einsteckte. Wilhelm war schon am Mittwoch eingetroffen und mit Jubel von den Jungen begrüßt worden. „Herr Rothe, können Sie Ihre Rolle? Sie machen den König! Helfen Sie uns beim Aufstellen der Kulissen?" So ging es bunt durcheinander. Alles, was Wilhelm anfasste, hatte Hand und Fuß. Die Jungen sahen ihm mit Staunen zu, in diesen Tagen wuchs ihre Anhänglichkeit und Verehrung für ihn bedeutend. Unter anderem stellte er eine Mechanik her, die eine Taube sowie eine Weinflasche im geeigneten Moment von der Decke herabfliegen ließ, um ein „Tischleindeckdich“ herzustellen. Das begründete seinen Ruhm für immer. Es ist so leicht, die Herzen der Jugend zu gewinnen, wenn man Herz und Verständnis für sie hat, sich in ihre Freuden und Vergnügungen hineindenkt.

Mariechen, die seit dem Pflaumenmusvesper bei den Pensionären doppelt hoch angeschrieben war, machte sich noch beliebter dadurch, dass sie ihrem Vater die Erlaubnis abschmeichelte, am Abend der Aufführung sein Zimmer als Durchgang für die Spielenden benutzen zu dürfen. Er wollte erst gar nicht ran und meinte, es sei nicht zu verlangen, dass die Verwüstung sich bis auf seine Räume erstrecke – erst Emmas und Mariechens Versicherung, dass sie für jedes Buch haften wollten, für jede Unordnung selber büßen, rang ihm die Einwilligung ab. Am Morgen der Aufführung, als Emma dem Onkel den Kaffee brachte, saß er, den Kopf auf beide Hände gestützt. Emma wusste, was es bedeutete. Es war die Stimmung, die sich seiner stets am Vorabend großer Ereignisse bemächtigte. Sie fühlte sich deshalb durchaus nicht durch die kummervolle Miene des Onkels bedrückt, sondern suchte ihn nach allen Seiten hin zu beruhigen.

Eine Stunde später hörte Frau Rothe in der Schlafstube an ihrem Kleiderschrank rascheln. Eine dunkle Vorahnung trieb sie hinaus. Sie sah Wilhelm soeben ihr buntseidenes Kleid herausnehmen, ihr schönstes und bestes, und es Mariechen aushändigen. „Kinder“, rief die Mutter erschrocken, „was macht ihr denn hier?“ – „Mamachen, du wolltest ja beide Augen zudrücken, so darfst du auch heute nichts sehen, nichts hören. Da du nun aber doch gesehen, so will ich dir anvertrauen, dass ich das Kleid ganz notwendig gebrauche, da ich im zweiten Akt eine Prinzessin gebe und durchaus in Seide erscheinen muss.“

„Ich will dir mein altes schwarzseidenes

allenfalls zugestehen, dieses entschieden nicht", sagte die Mama in so bestimmtem Ton, dass Wilhelm als gehorsamer Sohn das Kleid schon während der Rede wieder still an seinen Platz hängte. „Schwarz", sagte Mariechen niedergeschlagen. „Nun, wenn es nicht anders geht, müssen …" „… wir das Unvermeidliche mit Würde tragen", ergänzte Wilhelm. „Und nun komm, Kleine, dass wir uns vor der mütterlichen Ungnade retten!"

Im Arbeitszimmer der Pensionäre sah es bunt aus. Ludwig saß auf dem Tisch und fabrizierte einen Mond, der abends scheinen sollte, während Kurt ein Diadem für Wilhelm, den König, aus Goldpapier kleisterte. Ernst und Konrad hatten mit ihrer Kleidung zu tun, dabei wiederholten sie ihre Rollen und liefen alle zehn Minuten zu Emma in die Küche, um dieses und jenes zu requirieren. Die musste sich gewaltsam zusammennehmen, um ihre Gedanken im Kopf zu behalten. Sie musste Mittag besorgen, für die Abendbewirtung alles herrichten, hatte außerdem die oberste Leitung der Aufführung und sollte selbst im Stück „die Hexe" geben.

Auf Mariechen war heute nicht viel zu rechnen.

Sie hatte das Köpfchen so voll, denn eben war ein Brief von Frau von Buchwald eingetroffen, der Rosa und Walter zum Nachmittag anmeldete. Sie ordnete deshalb ihre Anzüge, den Prinzessinnenstaat und das Feengewand vor, um Röschen ungestört genießen zu können. Frau Rothe und Emma überzählten die zu erwartenden Gäste. Es war eine ziemliche Menge. Verschiedene Tanten, ein alter Onkel, Nichten und Neffen hatten zugesagt, ebenso wollten sich die Norweger, Herr Werner und andere Sonntagsgäste einstellen. „Hast du Fräulein Schmidt und ihre Schwester noch einmal aufgefordert?“, fragte Frau Rothe.

„Eingeladen habe ich sie beide; Fräulein Hildegard hat für sich zugesagt, die Schwester dagegen schlug es ab.“

„Aber wir wollen nicht die Zeit verplaudern. Es gibt bis zum Abend noch viel Arbeit, und heute müssen wir alle unser Möglichstes tun.“

Und Professors taten ihr Möglichstes. Abends war alles hell erleuchtet, und Dore stand mit weißer Schürze bereit, den Gästen die Tür zu öffnen. Emma war vom Schauplatz verschwunden, Wilhelm und Mariechen desgleichen. Auch die Pensionäre waren unsichtbar, desto mehr hörte man von ihnen. Flüstern, Plappern, Kichern und Lachen tönte hinter den Kulissen.

Ein scheußliches altes Weib huschte über den Korridor in die Studierstube hinein, wo die Schauspieler alle in fertigen Kostümen bereitstanden. Es war Emma. Ein donnerndes Jubelgeschrei empfing sie. „Wenn ihr nicht ruhig seid, zieh' ich mich augenblicklich wieder aus, und der ganze Spaß ist vorbei." Das wirkte. Die Jungen wagten nur noch ganz leise begeisterte Ausrufe: „Fräulein Emma, Sie sehen wie eine natürliche Hexe aus."

Und so war es. Niemand hätte unter der struppigen Wergperücke das glattgescheitelte Köpfchen des kleinen Fräuleins vermutet. Das Gesicht war durch eine lange Pappnase sowie durch große, hervorstehende Zähne arg verunstaltet, und der Anzug, der nicht passender erdacht sein konnte, unterstrich die Wirkung. Doch die Zeit des Anfangs nahte. Emma, die Hexe, begab sich mit einem brennenden Öllämpchen in die kleine, für sie bestimmte Hütte, und lautes Klingeln verkündete den Beginn. Die Flügeltüren öffneten sich, und aus dem Munde der Zuschauer ließ sich ein einstimmiges „Ah“ vernehmen.

Der Salon war zu einem Wald umgeschaffen. Eine Tanne stand neben der andern, dazwischen andere grüne Gewächse, als Palmen, Kallas, Gummibäume, die einen hübschen Eindruck machten. Es war Nacht. Oben vom gestickten Eckbrett ergoss der Mond sein mildes Licht und beleuchtete die Szene. Im Hintergrund, in der andern Ecke des Salons, stand eine kleine Hütte, in der ein trübes Licht zu brennen schien.

„Mutter“, sagte der Professor zu seiner Frau, „die Kinder haben es aber einzig nett gemacht!“ – „Ganz allerliebst“, antwortete sie, „doch still, jetzt kommen sie!“

Die drei Rolandsknappen traten auf. Sie kamen aus dem Tal Roncesvalies, erzählten, wie ihr treuer Führer Roland von Mauren überfallen und samt seinen Begleitern nach tapferer Gegenwehr erlegen sei. Nur sie drei wären mit dem Leben davongekommen und suchten für die Nacht ein Unterkommen. Nach langem Umherirren gewahrten sie ein kleines Licht in der Ferne. Sie kamen näher, entdeckten eine Hütte und versuchten sie vergeblich zu öffnen. Nach langem Klopfen begannen sie mit Steinen zu werfen, und nun endlich regte sich's drinnen. Eine Hexe steckte den Kopf zum Fenster heraus und fauchte keifend, wer draußen sei und ihre Ruhe störe. Und endlich nach langem Hin- und Herreden kam sie zum Vorschein mit ihrem Lämpchen und ließ die Knappen eintreten.

Beim Erscheinen der Hexe entstand allgemeiner Jubel unter den Zuschauern, es war schwer für die Spielenden, die Fassung zu behalten. Als der erste Akt schloss, war großer Beifallssturm. Der zweite Akt stellte das Innere des Hexenhauses dar. In der Mitte eines wunderlich ausgestatteten Raumes stand ein großer Kessel auf dem Feuer. Davor kniete die Hexe, mit einem großen Holzlöffel ihre Delikatessen rührend und sich gleichzeitig mit den drei abseits an einem Tisch sitzenden Knappen unterhaltend. Die Alte stellte ihnen Bedingungen, unter denen sie die drei behalten wolle. Als die Knappen sich weigerten, diese zu erfüllen, berührte sie sie mit dem Zauberstäbchen. Die Knappen waren versteinert! Wie Bildsäulen standen sie da. Sie machten ihre Sache vortrefflich. Bei der zweiten Berührung bekamen sie wieder Leben, und als sie nun einsahen, dass sie vollständig in der Gewalt der Hexe waren, willigten sie in alles, was von ihnen verlangt wurde.

Im dritten Akt kam die Belohnung. Die Bedingungen waren erfüllt, die Hexe wurde dadurch erlöst und in eine liebliche Fee verwandelt, die den Knappen zum Abschied Gaben reichte als Dank für ihre Hilfe. Sie erschien unter den Bäumen des Waldes, als die Knappen sich davonmachen wollten. Von weißem, duftigem Gewand umflossen, mit herabwallendem, goldigem Haar, auf dem Haupt einen Efeukranz, stand sie da, die liebliche Fee, mit ihrer Hand den erstaunten Knappen winkend. Eben als sie den dreien ihre Gaben aushändigte, entstand ein kleines

Geräusch an der Wohnstubentür. Die Flügeltüren, die in den Korridor führten, waren weit geöffnet. Dore stand in ihm, von ferne lauschend und schauend. Da trat ein junger Offizier herein, Dore mit der Hand Stillschweigen gebietend. Er näherte sich leise dem Zuschauerraum und stellte sich in die letzte Reihe, wo die Norweger, Herr Werner und einige andere Herren standen. In den vorderen Reihen hatte man sein Kommen nicht bemerkt. Auch Waldemar war durch das liebliche Bild, das sich ihm bot, ganz gefesselt. Doch jetzt verschwand die Fee. Die Knappen packten ihre Geschenke aus, entrüstet über die wertlosen Gaben. Der eine hatte einen Däumling bekommen, der andere ein grobes Tuch, der dritte einen Pfennig. Wie sie allmählich aber dahinterkamen, dass mit diesen unscheinbaren Gaben wunderbare Kräfte verbunden waren, mit dem Däumling die Gabe, sich unsichtbar zu machen, mit dem Pfennig, durch sein Umdrehen so viel Gold, wie sie wollten, herbeizuzaubern, und das grobe Tuch sich als ein „Tischleindeckdich" erwies – da jubelten die Knappen und priesen sich als die glücklichsten Menschen der Erde.

Während alle andern Zuschauer gespannt dieser Szene lauschten, ja die Tanten ganz überwältigt die Hände ineinander schlugen, als beim „Tischleindeckdich“ im entscheidenden Moment eine Semmeltaube und eine Weinflasche von der Decke herunterschnellte, sah und hörte Waldemar nichts mehr. Ihn fesselte etwas Unerwartetes.

Er hatte beiläufig seine Blicke prüfend über die Gesellschaft hingleiten lassen. Da saß in vorderster Reihe der Professor, seine Frau, ein alter Herr, eine ältere Dame und neben ihr das muntere Fräulein Walter. In der zweiten Reihe befanden sich zwei ihm unbekannte ältere Damen, dann ein Knabe, das war Walter! Neben ihm Rosa! „Das ist ja prächtig“, dachte er. Doch neben Röschen saß eine schlanke, feine Gestalt! Dasselbe schöne Gesicht, das er schon zweimal zu bewundern Gelegenheit gehabt, lächelte anmutig, aus den schönen Augen leuchtete eine kindliche Fröhlichkeit und eine herzliche Freude über alles, was sie sah und hörte. Das Beste war, sie ahnte nichts von seiner Gegenwart, und er hatte reichlich Gelegenheit, sie zu beobachten. Die Vorstellung war für ihn vorbei. Er sah und hörte nur Hildegard, fand das dunkelblaue Kleid, das ihre Gestalt umschloss, reizend, lauschte auf ihr silberhelles Lachen, auf die Bemerkungen, die sie vertraulich in das Ohr seiner Schwester flüsterte. Wie gern sah er die beiden beisammen. Würden sie sich einmal näher kommen? Da auf einmal erinnerte er sich des Standesunterschiedes, seine Stirn verdüsterte sich, er sah in ernsten Gedanken vor sich hin.

„Warum lachen Sie nicht wie alle?", sagte einer der Norweger zu ihm. „Sie sehen immer auf den verkehrten Punkt und freuen sich nicht über famose Schauspieler."

„Freilich freue ich mich", sagte Waldemar zerstreut. „Die Leute machen ja ihre Sache wunderschön."

Der Akt war zu Ende. Es folgte eine längere Pause, die von den Zuschauern in lebhafter Unterhaltung zugebracht wurde.

„Nein, köstlich!", hörte man Käthes Stimme. „Die Kinder übertreffen sich selbst“, rief der Professor und sah so behaglich lächelnd drein, dass seine Frau ihre Hand auf seine Schulter legte und freundlich sagte: „Nun, Papachen, es gefällt dir doch auch ganz gut?“

„Freilich gefällt mir’s. Und dir auch, Onkel?“, sich an seinen alten Vetter wendend.

„Nun, ich sage gar nichts mehr! Werde fortan, wenn ich Gelüste nach dem Theater spüre, zu Professors gehen. Das ist erstens billiger, und zweitens hat man mehr Spaß davon.“

Im vierten Akt trat ein König auf mit seiner Tochter, einer boshaften Prinzess. Wilhelm, im roten Königsmantel, spielte seine Rolle meisterhaft, nicht minder Prinzess Marie, die sich im schwarzen Seidenkleid der Mama sowie in einer weißen, von Käthe geborgten Kaschmirmantilla sehr vornehm und würdevoll ausnahm. Sie unterhielten sich über die drei Knappen, die sich für Grafen ausgaben und am Hof des Königs erschienen waren, um um die Prinzessin zu werben. Die jedoch wusste bald herauszufinden, dass es Emporkömmlinge waren, die durch irgendwelche geheime Mittel sich immer neue Reichtümer verschafften. Bei einem Hoffest bestach sie einen Kammerdiener. Sie verabredete mit ihm, den Knappen einen Schlaftrunk beizubringen, wodurch sie Gelegenheit bekäme, ihnen die Zaubermittel, die sie, wie die Prinzess in Erfahrung gebracht, an goldener Halskette trugen, zu rauben. Der Knappe, der sich vermöge seines Däumlings allezeit unsichtbar machen konnte, hatte die Bosheit der Prinzess erkannt, er war bei der Unterredung der Prinzess mit dem Kammerdiener unsichtbar zugegen gewesen und vereitelte die bösen Pläne.

Alles wurde graziös gespielt. Der Unsichtbare führte seine Rolle meisterhaft zu Ende. Als alle nach wunderlichen Fahrten und Abenteuern glücklich gerettet, ihre geraubten Zaubermittel wieder in Händen hatten, verließen sie den Königshof und lebten fortan glücklich und zufrieden im Besitz ihrer Schätze. Den Schluss bildete ein Gefängnis, aus dem Ludwig seine beiden Genossen durch große Kühnheit erlöste. Die Szene hatte für die Zuschauer etwas Beängstigendes, und für die Jungen war gerade dieser Schluss, wo es zu klettern gab und sie ihre Turnkünste anwenden konnten, das Schönste von allem. Nun war es zu Ende! Man rief: „Famos, ihr Jungen! Alle Knappen heraus! König und Prinzess heraus, Fee heraus, Hexe heraus!“ Und so erschienen sie denn: die Knappen siegesbewusst, König und Prinzess sich an der Hand haltend. Doch als noch einmal: „Hexe heraus!“, gerufen ward, hieß es: „Hexe ist nicht mehr vorhanden, und Fee ist auf den Wolken entschwebt!“

Nun folgte ein buntes Durcheinander. Die Knaben hatten versprechen müssen, den Salon möglichst wieder herzurichten, und suchten dies, unterstützt von Dore und Emma, in kürzester Frist auszuführen. Wilhelm und Marie wechselten ihre Kostüme und begaben sich zur Gesellschaft. Die Gäste waren aufgestanden, sie unterhielten sich miteinander in Gruppen, und die sich noch nicht gesehen hatten, begrüßten sich. Rosa hatte sich eben mit den Worten erhoben: „Das war aber schön, Fräulein!“, und Hildegard wollte zustimmend antworten – da versagte ihr die Stimme. Ein Offizier kam auf Rosa zugeeilt, die flog in seine Arme mit dem Ruf: „Waldemar, du auch hier, das ist ja köstlich!“

Hildegard prallte zurück. Sie ergriff einen Stuhl, sich daran festzuhalten. Wie gut, dass niemand sie beachtete. Rosa nahm ihren Bruder vollständig in Beschlag, so dass er ihre Erregung nicht bemerkte. Vielleicht hatte er sie gar nicht gesehen. Wie sollte er auch das Mädchen, das Wäsche bei ihm abgeliefert, in dieser Gesellschaft vermuten! Sie zog sich möglichst weit in den Hintergrund zurück. Musste ihr der schöne Abend so verleidet werden! Jetzt kam ein Knabe auf den Leutnant zu, er ging mit beiden eifrig sprechend auf und ab, um damit, was Hildegard nicht ahnte, die eigene Verlegenheit zu decken. Er konnte Hildegard nicht begrüßen, sondern musste warten, bis er ihr vorgestellt war.

Nun kam der Professor auf Waldemar zu, begrüßte ihn und übernahm die Vorstellung der ihm unbekannten Gäste. „Herr Leutnant von Buchwald – Herr Dr. Rothe, ein Vetter von mir – Fräulein

Lesenberg und Schwester – hier meine Schwester, Frau Gerichtsrat Schmalz." Man verbeugte sich gegenseitig. „Die Herren werden Ihnen bekannt sein", fuhr der Professor fort, sich im Kreise umsehend. Dann gewahrte er Hildegard, winkte sie mit den Worten herbei: „Und hier unsere Nachbarin, oder vielmehr unser Gegenüber, Fräulein Schmidt." Er verbeugte sich; Hildegard, die im Hintergrund stehen blieb, erwiderte die Verbeugung mit einem Nicken.

Hildegard hatte sich schnell gefasst. Sie wusste, wie sie ihm begegnen wollte und musste. Die Fröhlichkeit, die ihr so gut gestanden, hatte einem ernsten Selbstgefühl Platz gemacht. Sie war sich ihrer Stellung ihm gegenüber bewusst. Er war ein vornehmer Herr von Adel, sie ein armes Mädchen, eine tiefe Kluft lag zwischen ihnen, daran wollte sie stets denken. Er hatte kein Recht, sich ihr zu nähern, ihre Wege mussten getrennt bleiben. Aber ein klein wenig Befriedigung spürte sie in dem Gedanken, ihn merken zu lassen, dass „seine Waschfrau" sich zu benehmen wisse. Doch mied sie geflissentlich seine weitere

Annäherung. Mit sicherem Takt schritt sie an ihm vorüber auf Käthe zu, deren Bekanntschaft sie heute Abend gemacht und deren Wesen sie anzog.

Waldemar, der so gern mit Hildegard gesprochen hätte, ärgerte sich, dass das Mädchen so unnahbar war. Er fragte Rosa unbefangen: „Wer ist das Fräulein?"

„Sie ist die Tochter einer armen Witwe und ist das erste Mal hier. Professors wollen sich ihrer etwas annehmen. Sie ist hübsch, nicht wahr?"

„O ja, ganz leidlich", sagte Waldemar, nicht sonderlich erfreut über die Aufklärung. Er begab sich zu der Herrengruppe, um sich am Gespräch mit den Norwegern aufzufrischen.

Nun erschien Emma mit einer Punschbowle, Dore folgte mit Tellern und Weingläsern, Mariechen brachte Kuchen und belegte Butterbrote. Die Herren zogen sich in die Stube des Professors zurück, doch waren alle Türen geöffnet, es tat den Gästen wohl, sich nun in mehrere Zimmer verteilen zu können.

„Werden wir denn nicht auch einen

musikalischen Genuss haben?", fragte Tante Minchen.

„Gewiss", sagte Käthe, „wenn es gewünscht wird."

„Fräulein Hildegard, singen Sie?"

„Ein wenig", war die Antwort.

„So geben Sie uns etwas zum Besten!"

„Es sind so viele hier", sagte Hildegard, „die mir weit überlegen sind, dass ich bitten möchte, mich zu dispensieren."

„O nein", sagte Tante Jettchen, „von Ihnen möchten wir gerade ein Lied hören. Fangen Sie nur an, die andern folgen dann."

Hildegard hätte sich heute am liebsten ganz still verhalten, doch ohne sich lange zu zieren, setzte sie sich ans Klavier und sang ein einfaches kleines Abendlied. Lag es nun an der lieblichen Melodie oder an dem eigentümlichen Schmelz der Stimme, kurz, die ganze Gesellschaft verstummte und lauschte dem Gesang, der so einfach und doch so ergreifend war. Und in der offenen Tür des Studierzimmers lehnte Waldemar, die Augen fest gebannt auf das am Klavier sitzende Mädchen. Bald standen auch die übrigen Herren lauschend an der Tür, und als die letzte Strophe verklungen war:

So in deinem Streben bist, mein Herz,
auch du, Gott allein kann geben Frieden
dir und Ruh!

Da rief einer der Norweger ganz begeistert aus, indem er sich dem Klavier näherte: „Lass mir das noch einmal hören!"

Alle mussten lachen, und der junge Mann sah etwas verblüfft drein, sagte aber trotzdem noch einmal, indem er sich zutraulich hinter Hildegards Stuhl stellte: „Bitte noch einmal." Bald war Hildegard von der jungen Welt umringt, alle baten sie um mehr. Sie erhob sich jedoch und sagte, Käthe anblickend: „Jetzt ist die Reihe an Fräulein Walter."

Während Käthe sich bereit zeigte und in ihren Noten suchte und die andern jungen Leute auch in den Noten blätterten oder ins andere Zimmer zurückgingen, hatte Hildegard sich vom Klavier zurückgezogen und in die entfernte Fensternische gesetzt. Hier wollte sie ungestört dem Gesang lauschen, doch es sollte nicht sein.

Waldemar war leise zu ihr getreten. „Fräulein Hild – Fräulein Schmidt, Sie haben Ihre Sache meisterhaft gemacht, ich bin ganz überrascht, solche Talente in Ihnen zu entdecken."

„Die nur in die Gesellschaft gehören", ergänzte Hildegard kühl, „und sich nicht, wie Sie vielleicht denken, für arme Wesen eignen, die zu niederer Arbeit geboren ..."

„Sie missverstehen mich, Fräulein Schmidt", versetzte Waldemar vorwurfsvoll, „so meinte ich es nicht ..." Unbeirrt fuhr Hildegard fort: „Ich habe singen gelernt und fremde Sprachen, nicht um damit in Gesellschaften zu glänzen, denn in solche komme ich nicht, sondern um mir damit mein Brot zu verdienen und meine Mutter, die eine arme Witwe ist, zu unterstützen."

„Es ist auch vornehmer, nicht mit seinen Gaben zu glänzen, sondern sie zum Nutzen seines Nächsten zu gebrauchen, wie Sie schon oft getan", sagte er mit bedeutungsvollem Blick. „Und", fuhr er plötzlich abbrechend fort, „ist es nicht ein wunderbares Zusammentreffen heute Abend?"

„Ich kann wirklich nichts Wunderbares darin finden. Wir kennen uns ja gar nicht und gehen uns nichts an!“

„Sie haben Recht“, sagte er kurz, wandte sich schnell um und trat zu den andern Herren, während Hildegard durch die Tür ging und sich zu den älteren Damen begab.

Tante Minchen, die eben ausgerufen: „Sie ist entzückend!“, deutete auf einen leeren Stuhl und sagte mit Wärme: „Das ist recht, Fräulein Hildegard, kommen Sie zu uns alten Leuten, wir freuen uns an der Jugend. Die böse Emma, die eben bei uns saß, ist auf und davon, um sich unter die jungen Leute zu mischen!“

Hildegard setzte sich. Sie fühlte sich hier geborgen, hatte bald im Gespräch mit den liebenswürdigen Damen alles Beklemmende abgeschüttelt und gewann ihre alte Fröhlichkeit wieder.

Im Salon herrschte unterdes munteres Leben. Käthe sang: „Kennst du das Land, wo die Zitronen blühen?“ Mariechen und Röschen saßen Hand in Hand auf dem Sofa und lauschten, während einer der Norweger auf Emma zukam mit den Worten: „Oh, Fräulein Hex', Sie waren heute nicht ganz reizend!"

„Sind die Hexen bei Ihnen schöner?", fragte Emma lachend.

„Ich sah noch keine."

Herr Werner näherte sich den Freundinnen. „Nun, Fräulein Mariechen, gibt's bald wieder ein Pflaumenmusvesper?"

„Nie, Herr Kandidat. Emma hat mir solche Vorwürfe gemacht, erstens, weil ich mit dem Mus so gewüstet, und zweitens, dass ich Ihnen das Brot so dick geschnitten habe."

„Wie einem Diener", neckte Herr Werner.

„Aber Herr Werner", sagte Mariechen vorwurfsvoll. „Verzeihen Sie! Ich vergaß unsere Verabredung. Jetzt wird mir's schlecht gehen!" Und eiligst verschwand er hinter der Tür des Studierzimmers, wo der Professor und der Onkel in behaglicher Ruhe saßen, um dem Gesang zu lauschen.

Waldemar machte mit Emma nähere Bekanntschaft, setzte sich jedoch so, dass er eine Aussicht auf die im Wohnzimmer versammelte Gesellschaft hatte. Emma, der die Aufführung natürlich als das Hauptereignis des Abends galt, fand zu ihrer Verwunderung, dass Waldemar gar nicht davon sprach, und dachte für sich: „Er hätte gar nicht zu kommen brauchen, für junge blasierte Leutnants ist das nichts." – Zugestehen musste sie aber später, als Waldemar mit Käthe im Duett das Lied „O sah ich auf der Heide dort im Sturme dich" sang, dass er eine sehr schöne Stimme hatte. Sie wurden sehr gelobt.

Auch Hildegard lauschte mit gespannter Aufmerksamkeit, während Tante Jettchen zu Frau Rothe bemerkte: „Ein netter junger Mann! Es ist wahr, euer Haus ist ein Sammelpunkt für die Jugend, jedermann fühlt sich behaglich, sogar die Leutnants!"

„Sie müssen aber danach sein", erwiderte die Professorin. „Der junge Herr von Buchwald zeigt seit einiger Zeit ein so ernstes Streben, unterhält sich mit meinem Mann gern über theologische Fragen und ist auf der andern Seite ein so liebenswürdiger Mann, dass wir ihn gern kommen sehen. Es ist ja auch natürlich, dass er öfter erscheint, da sein Bruder unser

Pflegesohn ist, und ich bemuttere junge Leute gern."

Das war das erste Urteil, das Hildegard über den jungen Mann hörte, dem sie so unnahbar begegnet war. Es tat ihr fast leid, dass sie sich so abstoßend verhalten! Wie fröhlich und harmlos verkehrte Käthe mit den jungen Leuten! Aber die war das gesellschaftliche Leben mehr gewohnt, sie dagegen fühlte sich noch schüchtern und fremd.

Der Gesang war beendet, und nun trat Werner zu Mariechen mit den Worten: „Fräulein Mariechen, wie war's mit einer Sonate zur Versöhnung?" Mariechen hatte nichts dagegen, und bald saßen die beiden in schönster Harmonie am Klavier. Die Jungen liefen mit Schachbrettern umher, um unter den Herren gütige Herzen zu erwecken, die mitspielten. Wilhelm hatte sich bisher mit ihnen amüsiert, doch jetzt wollte er auch die übrige Gesellschaft genießen und trat zu seinen Freunden, den Norwegern.

Da meldete Dore den Diener der Frau von N., der gekommen, Fräulein von Buchwald abzuholen. Waldemar, der eben eine Partie Schach mit Kurt beendet, sprang auf: „Ich werde dich begleiten, Rosa, ich wollte doch aufbrechen.“ Sie gingen mit der Versicherung, dass sie sehr viel Vergnügen vom heutigen Abend gehabt. Waldemar verabschiedete sich von den älteren Damen, verbeugte sich vor Fräulein Hildegard und verließ mit seiner Schwester die Gesellschaft. Ihm folgten bald die übrigen Gäste. Ein Stündchen später waren Emma und Frau Rothe allein. Sie waren noch zu aufgeregt, um schlafen zu können, und unterhielten sich über die Erlebnisse des Tages, von der wohlgelungenen Aufführung, von den verschiedenen Gästen, von Hildegards Anmut und taktvollem Benehmen.

„Käthe“, meinte Frau Rothe, „hat sich wie immer prächtig gemacht. Wie hat sie mir alles an den Augen abgesehen, wie die Gesellschaft unterhalten helfen! Sie war stets da, wo es fehlte.“

Hier trat der Professor ein. „Papachen, wir waren eben dabei, deine Goldtochter zu loben.“

„Kinder, wisst ihr, dass Mitternacht längst vorbei ist“, sagte er, sich vergnügt die Hände reibend. „Ja, die Käthe ist gut, habe nur heute nicht viel von ihr gehabt! Mutter, es ist aber wahr, es sind alles prächtige, junge Leute, die zu uns kommen. Wie ich Werner schätze, weißt du; ich muss aber sagen, dass ich den jungen Buchwald auch immer mehr lieb gewinne. Wir hatten heute sehr ernste Gespräche miteinander, er ist tiefer angelegt, als ich dachte."

„Er gefällt mir auch recht gut, wie alle Buchwalds. Aber denke dir, Papachen, deine Damen hätten heute beinahe schon Ehen gestiftet, wir möchten Käthe und Werner gern zusammenbringen."

„Ei, ei, macht mir nicht so etwas!", drohte der Professor.

„Habe keine Sorge! Du weißt selbst am besten, dass ich nichts sehnlicher wünsche, als einen harmlosen, fröhlichen Verkehr der jungen Leute untereinander. Käthe selbst denkt natürlich nicht an so etwas!"

„Nun, so wollen wir uns auch nicht darum sorgen, sondern es machen wie unsere Kinder und uns zur Ruhe begeben. Emma, du wirst nach dem tatenreichen Abend müde sein!"

Professors zogen sich zurück, während Emma in die Küche eilte, um Dore beim Abtrocknen und Wegräumen des Geschirrs zu helfen.

Nachdem Waldemar Röschen abgeliefert hatte, war er rasch nach Hause geeilt. Dort warf er sich auf das Sofa und rief ärgerlich: „Ein stolzes, unnahbares Mädchen! und doch wieder so unbeschreiblich lieblich, wenn sie sich unbeachtet glaubt. Wie fröhlich plauderte sie mit Röschen während der Aufführung, wie liebenswürdig war sie gegen die alten Damen, wie freundlich hob sie der alten Tante die heruntergefallenen Maschen auf. Nur gegen mich ist sie von einem Stolz, einer Kälte! Ich habe ihr doch nichts zuleide getan! Ich will aber auch gar nicht mehr an sie denken.“ Je mehr er sich das vornahm, desto weniger konnte er seine Gedanken im Zaume halten. War es ein Wunder, dass er sie auch im Traume erblickte, und zwar so, wie er sie gern sehen wollte, holdselig und freundlich auf ihn zukommend? Hildegard selbst war nach Hause gekommen und hatte die fleißige Mutter im stillen Stübchen noch bei der Arbeit gefunden. „Mutter, du bist noch auf und nähst, und ich bin den ganzen Abend meinem Vergnügen nachgegangen!“ Sie setzte sich zu ihr aufs Sofa und fing bitterlich zu weinen an.

„Aber, liebes Kind, was hast du? Es hat dir doch niemand etwas zuleide getan?“

„Nein, es war wunderschön“, sagte Hildegard und trocknete ihre Tränen. „Aber weißt du, Mutter, von solchen Gesellschaften bleibe ich doch lieber fern. Ich passe nicht hinein, ich fühle mich fremd, verlegen.“

„Nicht doch“, sagte die Mutter. „Im Gegenteil, wenn du angestrengt gearbeitet hast, ist es für dich eine notwendige Erholung, unter gebildete Menschen zu gehen. Bei uns hast du nicht viel, ich kann dir nichts bieten.“

„Du weißt, wie es mich betrübt, wenn du das sagst, Mutter. Wem verdanke ich denn alles, was ich habe und bin? Ich will, soviel in meinen Kräften steht, dir das zu vergelten suchen, was du an mir getan hast. Es war doch ein glücklicher Tag heute, dass die Frau Geheimrat da unten mir die Nachhilfestunden für ihre kleinen

Mädchen übertragen hat, da verdiene ich mehr, als ich mit dem Nähen erzwingen kann. Vielleicht soll ich mit den Kindern täglich eine Stunde spazieren gehen, das wird auch noch etwas eintragen, und siehst du, das kommt dir dann zugut, dass du keine Opfer gescheut und mich so viel hast lernen lassen. Vielleicht bekomme ich auch noch einige Klavierschülerinnen."

Die Mutter streichelte sanft ihre Tochter. „Du gutes Kind, denkst nur an mich, Gott segne es dir! Doch nun lege dich schlafen, es ist schon so spät, ich folge dir gleich."

Hildegard gehorchte gern, denn sie sehnte sich danach, mit ihren Gedanken allein zu sein. Die stürmten nun mit aller Gewalt auf sie ein. Was hatte sie in wenigen Stunden alles erlebt. Ja, wirklich, ein wunderbares Zusammentreffen! Jetzt, in der Einsamkeit, gestand sie sich, was sie ihm gegenüber so stolz abgewehrt. Ihr Herz pochte, wenn sie an den eigenen Blick dachte, mit dem er sie angesehen, als er sagte: „Ist das nicht ein wunderbares Zusammentreffen?" Wie schnell hatte er sich gewendet und sie verlassen, als sie ihn so kühl abfertigte. Es tat ihr fast leid, und doch – musste sie nicht zufrieden sein, dass es so gekommen war? Es war doch unmöglich, ihm etwas sein zu können! Sie bat Gott, ihr alles zu vergeben, was sie Unrechtes getan, wo sie geirrt; und mit dem Psalmenwort auf ihren Lippen „Schaff in mir, Gott, ein reines Herz und gib mir einen neuen gewissen Geist" schlief sie sanft und friedlich ein. Die Mutter dachte noch lange über Hildegards Zukunft nach. Würde sie sich klären, oder war es Gottes Wille, dass sie in abhängigen, ärmlichen Verhältnissen bliebe, in die sie von Rechts wegen nicht hineingehörte? „Ich muss in Treue und Geduld ausharren und schweigen, wie ich es ihrer Mutter versprochen – bis – nun, wenn dies nicht eintrifft, bis ans Ende meines Lebens. Und es ist auch besser, sie erfährt es nie, die Armut würde ihr drückender, die abhängige Lage unerträglicher sein." Mit diesen Worten nahm sie ihr Licht und begab sich in die Schlafkammer zu ihren Töchtern.

Einzug in Nienhagen

Ein schwerfälliger Postwagen rumpelte eben durch das Tor einer kleinen norddeutschen Landstadt. Der Postillion setzte sein Horn an den Mund und blies lustig hinein, worauf die Pferde kräftiger anzogen und mit sicherem Instinkt, dass das Ende der Reise gekommen, so lustig trabten, dass die alte Postkutsche bedenklich hin- und herschwankte und die Insassen wider ihren Willen in die Höhe schnellten wie Gummibälle. Doch jetzt rasselte die Post auf den Marktplatz und hielt in wenigen Sekunden vor dem Postgebäude. Der Postillion stieg gemächlich vom Bock, öffnete die Wagentür und sagte: „Na, nu sind wir da!"

„Gott sei Dank", rief eine kleine rundliche ältere Dame. „Lange hätte ich das auch nicht mehr ausgehalten."

Ein junger Mann, vielleicht hoher Zwanziger, von kräftigem gedrungenen Bau, mit stillem ernstem Gesicht, war vor ihr hinausgesprungen und reichte ihr die Hand zum Aussteigen. „Nur sachte, Mutter, dass du nicht fällst. So – du wärest nun in Sicherheit, nun will ich deine vielen Schachteln, Tücher und Pakete noch herausholen. Wir können von Glück sagen, dass wir die einzigen Passagiere waren, sonst hätte ich nicht gewusst, wo die Sachen unterbringen."

Er verschwand wieder im Postwagen und kam so schwer beladen heraus, dass er einigen Jungen, die die Hände in den Hosentaschen hatten und neugierig um die Post herumstanden, zurief: „Jungs, fasst einmal an und legt die Sachen dort auf die Bank."

Sie griffen schnell zu, während die alte Dame rief: „Nur nicht meine Hutschachtel, die trage ich selbst."

„Aber Mutter, was hast du auch alles mit! Hier dein Plaid, dein Regenmantel, etliche wollene Tücher, hier zwei Taschen, ein Deckelkorb und hier eine Kiste, die ist ja grausam schwer ..."

„Ja, Hermann, wir müssen, wenn wir aufs Land gehen, Vorräte mitnehmen. Du kennst das Leben dort noch nicht. Ist nun alles heraus?"

„Ich glaube ja. Die ganze Bank ist voll.

Der Postmeister, der dort zum Fenster hinaussieht, will sich krank lachen."

„Was ist dabei", sagte die Mutter, „lass ihn lachen. Ich sehe aber keinen Wagen. Wie soll das werden!"

„Da kommt er, Mutter."

Ein hübscher Stuhlwagen, mit zwei Braunen bespannt, rasselte über das holprige Pflaster. Der Kutscher, ein schlanker junger Bursche, stieg ab, sobald der Wagen hielt, und kam auf die beiden zu. Er zog höflich den Hut und sagte in plattdeutschem Dialekt: „Guten Tag, Herr Pastor, na, ich wollt' Sie holen, ich kann wohl die Sachen gleich aufladen?"

„Guten Tag, Jochen", sagte der junge Pastor herzlich und reichte ihm die Hand. „Lade nur die Kisten und Kästen auf, die Koffer müssen wir holen lassen. Wir kommen gleich." Damit zog er seine Mutter in den nahen Gasthof, um mit ihr eine Tasse Kaffee zu trinken, denn wenn auch das Wetter für die Jahreszeit verhältnismäßig mild war, so war eine Erwärmung Ende November nach langer Fahrt doch gut. Der Wirt lief eilfertig hin und her, während sich die Wirtin neugierig dem

Tisch näherte und zu der alten ihr Vertrauen erweckenden Dame sagte: „Gewiss der neue Herr Pastor von Nienhagen."

„Ja, mein Sohn; ich bin auch eine verwitwete Pastorin, habe viele Kinder allein aufgezogen, der Vater ist schon früh gestorben ..."

„Sieh, so", sagte die Wirtin, „na, da werden Sie sich freuen, einen nun versorgt zu haben."

„Dies ist der jüngste, die andern sind alle schon angestellt." Und nun folgte ein treuherziger Bericht von allem, was sie durchgemacht, von ihren eigenen sowie den Erlebnissen der Kinder, so dass die gute Wirtin bei sich dachte: „Das ist mal eine nette Frau, solche trifft man nicht alle Tage, die einem alles so ohne Fragen erzählt." Sie war so gerührt, dass sie ihr freiwillig noch eine Tasse Kaffee holte und sie später bis in den Wagen geleitete.

Jetzt saßen sie oben, die Sachen waren alle glücklich untergebracht. Jochen ließ die Peitsche knallen, und in raschem Trab ging es zur entgegengesetzten Seite der Stadt hinaus. Noch eine halbe Stunde Chaussee, dann bogen sie links in einen

Landweg ein, auf dem es allerdings langsam vorwärts ging. Weiches, regnerisches Wetter hatte die lehmigen Wege dermaßen eingeweicht, dass sie schwer zu passieren waren. Doch heute regnete es nicht, die Sonne schien freundlich, als wollte sie den jungen Pfarrer zum Einzug in die neue Heimat begrüßen. Er saß still und in sich versunken da, während das Mütterchen ihn immer wieder durch diesen oder jenen Ausruf aus seinen Träumen riss. „Dort ein Kirchturm", rief sie plötzlich, „das ist wohl Nienhagen, Jochen?"

„Ja, dat 's uns Dörp!"

Jetzt ging es in schneller Fahrt dem Pfarrhause zu. Das letzte Stück des Weges war besser, nun war das Dorf erreicht. Hie und da guckte verstohlen ein Kopf zu den kleinen Fenstern der Häuser heraus; Kinder sah man nicht auf der Straße, aber als der Wagen sich dem Pfarrhof näherte, konnte man die ganze Jugend des Kirchspiels in Festkleidern versammelt finden. Sie stob schnell auseinander und stellte sich vor dem Pfarrhause auf; der Küster gab das Zeichen, und sobald der Wagen hielt, begann ein feierlicher Gesang. Dann hieß der Küster den Pastor im Namen der Gemeinde willkommen, und der Pastor dankte mit herzlichen Worten. Der Mutter waren beim Gesang die Tränen gekommen; sie dachte an die alten Zeiten, in denen ihr seliger Mann mit ihr Einzug in die Pfarrei gehalten. Nun zog sie mit dem Sohn ein! Wie viele Jahre des Kummers und der Sorge lagen dazwischen!

Doch immer praktisch, trocknete sie bald die Tränen, reichte den Kindern freundlich die Hand und verhieß ihnen, wenn sie eingerichtet, einen guten Kaffee mit Kuchen.

Als sie das Haus betraten, wurden sie von einer sauber gekleideten Frau freundlich und herzlich willkommen geheißen. Es war die Inspektorsfrau des Gutes, die den Pastor und seine Mutter unter vielem Komplimentieren in die wohldurchwärmte Wohnstube führte, wo ein gedeckter Tisch mit allem versehen war, was die müden Reisenden erquicken konnte. Am liebsten wäre die Mutter mit ihrem Sohn allein gewesen, die Inspektorsfrau redete so unaufhörlich von Personen und Sachen, die sie nicht kannten. Doch mussten sie auch ihr wiederum dankbar sein, dass sie sich ihrer in der noch fremden Heimat annahm. Die gute Frau hatte die vorausgeschickten Möbel des Pastors in Empfang genommen und sie nach dessen Angabe aufstellen lassen. So machten seine Stube und die gegenüberliegende Wohnstube schon einen ganz behaglichen Eindruck, obgleich die Mutter meinte, bevor Gardinen aufgesteckt seien, gefiele es ihr nicht, das müsste zum Sonnabend alles fertig werden, sie lägen schon sauber geplättet im Koffer.

Als die Inspektorsfrau sie gegen Abend verlassen, durchwanderten die beiden das Haus. „Ein schönes großes Haus, es ist jammerschade, dass du so allein drin wohnst, Hermann!“

„Zieh doch zu mir, liebe Mutter, da ist mir gleich geholfen!“

„Das geht nicht, dann würdest du nie ans Heiraten denken. Und eine Frau musst du haben. Ein Pastor auf dem Lande ohne Frau ist nur ein halbes Ding, das musst du einsehen!“

„Ja, du hast schon Recht. Aber mich mag ja keine“, antwortete Hermann.

„Was nützt das Reden darüber!“, eiferte seine Mutter. „Komm, wir wollen uns das Haus weiter ansehen. Hier dein Studierzimmer! Es ist luftig und groß. Und daneben deine Schlafstube. Die ist nur klein.“ Und indem das Gesicht immer bedenklicher wurde, sagte sie plötzlich: „Ja, die ist für Frau und Kinder entschieden zu klein!“

„Aber Mutter, die sind ja bis jetzt noch gar nicht vorhanden; sorge dich doch nicht immer um unnötige Dinge, du hast Sorgen genug im Leben gehabt. Es ist ja recht gut, dass ich noch allein bin, ich habe Platz genug. Vorhin sorgtest du, das Haus sei zu groß, nun wieder zu klein – ich denke, es wird gerade so recht sein.“

Seine Mutter seufzte. Sie kannte das Leben und seine Sorgen. Zwar hatte sie eine glückliche Kindheit verlebt, aber in den Ehejahren war's immer knapp hergegangen, und als ihr seliger Mann die Augen zugetan, da musste sie von früh bis spät schaffen und arbeiten, und wenn sie sich auch immer das Gotteswort „Sorget nicht“ vorhielt, so kamen die Sorgen doch ungeheißen, so dass sie sich jetzt gar nicht in ein Leben ohne Sorgen hineindenken konnte.

Es gab bis zum Sonntag viel zu tun. Als aber Samstagabend alles sauber und geordnet war und der letzte Vorhang aufgesteckt, da legte sie feiernd die Hände in den Schoß und lauschte andächtig den Glocken, die den ersten Advent einläuteten. Der junge Pastor saß am Pult in seiner Studierstube und memorierte seine Predigt. Auch er faltete jetzt die Hände und bewegte leise die Lippen: „Herr, lehre mich tun nach deinem Wohlgefallen, dein guter Geist führe mich auf ebener Bahn! Herr, hilf, dass ich als ein treuer Knecht in deinem Dienst erfunden werde!"

Und am andern Morgen ertönte es freudig von seinen Lippen vor versammelter Gemeinde: „Hosianna in der Höh'! Gelobet sei, der da kommt im Namen des Herrn!" Er sprach von dem Heil, das gekommen. Das wollte er seiner Gemeinde jetzt und immerdar verkünden. Diese war sichtlich ergriffen.

Während seine Mutter sich nun in den kommenden Wochen des Hauswesens annahm, war der junge Pastor viel außer Hause. Er besuchte jedes Gemeindeglied, nicht nur im Kirchdorf, sondern auch in den eingepfarrten Orten. Den Kranken sprach er Trost und Frieden ins Herz, die Alten wies er hin auf das Ende ihrer Pilgrimschaft, die Gesunden ermahnte er, bei ihrer täglichen Berufsarbeit auch den himmlischen, ewigen Beruf nicht zu vergessen, gegen die Kinder war er freundlich und liebreich, so dass er bald alle Herzen gewann.

So rückte Weihnachten heran, und Mutter und Sohn freuten sich auf die Ankunft Klaras, die, mit Stundengeben in der Stadt beschäftigt, nur in den Ferien abkommen konnte.

„Das sage ich dir aber, Hermann“, meinte die Mutter, „nach Weihnachten kehre ich mit Klara in die Stadt zurück, ich kann doch das Kind nicht immer allein lassen. Und dann, offen gestanden, die Landwirtschaft, die mit der Pfarre verbunden ist, wird mir auch etwas sauer. Ich alte Frau tauge nicht mehr dazu, die Knechte und Mägde zu beaufsichtigen, mit dem Milchwesen weiß ich auch nicht mehr Bescheid, hier muss eine tüchtige Wirtschafterin her oder eine Frau, die die Wirtschaft versteht."

Hermann fühlte es ja selbst, dass es auf die Dauer nicht so weitergehen könne, doch graute ihm vor einer Wirtschafterin und vor dem Heiraten erst recht. Er sagte also kurz: „Mutter, wenn du dich um eine ältere Frau bemühen willst, die der Wirtschaft vorstehen kann, werde ich dir dankbar sein. Und nun wollen wir uns die schönen Festtage nicht mit Wirtschaftssorgen beschweren, sondern uns auf Weihnachten und auf Klara freuen."

Als sie am folgenden Tage in den Pfarrhof einfuhr und Mutter und Bruder sie fröhlich an der Haustür begrüßten, da war die Freude groß, und des Erzählens gab es kein Ende. „Ich habe von allen Geschwistern Briefe", berichtete Klara, „auch verschiedene Päckchen sind eingetroffen. Die gute Emma schickt das größte, sie hat wieder für alle gearbeitet, aber der Brief ist kurz und flüchtig. Einer der Pensionäre ist an Scharlach erkrankt, und da gibt es natürlich viel zu tun."

„Die armen Verwandten", sagte Hermann. „Die Ferienzeit ist die einzige Ruhe- und Erholungszeit für sie, und nun haben sie statt dessen Krankenpflege!"

„Ob denn Mariechen schon Scharlach gehabt", meinte die Mutter, „und Wilhelm, sonst könnte sie ja gar nicht zu Besuch kommen! Nun, Emma wird wohl bald darüber berichten, sie ist ja immer eine treue Briefschreiberin."

„Gleich nach dem Fest, schreibt sie, will sie uns ausführlichere Nachricht zukommen lassen, sie ist jetzt natürlich durch vielerlei in Anspruch genommen. Aber nun zeigt mir Haus und Garten und alles, was dazugehört, ich bin schon durch Jochens Erzählungen neugierig geworden."

Das schöne Weihnachtsfest war vorüber. Unsere drei Pfarrersleute hatten es still und friedlich gefeiert. Hermann und Klara hatten den Christbaum geschmückt und den Tisch für die Kinder gedeckt, während ihre Mutter einen Tisch für die Armen ordnete. Kaum dunkelte es, da kamen die kleinen Füßchen getrippelt und warteten leise und mit Spannung, bis die Tür sich ihnen auftat. Als dieser Augenblick kam und heller Lichterglanz ihnen entgegenstrahlte – da waren sie erst ganz still, aber bald tönte das „O du fröhliche, o du selige, gnadenbringende Weihnachtszeit“ so hell und freudig von ihren Lippen, dass auch unsere Pfarrersleute einstimmten und sogar Jochen, der sich besann, dass er das Lied als Junge auch gesungen, leise mitbrummte. Darauf hatte der Pastor das Weihnachtsevangelium gelesen und noch einige herzliche Worte an die Kinder gesprochen, worauf sie, von Mutter und Tochter an ihre Plätze geführt, strahlend ihre Gaben in Empfang genommen hatten.

Die Schule, die beim Empfang des Pastors gesungen, war an einem der folgenden Tage mit Kaffee und Kuchen bewirtet worden; eben war die kleine Schar abgewandert, und Mutter und Tochter waren noch fröhlich belebt von dem vergnüglichen Nachmittag, als Hermann hereintrat mit den Worten:

„Ratet, was ich habe! Einen dicken Brief von Emma, natürlich doppelt! Ohne das tut sie's nicht!“

„O wie schön“, rief die Mutter erfreut.

„Nun hören wir doch endlich Genaues. Klara, lies doch vor!“

Klara entfaltete den langen Brief und las, wie acht Tage vor Weihnachten beim Pensionär Konrad Scharlach ausgebrochen war, welche Aufregung durch die dadurch beschleunigte Abreise der übrigen Pensionäre entstanden, wie Emma und die Verwandten dann aber doch, abgesperrt von der Außenwelt, ein stilles und gesegnetes Fest mit dem Kranken gefeiert, dessen Bett am Heiligen Abend in die Weihnachtsstube getragen worden war.

„Es ist nur gut“, sagte Klara und faltete den Brief zusammen, „dass Emma trotz aller Widerwärtigkeiten den Kopf immer oben behält ...“

„Und“ – fiel Hermann ein – „immer schreibselig ist. Denn sonst würden wir von den Dresdner Verwandten wenig oder gar nichts hören.“

„Es ist zu schade, dass der einzige Bruder eures seligen Vaters so entfernt von uns wohnt. Wir würden uns ganz fremd werden, wenn nicht Emma als Bindeglied dazwischen wäre. Ich kann sagen, ich möchte wohl das sechzehnjährige

Mariechen einmal sehen. Sie muss nach Emmas Beschreibung reizend sein!“, sagte seine Mutter.

„Und ich“, meinte Hermann, „möchte Wilhelm einmal wiedersehen. Damals, als ich als Student viel in Onkels Hause verkehrte, war Wilhelm noch ein kleiner Junge, aber Schach spielen konnte er wie ein Alter, wir haben manche Partie zusammen gemacht. Ich werde ihn einladen, mich hier zu besuchen, damit es mir nicht zu einsam wird, wenn ihr mich verlassen habt.“

Es war Silvester. Professors, Wilhelm und Marie rüsteten sich zum Abendgottesdienst. Auch Dore sollte gehen, während Emma beim Kranken bleiben und ihm mit Vorlesen die Zeit kürzen wollte. Sie hatte Hildegards Anerbieten, herüberzukommen und etwaige Störungen fernzuhalten, dankbar angenommen, da sie ihre Zeit möglichst dem Kranken widmen wollte.

„Es ist nur schade, Fräulein Hildegard", sagte Emma nach der Begrüßung, „dass wir nicht zusammensitzen können, aber unser armer Konrad langweilt sich so sehr, ich muss bei ihm bleiben, ihm erzählen und vorlesen."

„Sie wissen, Fräulein Emma, dass ich nur gekommen bin, um Ihnen zu helfen, nicht um mich zu amüsieren. Und überdies möchte ich Ihnen so gerne zeigen, dass ich nichts lieber tue, als Sie besuchen."

„Sie Böse haben uns aber auch ganz vernachlässigt und so selten unser Haus betreten. Doch jetzt darf ich nichts sagen, in der Zeit unserer Einsamkeit sind Sie unser täglicher Trost gewesen. Haben Sie tausend Dank! Wenn Sie mir nun die Vorbereitungen zum Abendbrot abnehmen wollen, wird Ihnen die ganze Familie zu Dank verpflichtet sein. Später setzen Sie sich ins Wohnzimmer, dort finden Sie Bücher und Zeitungen. Vertreiben Sie sich die Zeit so angenehm wie möglich, und wenn es klingelt, sind Sie so freundlich nachzusehen."

Nachdem Hildegard mit geübter Hand den Aufschnitt zum Tee besorgt, Semmelschnitten geröstet und den Teetisch zierlich geordnet hatte, setzte sie sich in einen Lehnstuhl. Die Hängelampe warf ein mildes Licht über das Zimmer, es war so still und friedlich, sie mochte nicht lesen, nur denken und sinnen. Sie hatte, wenn auch das Leben äußerlich ruhig dahingeflossen, innerlich so viel erlebt, so viel gekämpft. Wenn sie allein war, wanderten immer wieder die Gedanken zu dem, an den sie am wenigsten denken wollte. Ihr Herz pochte heftiger, wenn sein Name im Rotheschen Hause genannt und lobend erwähnt wurde. Sie hatte alles getan, ihn zu meiden, absichtlich war sie sonntags nie im Rotheschen Hause erschienen, weil sie wusste, dass Waldemar seit jener Aufführung regelmäßig sonntags da war! So hatten sie sich nicht wieder getroffen.

Es war ein sonniger, warmer Herbsttag gewesen, wie man ihn im späten Oktober selten hat. Frau Geheimrat von Rosen, die Hildegard angestellt hatte, ihren beiden kleinen Mädchen Arbeitsstunden zu geben, hatte ihr gleichzeitig die Bedingung gestellt, täglich mit den Kindern einen Spaziergang zu machen. So wanderte sie denn auch in den letzten Tagen des Oktober mit den beiden Mädchen dem botanischen Garten zu. Bald hatten sie ihn erreicht und betraten die zum Schloss führende Hauptallee. Die Kinder freuten sich über die schöne Färbung des Laubes und Hildegard mit ihnen, doch konnte sie sich eines wehmütigen Gefühles, wie es uns oft in der Herbstzeit beschleicht, nicht erwehren. Sie ging jedoch freundlich auf die Reden der Kinder ein, erzählte ihnen und ließ sie erzählen, und so verstrich die Zeit. Eben wollte Hildegard den Rückweg antreten, als eines der Mädchen plötzlich rief: „Da kommt Röschen von Buchwald aus Wiesendorf!“ Mit diesen Worten lief sie mit ihrer Schwester auf ein junges Mädchen zu, das am Arm eines Offiziers die Allee herunterkam. Röschen rief ganz erstaunt: „Annemarie und Mathilde, wo kommt ihr her? Wie geht's der Mama?“ Sie grüßte Fräulein Schmidt flüchtig und wandte sich dann wieder zu den Kindern und plauderte eifrig mit ihnen. Sie mussten jedenfalls sehr bekannt miteinander sein. Und Waldemar stand da und verbeugte sich höflich vor Hildegard. „Fräulein Schmidt“, begann er nach einer peinlichen Pause, „wir haben uns lange nicht gesehen.“

„Es ist mir nicht aufgefallen“, sagte Hildegard kurz.

„Sie besuchen wohl Ihre Freunde in der Steinstraße nicht mehr?“, fuhr Waldemar unbeirrt fort.

„O ja, ich gehe gern zu Professor Rothes.“

„Das heißt, wenn ich nicht da bin“, fügte Waldemar leise hinzu, „denn ich bin jeden Sonntag bei Rothes gewesen und habe Sie nie getroffen.“

„Wenn Sie deshalb hingehen, um mich

dort zu treffen, so ist es für mich ein Grund mehr, nicht zu kommen“, antwortete Hildegard.

„Habe ich Ihnen etwas zuleide getan?“, sagte Waldemar, sie traurig ansehend, als eben Röschen, die mit den Kindern vorangeschritten, sich nach ihrem Bruder umsah und ausrief: „Waldemar, sieh, das sind Frau von Rosens kleine Mädchen, ich habe dir neulich von ihnen erzählt.“ Sich dann zu den Kindern wendend: „Das ist wohl eure Erzieherin?“

„Ja, Fräulein Hildegard Schmidt!“

„Nicht eigentlich Erzieherin“, fügte Hildegard freundlich hinzu, „ich gebe den jungen Mädchen nur Arbeitsstunden und gehe mit ihnen spazieren.“

„Fräulein Schmidt! Jetzt erkenne ich Sie wieder“, rief Röschen belebt, „wir waren ja einen Abend zusammen bei Professors. Wie geht es Ihnen?“

Hildegard antwortete einige Worte darauf, sah aber dann ihre Pflegebefohlenen an und sagte: „Ich glaube, Annemarie und Mathilde, wir müssen uns beeilen, es ist bald Mittagszeit, die Mama wird uns erwarten!“

So verabschiedete sie sich möglichst schnell und wandte sich dem Ausgang zu.

„Ein hübsches Mädchen ist doch das Fräulein Schmidt“, äußerte Röschen zu ihrem Bruder.

„Schön ist sie“, verbesserte er, „aber auch von einem unbesiegbaren Stolz scheint sie zu sein. Sie tut gegen uns, als ob sie die Adelige sei und wir die armen Leute. Da lob’ ich mir mein Röschen, die ist doch freundlich gegen alle Leute, besonders gegen ihren armen Bruder.“

„Du kannst doch nicht verlangen, dass Fräulein Schmidt ebenso freundlich gegen dich sein soll, als ich es bin“, lachte Röschen unbefangen und vergnügt. „Doch nun lass uns eilen. Ich muss Professors Mariechen noch besuchen. Sie würde sehr böse sein, wenn ich in der Stadt wäre und käme nicht zu ihr.“

„Annemarie“, sagte Hildegard unterwegs, „kennt ihr Buchwalds?“

„Ja“, sagte die Kleine, „die kennen wir sehr gut. Mama und Tante Buchwald sind Freundinnen. Wir waren auch schon einmal in Wiesendorf, und Tante Buchwald kommt mitunter zu uns. Aber Röschens großen Bruder haben wir noch nicht gekannt, der war nie bei uns."

Der Gedanke, dass Buchwalds auch mit dieser Familie, in der sie aus- und einging, bekannt waren, beunruhigte Hildegard sehr. Es war ihr eine große Entbehrung, sonntags nicht zu Rothes zu gehen. Aber die hatte sie sich selbst aus bestimmten Gründen auferlegt.

Als Hildegard aber von dem Scharlach im Rotheschen Hause hörte, atmete sie auf und dachte: „Nun kann ich getrost zu Rothes gehen. Der, den ich meiden will, kommt jetzt nicht." Sie war den Nachbarn eine wahre Hilfe in der Krankheitszeit, zumal Käthe verreist war. Sie besorgte Einkäufe, wenn Emma verhindert war, und machte sich in jeder Beziehung so unentbehrlich, dass sie bald das ganze Herz Frau Rothes gewonnen hatte. Heute war sie auch wieder zur Aushilfe im Rotheschen Haus. Sie fühlte sich unendlich wohl in der Familie und gab sich diesem Gefühl mit einer behaglichen Ruhe hin, da sie wusste, dass, solange die ansteckende Krankheit herrschte, niemand aus dem Buchwaldschen Hause die Schwelle betreten würde.

Jetzt störte sie ein Klingeln in ihren Träumereien. Es war der Postbote, der einen Brief brachte. Während sie dann in der Küche war, um nach dem Feuer zu sehen, klingelte es wieder. Diesmal war es die Butterfrau, die die bestellte Butter ablieferte. Eben hatte Hildegard die Vorsaaltüre geschlossen und sich in das Wohnzimmer zurückbegeben, als sie eilfertige Schritte die Treppe heraufkommen hörte, und im selben Augenblick tönte die Glocke von neuem. Hildegard ging wieder, um zu öffnen. „Ist der Herr Professor zu Hause?“, sagte eine nur zu bekannte Stimme. Waldemar von Buchwald und Hildegard standen abermals einander gegenüber.

Hildegard brachte mühsam die Worte heraus: „Herr von Buchwald, hier ist Scharlach im Hause!“

„Also machen Sie, dass Sie fortkommen“, bemerkte er schelmisch. „Es tut mir leid, Fräulein Schmidt, Ihrem Wunsch diesmal nicht willfahren zu können. Ein direkter Auftrag meiner Mutter führt mich hierher.

Ich soll mich nach dem Gesundheitszustand im Rotheschen Hause erkundigen und über Kurts etwaiges Wiedereintreffen mit Professors sprechen. Sie sehen also, mein Eintritt ist hier gerechtfertigt."

Mit diesen Worten ging er in die offenstehende Wohnstube, und Hildegard, die sich nun erst besann, dass sie gar nicht gesagt, dass niemand zu Hause sei, eilte ihm erschrocken nach und stotterte verlegen, dass alle, außer Emma, zur Kirche seien und diese außerstande sei, mit ihm zu sprechen. „Sie haben daher die Güte, morgen wiederzukommen?"

„Gewiss!" Er stand aufrecht da, ihr ernst und ruhig ins Auge sehend. „Lassen Sie die Feindseligkeit einige Minuten ruhen, Fräulein Hildegard, lassen Sie mich einige Worte zu Ihnen sprechen, jetzt, da wir abermals durch eine Fügung einander gegenüberstehen."

Hildegard stand mit gesenkten Augen vor ihm. Sie hatte diesmal keine kühle Antwort zur Hand, so fuhr er ernst fort: „Erinnern Sie sich an jenen Pfingstmorgen, an dem Sie zu den Kindern von dem Kommen des Heiligen Geistes in unsere

Herzen sprachen? Ich habe an jenem Morgen meinen Glauben wiedergefunden. Finden Sie es nicht begreiflich, dass es seitdem meinem Herzen Bedürfnis war, dem Menschen von Herzen zu danken, den mir Gott gesandt, mich aus meiner Verirrung zu reißen? Sie haben es mir nie gestattet, und je stolzer Sie sich von mir gewandt, desto dringender ist mir der Wunsch geworden, Ihnen näher treten zu dürfen, Ihnen zu sagen, dass ich noch mehr als Dankbarkeit in meinem Herzen fühle. Ich habe mich lange geprüft, ich habe gekämpft, die Gefühle in mir zu besiegen – es geht nicht, Hildegard. Ich glaube, wir sollen einander für Zeit und Ewigkeit angehören!"

„Halten Sie ein, Herr von Buchwald", rief Hildegard in höchster Aufregung. „Ich bitte Sie."

„Ach so", entgegnete Waldemar traurig, „wir gehen uns ja nichts an! Und dennoch frage ich Sie noch einmal: Meinen Sie wirklich, dass wir uns nichts angehen? Finden Sie nichts Wunderbares in unserem Zusammentreffen? Können Sie diese meine Liebe, die fest und unerschütterlich ist, nicht erwidern? Sagen Sie nur ein Wort, Hildegard!“

Er nahm ihre Hand, die sie ihm nicht entzog. Er sah ihr ins Auge, und ein wunderbarer Glanz leuchtete ihm daraus entgegen. Er hätte vor Freuden aufjauchzen mögen, denn er las die Antwort darin.

Doch schon richtete sich Hildegard hoch auf, sah ihn voll und gerade an und sagte laut: „Herr von Buchwald, Sie wollen eine Antwort, hier ist sie: Ich habe damals gesagt, ich finde nichts Wunderbares in unserem Zusammentreffen, und doch konnte ich mich bei näherer Prüfung des Gedankens nicht erwehren, dass es dennoch so sei. Ich will offen sein, wiewohl mich mein Geständnis mehr demütigt, als Sie ahnen. So hören Sie denn: Ich liebe Sie, und mein schönstes Erdenglück wäre, an Ihrer Seite durchs Leben zu gehen. Doch solch ein Glück ist mir nicht beschieden. In ärmlichen Verhältnissen geboren, habe ich entbehren gelernt und weiß, dass ich nun die höchste Entsagung üben soll, dass ich auf Sie verzichten muss. Die Kluft zwischen uns ist zu groß, als dass je an eine Vereinigung zu denken wäre.“

„Ist es nur das, Hildegard", rief er, „dann bist du mein, auf ewig mein!" Mit diesen Worten wollte er sie an sich ziehen.

Sie wehrte ihm. „Jetzt nicht, Herr von Buchwald. Das kann nur geschehen angesichts der Eltern, deren Segen den Kindern Häuser baut. Kommen Sie mit diesem elterlichen Segen, dann bin ich die Ihre, ohne ihn nie."

„Meine Eltern werden mir ihn nicht vorenthalten", antwortete Waldemar ernst. „Soweit ich sie kenne, müssen sie sich freuen, wenn ich ihnen eine ernste, fromme Braut zuführe. Mein Vater hält freilich etwas an Standesvorurteilen; ob meine Mutter ganz frei davon ist, weiß ich nicht. Doch es muss sich ja alles ebnen, da die Hauptsache überwunden ist, da ich weiß, dass du mich liebst, Hildegard."

Mit diesen Worten streckte er ihr beide Hände entgegen und drückte die ihren innig und warm. Sie entzog sie ihm mit den Worten: „Herr von Buchwald, so weit sind wir noch nicht. Ich mache die Bedingung, dass wir uns nicht wiedersehen, bis Sie mit Ihren Eltern gesprochen. Von ihrer Entscheidung hängt das Glück ab und der Segen."

Jetzt öffnete sich die Tür, und Emmas Kopf wurde sichtbar. „S-ie s-i-nd's, Herr von Buchwald", sagte sie in langgedehntem Ton und machte ein über alle Maßen erstauntes Gesicht. Herr von Buchwald fasste sich schnell, sagte mit kurzen Worten, was er gewollt und dass er in diesen Tagen wiederkommen würde, um mit Professors das Nötige zu besprechen. Dann verbeugte er sich vor den Damen und verließ schnell das Zimmer.

Hildegard lehnte mit dem Kopf an der Tür, presste die Hände fest ineinander und stöhnte: „O mein Gott, mein Gott!"

Emma, über ihr bleiches Aussehen erschrocken, ging zu ihr, nahm ihre kalten Hände und sagte weich: „Hildegard, Kind, was bedeutet das alles? Ich will mich nicht in Ihr Vertrauen drängen, aber vielleicht wird Ihnen leichter, wenn Sie mir alles sagen können. Konrad ist über meinem Vorlesen eingeschlafen, ein halbes Stündchen haben wir noch Zeit, bis Onkel und Tante aus der Kirche kommen." Mit diesen Worten zog sie die schluchzende

Hildegard zu sich aufs Sofa. Ihre ganze Art und Weise hatte etwas so Wohltuendes, dass Hildegard bald ruhiger wurde und unter vielen Tränen und unter dringenden Bitten, das Gesagte als tiefes Geheimnis bewahren zu wollen, Emma alles erzählte, von jenem Pfingstmorgen an, von ihren weiteren Begegnungen und schließlich von der gegenseitigen Liebe. „Glauben Sie mir, ich habe bis aufs Äußerste gekämpft, um diese Gedanken, die ich für stolz und töricht hielt, zu unterdrücken, ich habe jede Gelegenheit, Herrn von Buchwald zu sehen, vermieden. Und doch sind wir uns immer wieder begegnet. Raten Sie mir, was soll ich tun?"

„Es ist schwer, da etwas zu sagen. So schön es ist, wenn sich zwei Herzen finden, so traurig wieder, wenn die äußeren Verhältnisse so wenig passen. Buchwalds sind gute, prächtige Leute, aber von altem Adel und sehr vornehm. Es wird, fürchte ich, harte Kämpfe kosten, doch mit Gottes Hilfe wird sich ja alles ebnen."

„Eindrängen mag ich mich nicht und von oben herab angesehen werden auch nicht", sagte Hildegard.

„Nun, so entsagen Sie“, erwiderte Emma erleichtert. „Das ist der beste Ausweg.“

„Aber schwerer, als Sie denken. Nun da ich weiß, dass Waldemar mich liebt, ist der Gedanke, ihn aufzugeben, doppelt schwer.“

„Ich glaub's wohl“, sagte Emma. „Nun, befehlen Sie alles in Gottes Hände, er wird's wohl machen.“

Nachdem die Mädchen noch lange von allem geredet, sprang Hildegard plötzlich auf: „Ich muss zu meiner Mutter! Entschuldigen Sie mich bei Professors, ich kann den Abend nicht bleiben.“

„Gehen Sie, liebe Hildegard. Was Sie gesagt, bleibt fest verschlossen in mir. Es ist gut, dass ich alles weiß, ich werde Sie nie drängen, zu uns zu kommen, solange Buchwalds bei uns aus und ein gehen.“ Sie verabschiedete Hildegard dann mit den Worten: „Nur unverzagt und Gott vertraut! Es muss doch Frühling werden!“

Emma saß noch eine Weile nachdenklich in der stillen Wohnstube. „Was erlebt man doch alles mit andern“, dachte sie, „und wie trägt man mit ihnen Freud und Leid. Möchte sich doch alles Leid in

Freude verkehren! Bei dieser Geschichte ist mir bange, ich glaube, der armen Hildegard wird es nicht leicht gemacht. Und doch passt sie ihrer äußern Erscheinung nach ganz in ein Schloss."

„Fräulein Emma!", ertönte eine Stimme aus dem Krankenzimmer. Mit Emmas Träumereien war's vorbei. Und als einige Minuten später Professors ins Wohnzimmer traten und sich dann gemütlich um den Teetisch setzten, ahnte kein Mensch, was sich eine Stunde früher in diesen Räumen zugetragen.

Hildegard klopfte an die mütterliche Wohnung.

„Schon wieder da, ich glaubte, du wolltest den Abend bei Professors bleiben."

„Nein, ich möchte zeitig zu Bett gehen. Wo ist Minchen?"

„Zu Reimanns gegangen, um den Abend bei ihnen zu verleben."

Warum durchfuhr es Hildegard unangenehm: „Reimanns, unsern Freunden?" Sie waren Tischlersleute, und wenn sie sich die vornehmen Buchwalds dazu dachte!

„Kind", sagte die Mutter, „du siehst blass aus, dir ist doch nichts begegnet?"

„Ja, Mutter, mir ist viel begegnet. Ein reicher Offizier will mich heiraten, und ich habe ihm auch gesagt, dass ich ihn liebe."

Der Mutter fiel die Arbeit aus der Hand. Sie sah Hildegard starr an, als ob sie sie nicht verstanden, und fand keine Worte, ihr zu antworten. „Liebe Mutter, erschrick nicht so, ich will dir alles erzählen." Und nun beichtete sie zum zweiten Mal und schüttete ins Mutterherz alle ihre Sorgen, ihre Kümmernisse, verhehlte ihr aber auch nicht, dass sie sehr glücklich sei in dem Gedanken, sich geliebt zu wissen.

Die Mutter schlang den Arm um Hildegard, sah ihr in die Augen und sagte bewegt: „Gott der Herr mache alles, wie's ihm gefällt. Warte in Geduld, was er über dich beschlossen. Geben Buchwalds Eltern ihre Einwilligung, so sollst du auch meinen vollen Segen haben; sind sie den Wünschen ihres Sohnes entgegen, Hildegard, so versprich mir, dass du entsagen willst. Ich habe einmal in meinem Leben erfahren, wie eine Heirat ohne elterlichen Segen eine Kette von Leiden und Kümmernissen nach sich zog, darum möchte ich dich davor bewahren!" Sie schien noch mehr sagen zu wollen, doch schwieg sie und sah Hildegard unendlich traurig an.

„Mutter, sieh mich nicht so an. Dir zuliebe kann ich auch dem größten Glück entsagen, wenn es sein muss ..."

„Du weißt, mein Kind, dass ich dein Bestes suche. Ob diese Heirat zu deinem Heil gereicht, wer kann's sagen. Lass uns zu Gott beten, und Minchen sage vorderhand nichts davon, bis sich alles klärt." So redete die Mutter in treuer Liebe zu Hildegard. Sie wunderte sich nur, wie kein hartes Wort von ihren Lippen kam, wie gar kein Unwille sich regte, dass Hildegard daran dachte, die Gattin eines vornehmen, adeligen Offiziers zu werden.

Jetzt kam Minchen nach Hause. „Mutter, es ist so hübsch bei Reimanns, sie lassen dich und Hildegard bitten, auch ein wenig herüberzukommen. Frau Reimann hat eine Punschbowle gemacht, und wir möchten zusammen das neue Jahr erwarten. Kommt doch, es ist so gemütlich drüben. Jettchen steht draußen und wartet auf mich. Hildegard, du siehst recht erregt aus!“

„Ich habe Kopfschmerzen und möchte lieber dableiben …“

„Ja, wenn es zu Reimanns geht, bist du nie dabei! Jettchen hat auch schon gesagt, du seiest recht stolz geworden, seit du mit Professors verkehrst. Nun, wenn du nicht mitwillst, lass es bleiben – aber wundern werden sich Reimanns!“

„Ich gehe mit“, sagte Hildegard entschlossen.

Die Mutter sah sie erstaunt an. „Mutter, komm“, flüsterte sie ihr zu, „es bringt uns auf andere Gedanken, und – ich möchte nicht stolz erscheinen! Lass Jettchen nicht warten, Minchen, wir kommen gleich!“

„Ich bin zu angegriffen, um jetzt gehen zu können“, antwortete die Mutter. „Geht ihr beide, vielleicht hole ich euch später ab!“

Als sie nach einigen Stunden zurückgekehrt waren, flüsterte Hildegard ihrer Mutter beim Gutenachtsagen die Worte zu: „Sei mir nicht böse, Mutter, wenn ich dich betrübt habe, vergib mir alles, womit ich dich im letzten Jahr gekränkt!“

Frau Schmidt küsste sie auf die Stirn und sagte: „Du bist mir stets ein gutes und folgsames Kind gewesen, der Herr behüte dich, schlafe in Frieden!"

Schwerlich ahnte Hildegard, welche inneren Kämpfe ihre Mutter durchgemacht, nachdem sie von Hildegards Liebe gehört. Kaum waren die beiden Töchter ins Nachbarhaus gegangen, so ging Frau Schmidt in tiefer Bewegung im Zimmer auf und ab. Oft blieb sie stehen und presste die Hände aufs Herz, dann wieder faltete sie sie wie zum Gebet: „Herr, mein Gott, hilf, rate, was soll ich tun! Das einer Sterbenden gegebene Versprechen bindet mich, sonst müsste ich jetzt reden, müsste Hildegards Herkunft offenbaren. Aber ich höre heute deutlicher denn je ihrer Mutter Stimme, die sagt: ‚Wilhelmine, versprich mir hier angesichts des Todes, dass es nie über deine Lippen komme, wer des Kindes Eltern gewesen. Es sei denn, die Großeltern fänden sich und machten an dem Kind gut, was sie an den Eltern gesündigt. Sonst lass sie nie erfahren, dass du nicht ihre Mutter bist!' Was würde es mir auch nützen, wenn ich Buchwalds allerlei Aufklärungen machen wollte. Sie würden mich für eine Abenteurerin halten und mich auslachen. Das Forschen nach den Großeltern, das mein Mann bei Lebzeiten eifrig betrieben, ist ohne jeglichen Erfolg geblieben; nur durch sie könnte alles, was ich weiß, bestätigt werden. Und gesetzt den Fall, sie fänden sich, und der alte Stolz, die alte Härte wären noch vorhanden, so würde das Hildegard nichts nützen. Darum muss ich schweigen – bis es Gott gefällt, alles Verborgene ans Licht zu bringen. Schweigen, selbst wenn Buchwalds Hildegard um ihrer niedrigen Stellung willen nicht annehmen. ‚Denen, die Gott lieben, müssen alle Dinge zum besten dienen!'" So dachte sie, und je mehr sie die Angelegenheit im Lichte des Wortes Gottes betrachtete, umso ruhiger wurde sie. Sie wollte die Sache ihren Gang gehen lassen, ohne selbst helfend einzugreifen.

Das Lesekränzchen

Es war in den ersten Tagen des Februar. Emma saß in ihrem Stübchen und schrieb. Jetzt war sie fertig. Sie stand auf und trat ans Fenster. „Soll ich den Brief fortschicken?", fragte sie unschlüssig und sah nachdenklich und ernst in die Winterlandschaft da draußen. Dann bewegte sie leise die Lippen und sagte:

„Das weiß ich fürwahr und lasse mir's nicht aus dem Sinne gehn: Christenkreuz hat seine Maße und muss endlich stille stehn. Wenn der Winter ausgeschneiet, tritt der schöne Sommer ein, also wird auch nach der Pein, wer's erwarten kann, erfreuet. Alles Ding währt seine Zeit, Gottes Lieb in Ewigkeit."

Dann schritt sie schnell auf den Tisch zu, als könnte es ihr wieder leid werden, faltete den Brief zusammen, steckte ihn in einen Umschlag, machte ihn zu und schrieb die Anschrift. Kaum war sie fertig, so rief eine Stimme: „Fräulein Emma, kann ich meinen Kaffee bekommen?“ Ein Schüler musste noch versorgt werden. Die Jungen waren natürlich längst wieder eingerückt, auch Konrad, der eine mehrwöchige Erholungszeit im Elternhause gehabt, war wieder da.

Als Emma das Wohnzimmer betrat, sah sie Mariechen im eifrigen Gespräch mit der Mama, die ab und zu lächelte und Emma zurief: „Unser Kind hat wieder viel erlebt auf ihrem heutigen Gang in die Stadt.“

„Nun“, sagte Emma gespannt, „was ist denn?“

„Nichts weiter“, sagte die Mutter, „als dass es in die Straßenbahn gestiegen ist und das Geld zu Hause gelassen hat und dass Herr Werner, der im gleichen Wagen saß, sein Retter in der Not geworden ist und für es zahlte.“

Emma lachte.

„Emma, wie kannst du lachen? Ich wollte, es wäre dir passiert! Es war wirklich ganz furchtbar! Und das Ärgerlichste ist, dass, wenn ich je eine Dummheit mache, Herr Werner es merken muss. Ich glaube, er hält mich für sehr unachtsam. Es ist mir doch noch nie etwas bei Tisch passiert, und neulich das erste Mal, wo er bei uns zu Mittag aß, musste ich die Suppenschüssel hinwerfen. Nein, es ist zu arg und doppelt schwer, wenn man nicht einmal Mitleid findet! Wäre nur Wilhelm da. In sein Herz könnte ich alle meine Sorgen schütten." So jammerte Mariechen und sah so reizend in ihrem Kummer aus, dass man wenig Mitleid mit der Sechzehnjährigen fühlte. Es dauerte auch keine Stunde, so hörte man sie am Klavier singen: „Der Mai ist gekommen, die Bäume schlagen aus."

„Wenn der Winter ausgeschneiet, tritt der schöne Sommer ein", summte Emma leise.

„Für die Jugend", sagte die Tante, auf Mariechen deutend, „ist noch immer Frühling und Sonnenschein. Und kommt ein kleiner Regenschauer, so strahlt die Sonne umso wärmer hervor. Gott erhalte dem Kinde seinen fröhlichen Sinn, sein warmes Herz! Emma, hast du schon an heute Abend gedacht?"

„Alles in Ordnung, liebe Tante."

Die Rotheschen Damen sahen an einem

Abend der Woche mehrere befreundete und verwandte Damen bei sich. Es wurde geplaudert und gelesen, und dieses Kränzchen erfreute sich einer allgemeinen Beliebtheit. Auch heute erschienen die Damen trotz der ungünstigen Witterung vollzählig. Der „Tasso“ von Goethe sollte vorgetragen werden, und Käthe mit ihrem lebhaften Geist konnte kaum das Ende der gemütlichen Plaudereien abwarten, da sie nach geistreicher Lektüre verlangte. Emma sah sie heute so eigen an, als sie ihr den Tee reichte.

„Emma, was hast du?“

„Alles lässt sich nicht ergründen“, sagte Emma lächelnd.

„Ich wollte, wir lesen jetzt“, flüsterte Käthe.

„Die Damen sind noch lange nicht mit Erzählen fertig. Du musst dich schon noch gedulden, Käthe!“

„Aber wir werden wieder nicht fertig! Und der ‚Tasso‘ ist so schön!“

„Wirst nicht immer im Leben Goethe lesen können, wenn du Lust hast“, sagte Emma neckend.

„Nun, wer weiß!“, antwortete Käthe.

„Meine Bücher und ich gehören nun einmal zusammen, und wenn meine Freunde mich verlassen, so bleiben mir meine Bücher!“

„Nimm dich in Acht“, sagte Emma in mutwilligem Ton. „Wer weiß, ob du dich nicht einmal mit Milchwirtschaft und Viehzucht beschäftigen musst, anstatt dich in Goethes ‚Tasso‘ zu versenken.“

„Emma“, rief hier Mariechen empört dazwischen, „wie kannst du einer geprüften Lehrerin mit so etwas kommen!“

„Das Schicksal spielt dem Menschen oft wunderlich mit“, entgegnete Emma trocken.

Käthe lachte und meinte, Emma solle keinen Unsinn reden.

Emma stand später, als alle zur Ruhe gegangen, sinnend in ihrem Stübchen. „Wieder ein vielbewegter Tag!“, sagte sie leise vor sich hin. Was sie dachte, musste sehr ernster Natur sein; ihre Gesichtszüge nahmen einen gewichtigen, fast sorgenvollen Ausdruck an. Dann plötzlich flog ein Lächeln über ihre Züge. „Der Brief ist fort, zurückholen kann ich ihn nicht! Wie Gott will! Ihm sei alles befohlen.“

Als Emma am andern Morgen den Pensionären den Kaffee gegeben hatte, wurde sie durch das Rollen einer Droschke veranlasst, aus dem Fenster zu sehen. Der Wagen hielt gegenüber. „Wer mag denn dort so zeitig abreisen?“, dachte sie. Und neugierig gemacht, blieb sie stehen. Sie brauchte nicht lange zu warten. Ein Koffer wurde gebracht, und gleich darauf bestieg Hildegard den Wagen und rollte davon. Minchen, die unten stand, sah traurig und verweint aus und kehrte langsam in das Haus zurück. Emma wurde es bang und schwer ums Herz. Sie fühlte, die Abreise hatte etwas zu bedeuten. Der Koffer deutete auf längere Abwesenheit. Warum aber war Hildegard nicht gekommen und hatte Abschied genommen?

Seit jenem verhängnisvollen Silvesterabend hatte sie selten und auch dann nur auf Augenblicke das Rothesche Haus betreten, immer in der Furcht, den zu treffen, an den sie ständig dachte. Waldemar war auffallend wenig bei Professors. Kam er, war er zerstreut oder gab Gründe an, die sein baldiges Aufbrechen bedingten. Hildegard hatte Emma gebeten, ihrer Tante alles zu sagen; und Frau Rothe nahm innigen Anteil an der Sache, konnte sich aber allerdings nicht verhehlen, dass sie ziemlich hoffnungslos sei.

Familienzerwürfnis in Wiesendorf

Ein helles Kaminfeuer brannte im Salon. Frau von Buchwald saß zurückgelehnt in ihrem Sessel. Ihre bleichen sorgenvollen Züge verrieten, dass sie Kummer hatte. Ihr Töchterchen sah auch nicht so fröhlich drein wie im Sommer; sie saß wie ein geknicktes Röschen am Fenster und schaute ängstlich auf den Vater, der mit laut dröhnenden Schritten auf und ab ging, endlich vor Frau von Buchwald stehenblieb und rau und heftig die Worte hervorstieß:

„Sage du es Waldemar, ich mag ihn nach der aufregenden Auseinandersetzung von heute Mittag nicht wiedersehen. Sage ihm, wenn er wider das Gebot seiner Eltern handelt, wenn er nicht von dem Mädchen lässt, so hat er seinen Vater zum letzten Mal gesehen. Muss denn diese Person, an die er sich gehängt, so den Frieden unseres Hauses stören und unser Familienleben, das so schön war, vernichten?“

„Kurt, es kann ja noch alles gut werden", bat Frau von Buchwald, „lass uns doch in Liebe und Güte versuchen, Waldemar umzustimmen."

Röschen, die bei den heftigen Worten des Vaters aufgestanden und leise hinausgegangen war, traf im Korridor ihren Bruder. „Geh jetzt nicht hinein, der Vater ist böse", bat sie dringend.

„O Rosa, musste es so kommen? Ich hoffte in dir eine Helferin zu finden, eine treue Verfechterin meiner Sache!"

„Das bin ich auch gewesen, Waldemar. Ich habe alles, was ich konnte, zugunsten von Fräulein Schmidt geredet, die ich ja eigentlich selbst sehr wenig kenne, doch aus Liebe zu dir hätte ich sie auch lieb haben wollen. Da du die Eltern aber so unglücklich machst, solltest du es aufgeben."

Die letzten Worte hatte Waldemar nicht mehr gehört. Gewichtige Schritte auf der Treppe überzeugten ihn, dass der Vater den Salon von der andern Seite verlassen, und bevor Röschen geendet, hatte er den Türdrücker ergriffen und war leise eingetreten.

Frau von Buchwald schien ihn nicht zu bemerken. Sie saß mit gefalteten Händen da und sah traurig vor sich hin. Leise berührte Waldemar ihre Schulter. „Liebe Mutter“, sagte er, „muss ich ohne Hoffnung gehen?“

„Ohne Hoffnung“, versetzte Frau von Buchwald tonlos. „Waldemar, wenn du sagst, du hast durch jenes Mädchen den verlorenen Glauben wiedergefunden – weißt du denn, was des Glaubens beste Frucht ist? Sich beugen unter die Zucht Gottes, seinen eigenen Willen, sein eigenstes, innerstes Herz zum Opfer bringen. Deine Eltern sehen in der Verbindung mit dem Mädchen, das du zu lieben glaubst, kein Heil für dich, sie wünschen, dass du diesen Gedanken aufgibst, sie können dir ihren Segen nicht erteilen.“

„Und meine Hildegard sagt, ich soll ohne der Eltern Segen nicht wiederkommen – dann ist mein Urteil gesprochen! Aber Mutter, sind die Folgen, die Härte und Grausamkeit der Eltern nach sich ziehen können wie Entfremdung der Kinderherzen von den Eltern oder vom Vaterhaus, nicht schwerer und gewichtiger, als wenn die Eltern sich herbeilassen, eine bürgerliche Schwiegertochter ins Haus zu lassen?"

„Bürgerlich", sagte die Mutter. „Das ist es nicht, was uns abschreckt. Ich wollte nichts dagegen haben, wenn sie aus einem gebildeten bürgerlichen Hause wäre. Ihre Mutter ist Kammerjungfer gewesen, ihr Vater Bedienter, der sich später zu einem kleinen Vertrauensposten aufgeschwungen hat. Du kannst es uns nicht verargen, wenn wir starke Bedenken gegen diese Verbindung haben."

„Wenn du Hildegard sähest, wenn du sie kennen lernen wolltest, du würdest vergessen, dass sie einem so niedrigen Stande angehört."

„Was hinter unserm Rücken angefangen, mag auch, ohne dass wir uns hineinmischen, abgebrochen werden", sagte die sonst so ruhige Frau erregt. „Lieber Sohn, prüfe dich ernstlich vor Gott und handle danach; ich hoffe, du wirst das Rechte treffen. Versuche heute Abend nicht noch einmal, mit dem Vater zu reden."

„Ich werde mit dem letzten Zug zurückfahren und nächste Woche wiederkommen; sind dann eure Ansichten noch die gleichen, so muss ich mich fügen, so schwer es mir wird. Aber dann, Mutter, sei versichert, dass ich keinem andern Mädchen meine Hand reiche. Einsam wird mein Leben sein – und das – verdanke ich meinen Eltern!"

„Oh, mein Gott", schluchzte Frau von Buchwald. „Waldemar, gehe nicht so fort!"

„Lebe wohl, Mutter." Er berührte leicht ihre Hand und war verschwunden.

„Waldemar! Bleibe!" Doch er war hinten durch den Garten durch das bekannte Pförtchen enteilt, nachdem er sich flüchtig von Röschen, die ihm nachlief, verabschiedet hatte: „Bete für mich, Rosa, dass ich der Anfechtung nicht unterliege."

Es war dieser letzte Januar ein schwerer Tag in Wiesendorf gewesen. Am Silvesterabend hatte Waldemar Hildegard seine Liebe gestanden, und erst am Schluss des nächsten Monats war es in Wiesendorf zur offenen Aussprache gekommen. Als Waldemar an jenem Abend nach Hause kam, stand es bei ihm fest, in den ersten Tagen nach Wiesendorf zu gehen, sich den Segen der Eltern zu seiner Verbindung mit Hildegard zu erbitten. Aber eine gewisse

Befangenheit überfiel ihn, wenn er sich mit den Eltern allein sah, um mit ihnen über sein Geheimnis zu reden. Ohne dass er es wollte, fing er an, Vergleiche zu ziehen zwischen ihnen und der schlichten Frau im weißen Häubchen, die er oft verstohlen von Rothes Fenster aus beobachtet hatte; oder zwischen Rosa und dem etwas derb und gewöhnlich aussehenden Minchen, die er auch zuweilen am Fenster gesehen. Ihm kam alles doppelt vornehm und luxuriös vor, die Dienerschaft, das ganze Leben im Schloss, der Verkehr mit dem Adel der Umgegend. Dachte er jedoch nur an seine Hildegard, so erhellten sich seine Züge, und er flüsterte leise die Worte: „Sie passt in diese Umgebung; wenn die Eltern sie sehen, müssen sie ihre Zustimmung geben.“ Er verschob die Unterredung auf den Nachmittag, doch, die Kaffeestunde, die er sich dazu ausersehen, wurde durch Besuch aus der Nachbarschaft unterbrochen. Nun setzte er seine Hoffnung auf den Abend, wenn der Besuch fort sei. Das war der letzte Termin, den andern Morgen früh musste er wieder zurück sein, da er Dienst hatte.

Nun fing aber der Besuch bei Tisch ein Gespräch an, das Waldemar allen Mut nahm, sich seinen Eltern zu entdecken.

„Denken Sie nur, mein bester Herr von Buchwald", begann er, „was mein Neffe uns für einen Streich spielt, verlobt sich da mir nichts dir nichts mit einem ganz simplen Mädchen aus bürgerlichem Stand und macht sich dadurch seiner ganzen Verwandtschaft höchst missliebig."

„Sehr schlimm, wenn die jungen Leute so wenig Vernunft entwickeln, so gar nicht auf ihren Stand und ihre Würde halten", erwiderte Herr von Buchwald. „Wer ist denn seine Auserwählte?"

„Eine Pastorstochter. Ein leidlich hübsches Mädchen, aber wissen Sie – sonst gar keine Lebensart. Wie wird sie sich in unsern Kreisen benehmen! Es ist ein Unverstand, eine Taktlosigkeit."

„Was sagen die Eltern?"

„Sind natürlich außer sich, tun alles, was sie können, die Sache zu hintertreiben. Aber es nützt nichts mehr. Arthur ist bis über die Ohren verliebt, und Sie wissen, die Liebe macht dumm, verblendet..."

„Ich bin froh", sagte Herr von Buchwald,

„dass ich Derartiges nie in unserer Familie erlebt und, Gott gebe es!, nie erleben werde. Ich bin stolz auf meinen Stand und meine Ahnen und bin der festen Zuversicht, dass meine Söhne wie ich denken und das edle Geschlecht derer von Buchwald nie durch eine Missheirat entehren werden."

Waldemar hatte anfangs regungslos dagesessen und war dem Gespräch mit gespannter Aufmerksamkeit gefolgt; um sich jedoch nicht zu verraten, wandte er sich an seine Nachbarin mit einigen gleichgültigen Worten. Als aber sein Vater ihn bei den zuletzt gesprochenen Worten ansah, gleichsam eine Antwort von ihm erwartend, sagte er fest: „Es gibt aber auch einen Adel der Seele, der mir höher zu stehen scheint, als der Geburtsadel ..."

„... und den kann jedes Mädchen haben", fügte Frau von Buchwald hinzu. „Überdies kann man einem Pfarrtöchterlein doch auch die Bildung nicht absprechen. Ich finde diesen Fall noch lange nicht so schlimm, als wenn ein junger Mann von edlem Stande sich mit einem Mädchen aus den untern Schichten der Bevölkerung verbindet, wie es ja leider auch vorkommt. Ein schönes Gesicht ..."

Hier trat der Diener ein, und das Gespräch wurde abgebrochen. Waldemar hatte genug gehört! Es war nicht zu verwundern, dass er abreiste, ohne gesprochen zu haben. Noch einige Male wiederholte er seine Besuche kurz hintereinander und suchte nach günstiger Gelegenheit, um seine Eltern zu sprechen, aber je länger er es aufschob, desto schwerer wurde es. Einmal waren die Eltern nicht zu Hause, dann waren sie durch Besuch in Anspruch genommen, oder sein Vater schien ihm nicht in der geeigneten Stimmung – kurz, es verging ein Tag nach dem andern, eine Woche um die andere, ohne dass er zum Ziel gelangte. Wenn nun aus diesem Grunde ein schwerer Druck auf ihm lag, so war er auf der andern Seite hoch beglückt durch den Gedanken, sich von dem schönen, stolzen Mädchen geliebt zu wissen. Das war seiner Meinung nach die Hauptsache; alles andere musste und würde sich finden! Wie verlangte sein Herz, sie wiederzusehen! Er durfte sich jetzt ihr jedoch nicht nähern, ohne den elterlichen Segen mitzubringen. Wie feige musste er ihr erscheinen, dass er so lange zögerte. Er beschloss zu handeln – noch heute seinen Eltern schriftlich alles darzulegen und sie um baldigen, mündlichen Bescheid zu bitten.

Er schilderte seine erste Begegnung mit Hildegard in beredten Farben, legte seinen Eltern dar, wie sie sein guter Engel gewesen, der ihn auf rechte Bahn geleitet, wie nun Liebe und Dankbarkeit ihn dränge, sie ganz für sich zu gewinnen, zumal er wisse, dass auch er ihr nicht gleichgültig sei. In ehrerbietiger Weise war der Brief abgefasst. Er hatte den Eltern nicht verhehlt, dass Hildegard arm sei, aber die Hoffnung ausgesprochen, sie würden alle Vorurteile fahren lassen, sobald sie sie gesehen hätten.

Darauf erfolgte in Kürze folgende Antwort: „Lieber Sohn! Dein Brief hat uns in große Betrübnis und Aufregung versetzt. Papa ist sehr ärgerlich. Er lässt Dir sagen, morgen mit dem ersten Zug hierher zu kommen, da die Sache mündlich erledigt werden soll. Wir hoffen, es ist eine Übereilung von Deiner Seite. Es erwartet Dich Deine treue Mutter.“

Das war ein kurzer, wenig Hoffnung verheißender Brief. Und doch reiste Waldemar in der festen Zuversicht ab, es werde alles gut enden!

Der Vater, der es für eine bloße Kinderei, für eine Liebschaft, die nicht viel auf sich hatte, gehalten, wurde immer aufgeregter, als er merkte, dass Waldemar bereits eine tiefgehende Neigung zu dem Mädchen gefasst hatte. Es folgte eine heftige Szene zwischen Vater und Sohn, die damit endete, dass Herr von Buchwald mit Enterbung, mit Entziehung aller väterlichen Liebe drohte, wenn Waldemar sich nicht entschlösse, den Gedanken an die Verbindung aufzugeben. Die Mutter, die sonst stets die Vermittlerin war, wenn es zwischen Vater und Sohn kleine Misshelligkeiten gab, hätte auch hier gern alles zum Frieden gewendet, wenn sie nicht selbst zu sehr überzeugt gewesen wäre, dass Waldemars Handlungsweise durchaus tadelnswert sei. Sie konnte nur bitten, dass der Vater Geduld habe und nicht im Zorn Worte rede, die er später bereue.

Nach Waldemars Abreise vergingen einige Tage in Wiesendorf in banger Erwartung. Frau von Buchwald trieb es, die Sache mit einer befreundeten Seele zu besprechen, sich Rat zu holen. Wo glaubte sie ihn besser zu finden als bei Frau Rothe? Hatte sie doch von Waldemar gehört, dass er Hildegard im Rotheschen Hause näher kennen gelernt hatte. Sie ahnte gewiss etwas von der Sache, von ihr konnte sie vielleicht noch Näheres erfahren, und auf ihre Verschwiegenheit konnte sie bauen. Sie fuhr also in die Stadt und begab sich sofort in die Steinstraße. Kurt war noch in der Schule, so hatte sie genügend Zeit, mit der Professorin allein zu reden. Doch leider traf sie sie nicht zu Hause – auf Warten wollte sie sich nicht einlassen. Da fiel ihr plötzlich ein, dass ihre Jugendfreundin, Frau von Rosen, ganz in der Nähe wohne. Zu ihr wollte sie gehen und dann später wieder bei Professors vorsprechen.

Gedacht, getan. Die Damen sprachen von alten Zeiten und ihren Jugenderinnerungen, doch bald nahm das Gespräch eine andere Wendung. Frau von

Buchwald sprach mit ihrer Freundin über alles, was ihr Herz bedrückte.

Hildegard hatte soeben eine Klavierstunde, die sie dem ältesten Töchterchen gegeben, beendet. Es war ein schöner, klarer Frosttag, so dass der übliche Mittagsspaziergang unternommen werden konnte. Es mochte für sie das Spazierengehen ebenso notwendig sein wie für die Kinder, weil sie ein bleiches Aussehen und ihr sonst so fester Gang etwas Unsicheres bekommen hatte. Die Mutter sah das mit Sorge. Sie wusste wohl, dass dies ungewisse Warten, das lange Schweigen von Waldemars Seite hieran schuld war.

Nun hatte Frau Schmidt heute Morgen von ihrem Bruder, einem alten, alleinstehenden Witwer in einem etwa drei Stunden entfernten Ort, Nachricht erhalten, dass er erkrankt sei und bitten ließ, eine ihrer Töchter einige Zeit zu seiner Pflege senden zu wollen. „Wer will gehen?", hatte sie gefragt.

„Mich halten meine Stunden", hatte Hildegard entschieden geantwortet, „und wenn Minchen geht, will ich mich außer den Stunden der Wirtschaft annehmen."

„Willst du, Minchen?"

„Muss wohl", hatte die gutmütige Schwester geantwortet, „was soll sonst der arme Onkel anfangen?"

So war beschlossen worden, dass Minchen den andern Tag abreisen sollte, und Hildegard war fortgegangen, um ihren kleinen Mädchen Stunde zu geben. Sie rüstete sich nun zum Spaziergang. Die Kinder ließen sich von der Jungfer ankleiden, und Hildegard fiel es ein, Frau von Rosen ein Buch, das sie ihr geliehen hatte, zurückzugeben. Sie war in das vordere Zimmer getreten, das nur durch eine Portiere vom Salon getrennt war. Lautes Sprechen zeigte ihr, dass ein Besuch bei Frau von Rosen war. Sie wollte das Buch auf den Tisch legen und das Zimmer wieder verlassen, als Worte, die sie hörte, sie an der Stelle, wo sie stand, festbannten.

„Meine liebe Frau von Buchwald", hörte sie Frau von Rosen sagen, „beunruhigen Sie sich doch nicht so um diese Geschichte. Ich sage Ihnen, es ist nichts als eine kleine Liebschaft, wie sie bei den jungen Offizieren hundertmal vorkommt. Sie haben Ihrem Waldemar ganz entschieden

Ihre Meinung gesagt, er wird einige Zeit ungehalten sein, sich einbilden, unglücklich zu sein, aber in Jahresfrist ist die Geschichte vergessen, er denkt nicht mehr daran. Sie sagten eben, er werde nach Ihres Onkels Tode das große Fideikommiss der Familie mit dem Grafentitel bekommen; da versteht es sich ja von vornherein, dass er keine Verbindung eingeht, die so wenig ebenbürtig ist."

„Freilich, freilich", sagte Frau von Buchwald. „Ich fasse gar nicht, wie Waldemar so ohne Vernunft und Verstand handeln kann."

„Ein hübsches Gesicht und vielleicht ..."

„... kokette Manieren, wie sie diese Mädchen aus niedrigem Stande oft haben", fiel Frau von Rosen schnell ein. „Doch sagen Sie mir, Liebste, wie heißt denn eigentlich die Person, die ihn so betört ..."

„... steht vor Ihnen", sagte plötzlich eine laute Stimme fest und sicher. Und in der Tür stand Hildegard hoch aufgerichtet. Eine glühende Röte bedeckte ihr Gesicht, in ihren schönen Augen blitzte und zuckte es, ein edler Stolz sprach aus ihren Zügen, ihre ganze Gestalt drückte eine solche Hoheit und Unnahbarkeit aus und wirkte so imponierend auf die beiden Damen, dass diese, ganz verwirrt, keine Worte fanden, sondern sich stumm und verlegen ansahen.

„Sagen Sie Ihrem Sohn“, fuhr Hildegard, zu Frau von Buchwald gewendet, fort, „dass er frei ist. Ich will ihn weder seiner Güter noch Titel berauben, noch ihn seinen Eltern entziehen. Ich will und mag nicht aus Barmherzigkeit in eine Familie aufgenommen werden, die sich meiner schämen zu müssen meint, und ich will und mag mich nicht als eine Person behandeln lassen, die den Herrn Sohn durch ihre koketten Manieren an sich gelockt. Wenn auch arm an irdischen Gütern, so habe ich von meiner Mutter ein anderes Erbteil überkommen. Sie hat mich gelehrt, wie ein Mensch seine Krone hoch tragen soll. Diesen Schmuck mir zu bewahren soll meine höchste Zierde sein. Ich beklage es tief, eine Neigung in Ihrem Sohn erweckt zu haben, Gott weiß es, es war nicht meine Schuld. Aber nie werde ich die Seine, Sie brauchen sich nicht zu beunruhigen, gnädige Frau, ich werde seine Wege nicht wieder kreuzen.“

Und ohne die Damen eines weiteren Blickes zu würdigen, schritt sie mit stolz erhobenem Haupt durch die Tür.

Die beiden Damen saßen eine Weile stumm und regungslos und starrten nach der Tür, als erwarteten sie, dass noch etwas Unerhörtes sich ereignen müsse, dann fand Frau von Rosen endlich Worte. Sie rief aus: „Ist es möglich! Fräulein Schmidt, der ich meine Kinder anvertraut, unterhält ein Verhältnis mit einem Offizier! O wie schrecklich ..."

„Ein Verhältnis ist es durchaus noch nicht", sagte Frau von Buchwald gereizt. „Übrigens bin ich durch die Erscheinung des Mädchens ganz betroffen. Sie hat nichts Gewöhnliches. Man könnte sie sich in unsern Kreisen denken! Aber die Familie, der Anhang ..."

„Seien Sie froh, meine beste Frau von Buchwald, dass sich die Sache so gelöst hat. Ich werde das Fräulein sofort durch ein Schreiben benachrichtigen, dass sie ihrer Pflichten bei mir enthoben ist. Hoffentlich ist sie so gescheit, sich hier baldmöglichst unsichtbar zu machen."

„Und ich werde sofort zu meinem Sohn

gehen und ihm das soeben Erlebte mitteilen, ihm sagen, dass das Mädchen auf das bestimmteste erklärt habe, nie die Seine werden zu wollen.“

Hildegard ging in größter Erregung und Eile nach Hause. Als sie ankam, wich die Erregung einer vollständigen Abgespanntheit. Die Röte war verschwunden und hatte einer auffallenden Blässe Platz gemacht. Sie sank erschöpft in einen Stuhl, bedeckte das Gesicht mit beiden Händen und rang mühsam nach Atem. Die Mutter, die sie angstvoll beobachtet hatte, streichelte sanft das Haupt und sagte mit trauriger Stimme: „Liebes Kind, du hast Schweres erlebt.“ Und Hildegard berichtete unter Schluchzen und Weinen die Demütigung.

Die Mutter wurde erregter, als Hildegard es für möglich gehalten. „Meinem Kinde soll man nicht so begegnen! Du brauchst es dir nicht gefallen zu lassen. Ich gehe zu den Damen und erkläre ihnen. Warte, es soll alles gut werden. Deine ...“

„Halt ein, liebe Mutter“, sagte nun Hildegard mit fester Stimme. „Ich habe von Anfang an gewusst, wohin diese unglückliche Neigung führen würde! Ich reise morgen ab. Gott hat für ein Plätzchen gesorgt. Ich gehe zum Onkel und übernehme die Pflege."

Mit diesen Worten war sie aufgestanden und in ihr Schlafzimmer gegangen. Als sie herauskam, war sie ruhiger geworden. Sie ordnete mit sicherer Hand ihre Angelegenheiten, packte den kleinen Reisekoffer und suchte ihrer Mutter gegenüber heiter zu erscheinen. Wenig ahnte sie, was das Mutterherz bewegte! „Wäre die Sache nicht zu unglaublich, hätte ich eine Spur von den Großeltern, so würde ich keinen Augenblick zögern, mit Buchwalds zu sprechen. Aber so ist es zu gewagt. Es hieße, Gottes Vorsehung vorzugreifen", dachte die Mutter. Sie sagte sich nur:

„Ihn, ihn lass tun und walten, er ist ein weiser Fürst und wird sich so verhalten, dass du dich wundern wirst."

Als Emma am andern Morgen den Wagen hatte abfahren sehen, hatte sie auf dem Vorsaal zu tun und hörte laute Schritte eilig die Treppe heraufkommen. Es wurde stürmisch geklingelt. Als sie öffnete, stand Waldemar erregt vor ihr. „Fräulein

Emma, es ist gut, dass ich Sie treffe, gestatten Sie mir, einen Augenblick allein mit Ihnen zu reden?“

„Mit mir?“, sagte Emma erstaunt.

„Ja – wenn ich Ihnen mein Vertrauen schenken darf?“

„Ich glaube, ich weiß alles“, sagte Emma leise, ihn traurig und mitleidig ansehend. „Nicht wahr, es hängt mit Fräulein Hildegards Abreise zusammen?“

„Hildegards Abreise? Ist sie denn abgereist?“, rief Waldemar in einem solchen Ton, dass Emma, in der großen Furcht, er möchte gehört werden, schnell die Salontür öffnete und ihn bat einzutreten.

Als die Tür sich hinter ihnen schloss, rief er noch einmal: „Ist denn Hildegard wirklich abgereist? Konnten Sie mich nicht davon benachrichtigen?“

„Ich habe es selbst nicht gewusst und sie nur zufällig in den Wagen steigen sehen. Überdies, Herr von Buchwald, haben Sie uns ja nie merken lassen, dass Sie in irgendeiner Beziehung zu Fräulein Schmidt stehen. Wenn ich nicht selbst am Silvesterabend unfreiwillige Zeugin einer Szene gewesen, wenn mir danach nicht

Fräulein Schmidt ein Geständnis gemacht, hätte ich keine Ahnung davon. Denn der Gedanke einer Verbindung zwischen Ihnen und dem armen Mädchen liegt zu weit, hat so viel Unwahrscheinliches ..."

„Also Sie halten es auch für unmöglich, dass ein adeliger Leutnant sich mit einem bürgerlichen Mädchen verlobt?"

„Nicht nur für unmöglich, sondern auch für unrecht. Ich kann einen Segen darin nicht erkennen, wenn Sie, ohne Einverständnis Ihrer Eltern, sich mit einem Mädchen aus den niederen Ständen verbinden."

„Und woher wissen Sie, dass meine Eltern ihre Einwilligung versagen?"

„So wie ich sie kenne, habe ich es nicht anders erwartet, und deshalb habe ich mit Kummer auf die weitere Entwicklung dieser unglücklichen Geschichte gesehen. Heute Morgen, als ich Hildegard abreisen sah, ahnte ich, dass etwas vorgefallen sei."

„Ich will Ihnen sagen, dass allerdings viel vorgefallen ist." Er erzählte in kurzen abgebrochenen Sätzen, dass er gestern nicht zu Hause gewesen und abends gehört, dass seine Mutter nach ihm gefragt habe. In seinem Zimmer sei ein Brief von ihr gelegen, in dem sie ihm die Begegnung mit Hildegard geschildert und ihren festen Entschluss, nie die Seine werden zu wollen. Er habe gleich geahnt, dass Hildegard beleidigt sein müsse; seine Mutter habe die Sache nicht ganz klar dargestellt, auch wohl das Tiefverletzende ausgelassen. Nun sei er hergekommen, um sich hier Rat zu holen, denn sehen müsse und wolle er Hildegard. Er wolle Klarheit haben. Nun sei sie abgereist, niemand wisse, wohin! Was nun tun!

Emma sah unruhig aus. Dann stand sie kurz entschlossen auf, suchte die Tante, und nachdem sie sie von dem Vorgefallenen unterrichtet hatte, bat sie, an ihrer Statt mit dem jungen Offizier zu reden.

Frau Rothe ging zu ihm. Ihr mütterliches, freundliches Wesen, ihre reiche Erfahrung, ihre gesunde Anschauung der Dinge im Lichte des Wortes Gottes ließen sie bald die rechten Worte finden. Sie riet ihm, still zu warten, und sollten Jahre darüber hingehen. „Wird Ihre Liebe sich dann bewährt haben, werden Sie dem Mädchen die Treue gehalten haben in echter, christlicher Weise, dann wird Gott Sie zusammenführen und die Herzen Ihrer Eltern lenken. Entfremden Sie sich nicht dem Elternhaus, beugen Sie sich in willigem Gehorsam unter den Willen Ihres Vaters, dann wird die Verheißung, die auf dem vierten Gebot liegt, an Ihnen in Erfüllung gehen. Der Eltern Segen baut den Kindern Häuser!"

Waldemar war ruhiger geworden unter den Worten der trefflichen Frau. Er ergriff ihre Hand und küsste sie, dann stand er schnell auf, sich zu verabschieden.

„Warten Sie einen Augenblick", sagte Frau Rothe, „ich möchte Ihnen ein Buch holen, Sie werden manches Beherzigenswerte darin finden. Wenn Sie's gelesen, bringen Sie es wieder. Überhaupt besuchen Sie uns, sooft Sie mögen, sooft es Ihre Zeit erlaubt!"

„Ich werde wohl nicht allzu lange hier sein. Mich zieht's in die weite Welt hinaus. Wenn der Mann in der Heimat nicht Wurzel fassen kann, muss er in die Fremde." Die Professorin war hinausgegangen, das Buch zu holen. Waldemar bemerkte jetzt, dass er im Eifer des Gesprächs ein Buch, das auf dem Tisch gelegen, ergriffen hatte. Er sah hinein. Der Name der Eigentümerin stand auf dem ersten Blatt. „Album. Hildegard Schmidt." Er blätterte darin. „Verse und Erinnerungen an Schulbekannte und Freundinnen." Schnell zog er einen Bleistift aus der Tasche und schrieb auf die letzte Seite des Buches mit deutlicher, fester Hand:

„Behüt' dich Gott, es wär' so schön gewesen. Behüt' dich Gott, es hat nicht sollen sein. Ihr bis in den Tod getreuer

W. v. B."

Ein wichtiger Brief

Der junge Pfarrer zu Nienhagen stand mit ernstem, sinnendem Gesicht an dem Fenster seiner Studierstube und sah hinaus. Leise fielen die Schneeflocken zur Erde, und leise bewegte er die Lippen und sagte: „Wenn der Winter ausgeschneiet, tritt der schöne Sommer ein, also wird auch nach der Pein, wer's erwarten kann, erfreuet, alles Ding währt seine Zeit, Gottes Lieb in Ewigkeit. – Ja, seine Treue und Barmherzigkeit ist groß", fuhr er in leisem Selbstgespräch fort, „sie ist jeden Morgen neu, auch bei mir. Mein Gott, willst du meine Trübsal wenden und mir auch nach dürrer, kalter Winterszeit deine Sonne wieder scheinen lassen?"

Er nahm einen Brief zur Hand, den er seit gestern schon unzählige Male gelesen, durchflog ihn noch einmal, stand wieder eine Weile sinnend, und sagte dann: „Wunderbar! Gestern bat ich Gott, mir ein Zeichen zu geben, ob es sein Wille sei, dass ich ledig bleiben soll, oder ob er mir eine Gefährtin zuführen wolle, und gestern

Abend kommt dieser Brief. Treues Schwesterherz, welche Liebe spricht aus den Zeilen! Wie könnte ich dir zürnen!"

Auf einmal flog ein schalkhaftes Lächeln über die sonst so ernsten Züge. Er nahm seine Pfeife zur Hand, stopfte sie, und mit den Worten „Wohlan, kühne Tat, lebe" trat er an sein Schreibpult. Doch plötzlich lagerte tiefer Ernst auf seiner Stirn. Er ging mit großen Schritten im Zimmer auf und ab, blieb wieder am Fenster stehen und sah sinnend dem Durcheinanderwirbeln der Schneeflocken zu. Dann, als reue ihn seine Unentschlossenheit, ging er ans Pult und holte Tinte, Feder und Papier. „In Gottes Namen denn." Er tauchte die Feder ein und schrieb.

Im Rotheschen Hause war wieder einmal große Aufregung. Des Hausherrn Geburtstag war da und sollte würdig begangen werden. Als Vorfeier war großes Reinigungsfest, was der Professor mit stillen Seufzern und verzweifelten Ausrufen begleitete. Mutter und Tochter ließen sich jedoch nicht irremachen, liefen geschäftig hin und her, um alles festlich zu gestalten. Schöner Kuchenduft, der aus der

Küche drang, erfüllte die Nasen und Mägen der Pensionäre mit festlichen Vorgefühlen.

Emma malte eine ausdrucksvolle „66" auf die eben aus dem Ofen kommende Torte, zeigte sie im Triumph der Tante und freute sich mit ihr und Mariechen gemeinsam auf morgen. Viel Freude, aber auch eine ungeahnte Aufregung sollte der Tag bringen.

Mittag war vorüber. Mariechen war in der Klavierstunde, die Tante hatte sich zur Mittagsruhe niedergelegt, Emma saß in der Stube an ihrem Nähtisch und ruhte von ihrer Hände Taten. Sie hatte ein Buch ergriffen und blätterte darin, als laut die Glocke ertönte. „Wieder in der Mittagsstunde", rief sie unwillig und ging leise hinaus, um die Tante nicht zu stören. Dore hielt einen dicken Brief in der Hand.

„Fräulein Emma, für Sie", rief sie triumphierend.

Ungläubig, dass heute an sie ein Brief eintreffen könne, heute, an des Onkels Geburtstag, streckte sie die Hand danach aus. Kaum hatte sie die Adresse erblickt, erbleichte sie, und die Hand zitterte bedenklich. Sie nahm schnell den Brief, kehrte ins Zimmer zurück an ihren Nähtisch, öffnete, las und rief, alles um sich her vergessend:

„Tante, liebste Tante, ein Brief von Hermann! Und was enthält er!“

„Doch wohl eine Gratulation für den Onkel“, sagte die so unsanft aus dem Schlummer erweckte Tante halb unwillig.

„Ja, wenn es nur das wäre, hätte ich dich nicht gestört“, antwortete Emma erregt. „Nein, denke dir, Hermann möchte Käthe kennen lernen! Möchte sie, so es Gottes Wille ist, zu ... seiner Frau!“

Jetzt war's an der Tante, zu erschrecken. Sie richtete sich schnell auf. Alle Müdigkeit war verschwunden; sie starrte Emma an und sagte: „Wie ist denn das möglich! Er kennt sie ja gar nicht!“

„Ach, Tante! Ich habe kürzlich ... ich weiß nicht, wie es kam... Ich glaube, der liebe Gott hat mir's in die Feder gegeben ... ich habe ihm neulich von Käthchen geschrieben, dachte aber gar nicht, dass er darauf eingehen würde! Höre nur, was er jetzt schreibt ...“

„Rufe doch erst den Onkel!“

Emma klinkte die Tür leise auf und rief: „Onkel, bitte, komm herein, es gibt etwas ganz Neues!“

Der Onkel fuhr vom Sofa auf. „Kinder, ist es denn etwas gar so Wichtiges, dass ihr mich in der Mittagsruhe stört?“

„Ein Brief von Hermann aus Niendorf; er hat Lust, Käthe kennen zu lernen ... und ... sie schlimmstenfalls zu heiraten!“, setzte sie stotternd hinzu.

„Das ist ja köstlich, ganz köstlich“, sagte der Professor schmunzelnd. „Lies doch, Emma, lies, was schreibt Hermann?“ Emma entfaltete den Brief und las ihn den mit höchster Spannung lauschenden Verwandten vor.

Als sie zu Ende war, legte sie ihn wieder zusammen und sah Onkel und Tante mit einem unbeschreiblichen Blick an. Die Tante war tief bewegt und hatte die Hände gefaltet. Der Onkel sagte wieder dieselben Worte wie vorher: „Kinder, das ist ja köstlich! Ich habe es immer gesagt: ‚Emma, schreibe nur einmal dem Hermann von unserer Kleinen!‘“

„Ja, Onkel, auf dein Wort hin hab ich's

auch eigentlich nur gewagt. Aber ich dachte nicht, dass Hermann darauf eingehen würde. Und jetzt ist mir sehr bange dabei."

„Nun, wie Gott es fügt", sagte der Onkel und sah dabei so zuversichtlich und fröhlich aus, dass auch die beiden Damen Mut gewannen und Worte fanden, sich darüber auszusprechen. Sie gaben sich einander das Versprechen, über die Sache zu schweigen, auch Mariechen nichts zu verraten. „Am besten ist", fügte die Tante hinzu, „du gibst Fräulein Walter, wenn sie nach Hause geht, den Brief, wie es dein Bruder wünscht, und bittest sie, ihn zu lesen."

Als es klingelte und Käthe frisch und fröhlich wie immer eintrat, um ihrem lieben Professor zu gratulieren, war Emma recht aufgeregt. So war es kein Wunder, dass Käthe nach einem Weilchen eines nach dem andern musterte und endlich ausrief: „Frau Professor, es ist doch nichts passiert. Wie sehen Sie denn alle aus?"

„Es ist ja Geburtstag!", antwortete Frau Rothe ausweichend. Doch das kluge Mädchen sagte: „Das ist es nicht. Es liegt ein so feierlicher Ernst auf allen Gesichtern."

Jetzt musste Emma lachen. „Käthe, du bist sehr klug, aber alles kannst du doch nicht ergründen. Kommst du heute zum Leseabend?"

„Gewiss, wenn er heute stattfindet."

„Mein Mann hat nichts dagegen, im Gegenteil, es macht ihm Vergnügen, heute dabei sein zu können, da er am Geburtstag nicht ausgehen will. Also, bitte, kommen Sie ja, Fräulein Walter!", bat Frau Rothe.

„Dann will ich mich aber jetzt verabschieden und meine Korrekturen erledigen, damit ich heute Abend frei bin."

„O du armes Mädchen", dachte Emma. „Wirst nicht weit im Korrigieren kommen."

Als Käthe sich verabschiedet hatte, begleitete Emma sie hinaus, griff herzhaft in die Tasche, holte ihres Bruders Brief hervor und steckte ihn ihr in die Hand: „Bitte, lies diesen Brief, und sage mir heute Abend, wie du darüber denkst."

Käthe musterte die unbekannte Handschrift und sagte verwundert: „Von wem ist er denn, und was soll ich damit?"

„Bitte, frage mich nichts weiter", sagte Emma entschieden. „Sieh auch den Brief nicht weiter an, sondern stecke ihn ein und nimm ihn erst zu Hause heraus!"

„Wunderlich", sagte Käthe kopfschüttelnd, nahm aber gehorsam den Brief und sagte nur: „Emma, dein ernstes Gesicht zwingt mich, alles zu tun, was du befiehlst. Auffallend ist mir aber doch ..."

„Bitte, Käthe, geh nur und frage nichts. Ich kann dir nichts weiter sagen."

„So, nun werde ich auch noch hinausgeschoben", sagte Käthe schalkhaft und verschwand mit fröhlichem Lachen eiligst hinter der Tür.

Emma wirbelte es im Kopf. Es war halb vier; bald würden die Kaffeegäste kommen, und noch war nichts zum Empfang derselben vorbereitet. Sie wollte jetzt nur an ihre Pflichten denken, doch heute war das Fräulein wie ein gedankenloser Backfisch. Bald vergaß sie dies, bald jenes. Dazu klingelte es draußen unaufhörlich; alle die verschiedenen Tanten, Nichten und Neffen trafen ein, um des lieben Hausherrn Geburtstag würdig mitzufeiern. Emma brachte Tassen, Kuchen und die dampfende Kaffeekanne, sie schenkte ein und reichte herum; doch alles geschah mechanisch, immer wieder waren ihre Gedanken bei Käthe, und dann flogen sie über Berg und Tal zum geliebten Bruder – dann dachte sie an beide zusammen, und das Geplauder am Kaffeetisch klang nur wie von fern an ihr Ohr.

Und die arme Frau Rothe saß mitten in der Gesellschaft und musste nach allen Seiten hin die liebenswürdige Wirtin machen. Ihr, der sonst so redegewandten Frau, ging die Aufregung so nah, dass es ihr schwer wurde, die Unterhaltung zu führen. Eine der Tanten sah sie besorgt an und sagte: „Arme Mathilde, du musst heute viel aushalten, die Unruhe ist auch etwas zu groß!"

Die Professorin dachte für sich: „Wenn ihr wüsstet, was außer dem Geburtstagstrubel noch die Gemüter bewegt!"

Der Professor allein saß in behaglicher Ruhe und Gemütlichkeit in seinem Lehnstuhl und sah so vergnügt drein, dass jeder das Geburtstagskind gern ansah. Emma sprang plötzlich auf und eilte zur Tür hinaus.

„Dore", rief sie, „ich hätte ja bald unsere Kinder vergessen."

„Ich wollte eben klopfen, Fräulein Emma. Sie sind lange aus der Schule und warten auf ihren Kaffee.“

„Den sollen sie haben und tüchtig Kuchen dazu, das wird sie versöhnen!“, sagte Emma und dachte: „Wie gut, dass nicht alle Tage solche Briefe kommen, das ginge über meine Kräfte!“

Doch auch dieser Nachmittag verlief wie alle. Die Gäste verabschiedeten sich, das Abendbrot wurde eingenommen, und dann rüstete man zum Kränzchen. Professors kamen nicht dazu, die wichtige Angelegenheit noch einmal mit Emma zu besprechen.

Ein Klingeln an der Vorsaaltür verriet, dass die Mitglieder des Leseabends heranrückten. „Wer wird die Erste sein?“, dachte Emma und eilte klopfenden Herzens hinaus. Es war Frau Kluge, die ausnahmsweise zeitig kam, und Emma hatte gehofft, Käthe würde die Erste sein.

Jetzt ertönte wieder ein Klingeln, aber ganz leise, fast unhörbar. Emmas geschärftes Ohr vernahm es. Sie eilte, um selbst zu öffnen, und wirklich, da stand Käthe, sie fest und ernst mit ihren schönen Augen ansehend.

Das schalkhafte Lächeln, mit dem sie am Nachmittag entschlüpfte, hatte einem tiefen Ernst Raum gemacht.

„Bist du mir böse?“, sagte Emma, ihr beide Hände entgegenstreckend und die ihrigen innig drückend.

„Nein“, sagte Käthe fest.

„Und was sagst du zu allem, Käthe?“

„Ich war anfangs sehr erschrocken, wie du dir denken kannst. Doch kann ich darin bei ernster Erwägung nur die Hand Gottes erkennen. Die Sache ist ohne mein Zutun, ohne dass ich die leiseste Ahnung davon hatte, an mich herangetreten. Will dein Bruder an mich schreiben, so mag und kann ich es nicht wehren. Ich bin bereit, ihm zu antworten.“

„O du gute, einzige Käthe“, sagte Emma und drückte sie an sich. Doch musste sie sich hüten, ihren Gefühlen zu lauten Ausdruck zu geben; es war ja ein tiefes Geheimnis, von dem niemand etwas wissen durfte!

Von Käthe war nicht anders zu erwarten gewesen, als dass sie abends eine bestimmte Antwort, sei sie nun verneinend oder bejahend, bringen würde. Sie war ein klarer, bestimmter Charakter, der sehr bald wusste, was er zu tun hatte.

Die kleine, frische, fröhliche Käthe hatte nachmittags in ihrem Zimmer große, innere Kämpfe zu bestehen, ehe sie zur Klarheit kam. Ihre Gedanken hatten sich auf dem Nachhauseweg viel mit dem Brief beschäftigt. Etwas Absonderliches musste darin sein. Aber dass es mit ihr selbst Zusammenhang habe und dass sie gewissermaßen die Hauptrolle darin spiele, das ahnte sie nicht. Sie setzte sich ans Fenster unter ihre Blumen und begann zu lesen. Doch plötzlich ließ sie den Brief auf den Schoß sinken, presste die Hände ineinander und sagte: „O mein Gott, was ist denn das!“ Sie stand auf und ging einige Male in ihrem Zimmer auf und ab, dann trat sie ans Fenster, nahm den Brief wieder auf und las ihn entschlossen zu Ende.

„Du böse Emma, was hast du angerichtet!“, war ihr erstes Wort. „Der Brief ist aber schön, und der ihn geschrieben, muss ein ernster, frommer Mann sein, ein Mann, der dir Stütze und Halt im Leben sein könnte, dem du dich mit vollem Vertrauen hingeben könntest.“

Und wie es nun weiter so natürlich ist, sie träumte sich in ihren Gedanken an die Seite eines Mannes, den sie freilich noch gar nicht kannte. Und was lag noch alles dazwischen! Zuerst hatte sie den inneren Wert des Mannes, der sie begehrte, geschätzt, nun malte sie sich in Gedanken seine äußere Erscheinung aus. Ein Bild hatte sie nie von ihm gesehen, nur Emma hatte ihr gesagt, dass er keine Ansprüche auf Schönheit machen dürfe. Nachdem sie wieder einige Male im Zimmer auf und ab gegangen, stand sie entschlossen still und sagte: „Ich will. Eine harmlose Korrespondenz kann ja schließlich nichts schaden, auch wenn sie nicht zu dem gewünschten Resultat führen sollte. Ich will mich nicht eigenwillig abschließen gegen das, was mir so unmittelbar aus Gottes Hand zu kommen scheint." Darauf setzte sie sich an ihren Schreibtisch und nahm die Bibel zur Hand, um sich aus ihr Rat und Kraft zu holen. Sie schlug den 37. Psalm auf. Ihr Blick fiel auf die Worte: „Befiehl dem Herrn deine Wege und hoffe auf ihn, er wird's wohl machen." Und weiter: „Sei stille dem Herrn und warte auf ihn."

Während Emma in vollster Geschäftigkeit hin- und herlief, ihre Gäste zu bedienen, war Käthe in ihrem einsamen Stübchen mit sich und ihren Gedanken allein. Wie wohl tat ihr die Ruhe, wie dankbar war sie, dass heute nicht wie sonst dieser oder jener Mädchenbesuch an ihre Tür klopfte! Je länger sie die Sache erwog, desto klarer und fester wurde sie in dem einmal beschlossenen „Ich will!". – „Und nun", sagte sie, „ist's abgetan, jetzt geht's an die Pflicht." Sie betrachtete den hohen Stoß Hefte und ging an die Arbeit. Wenn sie heute einige Fehler durchschlüpfen ließ, so war es verständlich.

Bald trat ein Pfarrgehöft dazwischen, bald sah sie sich hoch aufgeschürzt in der Milchkammer stehen oder mit den Mägden in die Ställe gehen, bald war sie im Pfarrgarten, pflanzte, säte und begoss die Blumen. Dann sah sie sich in der Studierstube eines Pfarrers, und am Schreibtisch saß ein ernster Mann, sie stand an seiner Seite und legte die Hand auf seine Schulter – doch schnell fuhr sie aus ihren Träumen und strafte sich innerlich, dass sie so wenig Aufmerksamkeit bei den französischen Heften zeigte. Sie ertappte sich sogar dabei, dass sie Buchstaben wegstrich, die ganz richtig dastanden, und an einer andern Stelle grobe Fehler übersah, die sie sonst scharf gerügt hätte. Endlich war das letzte Heft durchgesehen. „Gott sei Dank!“, sagte sie aus tiefstem Herzensgrunde, steckte die Hefte in ihre Schultasche, damit alles zum andern Morgen bereit sei, und machte sich auf den Weg zum Kränzchen.

Die Professorin drückte Käthchen verstohlen die Hand, Käthe erwiderte den Händedruck und sah sie bedeutungsvoll an. Als aber die andern Damen sich gegen zehn Uhr zum Aufbruch rüsteten, flüsterte Frau Rothe Käthe ins Ohr: „Fräulein Walter, Sie müssen unbedingt noch bleiben!“ Und als sie endlich allein waren, sagte sie mütterlich: „Nun, setzen Sie sich zu mir, Sie haben heute einen schweren Tag gehabt und wir alle mit Ihnen!“

„Und ich habe das alles angerichtet!“, setzte Emma komisch hinzu.

„Ja“, sagte Käthe. „Sie müssen nun Elternstelle an mir vertreten, da meine Eltern in weiter Ferne sind und ich sie schriftlich nicht in das Geheimnis einweihen will.“

„Das wollen wir, Fräulein Walter“, sagte der Professor herzlich und väterlich. „Die Korrespondenz soll unter meinem besonderen Schutz stehen!“

„Also finden Sie es nicht leichtsinnig, Herr Professor, wenn ich auf einen Briefwechsel mit einem Unbekannten eingehe?“

„Durchaus nicht. Ich habe zu Ihnen das feste Vertrauen, dass Sie sich die Sache ernstlich überlegt haben. Ich finde kein Unrecht darin, dass mein Neffe an Sie schreiben will und Sie ihm auf seinen Brief antworten. Alles andere wird sich finden!“

„Ja, ich will auch vorläufig an gar nichts weiter denken, als dass ich ihm seine Briefe beantworte. Die Sache ist schon schwierig genug!“

„Das wird sich zeigen“, sagte der Professor. „Nur unverzagt und Gott vertraut!“

Dabei sah er sie so fröhlich und siegesgewiss an, dass es Käthe auch ganz froh zumute war. Sie saßen noch lange zusammen, redeten hin und her. Emma erzählte von ihrer inneren Unruhe, die sie gehabt, seit sie den verhängnisvollen Brief an ihren Bruder geschrieben – wie sie aber nur die schwesterliche Liebe dazu getrieben, wie ihr größter Wunsch sei, ihren Bruder glücklich zu wissen, und wie sie hoffe, dass er es ganz und völlig durch Käthe werden könne.

„Das ist die große Frage“, versetzte Käthe bange. „Den besten Willen hätte ich wohl, einen Mann glücklich zu machen – doch kann ich ihm so wenig bieten“, setzte sie bescheiden hinzu.

„Davon wollen wir nicht reden“, sagte Emma. „Die Hauptsache ist aber auch, dass du, liebe Käthe, durch ihn glücklich wirst.“

Käthe sah sie ernst an. „Das kann geschehen, wenn wir innerlich harmonieren. Wir stehen auf ein und demselben Glaubensgrund. Finden unsere Herzen sich in Gott, so ist das, glaub' ich, Bürgschaft für unser künftiges Glück. Aber wir sind Menschen, und die äußere Erscheinung tut viel. Ich weiß sehr wohl, dass ich davon so abhängig bin wie andere Mädchen.“

„Ja, es ist die Frage, ob dir Hermanns

äußere Erscheinung gefallen wird", versetzte Emma nachdenklich. „Ich sagte dir schon einmal ..."

„Schon bald Mitternacht!", rief Käthe und sprang erschrocken auf. „Es ist gut, dass solche Briefe nicht alle Tage kommen!" Sie verabschiedete sich herzlich von Frau Rothe und Emma, ließ an Mariechen, die schon längst zur Ruhe gegangen, viele Grüße zurück, worauf sie vom Professor nach Hause begleitet wurde.

Auf dem einsamen Pfarrgehöft zu Nienhagen brannte noch spät die Lampe in der Studierstube des jungen Pastors. Er beugte sich über die Bibel und las die Worte des 37. Psalms: „Befiehl dem Herrn deine Wege und hoffe auf ihn, er wird's wohl machen", und weiter unten: „Sei stille dem Herrn und warte auf ihn."

„Jetzt kann mein Brief in ihren Händen sein", sagte er leise vor sich hin. „Wie wird sie ihn aufnehmen?"

Emma hatte ihrem Bruder Käthes Entschluss geschrieben. Acht Tage später kam Käthe freudestrahlend zu Emma und flüsterte: „Ein Brief von deinem Bruder."

„Wirklich", rief Emma, „was schreibt er?"

„Du musst alles lesen! Doch wo?"

„Warte!", sagte Emma, ein Weilchen nachdenkend. Sie zog Käthe am Kleide in die Schlafstube der Pensionäre, von da durch eine Tür in die Vorratskammer. „Hier sind wir sicher, Käthe", sagte sie befriedigt, „komm!"

Da standen nun die beiden Freundinnen, Käthe mit dem wichtigen Brief in der Hand, Emma mit der Hauslampe ihr leuchtend. Im Eifer hatten sie sich beide an den großen Mehlsack gelehnt und, während Käthe nun las, stand Emma andächtig dabei und lauschte. Wohl noch nie in ihrem Leben hatte sie so wenig Interesse für ihre Vorräte beim Betreten der geheimnisvollen Kammer an den Tag gelegt wie heute. Da standen die Pflaumenmustöpfe in Reih und Glied, die Büchsen mit dem Eingemachten, die Zuckervorräte, die trockenen Gemüse, für Emma waren sie heute nicht vorhanden, sie hatte nur Augen und Sinn für Hermanns Brief. Jetzt war er zu Ende. „Schreibt er nicht wunderschön?“, sagte Käthe strahlend und sah Emma forschend an.

„Ja, wirklich sehr nett! So könnte er an jedes Mädchen schreiben, ohne dass man sich das Geringste dabei zu denken brauchte. Ich freue mich, dass Hermann den rechten Ton getroffen ...“

„Ich will ihm morgen antworten und denke, es wird mir nicht schwer fallen.“

„Emma, wo steckst du nur in aller Welt?“, ertönte Mariechens Stimme.

„Hier, Kind! Was gibt's?“, tief Emma, gewandt aus der Vorratskammer schlüpfend. Als Mariechen den Kopf in die Schlafstube der Pensionäre steckte, drehte Emma gerade den Schlüssel der Kammertür herum.

„Da bist du? Und Käthe auch! Nun, Käthe, Emma hat dir wohl die Taschen mit gebackenem Obst gefüllt, damit du während des Leseabends etwas zu knabbern hast."

„Nein, hab' etwas anderes zu knabbern bekommen", bemerkte Käthe trocken und begab sich ins Wohnzimmer zur Begrüßung der Damen.

„Kinder", sagte nach einem Weilchen Frau Rothe, „wo habt ihr denn gesteckt, Emma und auch Sie, Fräulein Walter? Sie haben ja ganz weiße Rücken." Die beiden sahen sich bedeutungsvoll an, eine drehte die andere herum, und wirklich, sie sahen aus wie ein Müller. Es folgten allgemeine Heiterkeit und Mutmaßungen, wo sie sich die „Weißheit" geholt!

„Ich entschieden auf dem Seminar", erklärte Käthe, nahm Emma unter den Arm und verließ mit ihr das Zimmer, um sich abzubürsten.

Käthe wollte Professors ganz Elternstelle an sich vertreten lassen; sie hatte beschlossen, ihnen alle Briefe mitzuteilen, die der junge Pfarrer an sie schrieb. Ihrer Verschwiegenheit war sie gewiss; es lag für sie ein großer Trost darin, alles mit ihnen zu teilen. Es waren noch keine Briefe eines Bräutigams an seine Braut, sondern die eines jungen Unbekannten an ein ihm fremdes Mädchen. Aber hier bewahrheitete sich wieder einmal das alte Wort: „Als die Unbekannten und doch bekannt“, so dass es Käthe leicht war, auf seinen ersten Brief zu antworten und auf die folgenden mit Spannung zu warten. Es lag eben daran, dass geistig verwandte Seelen sich gefunden hatten. Sie verstanden sich in ihren religiösen Anschauungen, harmonierten in der Treue, mit der jeder an seinem ihm von Gott gegebenen Beruf hing, sprachen sich hierüber gegenseitig aus, auch über die Freundschaft, die Käthe in dem ihr befreundeten Rotheschen Hause erfahren hatte. Kurz, es waren gehaltvolle, interessante Briefe, die sie miteinander wechselten, und beide fühlten wohl, dass sie sich durch diese innerlich näher rückten. Doch von Liebe war noch kein Wort gesprochen. In einem Briefe hatte Hermann wohl schwermütige Äußerungen getan in Bezug auf sein einsames Leben in der Pfarrei und hatte die Worte angeführt: „Grau ist mir der Himmel mit Wolken verhangen“, worauf Käthe sofort fröhlich antwortete: „Nur unverzagt und Gott vertraut, es muss doch Frühling werden." Das Wort hatte den jungen Mann seltsam bewegt. „Sollte noch einmal ein Frühling für mich kommen?", hatte er sich gesagt. Dann war er in den Garten geeilt, hatte unter dem Schnee gesucht und das erste Schneeglöckchen gefunden. „Zieh hinaus, du Blümlein, in die Ferne, läute dort den Frühling ein im unbekannten Stübchen meiner unbekannten Freundin." Und das Blümlein im Briefumschlag fand den Weg zu unserem Käthchen, trotz Wintersturm und Schneegestöber.

„O sehen Sie, was ich heute bekommen", jubelte die Kleine, als sie einmal gegen Abend zu Professors mit einem Brief von Hermann und dem lieblichen Frühlingsblümchen kam. „Hören Sie, was er zum Schluss darüber schreibt! ‚Sie haben mich durch Ihre letzten Worte mehr erfreut, als Sie ahnen! Seien Sie herzlich gegrüßt von jemand, der auf einen Frühling hofft.'"

Das war der erste leise Liebesklang, und in Käthes Herz tönte es wieder: „Und ein neuer Frühling folgt dem Winter nach!"

Seitdem war sie sehr fröhlich und getrost. Kamen bange Stunden und Augenblicke, dann dachte sie an des Professors Wort, das er den ersten Tag zu ihr gesagt: „Des Herrn Rat ist wunderbar, aber er führet es herrlich hinaus“, und voll Vertrauen sprach sie: „Herr, wie du willst, so schick's mit mir.“

Mariechen ging unbeirrt ihren Weg. Sie ahnte nichts von dem, was die Herzen der Eltern und der Freundin bewegte. Es fiel ihr wohl auf, dass sie oft unter einem Vorwand hinausgeschickt wurde, wenn Käthe kam; aber als gehorsames Kind war sie von früh an gewöhnt, nie nach dem Grund zu fragen. So dachte sie nicht viel über die Sache nach, sondern war fröhlich und guter Dinge und freute sich von einem Tag auf den andern. Emma dagegen war es oft, als ob eine Bergeslast auf ihr ruhte. Bedenken, die sie früher nie gekannt, stiegen jetzt in ihr auf. Wie sollte es werden, wenn Hermann nun wirklich käme und er und Käthe sich nicht durch ihr Äußeres angezogen fühlten? Das musste doch eine bittere Verlegenheit geben. Sie mochte gar nicht daran denken. Es hatte mit Hildegard und Herrn von Buchwald einen so traurigen Ausgang genommen, darum hatte sie gar keinen Mut, an ein Gelingen zu glauben. Sie sprach oft in stillen Stunden mit der Tante darüber; sie hatte auch ihre Bedenken, je näher die Zeit der persönlichen Begegnung rückte, sie wünschte ebenso dringend wie Emma, dass sie bald stattfinden möchte.

Briefe waren genug gewechselt, das gegenseitige Kennenlernen genügend angebahnt, es war nun wichtig, dass Hermann sein stilles Pfarrhaus verließ, um zu sehen, bei wem sein Schneeglöckchen den Frühling eingeläutet hatte.

Käthe wurde es auch immer beklommener ums Herz, je näher der Tag der Entscheidung rückte. Nur gut, dass ihre täglichen vielseitigen Pflichten sie von ihren Gedanken ablenkten.

„Tante", sagte Emma eines Tages, als sie zusammen bei ihrer Arbeit saßen, „ich war endlich heute einmal drüben bei Schmidts."

„Und wie hast du es dort gefunden?"

„Traurig genug", meinte Emma. „Ich schäme mich, dass ich so lange Zeit hatte vergehen lassen, aber gleich nach

Hildegards Abreise kam der Brief von Hermann, er hat meine Gedanken so in Anspruch genommen, dass ich ganz vergaß, mich nach der Frau Schmidt umzusehen. Sie ist sehr krank gewesen und auch jetzt noch nicht auf dem Damm. Hildegard haben sie es verschwiegen, denn kommen konnte sie doch nicht unter den jetzigen Verhältnissen. Zu Ostern ziehen sie in einen entlegenen Stadtteil. Dann wird Hildegard wohl wiederkommen."

„Ich kann's nicht aussprechen, wie tief mich diese Sache bewegt", sagte die Professorin, „und doch muss ich sagen, ist dies die beste Lösung. Hildegard bleibt viel Bitterkeit und Weh erspart, das früher oder später, wenn sie Herrn von Buchwald geheiratet hätte, über sie hereingebrochen wäre. Sie wird die Neigung bekämpfen und später einsehen, wie gut Gott es mit ihr gemeint hat, dass er sie da ließ, wohin sie von Jugend auf gehört. Wie fandest du die Mutter?"

„Recht schwach. Sie sprach wenig, doch sagte Minchen mir, dass es bedeutend besser sei und sie hoffe, die Mutter zur Zeit des Umzugs wieder wohl zu sehen. Ich glaube, die Frau ist sehr schwach – noch einmal eine Lungenentzündung – und es ist um sie geschehen!"

„Sprachen sie von Hildegards Erlebnis?"

„Nein, sie umgingen es sehr geschickt. Sie ahnen gewiss gar nicht, dass wir es wissen, so habe ich mir natürlich auch nicht das Geringste anmerken lassen. Es ist auch besser, wir mischen uns nicht in diese Familienangelegenheit!"

„Dass wir Fräulein Hildegard freundlich begegneten, ist mir nicht leid, obwohl ich sie nie aufgefordert haben würde, uns zu besuchen, wenn ich eine Ahnung gehabt hätte, was dieser Besuch nach sich ziehen würde", sagte die Professorin.

„Und ich würde nie an Hermann den bewussten Brief geschrieben haben, wenn ich eine Ahnung gehabt hätte, was er nach sich ziehen würde."

„Kleine Ursachen, große Wirkungen", sagte Frau Rothe. „Doch in allem waltet eine höhere Hand, die nicht nur die Geschicke der Völker, sondern auch die Wege des Einzelnen lenkt. Er wird's wohl machen."

„Amen", sagte Emma leise.

Die Verlobung

„Mama“, rief Mariechen eines Tages ins Zimmer stürzend, „ich habe einen wunderschönen Brief von Rosa. Zu Ostern soll ich nicht kommen. Sie schreibt, es wäre gar nicht mehr wie sonst bei ihnen. Papa sei verstimmt, Mama traurig. Waldemar komme gar nicht, er habe kürzlich geschrieben, er wolle längere Zeit Urlaub nehmen und auf Reisen gehen. Ganz weit fort! ‚Und siehst du‘, schreibt sie weiter, ‚wenn es so traurig bei uns ist, ist es besser, du kommst ein andermal. Herr Werner und Walter sind die einzigen vergnügten Menschen. Walter liebt seinen Herrn Werner sehr, muss sich aber leider bald von ihm trennen, da er nach seinem Examen in seine Heimat zurückgeht, um sich dort anstellen zu lassen.‘“

„So geht Herr Werner also auch bald fort“, sagte Frau Rothe. „Da wird unser Bekanntenkreis recht gelichtet. Hildegard kommt nicht mehr; Herr von Buchwald auch nicht, Herr Werner geht fort, Käthe ...“

„Käthe bleibt!“, fiel Mariechen ihr energisch in die Rede. „Und das ist gut, sie ist doch unsere älteste und beste Freundin.“

„Wollte Gott, sie bliebe nicht“, sagte Emma leise zur Tante und verließ das Zimmer. Mariechen rückte näher zur Mutter und las ihr weiter den „wunderschönen“ Brief von Rosa vor. Die traurige Geschichte ihres Bruders bildete natürlich das Hauptthema, und Mariechen wurde so ergriffen von der Trauer ihrer Freundin, dass sie ausrief: „Ach Mama, warum liebt denn auch Herr von Buchwald die Hildegard? Ich denke, die Liebe ist etwas Schönes; wenn sie aber so viel Trübsal anrichtet, mag ich gar nichts von ihr wissen!“

„Du liebes Kind“, sagte die Mutter, „möge Gott dich behüten, dass du nie Leid und Bitterkeit der Liebe zu erfahren brauchst!“

Mariechen sah ihre Mutter verwundert an, als ob sie sie nicht recht verstehe. – In diesem Augenblick trat Kurt ein mit dem Schachbrett, um Mariechen zu einer Partie zu bitten. Während Mariechen sich gern dazu bereit erklärte, ging die Mutter hinaus, um mit Emma noch allerlei zu besprechen.

Da ertönten laute, bekannte Tritte auf der Treppe. Emma öffnete die Tür und ließ erstaunten Blickes Wilhelm ein. „Wilhelm! Wo kommst denn du heute auch noch her!“

„Auch noch her? Das klingt gerade nicht sehr nach Willkommen. Guten Tag, Mutter, ich komme doch recht?“

„Zu jeder Stunde, Wilhelm“, sagte sie. „Aber wenn wir uns hätten etwas wünschen können, hätten wir dich übermorgen noch lieber gesehen.“

„Nun, das Semester ist so ziemlich zu Ende, die Professoren haben fast alle mit den Vorlesungen aufgehört – das Geld war auch alle – und da bin ich nun! Morgen ist wohl etwas Besonderes, wobei ihr mich nicht gebrauchen könnt?“

Die Damen antworteten nicht weiter, sondern schoben Wilhelm vor sich her in die Stube, wo er von Mariechen mit großem Jubel begrüßt wurde.

„Du freust dich also, alte Mieze, mich heute zu sehen. Die Mutter und Emma hätten mich lieber erst übermorgen gehabt."

„Warum?", sagte Mariechen verwundert. „Aber", fügte sie hinzu, „mir ist's heute den ganzen Tag so gewesen, als ob irgendetwas Besonderes in der Luft liege. Wer weiß, was es für eine Überraschung gibt! Du weißt ja, Wilhelm, Emma denkt sich mitunter etwas aus!"

Inzwischen kam der Professor nach Hause, und das Gespräch nahm eine andere Wendung.

Abends ging man bald zur Ruhe, doch Emma fand heute lange keinen Schlaf. Ihr stand immer Käthe vor Augen, wie sie sie bei ihrem heutigen Besuch so traurig angesehen und gesagt hatte: „Ach Emma, wenn nur morgen erst vorüber wäre." Endlich übermannte sie die Müdigkeit, sie schlief ein und erwachte erst, als Dore den Kopf zur Tür hereinsteckte und rief: „Fräulein Emma, es ist Zeit zum Aufstehen." Schnell fuhr Emma aus dem Bett.

„Heute gilt's, die Gedanken zusammenzunehmen", dachte sie, „du treuer Gott, hilf uns allen!"

Kurz vor acht, als Emma draußen zu tun

hatte, kam Käthe die Treppe heraufgesprungen, umarmte Emma und sagte: „Ich wollte mich nur anders zeigen als gestern Abend! Ich wollte dir nur sagen, dass ich getrost und sehr freudig bin.“ Und eh’ Emma sich besinnen konnte, war Käthe wieder verschwunden, sie hörte nur noch die schnell sich entfernenden Tritte auf der Treppe.

„Wilhelm“, sagte etwas später Mariechen zu ihrem Bruder, „gestern Abend war Käthe Walter hier, und ich hörte sie zu Emma sagen, sie sei traurig und verzagt, und heute früh komme ich dazu, wie sie ausruft: ‚Ich bin getrost und sehr freudig!‘“

„Mieze, wer weiß, was die Mädchen haben! Warte nur geduldig, es wird schon an den Tag kommen.“

Gegen Mittag wurde Wilhelm von Mariechen ins Wohnzimmer gerufen.

Er trat ein. Ein Mann kam ihm entgegen. „Guten Tag, Vetter Wilhelm, kennst du mich noch?“

Wilhelm sah ihn einige Minuten prüfend an. Auf einmal rief er fröhlich aus: „Vetter Hermann aus Nienhagen: Das ist ja eine famose Idee. Tausendmal willkommen! Wie gut, dass ich gestern Abend kam. Nun will ich auch gleich für heute Nachmittag Beschlag auf dich legen ..."

Emma und die Professorin sahen sich verlegen an. Da ergriff der Professor das Wort: „Wilhelm und Marie, ihr seid keine Kinder mehr, kommt her! So lange haben wir geschwiegen, weil wir schweigen mussten. Hört: Vetter Hermann ist gekommen, um Fräulein Walter kennen zu lernen. Die Hand auf den Mund und nichts verraten!"

Wilhelm legte schnell seine Hand auf Mariechens Mund. „Ein Mann weiß zu schweigen", sagte er würdevoll, „doch ob dies Plappermäulchen stillstehen wird, wer kann dafür bürgen?"

„Nun, Wilhelm, wenn du dir so viel zutraust", sagte die Mutter lächelnd, „da will ich Mariechens Mund heute Nachmittag unter deinen besondern Schutz geben. Ich brauche euch wohl nicht zu sagen, dass wir euch beide heute wenig brauchen können."

Wilhelm und Mariechen sahen sich verdutzt an, und Hermann lächelte still. Auf einmal klärten sich Wilhelms Züge. Er lachte, schlug Mariechen auf die Schulter und rief: „Mieze, nun ist mir alles klar! Hier soll etwas Großes vorgehen, wobei wir beide überflüssig sind. Komm, ich führe dich heute Nachmittag spazieren."

„Ich danke schön bei dem Regen!"

„Wir nehmen einen Schirm und machen's wie Paul und Virginie", sagte Wilhelm heiter, bot Mariechen den Arm und zog sie aus dem Zimmer.

„Mieze", sagte er draußen, „wir wollen uns ja heute aus dem Spiele halten, das ist nichts für uns Kinder!"

Drinnen saß Vetter Hermann zwischen Onkel und Tante, die so herzlich und warm mit ihm sprachen, ihm das junge Mädchen, das er kennen lernen wollte, so fromm und gut schilderten, dass es Hermann mehr denn je verlangte, sich diese Perle zu erringen. „Aus ihren Briefen habe ich sie schon kennen gelernt", sagte er, „und ist sie so, wie ich sie mir danach ausmale, dann bin ich ihrer nicht wert."

„Dann nimmst du sie als ein Gnadengeschenk deines Gottes", fiel der Professor ein.

„Wenn sie dich will!", meinte Emma,

die bisher nichts gesagt, sondern ihren Bruder unverwandt von allen Seiten betrachtete, während Onkel und Tante mit ihm sprachen. „Ob er ihr wohl gefällt?“, dachte sie. „Er ist ja nicht hübsch, aber er hat ein kluges und interessantes Gesicht. Doch ich will sehen, dass der Braten fertig wird und Hermann nach der langen Fahrt ein gutes Mittagessen bekommt.“

Mittag war vorüber, Emma trug die Überreste des Mahles ab. „Fast gar nicht gegessen hat er, es mag ihm recht beklommen zumute sein.“ Sie räumte ab und ging dann ins Wohnzimmer zur Tante. Der Professor war mit Hermann in den angrenzenden Salon gegangen, um dort zu warten, bis die verhängnisvolle Kaffeestunde und mit ihr die bekannte Unbekannte erschien.

Die Tante legte sich ein Weilchen aufs Sofa, während Emma leise den Kaffeetisch richtete. Dann begab sie sich ans Fenster, wo sie die Straße hinaufsehen konnte. Bange Minuten waren es, die sie dort verlebte. Ihr Herz pochte mächtig. Der Tag, auf den sie alle mit Spannung gewartet, war nun da, welche Entscheidung mochte er bringen?

Jetzt kam eine kleine Dame eilig die Straße hinunter. „Da ist sie! Tante, Käthe kommt!"

Die Tante erhob sich schnell, Emma eilte hinaus, die Tür zu öffnen. „Meine liebe Käthe", sagte sie, „der Bruder ist da!"

„Ich weiß es", antwortete Käthe, und im selben Augenblick öffnete sich die Tür, und der Professor trat mit dem jungen Pfarrer ein. Mit großer Sicherheit und Ruhe ging der junge Mann auf Käthe zu, reichte ihr die Hand und sagte: „Fräulein Walter, wir sind nicht mehr ganz unbekannt miteinander!"

Sie nahm die Hand, sah schüchtern und verlegen zu ihm auf und nickte leise mit dem Kopf.

Reden konnte sie nicht. Einen Augenblick stockte alles in ihr. Erst als die Tante mit ein paar geschickten Worten über die erste Verlegenheit hinweggeholfen, fand auch Käthe die Sprache wieder und beteiligte sich an der allgemein gehaltenen Unterhaltung. Emma schenkte Kaffee ein und präsentierte von ihrem Kuchen, merkte aber bald, dass kein rechter Appetit vorhanden war. Jetzt sprach Hermann eifrig mit dem Onkel. Schnell wandten Käthes Blicke sich ihm zu. Prüfend ließ sie die Augen auf ihm ruhen.

Sprach Käthe mit der Tante, so benutzte Hermann diesen Augenblick, sich auch einmal verstohlen seine Zukünftige anzusehen; so verging die erste Stunde, man fing eben an, sich behaglich zu fühlen, als ein Klopfen an der Tür die Gesellschaft auffahren ließ.

„Herr Gruber, Konrads Vater", meldete Dore, und mit freundlichem Gruß betrat der Herr das Zimmer, nicht ahnend, welch ein unwillkommener Gast er gerade an diesem Nachmittag war. „Ich störe doch nicht? Komme nur, mir meinen Konrad zu holen, der ja heute Nachmittag frei hat."

Während der Professor den Herrn freundlich willkommen hieß, eilte Emma, Konrad zu benachrichtigen, winkte aber beim Hinausgehen Käthe verstohlen zu, ihr zu folgen.

Diese folgte gern dem Wink. Sie stand schnell auf, verließ das Zimmer, und als Emma Konrad ins Wohnzimmer geschickt, eilte sie mit der Freundin in ihr Stübchen.

Dort angekommen, legte Emma beide Arme auf Käthes Schultern, sah ihr treuherzig in die Augen und sagte: „Nun?"

Käthchen warf sich stürmisch in ihre Arme und rief unter Weinen und Lachen: „Emma, er er – er ist ja gar nicht so hässlich."

„Also ist der persönliche Eindruck nicht ungünstig? Gefällt dir der Mann?"

„Er ist prächtig", sagte Käthe, und man sah es ihr an, wie ihr dieser Ausspruch von Herzen kam.

Die Bergeslast, die auf Emma gelegen, wälzte sich plötzlich ab, und es war kein Wunder, dass es ihr froh und leicht ums Herz wurde und sie aus tiefster Seele ausrief: „Gott sei Lob und Dank."

„So weit sind wir noch nicht", sagte Käthe ernst. „Du weißt ja gar nicht, ob dein Bruder mich mag!"

„Das wird sich finden", sagte Emma, „komm, ich höre eben Herrn Gruber mit Konrad fortgehen." Die fünf saßen nun ungestört beisammen. Der Regen schlug an die Fenster, und der Wind pfiff sein Lied dazu.

„Emma", flüsterte die Professorin, „weißt

du, wo Wilhelm mit Mariechen hingegangen?“

„Nein, ich sah sie nur, als ich nach Tisch am Fenster stand, höchst fidel unter dem Regenschirm fortgehen.“

„Wenn nur die Kinder sich nicht erkälten oder irgendeine Dummheit machen“, sagte die Mutter besorgt und warf prüfende Blicke zum Fenster hinaus.

Plötzlich riss der Wind im andern Zimmer ein Fenster auf und stieß einen Blumentopf auf den Boden. Hermann eilte schnell, das Fenster zu schließen, während Emma und Käthe eilfertig herzukamen, um die Erde in den Topf zu tun und das Blümchen wieder hineinzudrücken. Hermann stand hinter Käthe und sah ihr zu.

„Das ist wohl die Hyazinthe, von der Sie mir schrieben?“, fragte er. Während Käthe antwortete: „Nein, das war eine andere, die ich mir selbst gezogen!“, rief die Tante Emma, gab ihr einen Wink, die Tür zu schließen, und sagte: „Der Zufall ist uns günstig gewesen, der Wind hat sich ins Mittel gelegt! Lass die jungen Leute jetzt allein, die Zeit ist kurz, und wenn sie sich aussprechen wollen, ist jetzt die passendste

Gelegenheit. Wer weiß, was sonst störend dazwischenkommt!“

So waren Hermann und Käthe allein! Was in der stillen Stunde zwischen ihnen gesprochen und ausgemacht wurde, haben sie niemand verraten, auch der Emma nicht. Ihr wurde es sehr sauer, so lange auszuhalten, doch mahnte die Tante zur Geduld und zum Stillesein. Endlich – Emma hatte das Abendbrot gerichtet und fragte, ins Wohnzimmer tretend: „Immer noch nicht?“, da winkte die Tante mit der Hand und flüsterte: „Es scheint sehr ernst dort zuzugehen, doch wenn ich nicht irre, nimmt die Sache einen guten Ausgang.“ Tante und Emma waren unfähig gewesen, den Nachmittag irgendeine Arbeit vorzunehmen. Nur der Onkel bewahrte die ihm eigene köstliche Ruhe, saß gemütlich in seinem Lehnstuhl, las ein Zeitungsblatt nach dem andern durch und sagte nur von Zeit zu Zeit: „Kinder, wartet es doch ab, nur keine Übereilung!“

Endlich schlug die Abendstunde. Es war aufgetragen, und Emma musste, um wie immer pünktlich zu sein, die Glocke erschallen lassen. „Soll ich klingeln, Tante, oder noch warten? Ich denke nur, die Pensionäre werden ungeduldig. Ist Konrad wieder da?" „Er ist eben angekommen!" „Und Wilhelm und Marie?" „Da klingelt's! Das werden sie sein!" Eben wollte Emma hinauseilen, ihnen entgegen, doch plötzlich blieb sie wie gebannt stehen. Die Salontüre wurde geöffnet, und Hermann erschien mit Käthe am Arm!

„Lieber Onkel, liebe Tante", sagte er mit bewegter Stimme, „der Herr hat mir eine liebe Braut geschenkt, gebt uns an der Eltern Statt euren Segen." Während die Verwandten dem jungen Brautpaar von Herzen gratulierten, setzte Emma sich auf einen Stuhl und schluchzte laut. Es überwältigte sie. Aber nun lächelte sie unter Tränen, als das Brautpaar zu ihr trat, der Bruder sie in die Arme schloss und ihr dankte für ihre treuen Dienste.

Nachdem auch Käthe und sie sich umarmt, überkam sie auf einmal eine solche Verlegenheit, dass sie hinausstürzte und laut zum Abendbrot schellte.

„Nein, Emma ist doch unvergleichlich. Kann sie uns denn nicht Zeit lassen, uns einigermaßen zu sammeln", sagte die Professorin kopfschüttelnd. „Wer mag denn jetzt gleich ans Abendbrot denken!"

Doch die Pensionäre kamen schon herbeigestürzt, auch Wilhelms und Mariens Stimmen wurden vernehmbar. Was blieb also Professors und dem Brautpaar übrig, als sich auch zu Tisch zu begeben.

Wilhelm und Marie warfen Hermann und Käthe verstohlene Blicke zu, konnten jedoch nichts bemerken. Hermann saß neben dem Professor, Käthe hatte sich mitten unter die Pensionäre gesetzt, mit denen sie gut Freund war. Sie nannte ihn „Herr Pastor", er sie „Fräulein Walter"; es war absolut nichts Auffallendes dabei.

„Nun, Mamachen, freust du dich nicht, uns wiederzusehen?", sagte Wilhelm zu seiner Mutter.

„Gewiss, ich bin schon euretwegen in rechter Sorge gewesen. Wo habt ihr den Nachmittag zugebracht?"

„Das wollen wir dir dann privatim erzählen. Wir haben auch mancherlei erlebt!" Marie machte dazu eine ganz kummervolle Miene, so dass die Mutter dachte: „Was muss nur dem Kinde wieder passiert sein?“, es jedoch einstweilen auf sich beruhen ließ.

Die Pensionäre hatten nach Tisch noch zu arbeiten, da sie den freien Mittwochnachmittag ihrem Vergnügen gelebt hatten. Sie betraten heute Abend das Wohnzimmer nicht, der Professor begab sich nach dem Essen mit ihnen in die Arbeitsstube, um durch seine Gegenwart sofortiges Arbeiten zu erzielen.

Während Emma und Mariechen den Tisch abräumten, hatte Hermann seine Reisetasche geholt und suchte darin. Die Professorin ging mit Käthe ins Wohnzimmer.

„Nun, mein liebes Fräulein Käthe, oder wie es nun heißt: Nichte Käthe, bist du denn eine glückliche Braut?“

„O ich bekomme einen prächtigen Mann, einen Mann, zu dem ich hoch aufsehen muss. Aber ernst – sehr ernst ist er!“

In diesem Augenblick trat Hermann mit einem Kästchen ein. Er setzte es auf den Tisch, öffnete es und holte einen zwischen feuchtem Moos liegenden prächtigen Strauß Schneeglöckchen heraus. Er überreichte ihn seiner Braut mit den Worten:

„Sieh, ich habe dir auch etwas mitgebracht."

Ein Aufleuchten in Käthes Augen überzeugte ihn mehr als ihre Dankesworte, dass er richtig gewählt hatte. Diese zarte Aufmerksamkeit hatte sie von dem ernsten Mann nicht erwartet; sie erkannte darin seinen zarten Sinn, da eine schöne Mitgabe fürs Leben nicht jedem verliehen ist. Noch größer war ihre Freude, als sie bei näherer Betrachtung den Strauß mit einem langen, schmalen Papierstreifen umwickelt fand, auf dem die von Hermanns Hand geschriebenen Worte standen:

„Nur unverzagt und Gott vertraut, es muss doch Frühling werden!"

„Sieh", sagte er, sie an sich ziehend und ihr in die Augen sehend, „mit diesem Wort hast du einmal einen betrübten Mann aufgerichtet; nun mache ich dir mit denselben Worten eine Freude!"

Käthe nickte leise und war tief bewegt. Sie sahen sich an, und in beider Augen leuchtete es wie Frühlingswehen.

Emma, die eben eingetreten, sah die Schneeglöckchen in Käthes Hand. Sie trat zu ihr, legte ihr die Hand auf die Schulter und flüsterte ihr ins Ohr: „Und ein neuer Frühling folgt dem Winter nach!"

In Käthes Augen glänzten helle Tränen, auch Emma wischte sich verstohlen die Rührung fort, und es hätte nicht viel gefehlt, so hätte auch die Professorin das Taschentuch geholt. Doch dass die weiche Stimmung nicht Raum gewann, dafür sorgten Wilhelm und Marie.

Energisch traten sie ein, Wilhelm machte eine feierliche Verbeugung vor dem Brautpaar und sagte mit komischem Pathos: „Ist es uns beiden, die wir doch gewissermaßen Familienglieder sind, nun endlich gestattet, näher zu treten?"

„Jawohl, jawohl", rief Vetter Hermann fröhlich, „und ihr sollt uns gratulieren! Ihr habt nämlich ein Brautpaar vor euch."

„Ich dachte mir so etwas. Das ist ja fein! Nun, Mieze, komm, jetzt kannst du gratulieren, nun kannst du auch wieder reden, kannst deinen Damen von heute Nachmittag morgen Visite machen und sie aus ihren fürchterlichen Qualen reißen!"

„Wo wart ihr denn, Kinder?", fragte die Mutter unruhig.

„Das erzählen wir alles noch. Erst wollen wir uns über das Brautpaar freuen. Also, Vetter Hermann ...“

„Und Kusine Käthe“, fiel Käthe fröhlich ein, Wilhelm die Hand reichend.

„Gut! Und hier Vetter Wilhelm“, sagte der Student, herzlich einschlagend. „Freue mich sehr, liebe Kusine!“

„Nun, Kinder, wie steht's?“, ließ sich jetzt die fröhliche Stimme des Professors vernehmen. „Meine Jungen sind bei der Arbeit, nun will ich mich mit euch freuen. Haben wir zuvor Elternsorgen mit euch gehabt, so ist es wohl billig, dass wir nun auch Elternfreuden genießen. Emma, hole eine Flasche Wein, wir wollen das Brautpaar leben lassen.“

Hell klangen die Gläser, als auf das Wohl der Verlobten angestoßen wurde, und hell und freudig glänzten alle Gesichter über das viele Glück, das hier eingekehrt war.

Auf einmal rief Hermann: „Wilhelm und Mariechen müssen noch berichten, wie sie den heutigen Nachmittag zugebracht haben.“

„Gut“, sagte Wilhelm, „das wollen wir. Also erst Spaziergang im Freien, bei strömendem Regen und leidlichem Sturm. Wir sind die Allee des großen Gartens wohl zehnmal auf und ab gerannt, bis Mieze entschieden zu opponieren begann und energisch in die Stadt zurückbegehrte. ‚Wohin nur mit dir, liebes Kind', sagte ich väterlich. ‚Zu den Verwandten können wir nicht, da ist es zu schwer, dein Plappermäulchen im Zaum zu halten. Doch halt, jetzt fällt mir etwas ein! Mein Freund Otto ist gestern mit mir aus Leipzig gekommen, den werde ich besuchen, und du gehst unterdes ein Stündchen zu seiner Mutter. Da bist du sicher und geborgen. Sie ahnt nichts von allem, was sich bei uns entwickelt, kann also keine verfänglichen Fragen tun ...'"

„Und da seid ihr zu Frau K. hingegangen", rief die Professorin erschrocken, während Emma in ein herzliches Lachen ausbrach: „Auf eine dümmere Idee konntet ihr gar nicht kommen!"

„Hättet ihr uns nur gesagt, dass dort großer Damenkaffee sei", sagte Mariechen schmollend, „ich hatte ja keine Ahnung davon und bin richtig hereingefallen!"

„Erzähle, erzähle!", bat Emma begierig.

„Also Wilhelm ging zu seinem Freund, dessen Stube er ja kennt, und ich fragte, ob ich Frau Doktor sprechen könne. In der Meinung, ich gehöre zu den geladenen Gästen, bat sie mich, abzulegen, und erst als ich dies verweigerte, ging sie, mich zu melden. Frau Doktor kam sofort und sagte erstaunt: ‚Sie sind es, Fräulein Mariechen! Wir sprachen eben von Ihnen!' Mit diesen Worten zog sie mich in den Salon, wo ungefähr zwanzig alte Damen plaudernd um den Tisch saßen. Mir wurde heiß und kalt, ich bat, mich zurückziehen zu dürfen, doch eh' ich mich's versah, war ich mitten in dem Damenzirkel. Aller Augen waren auf mich gerichtet, und ich wurde so verlegen wie – ein Backfisch.

‚Es ist zu schade, dass die Mama nicht kommen konnte', sagte die Doktorin, mich scharf fixierend, ‚sie hat wohl Besuch?'

‚Ja – nein – sie erwartet wohl welchen –', stotterte ich, und ich fühlte, wie eine glühende Röte mein Gesicht bedeckte. Da rief eine ältere Dame: ‚Heute Abend ist Lehrerinnenkränzchen, aber Käthe Walter hat sich entschuldigt, sie könne durchaus nicht kommen. Ist sie etwa bei Ihnen, oder wissen Sie etwas von ihr?'

,Ja – nein' – stotterte ich wieder, und dabei wurde ich immer verlegener, weil alle Gesichter auf mir ruhten. Ich hätte weinen können. In solcher schrecklichen Lage steckte ich noch nie." Alle lachten.

„Armes Mariechen", sagte Hermann mitleidig. „Du musst eine besondere Gratifikation haben, weil du um unsertwillen so gelitten."

„Jetzt ist es ja vorbei, aber es war fürchterlich", seufzte Mariechen. „Als die alten Damen merkten, wie verlegen ich wurde, begannen sie zu flüstern. Ich hörte Käthes Namen oft aussprechen, auch Wilhelms. Eine Dame sagte leise: ,Er ist gestern aus Leipzig gekommen.' – Die andere: ,Ich bitte Sie, er ist ja erst Student!' – ,Na, dann bin ich mit meiner Weisheit zu Ende', rief eine andere und warf ihr Strickzeug auf den Tisch.

Und was die entfernt Sitzenden alles redeten, habe ich natürlich nicht verstanden. Ich stand nach einer Weile auf und empfahl mich. Ich war so ärgerlich und betrübt, dass es nur Wilhelms heiterer

Laune zu verdanken ist, wenn ich jetzt wieder ein frohes Gesicht mache."

„Ja, die arme Mieze war kreuzunglücklich, ich habe allen Humor aufbieten müssen, sie wieder zum Lachen zu bringen."

„Also das haben sie doch herausgebracht", sagte Emma, „dass Käthe bei uns ist?"

„Ja, das musste ich endlich zugeben, leugnen konnte ich es nicht!"

„Natürlich nicht", rief Käthe fröhlich. „Also ich werde morgen als Verlobte gelten!"

„Was du wirklich bist", sagte Hermann, sie freundlich anblickend.

„Aber mit wem ich verlobt bin, das bleibt ein Geheimnis, da man von deiner Existenz nichts ahnt."

„Wollen wir denn unsere Verlobung nicht gleich veröffentlichen?"

„Doch nicht eher, bis wir der Eltern Einwilligung haben."

„Meine Mutter hat mir lange ihren Segen gegeben, jede Wahl, die ich treffen würde, sei ihr recht. Nur nicht lange warten solle ich, das war ihr Wunsch!"

„Und meine Eltern werden in Kürze ihren Segen geben. Aber noch eins. Ich möchte erst das Schulexamen hinter mir haben, bevor die Verlobung veröffentlicht wird."

„Ist mir alles recht", sagte Hermann. „Aber was sagen Mariechens alte Damen, wenn morgen nichts passiert?"

„Die mögen nur ein wenig warten", sagte Emma vergnügt.

So wurde hin und her geplaudert, während Hermann und Käthe sich verstohlen die Hand drückten oder sich ansahen, einer des andern Glück aus den Augen lesend. Plötzlich sprang Käthe auf mit dem Bemerken, es sei höchste Zeit zum Aufbruch.

„Dann hat unsere Trennungsstunde geschlagen", sagte Hermann traurig. „Ich muss heute nacht um drei Uhr abreisen, um morgen rechtzeitig zurück zu sein. Doch ich bringe dich nach Hause, Käthe."

„Teurer Vetter", begann Wilhelm, „da muss ich mich zu deinem Begleiter anbieten. Du kennst hier weder Weg noch Steg und würdest dich auf deinem Rückweg verirren! Ihr seht", wandte er sich triumphierend an seine Mutter und Emma, „welch ein Glück es war, dass ich gestern schon kam, was hätte aus dem armen Bräutigam ohne mich werden sollen."

„Lieber Vetter, ich bin dir sehr dankbar", sagte Hermann.

„Und ich nicht minder", fiel Käthe ein.

„Ich will mich auch bescheiden im Hintergrund halten und", schnell Käthes Tasche ergreifend, „mit deiner Tasche folgen."

Professors waren nun allein und redeten zusammen von dem ereignisreichen Tage. Doch war es nicht zu verwundern, dass sie große Müdigkeit fühlten. Darum bat Emma, als Hermann und Wilhelm zurückgekehrt waren, Onkel und Tante möchten zu Bett gehen, sie würde für alles Übrige sorgen. Wilhelm legte sich auch zur Ruhe mit der Bitte, ihn ja halb drei Uhr zu wecken, da er den Vetter an den Bahnhof bringen wolle.

Inzwischen war es im Hause still geworden, aber draußen tobte und heulte der Sturm, und der Regen schlug prasselnd an die Fenster. „Ein fürchterliches Wetter", sagte Emma halblaut vor sich hin, als sie im Vorsaal an das Fenster trat.

„Der Frühling kommt mit Brausen", ertönte eine Stimme hinter ihr, und als sie sich erschrocken umwandte, stand Hermann da und sagte: „Siehst du, so bin ich auch mit Brausen hereingebrochen und habe mir eine Braut im Sturm erobert."

„Aber, Hermann, du wolltest einige Stunden ruhen, du kannst es brauchen. Bist die vorige ganze Nacht gereist, hast nicht geschlafen ..."

„Kann nicht, liebes Schwesterchen. Und wenn du auch noch munter bist, wollen wir uns auf das gemütliche Ecksofa im Salon setzen und zusammen plaudern."

„Du hast Recht, Hermann, wir Geschwister haben heute so wenig voneinander gehabt." Da saßen nun die beiden und redeten von dem, was ihnen das Herz bewegte.

„Liebe Emma", sagte Hermann, „ich kann mein Glück kaum fassen. Es ist mir, als beginne nun ein neues Leben, die Zukunft liegt vor mir in rosigem Licht! Ich habe mehr gefunden, als ich erwartete, eine edle Perle habe ich mir errungen."

„Halte sie wert, Hermann, sie verdient es. Um euer Glück ist mir nicht bange, es ist fest begründet auf dem einigen wahren Grund, welcher ist Christus. Was im Gebet und im Glauben angefangen, muss einen herrlichen Fortgang haben."

So plauderten die Geschwister, und die Stunden schienen ihnen Minuten. Die Trennungsstunde kam nur zu bald. Wilhelm wurde geweckt, und nachdem die beiden noch einen Imbiss genommen, verabschiedete sich Hermann.

„Tausend Grüße an meine liebe Braut, an Onkel und Tante, denen ich für alle Liebe danke. Nach Ostern komm' ich wieder – da geht's zu Käthchens Eltern."

„Gott behüte dich, Hermann."

Emma leuchtete ihm und Wilhelm die Treppe hinunter, sie lauschte noch auf die in der Ferne verhallenden Tritte. Dann schloss sie die Tür und zog sich in ihr Zimmer zurück. Es wogte in Kopf und Gemüt wie in einem Chaos, aber die Grundstimmung, die sie beherrschte, war Lob und Dank. Immer und immer wieder drängten sich die Worte auf ihre Lippen:

Sollt' ich meinem Gott nicht singen, sollt' ich ihm nicht dankbar sein?

Auch Käthe lag noch wach. Wie konnte

sie heute schlafen, wo ihr so Großes begegnet! Sie vermochte es ja kaum zu fassen. Still und demütig hatte sie beim Empfang des ersten Briefes ihr Herz im Glauben gebeugt und gesprochen: „Siehe, ich bin des Herrn Magd." Nun hatte der Herr ihr über Bitten und Verstehen gegeben! Immer wieder durchdachte sie die verflossenen Wochen, wie wunderbar war alles gekommen! Hatte sie in der letzten Zeit oft schlaflose Nächte gehabt wegen mancher Bedenken, so war es in der heutigen nur freudige Aufregung, die sie wach erhielt. Endlich schlief sie ein mit den Dankesworten im Herzen und auf den Lippen: „Der Herr hat Großes an mir getan, des bin ich fröhlich!"

Mariechens Geburtstag

Zwei Monate waren seit dem frohen Ereignis im Rotheschen Hause vergangen. In den ersten acht Tagen blieb es tiefstes Geheimnis, damit Käthchen ihr Examen ungehindert halten könne.

Von den Eltern war ein sehr lieber Brief eingelaufen, darin sie ihr „Ja und Amen" zu der Verlobung sprachen, die sich unter Professors Schutz vollzogen hatte. Nachdem das große Schulexamen zu Ende und das ganze Lehrerkollegium zum Schluss beisammen war, erhob sich unsere Kleine und teilte mit wichtiger Miene ihre Verlobungsanzeigen aus. Da gab es ein Erstaunen und ein Verwundern, ein Hin- und Herfragen, aber alle hatten die kleine Lehrerin lieb und freuten sich von Herzen über ihr Glück. Dann wurde in der Stadt, besonders in den Kreisen, wo Käthe und Rothes bekannt waren, viel über die Verlobung gesprochen, wie es stets zu sein pflegt. Doch allmählich beruhigten sich die Gemüter, oder es kam ein anderes Ereignis an die Reihe, das besprochen werden musste.

Heute war ein warmer, lieblicher Maientag, und unser Maiblümchen, Marie Rothe, feierte ihren siebzehnten Geburtstag. Sie wachte früh auf, als die Sonne ihr hell und freundlich in die Augen schien. Draußen sangen die Vögel, es war, als brächten sie dem Mägdlein ein Ständchen zum Morgengruß.

„Heute bin ich siebzehn Jahr", dachte Marie, „da ist's nun mit dem Backfisch zu Ende, ich bin ein großes erwachsenes Mädchen und will mir Mühe geben, recht verständig zu werden." Die Zukunft lag so rosig vor ihr, was würde sie wohl alles bringen, dachte sie bei sich. Als ein glückliches und zufriedenes Kind bedurfte sie gar nicht viel, um fröhlich zu sein, war sie doch von früh an erzogen, sich an wenigem genügen zu lassen; so kam es, dass sie in vielem, das andere für nichts achteten, Grund zur Freude fand, was sie bei allen, die sie kannten, angenehm und liebenswert machte. Dazu hatte sie prächtige Eltern, die sie mit Liebe umgaben, einen Bruder, an dem ihr ganzes Herz hing, und

Emma, die als ältere Schwester alles Unangenehme auf sich nahm und sie stets sorgend und hebend umgab. Marie hatte es gut, das fühlte und erkannte sie auch an ihrem siebzehnten Geburtstagsmorgen. Auf einmal ertönte die Kaffeeglocke! Unser Geburtstagskind erschrak und sprang mit solcher Schnelligkeit aus dem Bett, dass der davorstehende Stuhl mit großem Gepolter umfiel. Gleichzeitig öffnete sich die Tür, und Emma guckte hinein.

„Nun, was ist hier los?“, fragte sie.

„Ich bin in mein achtzehntes Lebensjahr hineingesprungen“, rief Marie fröhlich.

„Nur nicht übermütig!“, gab Emma zurück. „Aber, Kind, spute dich, es soll Kaffee getrunken werden!“

„Emma, warum hast du mich nicht geweckt?“

„Geburtstagskinder dürfen ausschlafen, und dann glaubte ich, die Sonne würde dich heute wecken.“

„Das hat sie auch getan“, sagte Marie und zog sich schnell an. „Aber das Denken und Träumen war so süß. Emma, es ist doch köstlich auf der Welt!“

„Freilich ist's schön", versetzte Emma und sah sie freundlich an. „Gott helfe, dass du immer so denkst. Gott segne dich reichlich im neuen Lebensjahr!"

In zehn Minuten war Marie fix und fertig, die blonden Zöpfchen glatt geflochten, und schnell ging's ins Wohnzimmer.

„Da kommt ja mein Sonnenschein", sagte der Professor und umarmte sein Töchterchen glückwünschend. Auch die Mutter sprach ihre innigen Wünsche aus, dann traten die Pensionäre ein, mit großen Sträußen von Frühlingsblumen, die sie den Tag vorher auf dem Spaziergang gepflückt hatten. Nachdem das Geburtstagslied gesungen und die Bescherung erfolgt war, wurde der gemeinsame Kaffee getrunken. Die Pensionäre gingen in die Schule, und Professors saßen noch gemütlich plaudernd am Kaffeetisch.

„Es ist schade", sagte Mariechen, „dass Käthe heute Nachmittag den Geburtstag nicht mehr mitfeiern kann. Sie reist mit dem Nachtzug ab und hat noch viel zu tun. Sie wird aber jedenfalls heute Morgen kommen und Abschied nehmen."

„Es wird mir doch recht schwer", meinte die Mutter, „unsere liebe Kleine in weite Ferne ziehen zu sehen ...“

„Und ihr selbst wird’s am schwersten, von ihren lieben Rothes scheiden zu müssen“, sagte plötzlich eine Stimme, und Käthe trat selbst ein mit einem prächtigen Strauß Maiglöckchen.

„Hier, Mariechen, hast du deine Geburtstagsblumen. Die Schneeglöckchen haben für mich wunderbare Bedeutung gewonnen, möchten dir die Maiblümchen ebenso viel Glück und Freude bringen!“

Marie sah sie freundlich an, als fasse sie den Sinn der Worte nicht ganz, doch nahm sie den Strauß mit warmen Dankesworten aus ihren Händen, stellte ihn auf den Geburtstagstisch und rief: „Seht, welch eine Schar von Frühlingskindern, das ist doch prächtig anzusehen.“

Käthe hatte sich zur Professorin gewandt. „Liebe Tante, wie soll ich euch danken für alles, was ihr an mir getan?“

„Wir haben selber den größten Segen davon gehabt“, sagte Frau Rothe. „Dein Kommen hat uns nur Freude und Gewinn gebracht. Und heute Abend geht’s fort?“

„Ja, alles ist gepackt, doch gilt es noch viele Abschiedsbesuche zu machen!“

Käthe hatte zum ersten Mai die Schule verlassen, und heute stand sie im Begriff, auf einige Monate in ein norddeutsches Pfarrhaus zu gehen, um die Landwirtschaft zu erlernen. Im Herbst wollte sie zu ihren Eltern zurückkehren, und bei ihnen sollte dann die Hochzeit gefeiert werden.

Sie ging freudig und getrost ihren Weg, wie ihn Gott ihr vorgezeichnet hatte. War es ihr in den ersten Wochen nach der Verlobung noch beklommen zumute, so war dies Gefühl vollständig verschwunden, als sie nach Ostern acht Tage mit Hermann zusammen bei den Eltern gewesen war. Da tauten sie erst gegenseitig auf, da lernten sie sich persönlich kennen, was an jenem Verlobungstage ja nur spärlich geschehen konnte. Käthe war eine glückliche Braut, und ihr Glück umso fester begründet, weil die Liebe erbeten war, eine Blüte des Glaubens.

Der Abschied war vorüber. Ohne Tränen war's zwar nicht abgegangen, doch die Hoffnung auf ein Wiedersehen im Herbst stimmte alle fröhlich.

Emma fühlte wohl, was sie verloren. Aber die Liebe darf nicht selbstsüchtig sein. Eben weil sie Käthe lieb hatte, gönnte sie sie ihrem Bruder!

Während Käthe sich so zur Abreise rüstete, packte im Wiesendorfer Schloss auch jemand Koffer und Kisten. Walter war oben bei seinem Lehrer und half ihm. Nun waren sie fertig. „Herr Werner, wohin reisen Sie zuerst?"

„Ich weiß noch nicht! Vielleicht mache ich erst noch eine Reise in die weite Welt, dann geht's zu den Eltern und dann in die Pfarre!" Darauf summte er das Lied: „Der Mai ist gekommen, die Bäume schlagen aus, da bleibe, wer Lust hat, mit Sorgen zu Haus."

Eine Stunde später finden wir Lehrer und Schüler auf der Terrasse mit der Familie zusammen. Frau von Buchwald war in den letzten Monaten bedeutend gealtert – ihr Gesicht trug Spuren großen Leidens! Sie hatte viel durchgemacht, denn es ist das größte Weh für eine Mutter, eines ihrer Kinder leiden zu sehen. Noch dazu, wenn sie sich sagen muss, dass sie selbst dazu beigetragen – und doch, es hatte ja nicht anders sein können; sie glaubte, recht gehandelt zu haben, ihr Sohn würde es später selbst einsehen und es ihr noch danken. Freilich, das junge Mädchen tat ihr leid. Sie hatte einen bleibenden Eindruck bei ihr zurückgelassen.

„Weggeworfen hat Waldemar sich nicht", dachte sie, „ein leichtsinniges Wesen scheint sie nicht zu sein; im Gegenteil, die edle Haltung, die Sprache, ihr ganzes Benehmen zeugte von Reinheit der Gesinnung – jedoch das bleibt fest: Sie ist arm und passt nicht in die Verhältnisse." Hiermit beruhigte sie sich immer wieder aufs neue, und doch schmerzte die ganze Sache sie mehr, als sie sich gestehen wollte. Ihr Mann war auch verstimmter denn je; er ließ sich zwar die Sache nicht so zu Herzen gehen wie seine Frau, aber es war doch eine fatale Geschichte; es berührte seinen Stolz, dass so etwas in der Familie der Buchwalds vorkommen konnte. Mit seines Sohnes Verhalten war er übrigens zufrieden. Waldemar hatte sich wieder zurechtgefunden und war nach bittern Kämpfen zum Frieden gekommen.

In den ersten Tagen nach Hildegards

Abreise kochte und gärte es in ihm. Er konnte keine Ruhe finden und ging in das Haus, wo die Mutter Hildegards wohnte. Er begehrte Einlass, doch auf sein Klingeln erschien ein blondes Mädchen, die er für Hildegards Schwester hielt, und sagte ihm mit bestimmten Worten, dass ihre Mutter krank sei und niemand sprechen könne.

Als er sich erkühnte, nach Hildegards Anschrift zu fragen, wurde ihm als kurzer Bescheid ein Achselzucken und ein kühles „Es tut mir leid“ zuteil, worauf sich die Tür schloss und ihm nichts übrig blieb, als umzukehren.

Doch allmählich wurde es still in ihm. Er vermochte es über sich zu bringen, den Eltern mit ruhigen Worten zu sagen, dass er vorderhand nicht weiter an die Sache denken wolle. Gleichzeitig teilte er ihnen mit, dass er Urlaub zu nehmen gedenke und einige Zeit auf Reisen gehen wolle. Sein Vater genehmigte dies gern, hoffte er doch, dass Waldemar durch die neuen Eindrücke alles vergessen werde. So hatte er vom Elternhause auf unbestimmte Zeit Abschied genommen; das Mutterherz fühlte wohl, dass es nicht mit der früheren Herzlichkeit und Innigkeit geschehen war. Äußerlich gab sich Waldemar Mühe, ruhig und freundlich zu sein, doch war etwas zwischen ihn und seine Eltern getreten, das die alte Vertraulichkeit nicht mehr aufkommen ließ.

Lange Zeit erhielten sie keine Nachricht von Waldemar. In Triest wollte er an Bord gehen, um dann den Orient zu bereisen; sie wussten nicht, war er schon auf See, oder hatte er sich in verschiedenen Städten längere Zeit aufgehalten, um ihre Sehenswürdigkeiten in Augenschein zu nehmen.

„Und nun wollen Sie uns auch verlassen, Herr Werner“, sagte Frau von Buchwald traurig. „Schreiben Sie uns nur öfter, machen Sie es nicht wie Waldemar! Sie gedenken also Ende dieser Woche abzureisen?“

„Vielleicht, wenn Sie mich noch so lange behalten wollen! Heute Nachmittag will ich mich von Rothes verabschieden, es kann sein, dass ich auch den Abend bleibe.“

„Heute“, sagte Röschen, „wird wohl

Damengesellschaft bei Rothes sein, es ist Mariechens Geburtstag!"

„So", sagte Herr Werner, flüchtig errötend. „Nun, der Herr Professor ist jedenfalls zu sprechen!" Als ob er nicht gewusst hätte, dass Maiblümchens Geburtstag sei! Deshalb wollte er ja gerade heute gehen, er hatte sich diesen Tag dazu ausgesucht!

Er zog sich nachmittags sorgfältiger denn je an. Er wollte beim Vater um das junge Mädchen werben und es mit sich in seine Heimat nehmen. Es kam ihm gar nicht in den Sinn, dass sich seinen Wünschen etwas entgegenstellen könnte. Wie glatt und eben hatte sich alles mit Fräulein Walter und Pastor Rothe abgewickelt, und die hatten sich doch unter ungleich schwierigeren Verhältnissen kennen gelernt. Mit Waldemar war es freilich eine andere Sache! Arm und reich, vornehm und gering, das passte nicht zusammen. Aber hier, wo die Verhältnisse so harmonierten! Er war sehr dankbar, dass er in die prächtige Familie eingeführt worden war.

Unterdes ging es im Rotheschen Hause sehr munter zu. Marie hatte mehrere ihrer Freundinnen nachmittags eingeladen, und während sie im Wohnzimmer plauderten, bereitete Emma draußen unter festlichen Gefühlen die Geburtstagsschokolade. Da klingelte es, und während Dore aufmachte, sah Emma durch die halbgeöffnete Küchentür einen Herrn mit einem großen Maiblumenstrauß eintreten und, nachdem er schnell an Herrn Professors Tür geklopft, hinter ihr verschwinden.

„Das musste doch Herr Werner sein, wenn ich mich nicht sehr irre", sagte Emma.

„Freilich war's Herr Werner", sagte Dore mit schalkhaftem Lächeln. „Der Strauß ist gewiss für Fräulein Marie!"

„Wer weiß", sagte Emma äußerlich ruhig, konnte sich aber einer inneren Aufregung nicht erwehren.

Ernst und ruhig bat der Kandidat den Professor um die Hand seiner Tochter.

Der schaute ganz verwundert drein, als könne er der Rede Sinn nicht fassen. Als nun aber der junge Mann schwieg und ihn so bittend und vertrauensvoll ansah, legte er beide Hände auf Werners Schultern und sah ihm in die Augen. „Ihr Antrag kommt mir allerdings ganz unerwartet. Doch – ich habe Sie lieb wie einen Sohn, traue Ihnen zu, dass Sie meine Tochter glücklich machen werden. Darum nehmen Sie meinen väterlichen Segen. Was aber das Kind dazu sagen wird, das weiß ich allerdings nicht. Sie hat, glaube ich, bis jetzt noch nie an dergleichen Dinge gedacht!"

„Erlauben Sie, dass ich Fräulein Marie selbst frage, wie sie darüber denkt?"

„Natürlich, das müssen Sie. Augenblicklich hat sie Kaffeegesellschaft. Nun, warten Sie, meine Frau und ich werden heute Abend selbst mit der Kleinen reden, und morgen sollen Sie Antwort haben."

„Ganz, wie Sie es für angemessen finden, Herr Professor. Aber gratulieren darf ich Fräulein Marie zum heutigen Geburtstag?"

„Wenn Sie sich durch die Freundinnen nicht stören lassen, von Herzen gern! Entschuldigen Sie mich einen Augenblick. Ich will schnell einen angefangenen Brief, der mit der heutigen Post fort soll, schließen. Sie sind bei uns zu Hause, lieber Herr Werner, gehen Sie zu den Damen!"

Das ließ er sich nicht zweimal sagen. Er öffnete schnell die zum Salon führende Tür, durchschritt ihn fröhlichen Herzens und wollte eben durch die nach dem Wohnzimmer führende Portiere eintreten, als die Nennung seines Namens ihn stutzig machte und er stehen blieb.

Unter fröhlichem Lachen und Geplauder, wie es bei jungen Mädchen üblich ist, rief auf einmal eine Stimme: „Nun, Marie, wer weiß, was dir in diesem Jahr begegnet! Es heißt ja allgemein, Herr Werner aus Wiesendorf habe Absichten auf dich."

„Herr Werner?!", antwortete Marie höchst erstaunt. Dann brach sie in ein lustiges Lachen aus und rief übermütig: „Nein, da kannst du ruhig sein. Herrn Werner heirate ich nicht, und wenn er zehnmal um mich anhielte, bekäme er zehnmal einen Korb. Der ist mir viel zu mokant zum Heiraten!"

Das andere Mädchen antwortete etwas darauf, doch das hörte Werner nicht mehr. Er hatte genug vernommen.

Er eilte, ohne zu wissen, was er tat, auf die nach dem Korridor führende Tür zu, verbeugte sich schnell vor der Dame des Hauses, die gerade mit einem Teller Kuchen aus der Küche kam, und verließ die Rothesche Wohnung mit solcher Eile, als ob ihm Feuer unter den Füßen brenne.

Die Professorin ging kopfschüttelnd einige Schritte in die Küche zurück, wo ihr Emma entgegenkam und mit erstauntem Gesicht sagte: „Was bedeutet denn das? Herr Werner sah so bestürzt aus und rannte an dir vorüber, ohne ein Wort zu sprechen. Tante, heute erleben wir wieder etwas!"

Eben jetzt öffnete sich des Professors Tür, und er trat zu den Damen. „Nun", sagte er lächelnd, „ist Herr Werner bei den jungen Mädchen?"

„Der ist eben an uns vorübergerannt mit flüchtigem Gruß, ohne zu reden, und ist längst über alle Berge!"

„Ja, die Liebe macht närrisch! Er wollte zu Mariechen gehen und ihr gratulieren, hat sich aber doch vielleicht anders besonnen. Mich wundert nur, dass er gar nicht mit dir gesprochen hat."

„Kein Wort."

„Nun", sagte der Professor wieder lächelnd, „das ist abermals ein Beweis, dass die Liebe den Menschen ganz aus der Ordnung bringt; es ist ja sonst Herrn Werners Wesen ganz entgegen, so flüchtig an dir vorüberzugehen. Das nächste Mal wird er schon eingehender mit dir reden, Mamachen!"

„Hat er dir denn etwas gesagt, Papa, sprich doch nur!"

„Freilich hat er mir viel gesagt. Er will unser Kind, unsern Sonnenschein, entführen. Was sagst du nun?"

Mit diesen Worten zog der Professor die erstaunte Gattin mit sich in seine Stube und ließ die nicht minder überraschte Emma mit halbgeöffnetem Munde in der Küche zurück.

Da entstand auf einmal auf dem Herd ein gewaltiges Brodeln und Zischen. Die gute Schokolade, unbeaufsichtigt wie sie war, schlug über und ging verbotene Wege.

„Das kommt von der Liebe", rief Emma erzürnt. „Wenn das so fortgeht, muss ich das Wirtschaften an den Nagel hängen! Es reibt ja ganz auf, diese fortwährenden Liebesgeschichten, und die Haushaltung geht dabei zugrunde. Nun, ich bin gespannt, was unser Kind dazu sagen wird!“

Als sie später die Schokolade hereinbrachte, flüsterte ihr die Tante leise zu:

„Lass dir jetzt nichts anmerken, wir wollen abends, wenn die jungen Mädchen fort sind, mit Marie reden.“

Und als es Abend geworden und die Eltern mit ihrem Töchterlein allein waren, da sagte ihr der Vater, um was es sich handle und wie er ihr weder zu- noch abraten wolle, ihr jedoch sagen müsse, dass er Herrn Werner sehr schätze und sie es sich zur großen Ehre rechnen müsse, von ihm bemerkt zu sein.

Mariechen hatte während der Rede ihres Vaters ganz verblüfft dagestanden, und als er nun schloss, machte sie ein so unglückliches, trauriges Gesicht, dass die Mutter mit ihrem Scharfblick sofort erkannte, dass Herr Werner nicht auf Gegenliebe zu rechnen habe.

„Nun, Mariechen, du schweigst, was hast du für eine Antwort?“

„Die“, entgegnete Mariechen jetzt fest und entschieden, „dass ich Herrn Werner nicht liebe und ihn nie heiraten werde!“

Der Professor und seine Frau sahen sich erstaunt an. Diese klare, entschiedene Antwort aus dem Munde eines siebzehnjährigen Kindes, das bis jetzt stets die Eltern für sich entscheiden ließ, überhaupt nie selbständig über etwas verfügt oder bestimmt, dieses jetzt mit solcher Entschiedenheit ausgesprochene „Nein" überraschte die Eltern. Wie glücklich würden sie gewesen sein, wenn Marie ein ebenso bestimmtes „Ja" hätte sagen können, denn sie beide hätten niemand lieber zum Schwiegersohn gehabt als gerade ihn. Doch drangen sie nicht allzu sehr in ihre Tochter.

„Überlege dir die Sache, mein Kind. Mit einem solchen Antrag ist nicht zu spaßen, es ist für dein ganzes Leben entscheidend. Hast du dir denn gar nichts dabei gedacht, wenn Herr Werner freundlich und zuvorkommend gegen dich war?", sagte der Professor, sie an sich ziehend.

„Nein, gar nichts. Ich habe es nicht einmal bemerkt, dass er besonders freundlich gegen mich gewesen sei. Und dann meinte ich immer, ich sei noch kein erwachsenes Mädchen, und habe noch nie ans Heiraten gedacht!“ Dies sagte sie mit einem so offenen, unschuldigen Ausdruck, dass man ihr wohl oder übel glauben musste. Doch plötzlich überschattete eine Wolke ihr Gesicht, es schien, als ob sie etwas bedrücke. „Nur heute Nachmittag“, stotterte sie, „fingen die jungen Mädchen an zu necken ... da ... habe ich ...“ Auf einmal schloss sie die Lippen und schwieg.

Emma sah sie forschend an, doch auch sie schwieg, während ihr die Ahnung aufstieg, dass die jungen übermütigen Mädchen gewiss etwas gesagt, was Herr Werner gehört und wahrscheinlich so zu Herzen genommen hatte, dass er das Haus im Nu verließ.

Die Zeit bis zum Schlafengehen verging ziemlich schweigsam. Der Professor sah etwas verstimmt aus, war aber wie immer herzlich mit seiner Tochter. Die Eltern umarmten ihr Kind beim Gutenachtsagen besonders innig und rieten ihm, im Gebet die Sache noch einmal zu überlegen und dann morgen ihren Entschluss klar und bestimmt auszusprechen, dass Herr Werner so bald als möglich die gewünschte Antwort erhalte.

Ein Viertelstündchen später standen die Mädchen am Fenster ihres Stübchens. Es hatte einige Male geblitzt, und ferner Donner ließ sich hören.

„Wir wollen noch ein wenig aufbleiben, sagte Emma. „Kommt das Gewitter näher, müssen wir die Jungen wecken. Vielleicht ziehen die dunklen Wolken vorüber."

„Ja, am Himmel ziehen sie vorüber", sagte Mariechen. „Die Wolken, die sich in meinem Leben auftürmen, werden sich so bald nicht zerstreuen!"

„Kind, was hast du nur?", sagte Emma. „Dich scheint noch etwas Besonderes zu drücken."

„Ach ja, Emma, das ist auch der Fall! Die Freundinnen neckten mich heute Nachmittag mit Herrn Werner. Da ward ich so böse, dass ich im Übermut Worte sprach, die mich jetzt reuen. Und ich fürchte, Herr Werner hat es gehört, denn kaum hatte ich ausgesprochen, hörten wir Tritte im Salon, doch als wir nachsahen, war niemand mehr da, so dass wir uns weiterunterhielten und weiterlachten."

Und nun beichtete Mariechen unter Tränen ihrer Kusine, was sie gesagt hatte.

Emma schüttelte bedenklich den Kopf. „Natürlich hat Herr Werner alles gehört. Da kann ich dir nicht helfen, Mariechen. Du hast unbedachte Worte gesagt, die du lang wirst zu bereuen haben, die Folgen musst du auf dich nehmen!"

„Sage nur den Eltern nichts, ich möchte ihnen gern den Schmerz über meine Ungezogenheit ersparen."

„Ich will gern schweigen", sagte Emma, „doch hätte ich gewünscht, Herr Werner hätte die abschlägige Antwort in etwas zarterer Weise erhalten."

„Ja, das wollte ich auch, Emma", sagte Marie von neuem schluchzend, und dabei hatte ihr Gesicht einen so kummervollen Ausdruck, dass die gutmütige Emma, die sich eigentlich vorgenommen, Mariechen heute scharf ins Gewissen zu reden, nur bemüht war, sie zu trösten. Sie half ihr beim Auskleiden und sagte ihr beruhigende Worte, die ihre Wirkung nicht verfehlten. Die Jugend ist immer mehr zur Freude als zum Schmerz aufgelegt. So währte es auch nicht zu lange, bis Marie unter

Emmas beruhigenden Worten einschlief und wenigstens für einige Stunden ihr Leid vergaß.

Emma konnte nicht schlafen. Sie holte ihre Schreibmappe und schrieb ein Briefchen an Käthe, worin sie um Entschuldigung bat, dass sie nicht mehr am Bahnhof erschienen sei. „Es passiert zu viel bei uns, Käthe, man kommt gar nicht mehr zur Ruhe“, fuhr sie fort, nachdem sie ihr von dem ereignisreichen Nachmittag berichtet hatte. Sie schloss ihren Brief mit dem Wunsch, Käthe möge sich in den neuen Verhältnissen schnell einleben. Sie bat, bald zu schreiben und von allem Erlebten zu berichten.

Dann suchte auch sie ihr Lager auf und befahl alles dem treuen Gott, der schon so oft geholfen und auch in der neuen Not seine Hilfe nicht versagen werde.

Folgen des unvorsichtigen Plauderns

Am andern Morgen fehlte beim Kaffee die gewohnte Heiterkeit.

Nachdem die Jungen zur Schule gegangen, zündete der Professor seine Morgenpfeife an. Marie, die sonst eifrig plauderte und dabei den Strumpf oft müßig im Schoß ruhen ließ, strickte heute, als ob es ums Geld geschehe, einesteils, um ihre Verlegenheit damit zu decken, andernteils, um sich als ein tätiges Glied der menschlichen Gesellschaft zu zeigen. Jetzt öffnete Dore die Tür und brachte die eben angekommenen Briefe. Außer einigen an den Professor gerichteten war noch ein verspäteter Glückwunsch von Wilhelm an sein Schwesterchen dabei. Marie öffnete schnell und las. Es war ein herzlicher, lustiger Brief, wie Wilhelm sie gewöhnlich an Marie schrieb. Sie vergaß eine Weile allen Kummer und rief plötzlich mitten im Lesen aus: „Hört, was Wilhelm schreibt."

Sie sah zu ihrem Vater hin, um sich aus

seinen Augen die Erlaubnis zum Vorlesen zu erbitten, doch was war das?

Der Vater stand am Fenster und las. Seine Stirn umdüsterte sich, er nahm die Pfeife aus dem Mund und stampfte leise mit dem Fuß. Dann ging er einige Male mit heftigen Schritten im Zimmer auf und ab, ganz still, ohne ein Wort zu sagen. Das pflegte er nur zu tun, wenn er sehr erregt oder unwillig war.

Plötzlich blieb er vor Marie stehen, gab ihr den Brief und sagte ernst: „Was heißt das? Gib mir darüber Auskunft!" Der Brief lautete folgendermaßen:

„Sehr geehrter Herr Professor!
Die erbetene Antwort auf meine gestrige Frage ist überflüssig geworden, da ich gestern aus dem Mund Ihres Fräulein Tochter zufällig selbst hörte, wie sie über mich sowie über einen von mir gestellten Antrag an sie denkt. Bemühen Sie sich nicht, mir zu schreiben; ich reise morgen in aller Frühe ab und bin selbst in diesem Augenblick über das Ziel meiner Reise noch unschlüssig. Ihnen sowie Ihrer Frau Gemahlin herzlich für alle in Ihrem Hause genossene Gastfreundschaft dan-

kend, empfehle ich mich Ihnen beiden angelegentlichst. Gott sei mit Ihnen! Ihr stets ergebener
R. Werner."

Marie erbleichte beim Lesen des Briefes und zitterte heftig, als der Vater sagte: „Ich hoffe, du wirst mir die erwünschte Aufklärung geben!"

Die Mutter, die Marie mit Besorgnis ansah, sagte leise einige Worte zu ihrem Mann, worauf dieser seine Tochter in ernstem und ruhigem Ton aufforderte, in einer Viertelstunde zu ihm in sein Zimmer zu kommen.

Als der Professor darauf das Wohnzimmer verlassen hatte, warf Marie sich schluchzend in die Arme der Mutter und erzählte ihr, wie alles gekommen sei, dass sie aber immer noch gehofft habe, Herr Werner habe es nicht gehört.

Die Mutter war tief bekümmert. „Da heißt es mit Recht", sagte sie, „die Zunge ist ein unruhiges Übel voll tödlichen Giftes. Ich glaube dir schon, dass du es nicht böse gemeint hast, aber den jungen Mann hast du tief verwundet, die Worte sind wie Gift in sein Herz gedrungen; er wird lange zu kämpfen haben, da er dich treu liebte. Lass es dir eine ernste Warnung sein, mein Kind, für dein ganzes Leben, deine Zunge im Zaum zu halten, dich zu erinnern, dass wir Rechenschaft geben müssen von einem jeden unnützen Wort, das wir geredet. Und wie viel wird von jungen Mädchen darin gesündigt! Wenn ihr euch doch das zu Herzen nehmen wolltet und, wenn ihr zusammenkommt, reden, was richtig und gut ist. Statt dessen wird in den Tag hineingeschwatzt. Doch komm zum Vater. Je eher, desto besser."

Eine Stunde später kam Marie aus ihres Vaters Stube. Sie hatte rotgeweinte Augen, und ein tiefer Ernst lag auf der jugendlichen Stirn. Was der Vater, der ernste Mann, zu ihr gesagt, sie hat es nie in ihrem Leben vergessen, auch die Worte ihrer Mutter sind unauslöschlich in ihr Herz geprägt. Der eine Tag hatte sie um einige Jahre vorwärts gebracht, sie war reifer geworden.

Der Professor ließ sich den ganzen Morgen nicht sehen. Zum Arbeiten war er nicht aufgelegt, ihn beschäftigte nur die eine Frage, wie er durch einen freundlichen Brief den Schaden, den Maries leichtsinnige Worte angerichtet, wieder heilen könne. Doch wohin schreiben? Diese wichtige Frage wird gewöhnlich beim Abschied erörtert, nun war Werner ohne Abschied fort, niemand wusste, wohin.

„Kurt", sagte der Professor bei Tisch, „hat denn dein früherer Hauslehrer Abschied von dir genommen?"

„Ja! Er wartete gestern Nachmittag vor dem Gymnasium auf mich. Aber er war sehr in Eile. Er sagte nur, er würde vielleicht in der Nacht schon abreisen, und als ich ihn um seine Anschrift bat, meinte er, er würde höchstwahrscheinlich eine Reise nach Italien machen, ehe er ins Amt gehe; er würde den Eltern später seine Adresse angeben."

„Gut, ich danke dir", sagte der Professor und brach die Unterhaltung ab.

Am folgenden Tage kamen Briefe aus Wiesendorf. Frau von Buchwald lud die ganze Familie Rothe herzlich ein, die Pfingstzeit mit ihnen zu verleben, und Röschen fügte an Marie ein Briefchen mit der Bitte bei, diese Einladung bei den Eltern kräftig zu unterstützen.

Marie tat es nicht, im Gegenteil wäre es ihr am liebsten gewesen, diesmal daheim zu bleiben. Die Eltern beschlossen, Buchwalds Einladung nur für einen Tag anzunehmen, und so meldeten sie sich für Mittwoch nach Pfingsten in Wiesendorf an.

Niemand war glücklicher als Kurt, seine lieben Pflegeeltern endlich einmal in Wiesendorf zu sehen, ihnen alle seine Schätze und Herrlichkeiten zu zeigen. Emma interessierte sich speziell für die Wirtschaft und wusste Frau von Buchwald großen Dank, dass sie sie durch sämtliche Wirtschaftsräume führte.

Marie war mit Röschen in den Garten gegangen. Sie mussten sich viel zu erzählen haben, denn sie waren lange für alle unsichtbar. Als sie später aus der süßduftenden Jasminlaube traten, drückte Rosa Maries Hand und sagte leise: „Ich werde alles, was du mir anvertraust, als tiefstes Geheimnis bewahren."

„Sieh, Röschen, ich beklage das ja nicht, dass ich Herrn Werner nicht lieben kann, nur dass ich ihn durch mein leichtsinniges Reden so gekränkt und meine Eltern betrübt habe. Ich wollte Herrn Werner gern um Verzeihung bitten, wenn ich wüsste, wo er wäre!"

„Wir wissen es auch nicht! Wir waren ganz bestürzt über seine schnelle Abreise. Doch sagte er, der Brief eines Freundes veranlasse ihn, gleich aufzubrechen. Unglücklicherweise hatten wir Besuch, so dass die Eltern nur flüchtig mit ihm reden konnten. Hoffentlich schreibt er uns aber und gibt uns seine Anschrift an."

Frau von Buchwald und Frau Rothe mussten auch eine ernste Unterredung gehabt haben. Marie hörte noch, wie ihre Mama Frau von Buchwald die Hand drückte und mit Tränen im Auge sagte: „Durch Kreuz zur Krone, durch Nacht zum Licht."

Frau von Buchwald sah Marie mit ernst prüfendem Blick an, so dass sie tief errötete. Der Blick sagte ihr, dass ihre Mutter Frau von Buchwald alles mitgeteilt, und wie demütigte sie das Gefühl, dass die Frau, die sie so hoch verehrte, nun erfahren musste, wie unwürdig sie sich benommen.

Als Professors abends in ihr Heim zurückgekehrt waren, sprachen sie gegenseitig ihre vollste Befriedigung über den gelungenen Tag aus. Nur Marie stand sinnend am Fenster. Sie dachte an ihre Rückkehr im vorigen Jahr. Wie glückselig war sie damals gewesen! Wiesendorf und seine Bewohner waren für sie der Inbegriff alles Guten, aller Freude. Diesmal war es ihr weh ums Herz. Alles erinnerte sie an Werner und ihre Torheit. Wie lieb hatten sie alle gehabt! Diese Liebe hatte sie gewiss nun verscherzt, aber sie musste es tragen, es war die Strafe für ihren Übermut. „Ob es wohl im Leben noch einmal so schön wird, wie es vor meinem siebzehnten Geburtstag war?", sagte sie leise. „Ob ich wohl je wieder fröhlich und lustig sein kann? Ja, jetzt begreife ich, wenn die Eltern sagen, mit dem Alter wachsen die Sorgen, wird das Leben schwerer!"

„Ein Brief von Käthe", rief Emma, ins Zimmer tretend und einen dicken Brief triumphierend in die Höhe haltend.

„Kinder, es ist Zeit zum Zubettgehen", rief der Professor schalkhaft, „hebt den Brief bis morgen auf!"

„Nachdem er schon den ganzen Tag hier gelegen und auf uns gewartet? Onkel, das ist nicht dein Ernst! Möchtest doch gewiss gern wissen, was die neue Nichte in der Fremde macht!“

„Nun, dann mach nur schnell auf und gib's zum Besten!“

Emma las Käthes ausführliche Berichte über Hermanns Heimat, seine Mutter und wie lieb sie sie in kurzer Zeit gewonnen. Eine Stelle ihres Briefes lautete:

„Wir haben drei herrliche Tage daheim verlebt. Wie reich und schön kommt mir das Leben vor an der Seite eines geliebten Mannes, mit dem ich mich so ganz verstehe. Wir sagen es uns oft: Es ist, als kennten wir uns statt eines halben Jahres schon zehn Jahre, so innig vertraut sind wir miteinander. Wir haben weite Spaziergänge unternommen, ich habe das Meer gesehen, an seinen Ufern gesessen und geträumt. Die Wellen rauschten und erzählten mir von zukünftigen rosigen Tagen.

Jetzt aber habe ich die Poesie mit der Prosa vertauscht. Mein Hermann hat mich aufs Land gebracht, wo man mich lehrt, wie ich eine wirtschaftliche Pastorenfrau werden kann. Bücher und Gelehrsamkeit sind einstweilen beiseite gestellt, und Du siehst mich in großer Arbeitsschürze, im Stall bei den Kühen das Melken lernen, in der Küche am Kochherd mit Quirl und Löffel hantieren, am Backtrog den Brotteig mit Todesverachtung kneten und am Butterfass für die Stadtleute Butter rühren. Emma, Dein Orakelspruch an jenem Kränzchenabend ist haarklein in Erfüllung gegangen! Doch was hilft's, jetzt heißt's: tapfer durch! Und die Liebe zu meinem Hermann macht alles leicht. Wenn ich erst im eigenen Heim wirtschafte, sollst Du sehen und staunen, was ich gelernt, Du wirst es der geprüften Lehrerin gar nicht zutrauen. Die Sprachstudien werden nicht vernachlässigt, einstweilen bin ich daran, die plattdeutsche Sprache praktisch zu lernen; ich kann bereits, ohne die Zunge zu verdrehen, geläufig wie ein Papagei ‚baben up den bäbelsten Bahn' (oben auf dem obersten Boden) sagen. So darfst Du hoffen, dass ich Deine Landessprache in kurzer Zeit kann.“

Das Leben brachte auch für die Familie Rothe, die mit ihren Kindern und Pensionären still und friedlich in schönster Harmonie lebte, Leiden und Freuden in stetem Wechsel mit sich.

Der Sommer verging in gewohnter Weise, der Herbst brachte Käthe einige Wochen in ihre Heimat, wo im Oktober im Kreise lieber Freunde und Verwandten fröhliche Hochzeit gefeiert wurde. Als das junge Paar in den Pfarrhof zu Nienhagen einfuhr, stand wieder die geputzte Dorfjugend bereit, ihren Pastor zu empfangen, der nun eine Frau mitbrachte, die der Gemeinde eine treue Mutter sein sollte. Das ganze Haus war von oben bis unten mit Kränzen und Girlanden geschmückt. Vor der Haustür standen die Lehrer des Kirchspiels, die, als der Wagen hielt, mit den Schülern in vollem Chor einstimmten: „O dass ich tausend Zungen hätte.“ Hermann drückte leise Käthes Hand, sie erwiderte den Druck und sah ihn leuchtend an. Und in beider Herzen tönte es laut: „Lobe den Herrn, meine Seele, und was in mir ist seinen heiligen Namen, lobe den Herrn, meine Seele, und vergiss nicht, was er dir Gutes getan.“

Zweiter Teil

Maries Reise in die weite Welt

Schnell brauste der Zug auf der Strecke Dresden-Berlin dahin. In einem Abteil zweiter Klasse saß ein Mädchen, das, tief in die Ecke gedrückt, in ernste Betrachtungen versunken war.

„Nun, Fräulein, sind wir gleich in Berlin", sagte eine ältere, ihr gegenübersitzende Dame. „Werden Sie erwartet?"

„Nein", erwiderte die junge Dame, „ich reise weiter und muss sehen, wie ich in Berlin allein durchkomme!"

„Nun, Kind, da passen Sie nur auf, dass Ihnen die Taschendiebe nichts anhaben." Das junge Mädchen lächelte und meinte, es werde sich schon in Acht nehmen.

„Ist denn das Gut, wohin Sie als Erzieherin gehen, noch weit von Berlin?"

„Ja, noch sehr weit."

„Ach du meine Zeit!", sagte die alte Dame wieder. „Nun, ich begreife nicht, wie in der jetzigen Zeit die jungen Mädchen so allein in die weite Welt gehen, das war in meiner Jugend nicht Mode!"

„Weil es noch keine Eisenbahnen gab", warf das Mädchen lächelnd ein.

„Ja, die Eisenbahnen", sagte die alte Dame erregt, „die bringen die ganze Welt in Aufruhr. Kein Mensch bleibt jetzt zu Hause, sogar ich alte Frau habe mich noch aufgemacht, meine Kinder und Enkel zu besuchen – aber eine Strapaze ist es, den ganzen Tag zu fahren, es macht so müde."

Mit diesen Worten folgte sie dem Beispiel ihrer Nachbarin, die bereits neben ihr schnarchte; und ihr Gegenüber sah denkend und träumend zum Fenster hinaus.

Die blauen Augen der jungen Dame füllten sich, ohne dass sie es wollte, mit Tränen, aber es schadete ja auch nichts, die beiden Damen schliefen, so sah es niemand. Und ihr war das Herz so schwer!

Vor sechs Jahren war das Mädchen siebzehn Jahre, und jetzt ist das dreiundzwanzigste nahezu vollendet. Die Züge waren älter und gereifter, der Ausdruck ernster, aber sonst machte die ganze Erscheinung noch einen sehr jugendlichen Eindruck. Was hatte sie in den sechs Jahren nicht alles erlebt, äußerlich und innerlich. Sie fühlte es wohl, sie war anders geworden. Die kindliche Harmlosigkeit und auch ihr fröhlicher Übermut waren vorüber. Hatte sie auch im Ganzen ein ernstes, gehaltenes Wesen angenommen, so leuchtete doch aus den schönen blauen Augen eine angeborene Fröhlichkeit und dabei eine solche Unschuld und Reinheit des Herzens, dass Eltern ihr ruhig ihre Kinder anvertrauen konnten.

Solange die Eltern die Pension in der Stadt hatten, war Marie für ihre Mutter und Emma eine treue Stütze gewesen. Sie unterzog sich jeder Arbeit und legte ihr Ungestüm sowie ihre Fahrlässigkeit ab. Dabei bildete sie sich im Stillen immer fort und verfolgte zielbewusst einen Plan und Gedanken, von dem sie noch niemand etwas gesagt. Als die Eltern nun vor etwa drei Jahren das Bedürfnis nach Ruhe fühlten und die Pension aufzugeben beschlossen, hatte sie den Vater gebeten, sie Lehrerin werden zu lassen.

Die Eltern hatten nichts dagegen. „Lass sie, Mutter", hatte der Professor gesagt, „es ist für sie gut, wenn sie sich eine Weile in der Welt unter fremden Leuten bewegt, was soll das junge Mädchen mit uns in das stille Dorf ziehen!“

So wurde sie im Seminar angemeldet, geprüft und aufgenommen. Es waren keine leichten Jahre, aber Marie löste ihre Aufgabe. Am Ende des dreijährigen Kursus bestand sie die Prüfung mit „sehr gut“ und war nun stolz darauf, „geprüfte Lehrerin“ zu sein. Der Direktor ließ sie auf sein Zimmer kommen.

„Marie Rothe“, sagte er, „Sie wollen zu Ostern eine Stelle annehmen?“

„Ja, Herr Direktor.“

„Eine Familie in Norddeutschland sucht eine Erzieherin für drei Mädchen von sieben, zehn und elf Jahren. Sie wünscht ein junges Mädchen, an der die Kinder außerhalb der Lehrstunden freundlichen Anschluss finden, die auf ihre Interessen eingeht, aber auch zugleich Ernst und Tüchtigkeit besitzt, die oft etwas unlenksamen, zügellosen Kleinen in Zucht zu halten. Trauen Sie es sich zu?“

„Ich weiß nicht, ob Sie es mir zutrauen, Herr Direktor!“

„Ist Ihnen M. nicht zu weit?“, fragte der

Direktor lächelnd und überging Maries Frage.

„Etwas weit ist es freilich“, hatte sie geantwortet.

„Nun, überlegen Sie die Sache mit Ihren Eltern und geben Sie mir bald Bescheid. Ich werde Sie empfehlen!“

So wurde die Sache abgemacht. Und als der Tag der Abreise kam, da las der Professor den 121. Psalm, der mit den Worten beginnt: „Ich hebe meine Augen auf zu den Bergen, von denen mir Hilfe kommt. Meine Hilfe kommt von dem Herrn, der Himmel und Erde gemacht hat.“ Dann befahl er sein Töchterchen im Gebet dem Schutz des allmächtigen Gottes, und so begleitet von den Segenswünschen frommer Eltern, war Marie voll festem Vertrauen auf die Hilfe Gottes in die weite Welt gegangen.

„Berlin!“, ertönte die laute Stimme des Schaffners. Marie nahm die Reisetasche, Schirm, Regenmantel zur Hand, stieg eilend aus und befand sich bald in solchem Gewühl, dass sie ängstlich die Tasche an sich presste, damit sie nur nicht Taschendieben in die Hände falle. Plötzlich hörte sie etwas klirren. Als sie niedersah, lag eine kleine, zierliche Ledertasche, an der der Stahlbügel gerissen war, zu ihren Füßen. Sie hob sie schnell auf, zum größten Verdruss eines schlecht gekleideten Individuums, das rasch herbeigesprungen war, um sich gleichfalls danach zu bücken. Die Tasche gehörte sicherlich jener vornehm gekleideten alten Dame, die von einem alten Herrn sorgsam durch das Gedränge geführt wurde; sie gingen immer dicht vor Marie her. Es war unmöglich, in dem Gedränge an die Dame heranzukommen, doch gleichzeitig auch schwierig, im Besitz der Tasche zu bleiben, weil das Individuum seine lauernden Blicke auf sie gerichtet hatte, um einen günstigen Moment abzuwarten, sie sich anzueignen. Maries Scharfblick entging das nicht. Sie hütete das fremde Gut wie die eigene Tasche, bis endlich die Menschen durch die geöffneten Glastüren in die Vorhallen des Bahnhofs traten und sich mehr verteilten.

„Haben Sie vielleicht diese Tasche verloren?“, fragte Marie die alte Dame.

Ganz erstaunt schaute die Dame auf. Dann griff sie an ihren Arm und rief erschrocken aus: „Allerdings, meine Tasche ist fort, und ich habe es bis jetzt nicht bemerkt. Danke tausendmal, mein liebes Kind. Sie haben mir einen großen Dienst erwiesen, die Tasche enthält für mich sehr wertvolle Dinge." Sie nickte ihr freundlich zu und ging weiter. Marie, durch diese Begebenheit aufgehalten, beeilte sich nun, ihr Gepäck zu suchen, doch sie war ja so fremd und unbekannt, da beschlich sie ein trauriges, heimatloses Gefühl. Als sie still stand und nach dem Gepäckschalter suchte, gesellte sich das unangenehme Individuum wieder zu ihr. „Nun, schönes Fräulein! Sind wohl fremd in Berlin? Kann ich mit etwas behilflich sein, etwa das Gepäck besorgen?", redete er sie an.

Sie war sehr erschrocken und ängstlich, glaubte sich schon ganz in den Händen eines Betrügers, als plötzlich eine Stimme sagte: „Sie haben mit dem Fräulein nichts zu tun, ihre Sachen besorge ich." Derselbe alte Herr, der die Dame geführt hatte, stand hinter ihr, winkte einem Diener und befahl ihm, da Marie gleich wie sie nach dem Lehrter Bahnhof wollte, ihr Gepäck mit seinen Sachen zusammen in eine

Droschke zu bringen, und lud dann Marie ein, sich ihnen anzuschließen.

„Verzeihen Sie, liebes Fräulein, dass wir Sie so kurz abfertigten, wir wussten im ersten Augenblick nicht, dass sie allein waren. Als wir uns noch einmal nach Ihnen umsahen, bemerkten wir, wie dieser Misstrauen erweckende Mensch sich an Sie heranmachte. Meine Frau ist im Wartesaal, folgen Sie mir bitte, wir sind Ihnen zu großem Dank verpflichtet."

Als die Dame Marie erblickte, reichte sie ihr freundlich die Hand und sagte: „Eine Liebe ist der andern wert. Sie haben sich meiner Tasche angenommen, nun müssen Sie uns erlauben, Ihre Beschützer zu sein."

Die freundliche Art der alten Dame machte Marie bald ganz vertraut mit ihr, doch war die Zeit zu kurz, um eingehender sprechen zu können. Der Diener meldete, dass alles bereit sei, und Marie musste mit den Herrschaften bis zum Lehrter Bahnhof fahren.

„Wenn es meine Eltern wüssten", rief sie erfreut aus. „Sie waren so besorgt, wie ich mich in Berlin zurechtfinden möchte, und nun geht es mir so gut.“ Dabei leuchteten die schönen blauen Augen in kindlicher Fröhlichkeit, so dass das alte Ehepaar seine Freude an ihr hatte. Als es erfuhr, dass Marie auch nach M. wolle, und zwar bis zur Station G., rief die alte Dame aus:

„Gerade dort erwartet uns unser Wagen, so können wir zusammen fahren.“

Es war Marie ganz eigenartig, als der Diener sich auch ihres Regenmantels und ihrer Tasche bemächtigte und den Herrschaften alles ins Abteil brachte.

„So, nun haben wir endlich Ruhe“, sagte die alte Dame, nachdem der Schaffner das Abteil geschlossen hatte und Marie sich dem Ehepaar allein gegenüber sah. „Nun müssen Sie uns erzählen, woher Sie sind und wohin Sie wollen. Es ist nicht Neugierde, nur herzliches Interesse.“

„Ich weiß es, Frau Gräfin“, sagte Marie, die eben gehört hatte, wie der Diener „Jawohl, Frau Gräfin“ sagte. Sie erzählte nun in der ihr kindlichen Weise ihre ganzen Verhältnisse. Die Gräfin hörte mit warmer Teilnahme zu und fragte darauf, an welchen Ort sie als Erzieherin zu gehen beabsichtige.

„Nach Birkenfelde, zur Familie von Ulbersdorff", antwortete Marie.

„So, so", sagte die alte Gräfin. „Ich kenne die Familie, wir kommen mitunter zusammen. Nun, ich glaube, ganz leicht werden Sie es nicht haben. Ihre kleinen zukünftigen Schülerinnen sollen den Erzieherinnen den Kopf recht warm machen, man hört von häufigem Wechsel. Sie sind noch sehr jung, stellen Sie sich nur gleich fest hin."

„Ich will die Kinder recht von Herzen lieb haben, und Gott wird mir ja helfen, dass ich sie richtig leite."

Diese Antwort gefiel der Gräfin, auch der Graf lächelte befriedigt und sagte zu seiner Gemahlin: „Es ist schade, dass wir keine Erzieherin mehr brauchen, so eine wie Fräulein Rothe möchte ich gleich verpflichten."

Marie errötete wegen des gespendeten Lobes, der Gräfin Gesicht zeigte einen Ausdruck so tiefen Schmerzes, dass Marie dies wahrnahm und daraus schloss, dass die Herrschaften gewiss den Verlust geliebter Kinder zu beklagen hatten.

Die Gräfin schwieg lange Zeit; ernste

Gedanken schienen sie zu bewegen. Endlich sprach sie wieder:

„Mein liebes Kind, verzeihen Sie, dass ich Sie so nenne, aber von mir alten Frau können Sie es sich schon gefallen lassen, wissen Sie wohl in Ihrem Bekanntenkreis ein junges, gebildetes Mädchen, das Lust hätte, als Gesellschafterin zu alten Leuten, wie wir es sind, zu gehen? Musikalisch müsste sie sein und ein angenehmes Organ zum Vorlesen haben."

„Sie müsste gerade so wie Sie sein", fiel der Graf ein.

Marie errötete wieder und sah nachdenklich vor sich hin. Auf einmal leuchtete aus ihren Augen eine helle Freude, und sie sagte schnell: „Ich wüsste ein junges Mädchen, das sehr gut passen würde, das viel liebenswürdiger und besser ist als ich. Oh, Frau Gräfin, die müssen Sie nehmen!"

Die Gräfin lächelte über Maries Eifer, erkundigte sich näher nach dem Mädchen und erfuhr, dass es Hildegard Schmidt heiße. „Sie ist zwar nicht aus gebildeter Familie, aber die Eltern sind rechtschaffene Leute, und Hildegard selbst hat ein so feines Benehmen, dass sie sich in der vornehmsten Familie sehen lassen kann. Auch hat sie eine tüchtige Ausbildung gehabt, singt wunderschön und ist sehr hübsch. Sie dürfte Ihnen sehr gefallen, Frau Gräfin!“

„Sie hat wenigstens eine gute Fürsprecherin“, sagte die alte Dame lächelnd. „Nun, ich will mir die Sache überlegen. Wenn wir entschlossen sind, werden wir selbst an die junge Dame schreiben.“

„Ich danke Ihnen“, sagte Marie erfreut und hoffte, ihrer Freundin Hildegard einen Dienst erwiesen zu haben.

Sie hatte sie zufällig bei ihrem letzten Besuch in D. getroffen und von ihr gehört, dass Minchen im Begriff stehe zu heiraten und die Mutter zu sich nehmen wolle.

„Minchen ist ja herzensgut“, hatte Hildegard gesagt, „aber wir stimmen so wenig im innersten Grund des Herzens zusammen. Ich sehe, dass die Mutter bei ihr wohl versorgt ist, aber ich bin überflüssig. Marie, wenn du von einer Stelle hörst – es sei, wo es wolle –, schreibe es mir, ich nehme sie mit Freuden an.“

Aus diesem Grund war Marie so glücklich, dass sie für Hildegard ein gutes Wort hatte einlegen können.

Die Reise ging in so angenehmer Begleitung schneller herum, als Marie erst dachte. Bald waren sie in G. Die Herrschaften verabschiedeten sich sehr freundlich von Marie und bestiegen die bereit stehende Kutsche. Die kleine Erzieherin fand einen offenen Wagen zu ihrer Abholung bereit. Bei dem rauen Wetter und bei einbrechender Dunkelheit auf offenem Gefährt! Sie hüllte sich fest in ihren Mantel und bestieg den Wagen.

Nachdem der Kutscher mit gehöriger Langsamkeit das Gepäck herbeigeschafft und umständlich befestigt hatte, ergriff er endlich die Zügel, und der Wagen setzte sich in Bewegung.

Jetzt rollte er auf der Landstraße dahin. Links und rechts weite große Felder, wie Marie sie noch nicht gesehen hatte. „Alles flache, ebene Gegend, höchst einförmig und langweilig“, dachte sie. „Da war's in der lieben Heimat auf den Bergen und in den Tälern schöner! Doch vielleicht“, tröstete sie sich, „macht sich's bei Sonnenschein angenehmer, jetzt hüllt die Dämmerung alles in ein nebelhaftes Grau. Alles sieht mich so traurig und melancholisch an!“ Dabei fröstelte sie und fühlte sich einsam und verlassen. „Wäre ich jetzt der Peter in der Fremde, ich glaube, ich kehrte wieder um!“

Doch daran war nicht zu denken. Der Kutscher trieb die Pferde bei einbrechender Dunkelheit etwas an, drehte sich um und sagte, mit dem Peitschenstiel auf ein entfernt liegendes Dorf zeigend, wo Lichter sichtbar wurden: „Das ist Birkenfelde.“

Marie richtete sich schnell auf. Mit dem Heimweh war's vorbei. Das Herz klopfte ihr hörbar, und kerzengerade blieb sie sitzen, bis der Wagen auf dem Steinpflaster des Dorfes dahinrollte.

Ganz unwillkürlich dachte Marie an den Vers: „Ich mag allein nicht gehen, nicht einen Schritt, wo du wirst gehn und stehen, da nimm mich mit. In dein Erbarmen hülle mein schwaches Herz und mach es gänzlich stille in Freud und Schmerz.“

Jetzt fuhren sie durch ein großes und weites Hoftor. Ein herrschaftliches Haus wurde sichtbar, und nun hielt der Wagen. Die Haustür wurde aufgerissen, ein Diener öffnete den Kutschenschlag, Marie stieg aus, trat auf den Hausflur und verneigte sich vor einer Dame, die ihr mit etwas stolzer Haltung entgegentrat.

„Seien Sie uns willkommen, liebes Fräulein! – Kinder, eure neue Erzieherin! – Friedrich, besorge das Gepäck in Fräuleins Zimmer!"

Drei kleine, schwarzäugige Mädchen stürzten aus dem Wohnzimmer herbei, stellten sich alle vor Marie hin und musterten sie mit neugierigen Blicken. Endlich sagte das mittlere, nachdem Mariechen ihnen freundlich die Hand hingestreckt hatte: „Sie scheinen netter zu sein als die vorige Erzieherin. Sie sehen auch hübscher aus, die vorige war grundhässlich."

„Adele!", sagte die Mutter in verweisendem Ton.

„Du hast ja selbst gesagt, Mama, sie sähe aus wie eine alte Nachteule."

„Adele, sei nicht so naseweis! Luise und Margarete, führt Fräulein Rothe auf ihr Zimmer, sie will sich gewiss umziehen!"

Margarete, die Jüngste, fasste Mariechen freundlich bei der Hand und sagte: „Kommen Sie, Fräulein, ich will Ihnen unser Zimmer zeigen."

Sie gingen miteinander die Treppen hinauf. Im zweiten Stock, im Giebel, lag das sehr gemütliche Wohn- und Schlafzimmer der Erzieherin. Die Lampe brannte auf dem Sofatisch, am Fenster war ein Lehnstuhl mit einem Nähtisch, in der Mitte des Zimmers der große Schultisch; an den Wänden hingen Wandkarten, auch einige hübsche Bilder. Dem Sofa gegenüber befand sich ein altmodischer Sekretär, auf dem zwei Vasen mit Frühlingsblumen standen. Als Marie das Zimmer betrat, fiel ihr Blick gleich auf sie.

„Wer hat die schönen Himmelsschlüssel und Veilchen hierher gestellt?", rief sie fröhlich aus. Margarete errötete und sagte: „Ich habe sie heute früh auf der Wiese für Sie gepflückt."

„Liebes Gretchen", rief Marie und gab ihr einen herzhaften Kuss. „Habe tausend Dank, du hast mir eine große Freude gemacht, ich habe Blumen so gern!"

„Dann müssen Sie auch ein Beet bekommen in unserm Garten, oder ich teile meins mit Ihnen ..."

Ein Klopfen an der Tür unterbrach die Kleine. Eine schlanke, junge Dame trat ein. Sie sagte mit freundlicher Herablassung: „Guten Tag, Fräulein Rothe. Sie sind die neue Erzieherin meiner Schwestern. Nun, ich wünsche Ihnen Glück zu der Erziehung der Kinder. Komm, Gretchen, lass das Fräulein jetzt allein, Sie folgen uns wohl, sobald Sie fertig sind? Es soll gleich zu Abend gegessen werden!"

Marie stand allein in ihrem Stübchen. Sie faltete die Hände und sagte leise: „Herr, hilf du mir und lass alles wohl gelingen!"

Sie fühlte sich durch den Empfang nicht eben angenehm berührt. Die Herrschaften waren ja freundlich, aber doch fühlte sie an dem ganzen Ton die Herablassung vornehmer Leute zur Erzieherin ihrer Kinder! Da war's freilich in Wiesendorf anders gewesen. Doch das waren längst vergangene Zeiten. Sie waren, seit Kurt von Buchwald die Pension verlassen, immer seltener zusammengekommen, in den letzten Jahren, seit die Eltern auf dem

Lande lebten, gar nicht mehr. Röschen war in die große Welt eingeführt, und vielleicht würde sie nun gegen die kleine Erzieherin ebenso vornehm und herablassend sein!

Doch Mariechen riss sich aus ihren Träumereien. Sie wusch sich nach der langen Reise Gesicht und Hände. Dann glättete sie das Haar, legte einen reinen Kragen und Manschetten an, und als sie eben hinuntergehen wollte, meldete der Diener, dass aufgetragen sei.

Sie ging ihm nach ins Speisezimmer, wo außer den Damen und Kindern zwei Herren eben eintraten.

Der eine, noch in mittleren Jahren, sagte auf Marie zukommend und ihr die Hand reichend: „Das ist wohl Fräulein Rothe? Herzlich willkommen!" Er wandte sich dann an die Kinder: „Nun, ihr Mädchen, folgt gut, damit Papa keine Klagen über euch vernimmt! Herr von Neiding, ich erlaube mir, Ihnen Fräulein Rothe, die Erzieherin meiner Töchter, vorzustellen!" Ein junger Herr mit spitzem Schnurrbart verbeugte sich leicht mit den Worten:

„Schon lange in dieser Gegend, mein Fräulein?“

„Nein, eben erst angekommen“, versetzte Marie.

Man setzte sich zu Tische, man aß, man lachte und plauderte. Marie saß ziemlich abgespannt dabei. Sie hörte noch immer das Rollen des Zuges; die Reise, der Abschied von der Heimat, die vielen neuen, fremdartigen Eindrücke, alles stürmte auf sie ein. Wie froh und dankbar war sie also, als Frau von Ulbersdorff nach Tisch zu ihr sagte: „Fräulein Rothe, wir sehen es gern, wenn Sie uns den Abend schenken. Aber heute dispensiere ich Sie. Sie sehen müde und angegriffen aus. Gehen Sie zu Bett, und schlafen Sie tüchtig aus.“

Marie ging erst ans Auspacken ihrer Sachen. Kaum hatte sie begonnen, so hörte sie auf der Treppe Poltern. Ihre Tür wurde aufgerissen, und die drei Mädchen mit den schwarzen Augen und den dicken, schwarzen Zöpfen stürmten herein. „Mama hat uns erlaubt, noch einmal zu Ihnen zu gehen. Aber lange sollen wir nicht bleiben, da Sie zu Bett gehen wollen.“

„Ihr könnt mir noch auspacken helfen, wenn ihr mögt“, sagte Marie.

„Ja, sehr gern“, meinte Luise, die Älteste. „Das haben wir bei den andern Erzieherinnen auch getan. Oh, wir haben schon viele gehabt!“

„Nun, da möchtest du mich wohl auch bald wieder forthaben?“

„Ich weiß ja noch nicht, wie Sie sind. Vielleicht sind Sie netter als die andern.“

Offen waren die Kinder jedenfalls, mochten sie sonst sein, wie sie wollten. Auch hilfreich erwiesen sie sich, und guten Rat zu geben vermochten sie auch schon. „Hängen Sie Ihre Winterkleider nur in diesen Schrank, die Sommerkleider wollen wir in die Garderobe hängen, damit sie nicht gedrückt werden. Die andern Erzieherinnen machten es auch so.“

„Ihre Kragen legen Sie wohl in die obere Kommode, Fräulein Meier tat es auch ...“

„Nein, Fräulein Burchhard hatte sie oben. Fräulein Meier legte sie ins unterste Fach. Was haben Sie denn da für ein hübsches Bild! Das sind wohl Ihre Eltern!“

„Ach, die schöne Jacke! Die hübschen Schleifen!“

So plauderten die Kinder durcheinander. Aber jetzt kam die Jungfer, sie zu holen, und Marie sagte ihnen gern „gute Nacht“; sie war zu müde und abgespannt. Sie hatte nur den einen Wunsch nach Ruhe. Als die Sachen leidlich geordnet waren, las sie einen Abschnitt aus dem Neuen Testament und zog sich dann aus. Fünf Minuten später sah und hörte sie nichts mehr. Ein fester, tiefer Schlaf, wie ihn nur die Jugend hat, ließ sie alles vergessen.

Unverhofftes Wiedersehen

Als Marie am andern Morgen erwachte, schien die Sonne hell und warm ins Zimmer.

„Gewiss ist's schon spät", dachte sie und sprang schnell auf. Die Uhr zeigte auf acht! Heute ist ja Sonntag, da gibt's noch keinen Unterricht, aber Kirche! Wie still war es im Haus; man konnte doch nicht mehr schlafen? Sie beeilte sich mit dem Aufstehen, zog dann den Rollladen auf und war sichtlich überrascht von der hübschen Aussicht. Sie sah große Rasenflächen, mit Kies bestreute Wege, stattliche Bäume und Sträucher. Und hinter dem Garten war ein Wald, auch ein kleiner See. Die Gegend war zwar flach, aber anmutig und schön. Bei Sonnenlicht machte alles einen besseren Eindruck als gestern in der grauen Dämmerung. Marie war innerlich auch fröhlicher. Sie hatte ausgeschlafen und wieder Mut und Freudigkeit bekommen, ihren Beruf mit Gottes Hilfe zu beginnen. Jetzt kam auf dem Kiesweg ein kleines Mädchen. Sie machte das Fenster auf, und gleichzeitig guckte das kleine schwarzäugige Gretchen schon zu ihr hinauf.

„Das ist gut, Fräulein Rothe! Darf ich zu Ihnen kommen?“ Marie nickte freundlich, und im Nu war die Kleine oben.

„Wo sind die Schwestern?“

„Sie sind alle drei mit den Eltern in die Kirche gefahren, sind schon eine halbe Stunde fort!“

„O weh!“, sagte Mariechen. „Da kann ich nun heute nicht mehr mit. Die Kirche liegt wohl weit?“

„Man fährt eine halbe Stunde nach Arnsgrün. Mama sagte, wir sollten Sie schlafen lassen, Sie müssten von der weiten Reise ausruhen. Ich habe nun immer nach dem Fenster gesehen, bis der Rollladen aufgezogen wurde. Ich möchte Ihnen gern den Garten zeigen. Aber erst kommt Minna und bringt den Kaffee!“

Minna, die Jungfer, erschien mit dem Kaffeebrett; auf ihm stand noch ein Topf mit Milch und eine kleine Tasse. „Gretchen wollte gern mit Ihnen trinken“, sagte die Jungfer, „sie hat so lange gewartet.“

„Du gutes Kind“, sagte Marie. Sie freute sich über die Liebe der kleinen Siebenjährigen; sie war die Erste gewesen, die ihr Freude bereitete, und es schien, als ob zwischen beiden bereits große Sympathie herrsche.

„Ich habe Sie schon sehr lieb", sagte Gretchen plötzlich und schmiegte sich an Marie. „Sie sehen viel freundlicher aus als die andern Erzieherinnen. Nicht wahr? Sie werden nie böse?"

„Wenn ihr immer artig und folgsam seid, gewiss nicht. Es macht mich selbst traurig, wenn ich böse sein muss. Aber nun musst du mir den schönen Garten zeigen, Gretchen!"

Diese, beglückt, dass sie die Erste war, die ihre Schätze zeigen konnte, führte Marie überall herum. Veilchen, Aurikel, Narzissen und andere Frühlingsblumen blühten. Auch die Lieblingsplätze in der Laube musste das Fräulein sehen, und so waren beide schon sehr gute Freunde, als der Wagen mit den Herrschaften aus der Kirche kam.

Frau von Ulbersdorff war herzlich und nett, Theodora, die älteste Tochter, nickte von oben herab und warf dem Diener nachlässig ihren Mantel zu, als sie vom Wagen stieg. Luise und Adele begrüßten Fräulein Rothe mit einem Knicks und sagten: „Margarete hat Ihnen wohl schon alles gezeigt?"

„Nein, die Puppen noch nicht", rief Gretchen, „nur den Garten und die Blumen."

„Fräulein Rothe, Sie machen vielleicht vor Tisch noch einen Spaziergang mit ihren Schülerinnen, ich liebe die täglichen, regelmäßigen Spaziergänge, aber ..."

„... wir nicht!", riefen die Kinder wieder ziemlich naseweis dazwischen, „das alte Spazierengehen! Es ist zu langweilig!"

„Aber denkt nur, ich kenne die Gegend noch gar nicht, bin ganz fremd. Wenn ich euch nun bitte, mich zu führen? Bei uns gibt es hohe Berge und Täler; weite Ebenen sind mir etwas Neues! Kommt nur, ich will euch erzählen, wie es bei uns ist!"

Das lockte. Ohne Widerrede gingen die Mädchen, und bald waren sie in so anregender Unterhaltung mit ihrer Erzieherin, dass sie alle einstimmig ausriefen, als Marie zur Umkehr mahnte: „O bitte, noch nicht, es ist so nett, mit Ihnen spazieren zu gehen.“ Marie sagte jedoch freundlich, aber bestimmt, dass es Zeit sei, den Rückweg anzutreten, und die Kinder fügten sieh willig.

Die Liebe kann die Kinderherzen so leicht lenken und sie mit Lust zum Gehorchen bringen. Es gilt ganz in den anvertrauten Kindern aufzugehen, sich in ihre Gedanken und Gefühle hineinzuleben, um Seelen dem Herrn zuzuführen. Wie der Apostel Paulus sagt: „Ich habe mich selbst jedermann zum Knechte gemacht, auf dass ich ihrer viele gewinne“ – so soll auch eine Erzieherin nicht das Ihre suchen, sondern das, was der Kinder ist. Sie wird selbst den reichsten Segen davon spüren; denn Kinder sind gar feinfühlig und zart, sie merken gar bald, wer sie lieb hat und es gut mit ihnen meint. Ihre Gegenliebe wird nicht lange auf sich warten lassen!

Als Marie vom Spaziergang zurückkam, gingen Luise und Adele an ihrem Arm, und Gretchen bedauerte, dass nicht noch ein dritter für sie vorhanden war. Die andern hatten aber entschieden erklärt: „Jetzt gehört Fräulein Rothe uns, du hast sie schon den ganzen Morgen gehabt!“ Die

Eltern standen am Fenster und sahen die vier den Hof herunterkommen.

„Arthur, sieh doch“, sagte Frau von Ulbersdorff, „ich glaube, diesmal haben wir eine gute Wahl getroffen!“

„Sind denn das Luise und Adele, unsere wilden Zigeuner?“

„Ja freilich! Sieh nur, wie gespannt sie auf des Fräuleins Erzählungen lauschen!“

Und wie es die Eltern stets angenehm berührt, wenn sich jemand nett mit ihren Kindern beschäftigt, so lag auch in Stimme und Ton schon eine viel größere Herzlichkeit, als Frau von Ulbersdorff sagte:

„Nun, mein liebes Fräulein, die Kinder hängen ja schon wie Kletten an Ihnen. Denken Sie aber auch an sich! Wenn Sie sich zurückziehen wollen, können die Kinder im Garten bleiben.“

Marie sagte, dass sie zunächst nach Hause schreiben wolle, und nachdem man noch einige freundliche Worte gewechselt, begab sie sich in das ihr schon lieb gewordene Stübchen. Bald flog die Feder über das Papier. Sie hatte genug an die Eltern zu berichten. Dann zog sie sich an.

Heute, zum Sonntag, wurde das schöne

neue Staatskleid angelegt, feiner blauer Kaschmir, der dem blonden Mägdlein trefflich stand. Da noch nicht zu Tisch gerufen wurde, setzte sie sich ans Fenster und las eine Predigt, in der stillen Hoffnung, den nächsten Sonntag mit in die Kirche fahren zu können und dann nie wieder den Kirchenbesuch zu versäumen.

Nach Tisch wurde sie freundlich zur Familie gezogen, doch als dann ein Wagen mit Besuch kam, zog sie sich zurück.

Eine Stunde später kam Luise und sagte: „Mama lässt Sie bitten, herunterzukommen, Frau von Erler möchte Sie gern kennen lernen."

„Ist viel Besuch da?"

„Nein, nur Onkel und Tante Erler. Die Erzieherin mit den Kindern ist zu Hause geblieben, da es heute schon spät ist."

Marie ging mit Luise in den Salon. Die Damen waren allein. Frau von Erler war eine freundliche, gesprächige Dame. Interessant war es für Marie, als Frau von Erler sie fragte, ob sie mit Pastor Rothe in Nienhagen verwandt sei.

„Ja, es ist mein Vetter, gnädige Frau. Kennen Sie ihn oder seine Frau?"

„Ich nicht, aber meine Schwester wohnt in der Nähe. Sie ist ganz eingenommen von der kleinen, liebenswürdigen Pastorsfrau, die eine ausgezeichnete Landwirtin und Hausfrau geworden ist."

Als nun Marie erzählte, wie ihre Kusine Käthe als junges Mädchen viel bei ihnen aus und ein gegangen sei, wie ihr Vetter sie in ihrem Hause kennen gelernt, da hörte man mit viel Interesse zu, und die Unterhaltung war sehr belebt. Theodora äußerte zwar gelangweilt zur Mutter, wenn nur die Herren kämen; sie wünsche sich etwas anregendere Unterhaltung. Doch vorderhand schienen die Herren lieber allein bleiben zu wollen, und eben stürzte Gretchen mit der Nachricht ins Zimmer, der Pastor sei auch noch gekommen und in Papas Zimmer gegangen.

„Sage Friedrich, dass er ein Besteck mehr auflege." Marie war durch diese Botschaft freudig erregt. Nun sollte sie ihren Geistlichen kennen lernen. Sie hatte sich schon im Voraus auf ein liebes Pfarrhaus gefreut, wo sie sich wohl und heimisch fühlen könne! Sie wollte sich recht zu dem Pastor und seiner Frau halten und hoffte, von ihm Rat und Beistand in vielen Dingen zu erhalten.

Während diese Gedanken sie beschäftigten, öffnete sich die Tür, und die Herren traten ein. Es folgte allgemeine Begrüßung.

Marie hatte sich in den Hintergrund gestellt, um geduldig die Vorstellung der ihr unbekannten Herren abzuwarten. Es war nur gut, dass sie in der Ecke stand und die andern Herrschaften kein Augenmerk auf sie hatten. Sie zitterte und wurde so bleich, dass Gretchen ihre Hand fasste und leise fragte: „Fräulein Rothe, sind Sie krank? Sie sehen so blass aus, und Ihre Hände sind so kalt."

Marie ergriff schnell ein Glas Wasser, das in ihrer Nähe stand, trank ein wenig und flüsterte leise: „Ich bin nur etwas angegriffen, wahrscheinlich noch von der Reise."

Während Marie sich noch zu Gretchen niederbeugte, ihren Schrecken und ihre Angst zu verstecken, rief plötzlich Herr von Ulbersdorff: „Herr von Erler, ich vergaß, Ihnen unsere gestern angekommene Erzieherin, Fräulein Rothe, vorzustellen."

Und während Marie alle Kraft zusammennahm und sich verbeugte, fuhr Herr von Ulbersdorff fort: „Herr Pastor Werner – Fräulein Rothe!“

Bei Nennung dieses Namens zuckte der Pastor leicht zusammen, er verbeugte sich jedoch steif und förmlich, wie es nur ein Fremder einer Fremden gegenüber tut. Ein scharfer Blick aus seinen klugen, ernsten Augen traf Marie, dann wandte er sich schnell und gewandt an Frau von Erler und begann sich angelegentlich mit ihr zu unterhalten. Herr von Erler unterhielt sich lebhaft mit den Damen des Hauses, während der Vater mit seinen jüngeren Töchtern schäkerte, auch ab und zu ein Wort mit Marie wechselte.

„Fräulein, Sie sahen gestern wohler aus als heute! Ich glaube, die Anstrengung der Reise kommt nach.“

„Ich glaube es auch“, antwortete sie. „Hoffentlich ist es morgen besser, dass wir frisch an die Arbeit gehen können.“

Der Diener meldete, dass aufgetragen sei. Herr von Ulbersdorff führte Frau von Erler zu Tisch, Herr von Erler die Dame des Hauses. Pastor Werner reichte

Theodora seinen Arm, und die Erzieherin machte mit den Kindern den Beschluss. Die Unterhaltung war lebhaft und anregend, Marie blieb stille Zuhörerin: Es redete sie niemand an. Es war ihr ganz recht, dass sie unbeachtet blieb, sie hätte am liebsten bis ans Ende der Welt fliehen mögen, und doch musste sie sich beherrschen, durfte mit keiner Miene verraten, was ihr Herz bedrückte. Wie anders war es damals als jetzt! Pastor Werner saß ihr schräg gegenüber. Aber kein Blick aus seinen Augen traf sie. Er unterhielt sich sehr eifrig mit Theodora und mit der übrigen Gesellschaft; die Erzieherin war für ihn nicht vorhanden!

Marie sah ihn einige Male verstohlen an. Es konnte keinem Zweifel unterliegen, dass Pastor Werner derselbe war, der als Kandidat so viel bei ihnen aus und ein gegangen war. Derselbe, der sie zur Frau begehrt – und den sie so übermütig verschmäht! Er war älter geworden, aber das feine, scharfgeschnittene Profil, die interessanten Augen, das dunkel gelockte Haar, von der Stirn zurückgestrichen, waren unverkennbar. Ein tiefer Ernst lag auf dem

Gesicht. Wenn er schwieg, zog sich die Stirn in düstere Falten, wie es Marie früher nicht an ihm gesehen. Vielleicht hatte er viel durchgemacht.

Das Abendessen war beendet; man kehrte in den Salon zurück. Heute durfte Marie sich nicht der Gesellschaft entziehen, ohne aufzufallen. Sie zog sich mit den Kindern bis in die äußerste Ecke zurück, möglichst weit von Pastor Werner, und begann eifrig an einer Stickerei zu arbeiten. Im Laufe des Abends wurde Werner zum Musizieren aufgefordert. Er setzte sich ans Klavier und spielte wundervoll. Es waren die altbekannten Lieder und Sonaten, die er oft bei Rothes vorgetragen hatte. Und als er dann mit Theodora etwas Vierhändiges vorspielte, die bekannte Symphonie, die er oft mit ihr gespielt, da glaubte sie sich einen Augenblick in ihr teures, elterliches Haus versetzt, an einen jener Sonntagabende, wo sie ein glückliches, harmloses Kind gewesen war.

Als Werners Spiel beendet war, bat Frau von Erler Marie, sich auch hören zu lassen.

Sie errötete tief und meinte, nach einem

so meisterhaften Spiel dürfe sie nicht mit ihren schwachen Leistungen hintendrein kommen.

„Oh, eine geprüfte Erzieherin! Das sind Ausflüchte!", rief Frau von Erler.

Werner hatte Marie scharf angesehen. „Wenn sich das Fräulein vor mir fürchtet", sagte er aufstehend und nach der Uhr sehend, „so ist es unnötig."

„Auch ich habe das Anspannen bestellt, und eben meldet der Diener, dass vor gefahren sei", sagte Herr von Erler. „Wir müssen den Genuss, Fräulein Rothe zu hören, auf ein andermal verschieben."

Die Herrschaften hatten sich verabschiedet. Ulbersdorffs saßen noch zusammen.

„Heute war der Pastor merkwürdig gesprächig, fast liebenswürdig", sagte Theodora.

„Sie müssen wissen, liebes Fräulein", sagte Frau von Ulbersdorff, „dass Pastor Werner ein sehr ernster, fast schroffer Mann ist, besonders gegen das weibliche Geschlecht abstoßend und unliebenswürdig. Aber das ist auch die einzige tadelnswerte Seite. Sonst ist er ein ausgezeichneter Kanzelredner, ein treuer, unermüdlicher Seelsorger seiner Gemeinde, überhaupt ein vortrefflicher, bedeutender Mann, der von allen, die ihn kennen, hochgeschätzt wird. Ihm steht jedenfalls noch eine Zukunft bevor."

„Ist er verheiratet?", hatte Marie immer auf der Zunge zu fragen, doch sie brachte es nicht über ihre Lippen. Die Frage war auch nicht nötig, denn Frau von Ulbersdorff fuhr fort:

„Es ist schade, dass der Mann nicht heiratet; wenn er eine Frau hätte, so müsste das Pfarrhaus ein Ideal sein!"

„Nun", setzte Theodora hinzu, „er hat jedenfalls einmal eine unglückliche Liebe gehabt oder einen Korb bekommen ..."

Maries Knäuel fiel hinunter. Sie verweilte beim Suchen etwas länger, als wohl nötig war, denn Frau von Ulbersdorff sagte: „Theodora, leuchte doch dem Fräulein!"

„Danke, ich habe das Knäuel", sagte Marie leise. Die dunkle Röte, die Gesicht und Hals übergossen, mochte durch das Bücken gekommen sein, es fiel wenigstens niemand auf, und zu ihrer Erleichterung wurde aufgebrochen.

Endlich war sie allein in ihrem Zimmer und konnte ihrem bedrängten Herzen Luft machen. Sie ging einige Male im Zimmer auf und ab und stöhnte: „O mein Gott, musste es so kommen? Hier bleiben kann ich nicht, ich muss fort! Was werden die Eltern sagen!“ Sie brach in ein krampfhaftes Schluchzen aus.

„Wie verhalte ich mich Ulbersdorffs gegenüber? Soll ich der gnädigen Frau alles sagen?“ Nein, davor schreckte sie zurück. Sie stand ihr doch so fremd und kalt gegenüber. „Das Beste ist, ich schreibe den Eltern, sie mögen entscheiden!“ Aber auch das verwarf sie nach längerem Nachdenken. „Soll ich meinen Eltern wieder Kummer und Sorge machen? Lieber Gott, rate du mir, was soll ich tun, hilf mir aus meiner Not.“

Sie nahm die Bibel zur Hand, und aus den Psalmen tönten ihr die Worte entgegen: „Der Herr ist mein Licht und mein Heil, vor wem sollte ich mich fürchten? Der Herr ist meines Lebens Kraft, vor wem sollte mir grauen?“

Auf einmal überkam sie eine wunderbare Ruhe. Sie fühlte sich so stark und wollte bleiben und geduldig auf die Hilfe des Herrn warten und nur das Wohl der ihr anvertrauten Kinder im Auge haben. Traf sie mit Pastor Werner zusammen, so würde sie ihm gegenüber den rechten Ton schon treffen. Beachtete er sie wie heute Abend nicht, und fuhr er fort, ihre frühere Bekanntschaft als nicht vorhanden anzusehen, so war es für sie so am leichtesten. Oft würde er auch nicht hierher zum Besuch kommen, weil das Dorf ziemlich entfernt vom Kirchdorf lag – er war unverheiratet, also verstand es sich von selbst, dass sie das Pfarrhaus nie betreten würde.

Es überkam sie doch ein schmerzliches Gefühl, wenn sie dachte, dass er ihretwegen nicht geheiratet, dass sie schuld sei, dass er schroff und unzugänglich geworden. Diese Eigenschaften besaß er sonst nicht, im Gegenteil, er war fröhlich und harmlos, liebenswürdig und freundlich im Verkehr mit dem weiblichen Geschlecht gewesen.

„Ich habe mich ihm gegenüber nicht richtig verhalten, darum muss ich nun still dieses alles auf mich nehmen."

So gingen Marie die Gedanken und

Schlüsse im Kopf herum. Einmal war sie getrost und still, und dann wieder ergriff sie eine Zaghaftigkeit und Traurigkeit, dass sie sich so allein und verlassen in fremdem Lande und dabei so unglücklich vorkam. Käthe und Hermann wohnten wohl auch in der Gegend, aber doch ziemlich weit entfernt. So musste sie sich längere Zeit gedulden, ehe sie dorthin reisen konnte. Einstweilen hatte sie niemand, der das Schwere mit ihr trug. Den Pastor, der ihr Rat und Stütze sein sollte in allem, musste sie nun meiden, musste wünschen, gar nicht oder doch nur möglichst wenig mit ihm zusammenzutreffen. Das Schlagen der Turmuhr ließ Marie aufschrecken.

Schon einige Male war es ertönt, ohne dass sie darauf geachtet, nun aber sagte ihr ein Blick auf die Uhr, dass die halbe Nacht schon vergangen und es höchste Zeit war, sich zur Ruhe zu begeben. Lange lag sie noch auf ihrem Lager wach, und erst, als der neu hereinbrechende Tag dämmerte, sank sie von Müdigkeit überwältigt in einen tiefen Schlaf.

„Der Wächter hat dir das gesagt?"

„Ja, gnädige Frau, bis um drei Uhr hat er Licht im Zimmer des Fräuleins gesehen", versetzte die gesprächige Jungfer.

„Nun, Fräulein hat vielleicht noch zu arbeiten gehabt. Es ist gut, Minna, du kannst gehen!"

Marie kam gefasst und ruhig zum Morgenkaffee. Sie sah wohl bleicher als gewöhnlich aus, doch konnte das ja nicht auffallen, da sie hier fremd war und niemand ihre gewöhnliche Gesichtsfarbe kannte. Frau von Ulbersdorff war allein im Speisezimmer.

„Ei, Fräulein Rothe", sagte sie, den Finger erhebend, „Sie sehen aus, als ob Sie nicht geschlafen haben. Was hat es denn gegeben, dass Sie erst so spät oder vielmehr so früh die Ruhe gesucht haben?"

Marie wurde verwirrt. Ausflüchte hatte sie nie gemacht, und die Wahrheit konnte sie unmöglich gestehen. Sie sagte nur: „Woher wissen Sie denn, gnädige Frau, dass ich so lange aufgewesen bin?"

„Der Nachtwächter hält strenge Kontrolle. Doch im Ernst, Fräulein Rothe, wir lieben das Spätaufbleiben im Ganzen nicht."

„Ich werde mich danach richten, gnädige Frau!"

Sie hatte sich den Schulanfang ganz anders gedacht. Frisch und fröhlich wollte sie an ihre Arbeit gehen, und nun war sie auf einmal wie gelähmt. Doch kaum war eine Woche vergangen, so hatte sie sich in ihren Beruf hineingearbeitet. Die unnützen Gedanken wurden mehr und mehr durch die Arbeit zurückgedrängt, und das frische fröhliche Wesen der Kinder verfehlte seine Wirkung bei der von Natur frohen Marie nicht.

Sie war froh, dass Ulbersdorffs nichts von ihren Erlebnissen wussten; auch den Eltern gegenüber hatte sie geschwiegen. Es war besser so, sie wollte es allein durchkämpfen. Am nächsten Sonntag fuhr sie mit in die Kirche. Sie saß in einer Ecke der Kapelle, wo sie den Pastor nicht sehen, nur hören konnte.

Die Predigt gab ihr viel Trost. Der Pastor sprach über die Freude der Christen.

Es war der Sonntag Jubilate und der Text aus dem Johannisevangelium.

Als der Gottesdienst beendet war und Marie aus der Kirche trat, leuchtete aus ihren Augen Friede und Freude, und ihr Herz war froh und guten Mutes. Sie wollte sich nun nicht mehr um Dinge grämen, die nicht mehr zu ändern waren. Sie hätte sich gern entschuldigt, aber das konnte sie nicht, wenn Pastor Werner keine Gelegenheit dazu bot. Sie legte darum alles in Gottes Hand und wollte ganz ihrem Beruf leben.

Die neue Aufgabe war nicht leicht. Die Kinder waren verzogen, weder an strenges Gehorchen noch an Pünktlichkeit gewöhnt, und der häufige Wechsel von Bonnen und Erzieherinnen hatte zur Folge, dass sie sich schwer anschlossen und im Ganzen wenig Respekt zeigten. Die Schule sollte um acht Uhr beginnen, und Marie hegte nicht den mindesten Zweifel, dass die Kinder auch ohne ausdrücklichen Befehl zu dieser Zeit im Schulzimmer sein würden. Wie erstaunte sie, als am ersten Schultage niemand kam. Sie setzte sich an den Schultisch, wartete fünf, ja zehn

Minuten, doch keine Schülerin ließ sich sehen.

„Du kannst doch nicht gehen und dir die Kinder zusammensuchen, das ist ja gegen allen Respekt!“, dachte sie. Sie wartete also noch weitere fünf Minuten, und als sich noch nichts regte, erhob sie sich kopfschüttelnd und öffnete die Tür. Da sah sie Gretchen mit ihrer Puppe im Arm ankommen.

„Nun, Gretchen, was heißt das? Ihr sollt um acht Uhr im Lehrzimmer sein, und jetzt ist es ein Viertel auf neun; wo sind die Schwestern?“

„Ach, die kommen noch nicht gleich. Luise besorgte noch etwas für Mama, und Adele spielt mit Puppen.“

„Aber, Kinder, es ist euch doch gesagt worden, dass die Stunden um acht beginnen, da muss ich entschieden um mehr Pünktlichkeit bitten!“

„Das nehmen wir nicht so genau“, meinte Gretchen. „Bei den andern Erzieherinnen sind wir auch erst um halb neun oder wie es passte hinaufgegangen!“

„Ich wünsche aber entschieden, dass ihr Punkt acht auf euren Plätzen sitzt“, sagte

Marie in so ernstem Ton, dass Gretchen scheu zu ihr aufsah. „Geh, rufe die Schwestern, sage ihnen, ich sei sehr böse, dass sie nicht da seien."

Gretchen setzte ihren Puppenjungen auf den Stuhl und wollte eilig fortrennen.

„Halt", sagte Marie, „nimm die Puppe mit!"

„Mein Heinrich hört immer in den Stunden zu", meinte Gretchen mit solcher kindlicher Unschuld, dass Marie beinahe lachen musste. Doch nahm sie sich zusammen und sagte ernst: „Nimm die Puppe mit, und lass sie mich während des Unterrichts nicht wieder im Schulzimmer sehen!"

„Hier musst du strenge Seiten aufziehen", dachte sie dann. „Die Gräfin hat Recht!"

Jetzt kamen die wilden Mädchen eilig an. Sie rissen das Schulzimmer auf und stürzten alle drei auf einen Stuhl los.

„Hier sitze ich!" – „Nein, ich; ich habe immer hier gesessen!" Marie schlug mit der Hand auf den Tisch und rief laut: „Ruhe!" Dies eine mit Energie gesprochene Wort machte einen sichtlichen Eindruck auf die Kinder. Sie wurden still und sahen ihre Lehrerin verdutzt an. Die schwieg eine Weile und sagte dann ernst und ruhig: „Ich werde euch die Plätze anweisen. Hier“, auf einen Stuhl zu ihrer Rechten deutend, „Gretchen, hier Adele und mir gegenüber Luise.“ Die Mädchen setzten sich, und Marie fuhr fort: „Von morgen an habt ihr Punkt acht Uhr hier zu erscheinen, wer eine Minute zu spät kommt, bleibt eine Viertelstunde da! Und dann wünsche ich, wenn es zur Stunde geht, dass ihr sittsam und ordentlich erscheint; mir ‚Guten Morgen‘ bietet, was heute nicht geschehen (die Mädchen sahen sich verlegen an und wurden rot), und darauf still an eure Plätze geht. So ist es Brauch und Sitte in der Welt, wenn ihr nicht unter ‚die Wilden‘ gerechnet werden wollt! Jetzt wollen wir anfangen!“

Maries Rede hatte den kleinen Wilden sichtlich imponiert. Sie waren still und aufmerksam und gaben keinen Anlass zur Unzufriedenheit. Schon glaubte Marie gewonnen zu haben, musste aber im Laufe des Tages noch einen Strauß mit der Gnädigen bestehen.

„Fräulein Rothe, die Kinder sagen mir, dass Sie über ihr verspätetes Kommen ungehalten gewesen sind. Da muss ich Ihnen doch sagen, dass Luise für mich etwas zu besorgen hatte, also durchaus nicht früher kommen konnte!"

„Aber, gnädige Frau", antwortete Marie erstaunt, „Sie schlugen bei der Beratung des Stundenplanes selbst vor, dass die Schule um acht Uhr beginnen möge ..."

„Nun, auf ein paar Minuten kommt es doch nicht an!"

„Verzeihen Sie, wenn ich Ihnen widersprechen muss. Es ist für die Kinder unbedingt notwendig, dass sie sich von frühester Jugend an Pünktlichkeit und Ordnung gewöhnen. Ich als Lehrerin habe die Pflicht, darauf zu sehen, und muss mit Strenge darüber wachen, dass der Unterricht pünktlich beginnt. Wenn Sie also nicht wollen, gnädige Frau, dass die Kinder bestraft werden, helfen Sie mit dazu, dass sie um acht Uhr oben sind."

„Sie nehmen ja einen gewaltig sträflichen Ton an, Fräulein Rothe", war die etwas verstimmte Antwort. „Wir sind doch nicht in einer Schule, wo alles nach Maß und

Schablone geht. Sie unterrichten meine Kinder, und wenn ich mir von der einen oder der andern vor Schulanfang noch etwas besorgen lasse, werden Sie hoffentlich nichts dagegen haben."

„Wenn die Kinder nicht zur rechten Zeit erscheinen können", sagte Marie fest, „so bin ich gezwungen, mir eine andre Stelle zu suchen, wo meinen Wünschen in dieser Beziehung mehr Rechnung getragen wird."

Frau von Ulbersdorff erschrak. Sie hatte den immerwährenden Wechsel der Erzieherinnen satt und war froh, eine Persönlichkeit gefunden zu haben, die ihr passte. „Nun, Fräulein Rothe", sagte sie besänftigend, „nur nicht gleich so hitzig. Meinetwegen können Sie die Kinder zu der gewünschten Zeit haben, ich werde Ihnen nichts in den Weg legen."

Marie musste sich zufrieden geben, wenngleich sie gewünscht hätte, die Mutter ihrer Zöglinge etwas mehr um das wahre Wohl ihrer Kinder besorgt zu sehen. Frau von Ulbersdorff war froh, wenn sie der Mühe mit den Kindern überhoben war, und mochte wohl fühlen, dass in

Marie ein tüchtiges Erziehungstalent steckte, so lenkte sie ein und gab diesmal nach.

Gretchen zeigte, seit die Schule begonnen, nicht mehr die große Zuneigung wie in den ersten Tagen.

Sie gehorchte, weil sie musste, hielt sich aber außer den Schulstunden möglichst fern. Als aber Marie am Samstagnachmittag Gretchen zu sich winkte, sie freundlich ansah und sagte: „Jetzt hole deine Puppe, ich will mit dir spielen", da wurde das kleine Mädchen ganz rot vor Freude und rief erstaunt aus:

„Sie wollen mit mir und meinen Puppen spielen? Das haben die andern nie getan!"

„Magst du es nicht?"

„O ja, sehr gern! Wie gut Sie sind!" Mit diesen Worten schlang sie ihre Arme um Marie und sagte: „Seien Sie mir nicht böse, ich habe gesagt, ich könnte Sie gar nicht mehr leiden, weil Sie mir nicht erlaubten, meine Puppe in den Stunden neben mich zu setzen, und weil Sie so sehr streng waren!"

Marie streichelte das Kind freundlich

und sagte: „Wenn ich euch strafen muss, so schmerzt mich das mehr als euch, aber ich habe euch lieb und will nur euer Bestes. Nun lauf und hole die Puppen!"

Und als sie nun kindlich und fröhlich mit den Kindern spielte, denn Luise und Adele hatten sich gar bald dazugefunden, da gab es einen fröhlichen Samstagnachmittag, und als sie versprach, es jeden Samstag so zu machen, wenn sie die Woche über artig und gehorsam gewesen, da strahlten die Kinder und versprachen alles Mögliche. So gewann sich Marie durch Ernst und Liebe, jedes zu seiner Zeit, bald die Herzen der Kinder, und nach einigen Wochen war der gute Einfluss merklich zu spüren. Dennoch hatte sie einen schweren Stand, da die Eltern ihr sehr wenig in der Erziehung zur Seite standen und die ältere Schwester sogar störend wirkte.

Es war schwer, das Rechte zu treffen, besonders Theodora gegenüber. Anfangs hatte sie geglaubt, diese würde, nur einige Jahre jünger als sie, mit ihr Freundschaft schließen, wie ehedem Röschen von Buchwald es getan hatte. Theodora ließ sie aber auf empfindliche Weise merken, dass sie die Tochter des Hauses sei und Marie die von ihren Eltern besoldete Erzieherin, so dass diese sich möglichst von ihr zurückzog, um sich nicht fortwährenden Demütigungen auszusetzen. In der Stille hoffte sie, dass die Herrschaften in der Nachbarschaft Hildegard Schmidt engagieren würden, und dann hätte sie ja auch eine Freundin, mit der sie sich aussprechen konnte. Gegen Ulbersdorffs hatte sie noch nichts von ihrem Zusammentreffen mit der Nachbarschaft erwähnt; sie wollte ruhig abwarten, bis Hildegard etwas von sich hören ließe.

So war der Mai schon zur Hälfte überschritten. Marie lebte ganz auf, wenn sie mit ihren Kindern in Wald und Feld umherschweifte und sich über den Frühling freute. In der Nähe von Birkenfelde war ein prächtiger Wald, Maiblumen gab es darin und vieles andere Schöne! Die Vögel sangen, und Feld und Flur schmückten sich mit frischem, jungen Grün. So wand Marie mit den Kindern Kränze, sang mit ihnen Frühlingslieder und vergaß allen Kummer und alle Sorgen.

Es waren Wochen vergangen, und sie

hatte Pastor Werner nur sonntags auf der Kanzel gesehen. Da sie nach der Kirche stets gleich nach Hause fuhren und das Pfarrhaus, hinter Bäumen versteckt, an der andern Seite des Kirchhofs lag, so wusste Mariechen nicht einmal, wo er wohnte. Es war ihr sehr lieb, dass sie nicht weiter mit ihm in Berührung kam, und die schweren Gedanken, die sie sich am ersten Sonntag in Birkenfelde gemacht hatte, zerflossen wie der Nebel vor der Frühlingssonne.

Das Gewitter

Es war Maries Geburtstag. Frau von Ulbersdorff, die nichts davon wusste, war am Nachmittag mit den Kindern ausgefahren, um eine Tante zu besuchen. Marie aber war, da es an Platz fehlte, daheim geblieben und saß einsam in ihrem Stübchen. „Mein erster Geburtstag, der nicht gefeiert wird! Kein Mensch weiß es hier, sonst hätte man mir gratuliert.“ Sie las die lieben Briefe von daheim alle noch einmal und gab dann den auf sie einstürmenden Gedanken Raum. Sie dachte an ihren siebzehnten Geburtstag! Ob wohl Pastor Werner sich an ihn noch erinnerte? Ein wehes Gefühl beschlich ihr Herz, sie stand schnell auf und nahm Bücherkorrekturen vor, um ihren Gedanken eine andere Richtung zu geben.

Später wanderte sie dem nahen Wald zu. Sie hatte ihre Lieblingsplätze, wo sie unter dem Laubdach der Bäume so gern saß und den Blick ins Grüne schweifen ließ. Sie setzte sich nieder, zog ein Büchlein aus der Tasche und las. Es war ein heißer Tag da draußen, darum tat der Waldesschatten doppelt wohl; und es las und träumte sich so schön darin!

Marie überhörte fernes Donnern, sie merkte auch nicht, dass sich dunkle Wolken am Horizont zusammenzogen, die auf ein nahes Gewitter deuteten. Sie las und blickte sinnend vor sich in den grünen Wald hinein, der in lichtem Frühlingsschmuck prangte.

Plötzlich gewahrte sie, nicht weit von sich, blühende Maiblumen. „Da ist ja meine Geburtstagsblume“, rief sie fröhlich, „heute muss ich mir selbst einen Strauß pflücken, sonst tut es doch niemand.“

So suchte und pflückte sie emsig und geriet immer tiefer in den Wald. Auf einmal schreckte das Brausen des Windes sie auf. In den Bäumen rüttelte und schüttelte es gewaltig; es war ganz finster geworden, und einzelne große, schwere Regentropfen fielen auf ihre Hand. Jetzt zuckte ein Blitz, und ein heftiger Donner folgte. Sie eilte vorwärts, bog die Zweige auseinander, sprang über Baumwurzeln und Gestrüpp, immer nach einem Pfad schauend. Endlich entdeckte sie einen Fahrweg. Sie kannte freilich nur den Fußsteig, der aus dem Wald nach Birkenfelde führte, aber dieser Weg würde sie sicher auch nach Hause bringen. Sie war leicht bekleidet, hatte weder Schirm noch Regenmantel bei sich, und der Regen ergoss sich in Strömen.

„O mein Gott, hilf mir", betete Marie, als sie unter einem großen Baum stand, um einigermaßen Schutz gegen den Regen zu suchen.

Ein weibliches Wesen, in einen großen grauen Regenmantel gehüllt, mit riesigem Regenschirm über sich, wurde plötzlich sichtbar. Marie, in ihrem hellen Gewand, trat schüchtern hervor, um sich bemerkbar zu machen.

„Armes Kind!", ertönte jetzt eine Stimme. „Um Gottes willen, wer sind Sie, und was wollen Sie hier?"

„Wollen Sie so freundlich sein, mich mitzunehmen?", bat Marie. „Ich bin die Erzieherin der Ulbersdorffschen Kinder aus Birkenfelde –."

„So, so", sagte die Dame. „Ich kannte Sie noch nicht, bin vorgestern erst von einer längeren Reise zurückgekehrt. Natürlich nehme ich Sie mit, kommen Sie unter meinen Schirm, es ist für zwei Platz darunter. Zum Sprechen und Bekanntschaftmachen ist jetzt nicht Zeit. Nur vorwärts! Kommen Sie!" Ein greller Blitz und ein unmittelbar darauf niederprasselnder Donnerschlag ließen beide einen Augenblick stillstehen.

„Oh, wie froh bin ich, dass ich nicht mehr allein bin!", sagte Marie leise.

Die Dame drückte ihr die Hand und erwiderte: „Kind, das ist ein schweres Gewitter; wir wollen Gott danken, wenn wir zu Hause sind!" Sie beschleunigte ihre Schritte und riss Marie mit sich fort. Es ging noch eine Strecke durch den Wald, dann einen Wiesenweg entlang, der aber dermaßen vom Regen aufgeweicht war, dass die beiden kaum die Füße aus dem Schlamm zu heben vermochten. Doch „gerade durch!", hieß es, es war ihnen ganz gleich, wie sie aussahen, nur ins Trockene, nur ein Obdach, das war ihr Wunsch! Die Dame im grauen Regenmantel öffnete endlich eine Tür, Marie, die gar nicht unter dem Schirm vorgeguckt, sah jetzt, dass es in einen großen Obstgarten ging. Nun wurde ein stattliches Haus mit rotem Ziegeldach sichtbar, und eben, als Marie sich fragte: „Wer ist nur die Dame, und wessen Haus ist das?“, ertönte eine Stimme: „Gott sei Dank, Therese, dass du da bist! Wen bringst du denn mit?“

„Das war eine gnädige Bewahrung Gottes, Robert! Hier, das junge Mädchen habe ich im Walde gefunden! Vor allen Dingen Wärme und trockene Sachen!“

Marie schlug ihre Augen auf und sah Pastor Werner vor sich. Maßloses Erstaunen war in seinen Zügen. Er stotterte: „Wie kommen Sie hierher?“ Doch da er ahnte, dass dem jungen Mädchen, das vom Regen und Schmutz arg zugerichtet war, seine Gegenwart lästig sei, verschwand er eiligst, um das Dienstmädchen zu ihrer Hilfe zu senden.

„Dörthe, hast du Feuer in der Küche?“, rief Therese.

„Ja, Fräulein, es ist auch heißes Wasser da!“

„Nun, dann koche schnell einige Tassen Tee und gib uns trockenes Schuhzeug!“

Mit diesen Worten zog Therese Marie

in die Küche, stellte sie ans Feuer und sagte: „Nun, liebes Fräulein, wärmen Sie sich, ich will für uns beide trockene Sachen holen."

„Es tut mir leid", sagte Marie schüchtern, „dass ich Ihnen so viel Umstände mache."

„Und ich bin froh, dass ich Sie im Walde gefunden habe! Was wäre aus Ihnen geworden, wenn Sie allein in dem Unwetter draußen geblieben wären? Kommen Sie in mein Zimmer, wir wollen uns umziehen!" Mit diesen Worten öffnete die kleine, bewegliche Dame eine Tür und schob Marie hinein. Dann holte sie Strümpfe und Schuhe und händigte sie ihr aus mit der Bitte, schnell die Fußbekleidung zu wechseln, um so einer Erkältung vorzubeugen. Sie tat das Gleiche und sagte dann nachdenklich: „Wie wird es aber mit den andern Sachen?" Sie maß Marie mit den Augen. „Sie sind viel schlanker und größer als ich, es wird Ihnen wohl kaum eins von meinen Kleidern passen."

„Fräulein, es ist auch wirklich nicht nötig", rief Marie. „Sehen Sie, mein Kleid ist schon am Feuer schön getrocknet – allerdings schmutzig ist es!“

„Nun, das sieht jetzt niemand mehr bei hereinbrechender Dunkelheit. Ich würde Ihnen sehr gerne aushelfen, aber ich fürchte, es passt Ihnen nichts.“

Sie stand nun vor ihr und betrachtete sie mit Wohlgefallen. Freundlich legte sie ihre Hände auf Maries Schultern und sagte dann:

„So, nun will ich Ihnen auch sagen, wer ich bin und wie ich heiße. Im Wald war es zur Vorstellung zu nass. Mein Name ist Therese Werner; mein Beruf, meinem ledigen Bruder, dem Pastor Robert Werner, die Wirtschaft zu führen. Ich war längere Zeit abwesend, um eine erkrankte, verheiratete Schwester zu pflegen, sonst hätten wir uns gewiss schon gesehen, wir kommen zwar sehr selten nach Birkenfelde, Ulbersdorffs sind meinem Bruder nicht sehr sympathisch. Aber wir müssen gute Nachbarschaft halten, liebes Fräulein. Ich bin freilich gewiss noch einmal so alt als Sie, aber deshalb können wir doch freundschaftlich verkehren. Bei schönem Wetter ist der Weg nicht so schwierig wie heute“, fuhr sie lächelnd fort. „Ich hätte uns beide wohl sehen mögen, hoch aufgeschürzt durch die Wiese patschend! Ich hatte eine kranke Frau in Birkenfelde besucht und hoffte, noch vor dem Gewitter heimzukommen. Und Sie?“

Marie erzählte, wie Ulbersdorffs mit den Kindern ausgefahren seien und sie sich einen einsamen Waldspaziergang so schön gedacht; wie sie sich beim Maiblumenpflücken verlaufen und schließlich vom Gewitter überrascht worden sei.

Therese nahm Marie nun unter den Arm und sagte: „Kommen Sie ins Wohnzimmer, eine Tasse heißen Tees wird alles wieder ins Gleichgewicht bringen!“

Marie sah ängstlich zu ihr auf. „Wenn Sie erlauben, möchte ich nicht erst eintreten, sondern mich auf den Heimweg machen. Der Regen hat nachgelassen, und ich fürchte, nachher wird es zu spät!“

„Sie wollen heute Abend noch nach Hause?“, rief Therese erstaunt aus. „Daran ist gar nicht zu denken. Wir schicken einen Boten nach Birkenfelde, und Sie gehen morgen, so früh Sie wollen, hinüber. Ich bringe Sie auf den rechten Weg.“ Mit diesen Worten öffnete sie die Stubentür und rief, ihren Bruder am Fenster gewahrend: „Nicht wahr, Robert, das Fräulein darf heute Abend nicht fort, wir freuen uns, wenn unser Gastzimmer besetzt ist?"

Pastor Werner, der am Fenster stand, wandte sich zu den Damen und sagte achselzuckend: „Ich weiß nicht, wie das Fräulein darüber denkt."

„Wenn es irgend möglich ist", sagte Marie in entschiedenem Ton, „gehe ich heute Abend!"

„Doch keinesfalls, ehe Sie nicht Abendbrot mit uns gegessen haben, das andere wird sich finden." Mit diesen Worten eilte sie in die Küche, um noch etwas Fehlendes herbeizuholen, und der Pastor verließ gleichzeitig von der andern Seite das Zimmer.

„Therese", sagte er zu seiner Schwester und trat zu ihr in die Küche, „ich wünsche durchaus nicht, dass das Fräulein die Nacht bleibt."

„Robert, du übertreibst deinen Weiberhass. Wie kannst du so lieblos sein gegen ein liebenswürdiges Wesen, das ich schon nach kurzer Bekanntschaft ganz in mein Herz geschlossen habe!“

„Ich habe meine Gründe!“

„Wie du willst! Du bist der Hausherr, ich deine Untergebene.“

Marie hatte sich unterdes in dem traulichen Wohnstübchen umgesehen. Es war mit alten Möbeln, die wahrscheinlich von den jüngst verstorbenen Eltern stammten, ausgestattet. Aber alles war sauber und nett, man sah, dass hier eine fleißige Hand und Schönheitssinn walteten.

Ein Blick durchs Fenster zeigte ihr hübsche Rasenplätze mit Blumenbeeten und hochstämmigen Rosen, die Wege waren mit Kies bestreut, am Ende des Gartens war eine große Jasminlaube. Es musste sich prächtig in dieser Pfarre wohnen, mit dem Blick auf das halb hinter Linden versteckte Dorfkirchlein. Therese betrat wieder das Zimmer und lud Marie zum Essen ein, doch schien sie etwas zu bedrücken. Sie sagte kleinlaut: „Wollen Sie wirklich heute Abend noch nach Hause?“

„Jedenfalls“, war Maries entschiedene Antwort. Therese war beruhigt, da der

Entschluss so ganz den Wünschen ihres Bruders entsprach.

„Der Regen hat aufgehört", sagte sie freundlich, „und der Weg wird, da es vorher recht trocken war, auch nicht zu schlimm sein. Wir begleiten Sie aber jedenfalls."

Jetzt öffnete sich die Tür, und Pastor Werner trat ein, mit Hut und Stock. „Nun, Robert, so eilig geht es nicht mit uns", rief Therese, „erst wollen wir essen, und du wirst hoffentlich einen kleinen Imbiss auch nicht verschmähen."

„Es tut mir leid", sagte Werner kurz, „ich bin soeben zu einem Kranken gerufen und muss gleich fort. Ich esse später!"

„So wirst du uns nicht begleiten?"

„Ich bedaure. Dörthe kann wohl mitgehen, ich komme dir dann entgegen, Therese, auf Wiedersehen!" Er reichte seiner Schwester die Hand, verbeugte sich stumm vor Marie und verließ das Zimmer.

Therese trat kopfschüttelnd an den Tisch. Sie sprach wenig und schien verstimmt. Marie sehnte sich von Herzen, aus dieser peinlichen Lage befreit zu werden; sie atmete auf, als Therese endlich sagte: „So, Fräulein Rothe, wenn es Ihnen recht ist, können wir jetzt gehen."

Marie wollte die Begleitung dankend ablehnen, doch davon wollte Therese nichts wissen.

„Ich gehe sehr gern mit. Die Luft ist nach dem Gewitter köstlich erfrischend, und der Weg nach Birkenfelde ist so hübsch. Mein Bruder kommt mir entgegen, so dass ich den Rückweg nicht allein habe."

Die beiden gingen miteinander. Therese erkundigte sich nach Maries Leben und Treiben in Birkenfelde und schien sich für alles sehr zu interessieren. Sie wunderte sich, dass Marie mit den kleinen „unlenksamen Wilden", wie sie allgemein in der Gegend hießen, fertig wurde, versprach auch einmal zu kommen und bat sehr dringend, sie sollte recht bald und oft wiederkommen. Sie verabschiedete sich am Hoftor in Birkenfelde, und während Marie wieder für alle Freundlichkeit dankte, nickte ihr Therese noch einmal zu und ging mit eiligen Schritten heimwärts. Marie konnte eben noch die dunkle Gestalt Werners aus dem Walde treten sehen und ging beruhigt ins Schloss.

Es hatte wohl niemand ihre Abwesenheit bemerkt. Alles war still, nur aus den Gesindestuben ertönten lachende Stimmen. Sie ging die Treppen hinauf in ihr Zimmer, dort fand sie, wie gewöhnlich, ihre brennende Lampe, die der Diener, mochte sie da sein oder nicht, ihr bei eintretender Dunkelheit aufs Zimmer brachte. Ihr war es ganz lieb, dass ihr Verschwinden unbeachtet geblieben, so entging sie vielem lästigen Geschwätz.

Sie setzte sich aufs Sofa und legte die Hände vors Gesicht. Auf einmal stampfte sie leise mit dem Fuß auf und sagte: „Und Wohltaten habe ich annehmen müssen in diesem seinem Hause – von seinem Tisch habe ich essen müssen, und ihn habe ich vertrieben! Denn natürlich ist er nur meinetwegen gegangen, weil er nicht mit mir Zusammensein wollte. Wie schrecklich ist das! Gut, er tut, als ob er mich vorher nie gekannt, ich werde jetzt auch mit keiner Miene verraten, dass ich ihn je gesehen! Und in sein Haus komme ich nie wieder, so nett und angenehm seine Schwester ist."

Mit diesen nichts weniger als freundlichen Gedanken ging sie an ihren Schreibtisch. Sie nahm noch einmal die Briefe heraus, las die treuen Wünsche ihrer Eltern, und als sie an der Mutter ernste Ermahnungen kam, im neuen Jahr Gott um ein neues Herz, um einen neuen, gewissen Geist zu bitten, da waren die bittern Gefühle weg, und sie sagte leise: „Vergib mir meine Schuld, wie ich vergebe meinem Schuldiger. Ich bin ja schließlich schuld, dass er mich nicht mag", fuhr sie im Selbstgespräch fort. „Emma hatte Recht, als sie damals zu mir sagte: ‚Du hast in deinem Übermut Worte gesagt, die du dein Leben lang wirst zu bereuen haben; die Folgen musst du auf dich nehmen!' Jetzt beginnt die Zeit der Prüfung, es geschieht mir schon recht."

Werner ging schweigend neben seiner Schwester her. Sie sagte auch nichts, sie schmollte mit dem Bruder. Es war zu unrecht von ihm, sie heute so im Stich zu lassen.

Als sie spät heimkehrten, ging sie in das Wohnzimmer, er in die Studierstube. Sie setzte sich müde aufs Sofa und wartete, ob ihr Bruder nicht noch kommen würde, um ihr, wie gewöhnlich, gute Nacht zu sagen. Jetzt hörte sie seine Schritte. Er trat zu ihr ans Sofa, hielt ihr die Hand hin und sagte mit freundlicher Stimme: „Du bist böse auf mich, Therese!"

Dies Wort löste ihr die Zunge. „Ja, böser, als ich je gewesen. Robert, du bist zu schroff, zu einsilbig, du bekommst in deinem ganzen Leben keine Frau. Wie hast du dich heute wieder abstoßend gegen dies junge, reizende, liebenswürdige Wesen benommen! Warum konntest du nicht mit uns essen, warum uns nicht begleiten, es wäre viel weniger aufgefallen als dies scheue Zurückziehen, dies höchst unhöfliche Benehmen!"

Ihr Bruder ließ sie ruhig ausreden. Er lächelte zu ihren Beschuldigungen, erst als sie sagte: „Früher warst du ganz anders, ganz das Gegenteil ...", unterbrach er sie und sagte:

„... von dem, was ich jetzt bin!", und setzte sich zu ihr aufs Sofa. Er fuhr fort: „Weißt du auch, durch wen ich so ganz anders geworden bin?"

Sie sah ihn fragend an.

„Durch dieses Mädchen, das du heute Abend ins Haus brachtest. Therese, nun ist das Wort heraus, nun lass dir alles sagen! Auch ein Mann hat das Bedürfnis, sich einmal auszusprechen; auf deine Verschwiegenheit kann ich bauen."

Und nun erzählte er ihr, wie er bei den Eltern des jungen Mädchens verkehrt habe, wie ihr frisches, kindliches Wesen, ihr liebliches Gesicht ihn angezogen und ihn dermaßen gefangen habe, dass er sich nichts Schöneres hätte denken können, als sie einst sein Eigen zu nennen. Wie er bis zum Antrag gekommen und wie er zufällig Zeuge geworden sei eines Gesprächs, das ihm gezeigt, wie dieses von ihm geliebte Mädchen über ihn sowie über einen etwa von ihm gestellten Antrag gedacht habe. Er erzählte ihr weiter, wie ihn diese übermütigen, leichtfertigen Worte tief verletzt hätten und wie sehr er dadurch verbittert wäre, was er schwerlich je ganz werde überwinden können; wie er gegen das ganze weibliche Geschlecht seitdem so misstrauisch geworden sei, dass er sich nie wieder einem Mädchen nähern würde.

„Ich habe zu tief geliebt, gar nicht an Gegenliebe von ihrer Seite gezweifelt, unbedingtes Vertrauen zu ihr gehabt, darum ist die Enttäuschung doppelt bitter! Nun habe ich mich durchgekämpft", setzte er nach einer Weile hinzu, „ich will meinen Weg durchs Leben allein gehen, und seit ich dich habe, fehlt mir ja nichts." Er sah sie liebevoll an und gab ihr die Hand.

Therese hatte mit atemloser Spannung zugehört. Sie, der die Worte stets zu Gebote standen, konnte nun keine finden, ihr Erstaunen auszudrücken! Endlich, als Robert schwieg, rief sie leidenschaftlich: „Lieber Bruder, vergib mir, dass ich deine Handlungsweise getadelt habe. O mein Gott, wie wunderbar sind deine Wege! – Wie konnte ich ahnen, dass du mit diesem Mädchen in solchem Zusammenhang standest! Es ist eine verzweifelte Sache. Sie, von der du wünschen musst, dass sie am äußersten Ende der Welt bliebe, lebt nun in deiner Gemeinde. In welch schwierige Lage bist du dadurch versetzt!"

„Ich bin darüber ruhig", antwortete Werner ernst. „Als ich Fräulein Rothe an jenem Sonntag so unvermutet als Erzieherin in Birkenfelde wiedersah, war ich allerdings befremdet. Äußere Ruhe habe ich an jenem Abend bewahrt, aber als ich nach Hause kam, wogte und gärte es in mir, und eine schlaflose Nacht war die Folge. Ich habe alles reiflich und ernst erwogen und bin zu dem Schluss gekommen, dass es das Richtigste ist, unsere früheren Beziehungen zueinander gänzlich zu übersehen. Sie ist für mich die Erzieherin der Ulbersdorffschen Familie, gegen die ich mich höflich zu bezeigen habe, die mich aber im Übrigen nichts angeht. Und wie lange wird sie hier bleiben? Ich begreife nicht, wie man ein so unreifes, ungeschultes Kind in eine so schwierige Stellung setzen konnte. Die wilden Mädchen, die kaum durch einen Lehrer zu bändigen sind, werden einem solchen Kind wenig parieren. Darum – nach einem Vierteljahr wird sie, wie so viele andere, Birkenfelde den Rücken kehren, und unsere Ruhe ist vollkommen wiederhergestellt."

„Lieber Bruder, du vergisst, dass sechs Jahre vergangen sind und dass Fräulein Rothe in dieser Zeit reifer und verständiger geworden ist. Ich muss sagen, ich habe von ihr den Eindruck einer sehr gediegenen, tüchtigen Lehrerin."

„Und ich habe von ihr den Eindruck eines übermütigen Kindes, das nicht wert ist, dass ein Mann sich einen Augenblick um sie grämt! Doch es ist spät, Therese, lass uns zur Ruhe geben. Du siehst jetzt wohl ein, dass ich in vollem Recht war, dein reizendes Wesen nicht unter meinem Dach zu behalten."

„Natürlich! Unter diesen Umständen begreife ich es durchaus. Sie wird natürlich auch nicht wieder zu uns kommen, und ich hatte mich wirklich auf den Verkehr gefreut!"

„Nun, wenn ich verreist bin, kannst du sie dir ja einmal einladen, oder ihr könnt auf neutralem Gebiet miteinander verkehren."

„Nein, meine Gefühle für sie sind, nach dem, was du mir erzählt, bedeutend abgeschwächt, ich habe gar kein Verlangen nach näherem Verkehr!"

„Ich auch nicht", sagte er, ironisch lächelnd. „Doch lassen wir das jetzt. Wir wollen Gott danken, dass er uns ein Ziel gesetzt, dem wir unverrückt nacheilen sollen." Mit diesen Worten trat er ans Klavier, griff einige Akkorde und spielte einen Vers des Liedes: „Warum sollt' ich mich denn grämen, hab' ich doch Christum noch, wer will mir den nehmen?"

Als er seiner Schwester gute Nacht gesagt hatte, begab sie sich zur Ruhe. Doch kein Schlaf wollte heute kommen. „Hätt' ich doch nimmer gedacht, dass mich die Sache so aufregen könnte." Sie hatte gewusst, dass ihr Bruder eine Neigung gehabt hatte, aber immer gehofft, er würde es mit der Zeit überwinden und sich zu einer ändern Wahl entschließen. Dass nun der Gegenstand seiner früheren Liebe so nahe und sogar mit ihr unter einem Schirm gegangen war, in seinem eigenen Hause Obdach gefunden hatte, das war doch etwas, was nicht oft im Leben vorkam. Vielleicht lag doch darin eine leise Hoffnung, dass zuletzt noch einmal alles gut würde. Es war doch eigenartig, dass dieses junge Mädchen gerade in Roberts Gemeinde kam, während es doch so viel hundert Stellen gab, wo sie hätte hinverschlagen werden können.

Als sie am andern Morgen erwachte und sich alles Erlebte noch einmal vergegenwärtigte, war sie fröhlich und guten Mutes, dass ihr Bruder lächelnd sagte: „Nun, Therese, du musst nach dem gestrigen Abend sehr gut geschlafen haben, du siehst so heiter aus."

Therese zog ihn ans Fenster, zeigte auf die blühenden Blumen und Sträucher und sagte: „Sieh, alles zeigt uns den Frühling im schönsten Schmuck, sollte nicht auch für dich noch ein Frühling erblühen, wenn Gottes Stunde gekommen? Also nur unverzagt und Gott vertraut, es muss doch Frühling werden!"

Seine Züge verfinsterten sich. „Für mich gibt es keinen Frühling mehr, ich habe ihn einmal von fern gespürt – aber seine Blüten durfte ich nicht genießen. Übrigens", setzte er streng hinzu, „wollen wir das Thema nicht wieder berühren, denke ja nicht, dass ich mich noch einmal durch dies Mädchen betören lasse. Denkst du, dass ich einer, die gesonnen ist, mir zehnmal einen Korb zu geben, zum zweiten Mal einen Antrag machen würde? Schaff mir nur den Maiblumenstrauß da aus den

Augen, das Fräulein muss ihn gestern dagelassen haben."

Therese nahm die schon etwas welk gewordenen Blümchen, die Marie vergessen hatte mitzunehmen, sagte leise: „Ihr armen Blumen, was könnt ihr dafür?", und ging damit in ihr Zimmer. „Fortschaffen soll ich euch? Nein, das tu ich nicht. Ich will euch trocknen und zum Andenken an den gestrigen denkwürdigen Tag aufbewahren."

Therese holte ein großes Buch, legte den Strauß hinein, presste ihn und legte ihn, nachdem sie Datum und Jahreszahl dazugeschrieben hatte, zu ihrer Blumensammlung. Mit ihrem Bruder aber sprach sie nicht mehr von Marie.

Gräfin Hoheneck

„Wir wollen aufhören, Hildegard“, sagte die Gräfin Hoheneck zu einem jungen Fräulein, mit dem sie auf der Terrasse vor ihrem Schloss saß und von dem sie sich vorlesen ließ. Die Gräfin ruhte in einem bequemen Lehnsessel, während Hildegard ihr gegenüber Platz genommen hatte, um ihr, wie sie es gern hatte, die Nachmittagsstunden mit Lektüre zu vertreiben. Bei den Worten der Gräfin machte Hildegard das Buch zu und griff nach einer Stickerei.

„Mein liebes Kind, nicht immer arbeiten“, sagte die Gräfin freundlich. „Sie sollen jetzt ein wenig spazieren gehen, damit die Landluft Ihnen frischere Farben gibt!“

„Sie sind zu gütig.“

Die Gräfin lächelte und streckte ihr die Hand hin. „Meine liebe Hildegard, Sie lassen sich unsere Pflege so angelegen sein, sorgen so treu für uns, dass wir mit Ihnen recht zufrieden sind. Dafür muss ich nun aber auch auf Ihr Wohl bedacht sein, und da Ihre liebe Mutter fern ist, Mutterstelle an Ihnen vertreten. Sagen Sie, haben Sie schon von Marie Rothe gehört?“

„Bis jetzt noch nicht, Frau Gräfin. Ich wollte an sie immer schreiben und meine Ankunft melden, bin aber noch nicht dazu gekommen.“

„Ich habe die Absicht“, sagte die Gräfin, „Ulbersdorffs zum Freitag einzuladen, und werde Fräulein Rothe auffordern mitzukommen.“

„Es ist zu gütig von Ihnen“, sagte Hildegard vor Freude.

„Ich freue mich selbst, den kleinen liebenswürdigen Blondkopf wiederzusehen“, antwortete die Gräfin. „Ich höre, dass Ulbersdorffs sehr mit ihr zufrieden sind; sie soll trotz ihrer Jugend ausgezeichnet mit der kleinen wilden Gesellschaft fertig werden und soll sich wirklich Respekt verschafft haben. Bis jetzt hat es keine Erzieherin länger als ein Viertel-, höchstens ein halbes Jahr ausgehalten. Bin gespannt, wie lange Ihre Freundin bleiben wird.“

„Sie ist sehr selbstlos und pflichttreu und wird, wenn sie die Kinder einmal lieb hat, nicht um äußerer Bequemlichkeit halber die Stelle aufgeben.“

„Recht so, das gefällt mir. Doch nun gehen Sie, Kind, ich will unterdes schreiben. Um sieben Uhr bereiten Sie uns den Tee!" Mit diesen Worten verließ die Gräfin die Terrasse, und Hildegard stieg die Stufen hinunter, um sich im Park Bewegung zu verschaffen.

Wohl und wehe war es ihr ums Herz. Wohl, weil sie sich in einer Umgebung sah, die so ganz ihren Wünschen entsprach. Hier fühlte sie sich heimisch; die Vornehmheit des alten Paares zog sie an, das Schloss mit seinen schönen Sälen, reich ausgestatteten Zimmern, mit seinen Kunstschätzen und Bildern – es war ihr hier nicht eng und beklommen zumute wie andern Mädchen aus ärmlichen Verhältnissen; es war ihr, als gehörte sie hinein, als müsste alles so sein! Ein schmerzliches Gefühl jedoch beschlich sie, wenn sie an ihre Mutter dachte. Wenn sie mit ihr hier sein könnte, alles mitgenießen, dann wäre sie vollkommen glücklich gewesen.

Schwierig war die Stellung durchaus nicht, es wurde im Ganzen wenig von ihr verlangt, und doch war sie gebunden. Die

Herrschaften wollten sie zu jeder Stunde haben, wenn sie Gesellschaft wünschten. Sie musste ihnen erzählen, vorlesen, vorspielen und singen, den Kaffee und Tee bereiten und die Rechnungen über wirtschaftliche Ausgaben führen. Ihr feiner Takt, ihre Schönheit und Anmut machte sie dem Paar von vornherein angenehm, sie bewegte sich unter ihnen wie ihresgleichen, so dass Graf Hoheneck am ersten Abend ihres Kommens zu seiner Frau äußerte: „Wo hat nur die Kleine diese Sicherheit her!“

Hildegard ging gern in den Park, bewunderte immer wieder die schönen Blumen und ausländischen Gesträuche, ließ ihre Blicke über die sammetgleichen Rasenflächen gehen, blieb am Springbrunnen stehen und lauschte seinem Geplätscher – dann ging sie weiter in den waldigen Teil des Parkes, wohin eine köstliche Buchenallee führte. Schön war das verschiedenartige Grün und der Gesang der Vögel! Sie hatte jahrelang in der Hauptstadt gelebt, in der Stadtluft, war treppauf, treppab gelaufen, um Privatstunden zu geben, und war wenig ins Freie gekommen. Das hatte sie bleich werden lassen, und der stille Kummer im Herzen mochte wohl auch dazu beitragen, dass das Aussehen nicht mehr so frisch war, wie es ihren dreiundzwanzig Jahren angemessen war. So kehrten in dieser stillen, vornehmen Umgebung ihre Gedanken immer wieder zu dem einen zurück, der fest und treu in ihrem Herzen lebte. Sie hatte nicht die geringste Kunde von ihm, wusste nicht, ob er ihr treu geblieben oder sich, wie es der Wille seiner Eltern war, mit einem Mädchen seines Standes verheiratet hatte. Es war ja auch im Grunde gleich, sie durfte und wollte sich keine Hoffnung machen, und hier konnte sie sich sicher und frei fühlen, brauchte keine Begegnung zu fürchten! Sie war Marie Rothe von Herzen dankbar, dass sie ihr diese Stelle verschafft hatte. Was sie hauptsächlich freute, war, dass ihre Mutter mit dem Plan sofort einverstanden gewesen war, als die Gräfin geschrieben hatte, mit fieberhafter Aufregung hatte sie Hildegard zur Zusage bestimmt. Es war ihr im ersten Augenblick befremdlich, dass die Mutter sie so willig in weite Ferne ziehen lassen wollte, aber als sie sah, wie sie die Hände faltete und sagte: „Das kommt vom Herrn!“, da waren auch ihre Bedenken geschwunden; sie schrieb ihr Ja auf die Anfrage der Gräfin. Acht Tage später kam sie in das Schloss Klosterberg. Nun war sie fast drei Wochen hier, und es kam ihr vor, als seien es Jahre, so vollständig eingelebt und zu Hause war sie!

Die Gräfin hatte ihren Brief beendet und kam wieder auf die Terrasse. Sie suchte Hildegard, sie fehlte ihr immer! So setzte sie sich und sah still vor sich hin. Wenn sie allein war, nahmen ihre Züge immer einen schmerzlichen Ausdruck an; ihre Augen füllten sich auch heute mit Tränen, als eine Stimme hinter ihr sagte: „Mamachen, nicht so traurig, wo ist denn die kleine Gesellschafterin, die ich speziell zu deiner Aufheiterung habe kommen lassen?“

„Gerade ihretwegen komme ich so leicht zum Weinen, weil ich durch sie mehr wie je an unsere Adelheid erinnert werde.“

„Wunderbar“, sagte der alte Herr. „Ich fand den ersten Abend eine große Ähnlichkeit zwischen ihr und unserer verstorbenen Adelheid, sagte aber absichtlich nichts, um keine schmerzliche Seite bei dir zu berühren!"

„Und ich mochte dir nichts sagen. Es war mir, als sei unsere Adelheid wieder zum Leben erwacht."

„Unser Kind kommt zu uns nicht zurück. Wir wollen ihm die ewige Ruhe gönnen, aber an seiner Statt wollen wir das fremde Mädchen lieb haben, weil es uns an die Verstorbene erinnert. Sieh, jetzt kommt es!"

Eben tauchte Hildegard in der Buchenallee auf. Ihr Gesicht war vom Gehen gerötet; die dunklen Augen leuchteten so froh, als sie die Gräfin auf der Terrasse erblickte. Mit schnellen Schritten näherte sie sich dem Schloss.

„Wie schön sie ist!", flüsterte die Gräfin ihrem Gatten zu.

„So schön, wie du in ihrem Alter warst und es noch heute für mich bist!" Mit diesen Worten bot der Graf seiner Frau den Arm, führte sie in das Speisezimmer, wo schon der Diener den Tisch gedeckt und die Spirituslampe mit dem Teewasser gebracht hatte.

Am nächsten Morgen beim Frühstück sagte Frau von Ulbersdorff zu Marie: „Gräfin Hoheneck in Klosterberg bittet um unsern Besuch am Freitag und fügt gleichzeitig eine besondere Einladung für Sie bei!“

„Das ist gewiss die Frau Gräfin, mit der ich zusammen gereist bin. Ihren Namen habe ich nicht erfahren, auch nicht, wo sie wohnt, aber sie sagte mir, dass in der Nähe von Birkenfelde auch ihre Heimat sei.“

„Davon haben Sie uns ja nichts erzählt.“

„Ich glaubte, es würde Sie nicht interessieren, gnädige Frau. Hat die Gräfin etwas von einer Gesellschafterin erwähnt?“

„Ja, freilich. Eine von Ihnen empfohlene Gesellschafterin sei engagiert und seit einigen Wochen bei ihnen!“

„O das ist herrlich“, rief Marie erfreut. „Nun habe ich eine Freundin in der Nähe und kann mit Ihrer Erlaubnis öfter mit ihr verkehren.“

„Mama“, sagte Theodora später, als Marie das Zimmer verlassen, „ich finde es sonderbar, dass die Gräfin unsere Erzieherin mit uns einlädt. Die kann doch ihre

Freundin ein andermal besuchen, es passt gar nicht!“

„Du weißt, Hohenecks sind sehr leutselig gegen ihre Untergebenen; übrigens sind die Kinder auch eingeladen, und damit ist das Mitkommen der Erzieherin begründet!“

Am Freitagnachmittag hielt der offene Wagen vor dem Herrenhaus in Birkenfelde, und nachdem Frau von Ulbersdorff mit ihrer Tochter eingestiegen, setzten sich auch Marie und die Kinder fröhlich in den Wagen. Es war ein herrlicher Junitag, auf den Wiesen lag das Heu und duftete so schön, die Luft war rein und köstlich, der Himmel blau und klar. Klosterberg lag in der entgegengesetzten Richtung von Arnsgrün, es ging zwischen Wiesen und Feldern hin, Wald gab es nicht auf der Strecke. Endlich rief Gretchen: „Ich sehe den Schlossturm von Klosterberg und jetzt das ganze Schloss.“

Marie wandte neugierig den Kopf, es interessierte sie sehr, den neuen Wohnort der Freundin kennen zu lernen. „Hohenecks wohnen wohl schon lange in Klosterberg?“ fragte sie.

„Nein, erst seit sechs oder sieben Jahren“, entgegnete Frau von Ulbersdorff. „Das heißt, das Gut ist alter Familienbesitz, aber Graf und Gräfin Hoheneck wohnten früher auf einem Gut in Sachsen oder Schlesien. Schicksalsschläge veranlassten sie, ihren Wohnsitz dort aufzugeben und dies Schloss für sich herrichten zu lassen. Sie sind viele Jahre auf Reisen gewesen, doch jetzt sind sie alt und haben sich hier zur Ruhe gesetzt. Sie verkehren im Ganzen wenig mit ihrer Nachbarschaft, doch werben alle um ihre Bekanntschaft, da sie sehr angesehen sind.“

Sie fuhren schon durch das freundliche saubere Dorf mit seinen netten roten Häuschen. „Der Graf tut sehr viel für seine Leute“, sagte Frau von Ulbersdorff, „er kann es auch, weil er enorme Mittel hat; leider sind keine Kinder da.“

„Keine Kinder!“, sagte Mariechen. „Ich dachte es schon nach einigen Äußerungen der Frau Gräfin.“

„Das heißt, ein Sohn war da, ist aber seit vielen Jahren verschollen. Wissen Sie, leichtsinnig gewesen – eine unglückliche Ehe – die Leute munkeln allerlei!“ Frau von Ulbersdorff schwieg. Eben fuhren sie durch das herrschaftliche Tor, und nachdem die Pferde schnell um den großen, vor dem Schloss befindlichen Rasenplatz getrabt, hielt der Wagen. Ein Diener in reicher Livree kam die Schlosstreppe herunter und öffnete den Wagenschlag. Nachdem er den Herrschaften in der Halle die Sachen abgenommen, öffnete er die Türen des Empfangszimmers. Die alte Gräfin kam Frau von Ulbersdorff mit Herzlichkeit entgegen, begrüßte Theodora freundlich und sagte dann: „Nun, wo ist meine kleine Freundin, unsere liebe Reisebegleiterin?“

Marie, die sich im Hintergrund gehalten hatte, trat jetzt vor und verbeugte sich. Die Gräfin reichte ihr jedoch so herzlich die Hand, sah sie so freundlich an, dass Marie im Herzen gar wohl den Unterschied zwischen ihr und ihrer Herrin fühlte und Hildegard beglückwünschte, einer solchen Herrin dienen zu können.

Während Marie mit der Gräfin sprach, war Hildegard eingetreten, und nachdem sie die Herrschaften begrüßt hatte, flog sie auf die Freundin zu. Sie zog sie mit sich ins Nebenzimmer und sagte: „Wie großen Dank ich dir schulde, kann ich kaum mit Worten sagen, ich fühle mich hier so glücklich, so ganz an meinem Platz, die alten Herrschaften liebe ich fast wie Eltern, sie sind so freundlich zu mir."

„Der Herr hat alles so wunderbar gefügt", setzte Marie ernst hinzu, „danke Gott, aber nicht mir!"

„Geht es dir denn auch gut?", fragte Hildegard und sah sie forschend an.

„O ja, ganz gut. Aber ich glaube, meine Aufgabe ist etwas schwerer als die deine. Ich habe im Hause mit manchen Schwierigkeiten zu kämpfen und auch außerdem" – sie wollte noch was hinzufügen, doch sie schwieg. Sie konnte ja unmöglich Hildegard alles Erlebte jetzt mitteilen.

Der Diener betrat wieder das Zimmer. „Frau Gräfin wünscht, dass die Damen den Kaffee mit einnehmen."

„Eigentlich wäre es hübscher in deinem Zimmer", flüsterte Marie befangen.

„Warum?", fragte Hildegard. „Ich trinke ihn stets mit der Gräfin zusammen." Mit diesen Worten betrat sie zusammen mit Marie den Salon.

„Sie kleine Böse“, rief die Gräfin, lächelnd den Finger erhebend, „sollen mir nicht entkommen, ich habe Sie nicht allein für Hildegard eingeladen, sondern will auch von Ihnen etwas haben. Setzen Sie sich zu mir und erzählen Sie mir, wie es Ihnen ergangen ist, seit wir uns zuletzt gesehen haben.“

Theodora warf spöttisch die Oberlippe auf. Später wandte sie sich an ihre Mutter: „Mama, ich sehe die Kinder gar nicht, es wäre wohl gut, Fräulein Rothe schaute einmal, was sie treiben!“

„Fräulein Rothe lasse ich jetzt nicht fort“, antwortete die Gräfin lächelnd. „Sie ist heute bei mir zum Kaffee und soll einmal aller Pflichten ledig sein. Seien Sie unbesorgt, liebe Theodora, meine Frau Müller ist für heute Nachmittag beauftragt, sich mit den Kindern zu beschäftigen. Sie hat die große Puppenküche vom Boden holen müssen und kocht mit ihnen. Später können wir uns alle einmal das Vergnügen ansehen.“ Mit diesen Worten nickte sie Marie freundlich zu und bewirkte, dass sie, die bei den Worten Theodoras schnell aufgestanden war, sich wieder setzte.

Theodora biss sich unmutig auf die Lippen und redete kein Wort mit der Erzieherin oder der Gesellschafterin, obwohl es junge Mädchen wie sie waren. Desto mehr unterhielt sich die Gräfin mit Marie und zeichnete sie so aus, dass es ihr fast peinlich Theodora gegenüber war. Als nach dem Kaffee die Damen sich auf die Terrasse begaben, um sich im Park zu ergehen, flüsterte Marie Hildegard zu: „Ich möchte doch nun nach den Kindern sehen." Die Gräfin merkte, was Marie wollte, und sagte: „Gehen Sie nur zu Ihren Kindern, und dann lassen Sie sich von Hildegard ihr Stübchen zeigen, und plaudern Sie noch ein wenig zusammen, aber vergessen Sie das Wiederkommen nicht, denn Sie sind heute mein Gast!"

Marie verneigte sich dankend und verließ mit Hildegard die Damen. Sie durchschritten eine lange Reihe prächtiger Zimmer und betraten einen großen Saal. Große Büfetts an den Seiten kennzeichneten ihn als den Speisesaal, doch Hildegard erklärte, dass er nur bei großen Festlichkeiten gebraucht und jetzt, wo die Herrschaften fast gar keinen Verkehr unterhielten, eigentlich gar nicht benutzt würde. Marie sah staunend auf die Reihen alter Ahnenbilder. Plötzlich rief sie: „Da bist du ja, Hildegard!“

Sie stand vor einem Bild, das ein junges Mädchen darstellte, das allerdings in Gestalt, Form des Gesichts, Ausdruck und Farbe der Augen merkwürdige Ähnlichkeit mit Hildegard hatte. Ein dunkelblaues Kleid umschloss die Gestalt, und Marie sagte: „Gerade in solchem blauen Kleide habe ich dich zuerst gesehen, ganz so sahst du an dem Abend der Aufführung aus!“

Hildegard zuckte zusammen. Der Abend war ihrem Gedächtnis tief eingeprägt, er war für ihre Liebe entscheidend gewesen. Sie ging nicht weiter auf diese Bemerkung von Marie ein, sondern sagte nur: „Es haben schon mehrere hier im Schloss gesagt, dass ich dem Bilde ähnlich sei. Frau Müller nennt mich sogar oft ‚Fräulein Adelheidchen‘, weil sie sagt, dass ich sie an die verstorbene Tochter, Komtesse Adelheid, erinnere. Es kommt vor, dass ganz fremde Leute sich oft ähnlich sehen, und ich freue mich, wenn die Herrschaften durch mich an ihre Tochter erinnert werden. Übrigens weiß ich nicht, ob sie selber so denken; sie haben noch nie etwas darüber geäußert!"

„Wie merkwürdig das Bild gegen alle die altmodischen Kostüme absticht", sagte Marie, sinnend die andern Bilder betrachtend. „Aber was ist denn das, Hildegard, sieh, das reizende Bild." Sie stand jetzt vor dem Porträt zweier Kinder. Es waren ein Knabe und ein Mädchen, beide von großer Schönheit. Der Knabe, braungelockt, mit feurigen Augen, spielte mit einem Ziegenbock, während das Mädchen im Grase saß und einen Kranz von Kornblumen wand.

„Das Mädchen ist das Gleiche wie auf dem Bild da, also die verstorbene Tochter, da ist wohl das der Bruder des Mädchens, der leichtsinnige Sohn des Hauses?", forschte Marie.

„Ich weiß nichts von einem Sohn", antwortete Hildegard, „bin überhaupt noch nicht in die Familiengeheimnisse der Herrschaften eingeweiht. Haben denn Graf Hohenecks einen Sohn gehabt?"

„Ja!", erwiderte Mariechen leise, sich

ängstlich umschauend, ob auch niemand sie höre. „Frau von Ulbersdorff erzählte mir auf dem Wege hierher, dass Hohenecks viel Kummer mit einem ganz missratenen, leichtsinnigen Sohn erlebt hätten! Näheres weiß ich auch nicht."

Die beiden Mädchen schwiegen und sahen lange ernst das Bild an. Endlich sagte Marie:

„Der Knabe sieht so schön und unschuldig aus und blickt so fröhlich in die Welt. Wer kann sich denken, dass er seinen Eltern solchen Kummer verursacht hat?"

Hildegard wurde seltsam bewegt, je länger sie das Bild ansah. Darum nahm sie Marie unter den Arm und sagte: „Komm, ich bin nicht gern in diesem großen Saal, wo die Vergangenheit so mächtig zum Herzen redet; lass uns zur fröhlichen Gegenwart zurückkehren, höre nur, wie deine Kinder sich freuen."

Mit diesen Worten öffnete sie eine Tapetentür, und beide Mädchen betraten einen Flügel des Schlosses, der zu Wirtschaftszwecken diente und zugleich Wohnräume für die Dienerschaft enthielt. Sie kamen in ein freundliches Zimmer, einfach und hübsch möbliert, und der Anblick, der sich ihnen bot, war so ergötzlich, dass sie bald von der fröhlichen Laune angesteckt wurden. Eine behäbige alte Frau in weißem Häubchen und weißer Latzschürze trat ihnen freundlich entgegen und sagte:

„Nun, Fräulein Hildegard, das ist recht, dass Sie uns auch besuchen. Das ist wohl Fräulein Rothe, von der die Kinder mir so viel erzählten. Auch ein hübsches Fräulein, aber ganz blond! Nun, wie's der liebe Gott gibt, ist's gut. Ich habe das Schwarze lieb, weil unser Adelheidchen, Gott hab' sie selig, auch so dunkel war!"

„Ich sehe, es geht euch hier sehr gut", sagte Marie zu den Kindern.

„Oh, es ist wunderschön in Klosterberg", war die Antwort.

„Du siehst, Marie, die Kinder sind in besten Händen, so kannst du ihretwegen ohne Sorge sein. Jetzt komm, ich zeige dir noch mein Zimmer, und später gehen wir in den Park zu den andern."

Sie stiegen die breiten Treppen hinauf, und Hildegard öffnete, nachdem sie lange Korridore durchschritten, eine Tür mit den Worten: „Sieh, hier ist mein kleines Reich!“

Als Marie über die schöne und reiche Ausstattung des Zimmers ihr Erstaunen aussprach, sagte Hildegard: „Ja, es ist alles eigentlich viel zu prächtig für mich, wenn ich denke, wie meine Mutter daheim einfach wohnt und sich mit so wenigem begnügen muss. Das Schönste ist aber der Blick aus meinem Fenster!“

Marie sah hinaus. Eine prächtige Aussicht bot sich auf den Park, und über ihn hinweg sah man einen durch Wald begrenzten See, der der ganzen Gegend etwas Freundliches verlieh.

„Und siehst du dort“, sagte Hildegard, mit dem Finger nach Osten deutend, „dort am Ende des Sees, unter Bäumen versteckt, einen Turm ...“

Marie beugte sich zum Fenster hinaus und rief: „Ja, ganz deutlich! Das ist doch keine Kirche?“

„Nein“, sagte Hildegard, „es ist der Schlossturm von Horst. Das ist ein wunderschönes Gut, gehört aber einem alten, wunderlichen Junggesellen, dem Grafen Horst. Er kommt zuweilen zu Hohenecks, lebt aber sonst ganz zurückgezogen. Ich habe ihn nur flüchtig gesehen, als ich vorige Woche mit den Herrschaften spazieren fuhr. Das Gut macht einen sehr hübschen Eindruck. Das Schloss ist zwar altertümlich, soll aber prächtig eingerichtet sein; die Wirtschaftsgebäude sind alle neu, ebenso die Häuser des Dorfes wie bei uns. Ich liebe Horst so aus der Ferne; der Blick über den See auf das hinter Bäumen versteckte alte Schloss ist höchst romantisch. Ich sitze gerne hier und schaue hinüber auf den See, sinne und träume ..."

„Hildegard, es scheint mir, du hast es hier sehr gut", sagte Marie, „fast wie eine Tochter des Hauses!"

„Nein, daran fehlt noch viel!", lachte Hildegard. „Das will und mag ich auch gar nicht sein, aber Hohenecks sind so lieb und gut zu mir, dass ich es mir nicht besser wünschen kann."

„Und doch bist du nicht ganz glücklich, Hildegard, komm, lass uns Freundinnen sein, ich weiß ja, was dich drückt, wenn wir uns auch nie darüber ausgesprochen haben, so habe ich doch damals genug über die Geschichte gehört."

„Marie“, sagte Hildegard plötzlich, „hast du nie wieder von – Buchwalds – von Waldemar von Buchwald gehört?“

„Wenigstens lange nicht“, sagte sie. „Du weißt, wir haben die Hauptstadt verlassen und sind weit weg in ein stilles Dorf gezogen. Der Verkehr mit Buchwalds ist, nachdem wir die Pension aufgaben, ganz eingeschlafen. Ich kam aufs Seminar und schrieb von da aus noch einmal an Röschen; da sie mir aber nicht geantwortet hat, habe ich natürlich nicht wieder geschrieben. Der Leutnant ging ja auf Reisen; doch denke ich, dass er jetzt wieder zurück sein muss. Aber – da fällt mir ein, hat Emma dir dein Album geschickt?“

„Wie kommst du von Herrn von Buchwald auf mein Album?“

„Nun, es fiel mir nur so ein. Er hat sich dort eingeschrieben!“

Hildegard errötete tief. „In mein Album?“, rief sie erstaunt.

„Ja, denke dir, du warst so schnell abgereist, niemand wusste, wohin, da hat Emma das Buch unter ihre Bücher gepackt und jahrelang liegen gehabt. Beim Umzug fand es sich; da wir jedoch euren Wohnort nicht wussten, ist es bei uns liegen geblieben. Emma schrieb neulich, nachdem ich ihr erzählt hatte, dass du vielleicht in meine Nähe kämst: ‚Melde mir ja, wenn Hildegard zu der Gräfin kommt, damit ich ihr endlich das Album zustellen kann."

„Es wäre mir freilich lieb, das längst verloren geglaubte Buch wiederzubekommen. Doch wir verplaudern die Zeit, Marie; ich muss hinunter und den Tee besorgen! Wie glücklich bin ich, dich zur Freundin zu haben!"

„Ja, wir wollen uns recht lieb haben", sagte Marie. „Zu dir habe ich Vertrauen, ich könnte dir alles sagen!"

Hildegard sah sie prüfend an. „Du hast wohl auch schon etwas erlebt, Kleine ..."

„Viel, sehr viel! Und glaube mir, Hildegard, wenn auch deine Liebe hoffnungslos ist, so möchte ich lieber an deiner Stelle sein. Hildegard, ich muss dir einmal in einer ruhigen Stunde alles erzählen."

„Du hast mich voll Spannung gemacht, dass ich es mir am liebsten sofort erzählen ließe. Siehst du", fügte Hildegard lächelnd hinzu, „wenn ich nun Tochter des Hauses wäre, würde sich Komtesse Hildegard in die Kissen ihres Sofas niederlassen, ihrer Dienerschaft Befehl geben, den Tee zu bereiten, und ihrer Freundin zuhören! Da ich aber das nicht bin, so geh' ich mit dem Schlüsselkörbchen am Arm meiner Pflicht nach und bezähme meine Neugierde. Doch komm, Marie, es ist die höchste Zeit!"

Der alte Graf war nun auch erschienen und begrüßte Marie als eine alte Bekannte. Er unterhielt sich angelegentlich mit ihr, während Frau von Ulbersdorff Hildegard mit Freundlichkeit begegnete. Endlich wurde der Wagen gemeldet, und unter herzlicher Verabschiedung ging es von dannen. Marie war voller Freude über den wunderschönen Tag, und da sie ihren Gefühlen Ausdruck geben musste, dankte sie Frau von Ulbersdorff, dass sie ihr die Freude gemacht habe, sie mitzunehmen.

Theodora fragte Marie neugierig über Hildegard aus. Sie wollte wissen, wer die Eltern des Fräuleins seien, wer die Geschwister, an wen die Schwester verheiratet sei, und als Marie alles der Wahrheit gemäß berichtet hatte, meinte sie spöttisch: „Also Schreiber war der Vater, Tischler ist der Schwager! Eine sehr spießbürgerliche Familie! Und doch tut diese Hildegard, als sei sie mindestens ebenso vornehm wie Grafen!“

„Sie scheint sehr gebildet“, wandte Frau von Ulbersdorff begütigend ein, „und hat ein feines Benehmen ...“

„Der Geschmack ist verschieden“, antwortete Theodora. Innerlich aber war sie doch ärgerlich, dass Hildegard und Marie von Hohenecks viel mehr beachtet gewesen waren als sie, und nahm sich vor, sich gegen die beiden möglichst von oben herab zu benehmen. Marie fühlte sich durch ihre Art gekränkt, doch war sie zu glücklich über den verbrachten Tag, um lange darüber nachzudenken. Noch in ihre Träume hinein verwebte sie Klosterberg, den See, das alte Schloss; sie träumte seltsame Dinge, während Hildegard an jenem Abend noch lange wach lag und sich mit dem Gedanken beschäftigte, was ihr wohl Waldemar ins Album geschrieben haben könnte und was wohl Marie für Erlebnisse gehabt habe.

„Kinder, ihr seid heute so unaufmerksam!"

„Ja, Fräulein, es ist aber auch furchtbar heiß!" Mit diesen Worten ließ Adele ihre Handarbeit in den Schoß fallen und fächelte sich mit ihrem Taschentuch Kühlung zu.

„Liebes Kind", sagte Marie, „im August ist es überall heiß, denke nur an die armen Schnitter auf den Feldern!"

„Oh", rief Gretchen fröhlich dazwischen, „fahren Sie nach der Stunde wieder mit uns aufs Feld?"

„Gerne", sagte Mariechen freundlich, „vorausgesetzt, dass ihr bis um vier fleißig arbeitet und aufmerksam auf das hört, was ich vorlese!"

Die Kinder gehorchten, doch merkte Marie, wie schwer es ihnen heute wurde. Sie legte bald das Buch fort, saß eine Weile nachdenklich da und sagte auf einmal:

„Kinder, ich habe eine wunderschöne Idee! Es wohnen hier im Dorf sehr viele kleine Mädchen, die noch nicht stricken können. Wie wär's, wenn wir vier eine kleine Strickschule einrichteten und die Kinder Handarbeit lehrten?“

„Wir, Fräulein?“, riefen die drei wie aus einem Munde. „Sie sagen ja immer, wir stricken so schlecht.“

„Ich kann noch keine Ferse stricken“, rief Luise.

„Und ich kann weder anfangen noch zuspitzen, da können wir doch keine Lehrerinnen werden!“, sagte Gretchen nachdenklich.

„Das ist freilich schlimm“, meinte Marie lächelnd, „aber dem ließe sich abhelfen. Wenn ihr gute Stricklehrerinnen werden möchtet, so müsst ihr euch freilich außerordentliche Mühe geben, und wenn ihr in vierzehn Tagen recht aufgepasst und alles, was euch noch fehlt, gelernt habt, so machen wir, wenn die Eltern nichts dagegen haben, einen Versuch mit den Dorfkindern.“

Noch während Marie sprach, hatten die Kleinen mit doppeltem Eifer ihr Strickzeug ergriffen. Sie strickten jetzt, als ob es um eine Wette ginge, und dazwischen beredeten sie mit ihrer Erzieherin, wie sie es einrichten sollten, die Kinder anzulernen.

Man gab sich unter Maries Anleitung alle Mühe. Keins der Kinder klagte über Hitze oder die Länge der Arbeitsstunden, im Gegenteil, als Marie sagte: „Es ist vier, wir wollen aufhören“, folgte ein langgedehntes „Aah!“ So wusste Marie stets anregend zu wirken; ihr guter Einfluss auf die Kinder war von großem Wert.

Als sie das Schulzimmer verlassen hatten, atmete Marie erleichtert auf. Sie hatte selbst unter der Schwüle des Tages gelitten, und die Zeit war ihr lang geworden. Sie hatte kurz vor Beginn der Stunden einen langen Brief von daheim erhalten und ihn nur halb durchfliegen können! Nun war sie frei und hatte Zeit zu lesen, was die Lieben in der fernen Heimat ihr geschrieben! Die Briefe der Eltern waren so anregend und herzerfrischend, und als sie sie gelesen, kam ein langer, lustiger Brief von Emma. Sie schrieb von allerlei amüsanten Erlebnissen, von ihrem Verkehr mit den Dorfbewohnern, von ihren vielen Besuchen, von dem Einkehren zweier früherer Pensionäre, Ludwig und Kurt, die stattliche Studenten geworden waren, von

Waldemars Rückkehr aus dem Orient und Röschens Verlobung.

Marie legte den Brief aus der Hand. Auf einmal kam über sie Heimweh, Sehnsucht nach den Eltern, nach ihrer stillen, trauten Häuslichkeit. Welch ein fröhliches, glückliches Kind war sie daheim gewesen, als noch die munteren Jungen das Haus belebten! Wie mächtig wurde sie durch Emmas Brief an die schöne Vergangenheit erinnert. Außer Hildegard hatte sie gar keinen Verkehr. Frau von Ulbersdorff schätzte sie und versagte ihr die Anerkennung nicht, aber warm konnte sie nicht mit ihr werden. Theodora ärgerte und reizte sie fast immer, es war schwer, ihr gegenüber Gleichmut zu bewahren. Die Kinder hingen sehr an ihr, und darüber war sie glücklich, und doch fühlte sie eine große Leere im Herzen. Sie konnte sonst mit jedem Anliegen zur Mutter gehen, um den rechten Rat und Trost zu bekommen. Auch Emma war beinahe ihre ältere Schwester! Freilich, im Seminar hatte sie sie auch nicht zur Seite gehabt, dafür aber den Direktor, die Lehrerinnen und dazu das kameradschaftliche Leben mit den gleichaltrigen Mitschülerinnen. Jetzt fühlte sich Marie vereinsamt, und doch ließ sie sich in ihren Briefen an die Ihren daheim nichts merken; sie wollte sie nicht betrüben. Aber immer wieder verfolgte sie der Gedanke, ob es nicht besser sei, den Eltern offen ihre Begegnung mit Pastor Werner zu erzählen und sie um ihren Rat zu bitten. Sie wollte es im nächsten Brief tun, es kam ihr unrecht vor, den Eltern gegenüber etwas zu verheimlichen, und, nachdem Emma direkt nach dem Pastor des Ortes gefragt hatte, wollte sie auch nicht länger seinen Namen verschweigen.

Aber abscheulich war dieser Pastor Werner! Hatte sie ihn früher nicht lieben können, so konnte sie ihn jetzt geradezu nicht leiden. Mehrere Wochen waren seit jenem Gewitterabend vergangen; an Fräulein Therese hatte sie einen höflichen Brief geschrieben und die geborgten Sachen zurückgeschickt. Dann war sie einmal ins Schloss gekommen und gegen Marie bedeutend kühler und zurückhaltender gewesen als an jenem Abend, so dass die junge Erzieherin fühlte, wie Therese, vorher unbefangen, nun in die Sache eingeweiht war und sie auch verachtete, wie ihr Bruder es tat. Wenn sie sich auch gar nichts aus dem Menschen machen wollte, musste sie sich gestehen, dass sie wohl gewünscht hätte, ein klein wenig mehr von dem allseitig hochgeschätzten Geistlichen sowie von seiner Schwester beachtet zu werden. Stattdessen hatte die weitere Begegnung mit ihm eine neue bittere Kränkung für sie gebracht. Sie hatte einer kranken Frau im Dorf eine kleine Erquickung hingetragen und ihr aus der Bibel vorgelesen, wie sie es schon oft getan hatte. Als sie eben aus der niedrigen Tür der Hütte heraustrat, wollte Pastor Werner hineingehen. Er grüßte höflich und sah sie erstaunt an. Marie sagte schnell entschlossen: „Herr Pastor, Sie sehen es wohl nicht gern, wenn Ihre Kranken von andern besucht werden?"

„Es kommt darauf an, von wem sie besucht werden", entgegnete er. „Man muss seine Worte den Kranken gegenüber besonders in Acht nehmen." Er überschritt schnell die Schwelle und verschwand hinter der Tür des ärmlichen Häuschens.

Seine Worte waren für Marie Dolchstiche. „Auch diese Freude nimmt er mir", sagte sie. „Nun gut, ich werde seine Kranken nicht wieder besuchen! Er hält mich noch für das übermütige, unbedachte Mädchen, das ich früher war, er traut mir nicht zu, dass ich meine Worte vorher überlege." Während sie so dachte, weinte sie über diese Behandlung. Langsam und traurig kehrte sie ins Schloss zurück.

An dies alles dachte sie, und Sehnsucht und Heimweh machten ihr das Herz schwer. Doch sie hatte nicht Zeit, sich lange ihrem Kummer hinzugeben. „Fräulein Rothe", riefen die Kinder, „die Erntewagen sind da, bitte, fahren Sie mit uns!"

Sie trocknete schnell ihre Tränen, setzte ihren Strohhut auf und ging in den Hof. Die Kinder standen schon auf dem Wagen und warteten auf die Abfahrt. Eben ertönte die Stimme der Mutter: „Kinder, allein fahrt ihr nicht!" Da trat Marie hinzu und mit den Worten „Ich begleite sie!", schwang sie sich kühn auf den Wagen. Und nun ging's fort im Galopp über Stock und Stein. Erzieherin und Kinder ließen sich schütteln und rütteln; bald waren

Sehnsucht, Heimweh und Traurigkeit verflogen, wer konnte auch auf einem so lustigen Erntewagen trauern. Die Pferde sprangen, und Jochen machte ordentlich kleine Luftsätze, wenn er so von dem Sattel in die Höhe flog. Die Kinder jubelten und jauchzten, und bald stimmte auch Marie in das fröhliche Lachen ein.

„Sieh mal", sagte ein Herr zu einer kleinen Dame neben sich, die eben den Waldweg daherkamen, „wer ist denn die Gesellschaft da auf dem großen Erntewagen?"

„Das ist die Erzieherin aus dem Schloss mit ihren Zöglingen!"

„Die scheint ebenso unbändig zu sein wie ihre kleinen Wilden. Wie ungesittet für Damen, auf einem solchen Leiterwagen in die Welt zu fahren!"

„Ich finde es höchst natürlich", sagte Therese, denn sie war es mit ihrem Bruder. „Erinnerst du dich nicht mehr an unsere Kinderjahre, wie es unser höchstes Entzücken war, mit dem leeren Erntewagen aufs Feld zu fahren?"

„Ja, aber die Kinderjahre hören doch endlich einmal auf!"

„Umso mehr ist es an Fräulein Rothe zu schätzen, dass sie um der Kinder willen wieder Kind wird, um ihnen diese Freude nicht zu stören."

Im Grunde fand es Pastor Werner auch ganz allerliebst, dass Marie so frisch und fröhlich mit den Kindern auf dem Erntewagen stand, es regte sich nur immer etwas gegen sie in seinem Herzen. Er wollte es sich nur nicht gestehen, dass sie trotz alledem immer wieder aufs neue sein Wohlgefallen erregte. Er wusste selbst nicht, dass es so war, redete sich vielmehr ein, dass sie ihm vollständig gleichgültig sei, und um auch seine Schwester davon zu überzeugen, suchte er alles Mögliche an ihr auszusetzen.

„Lass uns nicht so schnell gehen, Therese", sagte er weiter, „wir kommen früh genug ins Schloss, und der Abend ist lang."

„Wie du willst", sagte Therese ruhig. „Auf die Schwüle des Tages scheint ein köstlicher Abend zu folgen. Wir wollen uns doch ein Weilchen hersetzen, vielleicht kommen die kleinen Insassen des Erntewagens zurück, und wir können mit ihnen zusammen ins Schloss gehen."

„Das liegt nicht in meiner Absicht! Besser, jeder geht seinen Weg allein“, sagte Pastor Werner. Und doch setzte er sich, und seine Schwester nahm neben ihm Platz auf einer Bank, die um eine Eiche für müde Wanderer angebracht war. Er wäre wohl weitergegangen, wenn er es nicht für seine Pflicht gehalten hätte, Marie wegen der Kranken einige entschuldigende Worte zu sagen.

„Therese“, begann er, „ich war wieder bei der alten Frau Fischer, sie ist wie umgewandelt. Du weißt, dass kein Trost bei ihr haften wollte, dass all mein Reden vergeblich war. Jetzt hat sie auf einmal ihr Herz dem Worte Gottes geöffnet, sie lauscht mit Begier auf die Heilslehren, und das alles verdanke ich ...“

„... verdankst du deinem unermüdlichen Eifer, deiner treuen Seelsorge“, unterbrach ihn Therese.

„Diesmal nicht. Die Erzieherin vom Schloss sei der Engel gewesen, sagt die Alte. ‚Ach, Herr Pastor, Sie glauben gar nicht, wie schön das Fräulein predigen kann. Ich war weitab von Gott, sie hat mich wieder zu ihm geführt, sie hat mir aus Gottes Wort vorgelesen und mir alles so schön erklärt', meinte sie."

„Da siehst du, dass das unbändige Kind, wie du sie vor einigen Minuten nanntest, doch fromm ist und in ihrer Umgebung Segen zu spenden vermag. Horch! Der größte Segen ist sie aber für die Kinder, wann hast du die kleinen Wilden je so gesehen?"

Die kleine Schar kehrte mit ihrer Lehrerin vom Felde heim und sang das Lied: „Harre, meine Seele, harre des Herrn." Zwei hatten Marie eingehakt, und die dritte ging daneben. Jetzt sangen sie: „Und ein neuer Frühling folgt dem Winter nach."

Sie sahen und merkten nichts von den auf der Bank Beobachtenden. Unbeirrt sangen sie weiter. Als sie beim zweiten Vers waren „Wenn alles bricht, Gott verlässt dich nicht, größer als der Helfer ist die Not ja nicht", rief plötzlich eins von den Mädchen: „Fräulein Therese und Herr Pastor!" Der Gesang verstummte. Eine glühende Röte ergoss sich über Maries Gesicht. Doch fasste sie sich schnell. Sie begrüßte Therese freundlich, aber mit einer gewissen Zurückhaltung, vor Pastor Werner machte sie eine kurze höfliche Verbeugung. Sie wollte scheinbar mit den Kindern weitereilen; doch Therese sagte herzlich: „Mein liebes Fräulein, heute müssen Sie uns mitnehmen; wir sind zum Abend aufs Schloss geladen, haben also denselben Weg!"

Die Kinder gingen mit dem Pastor voran, Therese folgte mit Marie. Als sie ans Dorf kamen, wandte sich der Pastor plötzlich um und sagte schnell: „Fräulein Rothe, sind Sie einmal wieder bei Frau Fischer gewesen?"

In ihr regte sich bei dieser Frage gerechter Unwille. Sie antwortete kurz: „Nein, Sie nehmen an, dass ich auf Ihre Kranken nachteilig wirke, so werde ich mich künftig von ihnen fernhalten."

Er ging jetzt an ihrer Seite. „Ich habe Ihnen neulich Unrecht getan und bitte Sie im Namen der alten Frau Fischer um weitere Besuche!"

„Um der Kranken willen, die ich herzlich lieb habe, will ich es tun", antwortete sie kurz. Es lag in dem Ton eine solche Abweisung, dass der Pastor sich im Innern den Zusatz machte: „Um deinetwillen, weil du mich bittest, gewiss nicht, denn aus dir mache ich mir gar nichts!“

Therese mochte auch Derartiges fühlen, denn sie sah scheu zu ihrem Bruder auf, und in ihrer Unterhaltung, die vorher warm und herzlich war, herrschte ein kühlerer Ton.

Die Kleinen, die nichts von Verstimmung merkten, hingen sich wieder zutraulich an den Pastor – er war ihnen nun doch interessanter als ihr Fräulein, das sie alle Tage hatten –, und so gelangten sie bald ins Schloss.

Marie tat es fast leid, dass sie so schroff geantwortet; wenn sie sich hätte überwinden können, freundlich und demütig zu bleiben, so hätte vielleicht heute eine kleine Annäherung geschehen können. Der Pastor bot ja selbst Gelegenheit durch seine ersten freundlichen Worte.

„Das musste er aber“, tönte es in Marie. „Er hatte mir bitteres Unrecht getan, das musste er wieder gutmachen. Und ich kann mir auch nicht alles gefallen lassen, ich bin kein Kind mehr!“

Der Pastor war den Abend sehr schweigsam.

Auf dem Heimweg äußerte Therese: „Lieber Robert, ich glaube, für dich ist es besser, wir meiden den Umgang mit Birkenfelde so viel als möglich, er regt dich auf."

„Nein", erwiderte ihr Bruder ruhig. „Es wird mir nur immer klarer, dass das Mädchen und ich weiter voneinander getrennt sind denn je."

„Die Antwort, die sie dir gab auf deine freundliche Bitte, hat mir allerdings auch nicht gefallen, sie sprach darin ihre Abneigung gegen dich ziemlich unverhohlen aus."

„Die Antwort mag ich verdient haben", erwiderte er, und er berichtete der Wahrheit gemäß, was er ihr neulich gesagt hatte.

„Da sieht die Sache allerdings anders aus", meinte Therese. „Da hast du das Mädchen zuerst gekränkt! Ich wollte, deine Prophezeiung hinsichtlich ihres Bleibens wäre in Erfüllung gegangen und sie über alle Berge. Sie ist aber bald fünf Monate in Birkenfelde und scheint immer festeren Fuß dort zu fassen!"

„Der Kinder wegen ist es besser, sie bleibt“, versetzte Werner eifrig. „Du hast Recht, sie scheint eine tüchtige Lehrerin zu sein. Nun, im Herbst bin ich als Schulinspektor genötigt, sie zu prüfen. Wollen sehen, was die Kleine in den sechs Jahren gelernt hat!“

Als Marie am Abend ihre Briefe noch einmal durchlas, dachte sie: „Wie gern hätte ich Herrn Werner von seinem früheren Schüler Kurt erzählt! Wie er sich wohl gefreut hätte, von ihm zu hören!“ Doch wo hätte sie anknüpfen sollen? Es lag eine tiefe Kluft zwischen Vergangenheit und Gegenwart, nur er konnte die Brücke herstellen, wenn er mit einem Worte ihre frühere Bekanntschaft erwähnte. Solange er diese als nicht vorhanden ansah, konnte auch Marie die von ihm angewiesene Schranke nicht übertreten.

„Ich werde nun doch den Eltern darüber schreiben; mögen sie mir raten, wie ich mich verhalten soll und ob mein Benehmen zu tadeln ist oder nicht. Es ist so schwer, immer recht zu handeln und den Stolz zu überwinden und demütig zu sein!“

„Aber verdient hat er die Antwort doch!“, sagte sie noch trotzig. Dann griff sie entschlossen zur Feder, und erst als sie den Eltern alles, was sie drückte, anvertraut hatte, wurde sie wieder ruhig.

Aufklärungen

An einem köstlichen Septembertag, an dem der Himmel tiefblau, die Luft rein und warm, saß Hildegard allein auf der Terrasse vor dem Schloss in Klosterberg. Ein Album lag in ihrem Schoß, sie ließ die Hände ruhen und träumte von vergangenen Zeiten. Vorgestern kam die unerwartete Nachricht von dem Tod des alten Grafen auf Horst, und heute war ihre Herrschaft hinübergefahren, um ihm das letzte Ehrengeleit zu geben. Sie dachte an das einsame Leben des alten Junggesellen, der Geld genug hatte, aber arm an Liebe war. Hatte er vielleicht auch in seiner Jugend eine Neigung gehegt, die er aus Gehorsam gegen seine Eltern hatte bekämpfen müssen? Nun fielen seine Güter in die Hände kaum bekannter Erben. Wenn sie früh ihre Rollläden aufzog, sah sie gewöhnlich zuerst den grauen, halb zwischen Bäumen versteckten Schlossturm über den See herüberschimmern. Noch einmal so düster war er ihr in diesen Tagen erschienen, wo der Tod dort eingekehrt war; sie hätte gern ihre Gräfin begleitet, wagte aber nichts zu sagen, und vielleicht war es auch besser so.

„Kind, nur nicht so melancholisch beim schönen Sonnenschein", rief eine gutmütige Stimme, und die Kastellanin trat auf die Terrasse. „Gewiss Heimweh nach der guten Mutter", fuhr Frau Müller fort und streichelte Hildegard sanft mit der Hand. „Ja, ich glaub's schon, wenn eins so fern vom Elternhaus ist, da kommt die Sehnsucht."

„Das ist es nicht", antwortete Hildegard. „Ich weiß nicht, was mich so traurig macht, es ist ja so schön hier."

„Schön, aber einsam", sagte die alte Frau und ließ sich vertraulich nieder. „Sehen Sie, Fräulein Hildegard, wenn der liebe Gott die Komtesse Adelheid nicht hätte sterben lassen, und wenn der Herr Graf seinen Sohn nicht verstoßen hätte, dann könnte auch hier Leben und Frohsinn sein, aber so!"

„Seinen Sohn verstoßen?", sagte Hildegard erstaunt. Fragend sah sie die alte Frau an. Handelte sich's hier um den

Schlüssel zu dem Familiengeheimnis? „Hat denn der Graf einen Sohn gehabt?"

„Ach, was mache ich da! Es soll ja nicht davon gesprochen werden. Und über meine Lippen ist es auch noch nicht gekommen! Aber Ihnen kann ich es am Ende erzählen, Fräulein Hildegard. Sie behalten es aber für sich und erzählen es nicht weiter!"

„Ja, Frau Müller, erzählen Sie nur! Es ist nicht Neugierde, nur inniges Mitgefühl für unsere armen Herrschaften, die so vereinsamt dastehen. Ich habe es ihnen immer angemerkt, dass ein großer Kummer auf ihnen lastet; die Gräfin hat auch verschiedene Andeutungen gemacht, Näheres habe ich aber nie erfahren!"

„Also, als meine Gräfin heiratete, war sie ein lebensfrisches, bildschönes Mädchen; ich war schon zwei Jahre Kammerjungfer bei ihren Eltern gewesen, und da die Gräfin-Mutter mich gern hatte, und ich alles zu ihrer Zufriedenheit ausrichtete, sagte sie zu mir: Johanna, ziehe du mit Hildegard, diene ihr so treu, wie du mir gedient hast.' Das hat mich so gerührt, dass ich hab' weinen müssen. Ich gab der

Gräfin-Mutter meine Hand und sagte: ‚Frau Gräfin, ich will sie hüten wie meinen Augapfel!' Die Gräfin drückte mir die Hand, und so war der Kontrakt geschlossen. Ich bin mit meiner Komtesse jung gewesen und bin mit ihr alt geworden. Was haben wir alles miteinander erlebt, die Gräfin und ich. Fräulein Hildegard, ich glaube, ich habe Sie so lieb, weil Sie so heißen wie meine Gräfin und ihr ein wenig ähnlich sehen! Sagen Sie, haben Sie wohl im Speisezimmer das Bild gesehen, wo Komtesse Adelheid noch ein Kind ist und ein schöner braungelockter Knabe neben ihr mit einem Ziegenbock spielt?"

Als Hildegard dies bejahte, fuhr die Alte fort: „Das war unser Kuno, unser junger Graf und Erbe! Was war er für ein prächtiger Junge, voller Leben und Feuer, voll Mut und Jugendlust. Und dabei ein liebes, weiches Gemüt! Wie oft hat er seine Arme um die alte Müller geschlungen, wenn sie etwas für ihn tun oder ihm aus den Schätzen der Speisekammer etwas geben sollte. Als es ans Lernen ging, da haperte es freilich: Unser Graf mochte lieber draußen umherspringen oder sich mit seinen Ponys vergnügen, als lateinische Vokabeln zu lernen. Die Herrschaften glaubten, es würde für den jungen Grafen besser sein, wenn er unter andere Jungen käme, dass er, durch sie angespornt, mehr Lust und Eifer zum Lernen bekäme. Er kam in eine große Pension, wo viele Jungen vornehmer Eltern Erziehung und Unterricht erhielten. Aber glauben Sie mir, Fräulein Hildegard, das ist sein Ruin gewesen. Ich verstehe ja nichts davon und bin auch nicht um Rat gefragt worden, aber der junge Herr hat mir viel erzählt von den Streichen, die sie dort verübt, wie sie ihre Vorgesetzten hintergangen, wie sie schon in jungen Jahren heimlich Karten gespielt und getrunken haben. Einmal habe ich gewagt, unsere Gräfin darauf aufmerksam zu machen. Da lächelte sie aber so sonderbar und sagte: ‚Gute Müllerin, dein Fach verstehst du, was weißt du aber von Erziehung?' Da habe ich geschwiegen und die Dinge ihren Lauf gehen lassen. Unser junger Herr wurde ein flotter leichtsinniger Bursche; da er wusste, dass sein Papa viel Geld hatte, so machte er sich kein Gewissen daraus, darauf loszuwirtschaften. Der Graf, der zuerst großmütig war und ihm mehr gab, als er anfangs zugestand, fing an, die Grenzen enger zu stecken. Aber unser junger Herr war einmal in das tolle Leben hineingeraten; die sauberen Früchtchen, die schon auf der Schule mit ihm gewesen, waren auch jetzt seine täglichen Begleiter und wussten ihm das Geld aus der Tasche zu ziehen. Als der Vater sich weigerte, mehr für ihn zu bezahlen, als sein jährlicher Wechsel betrug, fing Kuno an, Schulden zu machen, und seitdem war der Friede aus unseren Räumen gewichen. Kam er nach Hause, gab es stets Reibereien mit dem Vater; und Mutter und Schwester, die gern Frieden gestiftet hätten, konnten sich nicht verhehlen, dass Kuno an allem schuld war. Wie oft haben sie ihn beschworen, ein anderes Leben anzufangen. Er versprach Besserung, fiel aber immer wieder in die alten Fehler. Da – es war kurz vor Weihnachten, ich erinnere mich noch genau –, meine Herrschaften waren in die Hauptstadt gefahren, Einkäufe zu machen, ich saß und wartete auf sie, höre ich Pferdegetrappel unter dem Fenster, darauf Männertritte hastig die Schlossstufen hinansteigen, und als ich in die Halle sehe, lässt der Diener unsern jungen Herrn herein. Er sieht verstört und bleich aus und fragt nach den Eltern. Als ich ihm sage, dass sie noch nicht aus der Stadt zurück seien, wirft er sich unmutig auf einen Sessel, um auf ihre Rückkehr zu warten. ‚Die Geschichte muss heute zu Ende kommen!', hörte ich ihn sagen. Darauf sprang er auf, ging ins Nebengemach und sagte: ‚Müllern, sagen Sie nichts von meinem Hiersein, wenn die Eltern kommen. Ich werde mich schon selber anmelden." Mir war es angst und beklommen zumute, doch hatte ich nicht lange Zeit, meinen Gedanken nachzugehen, denn eben verkündete Wagengerassel das Kommen der Herrschaften. Aber was war los? Sie sahen bleich und verstört aus, und Fräulein Adelheid stützte die Mutter, die erschöpft in einen Lehnsessel sank. Der Graf ging im Zimmer auf und ab. Auf einmal erhob er drohend die Hand und rief: ‚Nicht nur, dass der Bube durch sein Spielen und Schuldenmachen Schande auf unser altes Haus bringt, nun fängt er Liebeleien mit Schauspielerinnen an und macht sich und seine Eltern zum Gespött der Welt. Mein einziger Sohn und Erbe, warum hast du mir das getan?‘

‚Weil ich Hedwig Allner liebe und nie eine andere als sie zu meiner Gattin machen werde‘, ertönte eine männliche feste Stimme, und Kuno trat vor seinen Vater. Der Graf war sprachlos vor Überraschung, seinen Sohn plötzlich vor sich zu sehen, Kuno fuhr fort:

‚Hedwig ist Sängerin, das stimmt, aber sie ist ein gutes, gediegenes Mädchen, nur durch sie kann ich besser werden, das fühle ich. Wird sie mir genommen, so geht der Engel meines Lebens fort. Sie ist die Einzige, die mich beeinflussen kann, ich komme deshalb zu Euch, Euch zu bitten, in eine Verbindung mit ihr einzuwilligen.‘

‚Nie werde ich in die Heirat einwilligen. Mein einziger Sohn und Erbe soll sich nicht an eine Schauspielerin wegwerfen, soll unsern alten Namen nicht entehren‘, brauste der Graf auf.

Ein heftiges Wortgefecht folgte. Lassen Sie mich davon schweigen. Es wurden Worte gesprochen, die weder Vater noch

Sohn verantworten konnten. Mutter und Tochter warfen sich dazwischen – doch umsonst. Im höchsten Zorn ritt Graf Kuno davon, und nach Verlauf einer Woche wusste es die ganze Gegend: Graf Kuno von Hoheneck ist auf und davon mit der Sängerin Hedwig Allner. Wohin, wusste niemand. Die darauf folgenden Tage waren die traurigsten meines Lebens. Der alte Graf schloss sich ein, ließ sich wochenlang nicht sehen. Die Gräfin sah bleich und kummervoll aus, und Adelheid schlich wie ein Schatten umher. Meine Herrschaften zogen sich von allem zurück, das Schloss, das früher der Sammelplatz vieler Menschen gewesen, wurde öde und einsam, und als einige Monate vergangen waren, legte sich unsere liebe, junge Komtess aufs Krankenlager, von dem sie nicht wieder aufstand. Ich glaube, der Kummer hat an ihrem jungen Herzen genagt, sie liebte den Bruder sehr, und das ganze Ereignis hat sie mehr erschüttert, als sie es merken ließ. Sie starb in der Blüte ihrer Jahre und ließ die Eltern tiefgebeugt zurück, die ohne ihre Kinder nicht weiter an der Stätte weilen mochten, wo sie alles an die traurige Vergangenheit erinnerte. Sie verließen Schloss Eichberg und gingen auf Reisen. Viele Jahre sind sie in der Fremde gewesen, um dort durch neue Eindrücke die erlebten Trübsale zu vergessen, endlich wurden sie des Wanderns müde. Sie kehrten nach Deutschland zurück und wählten Klosterberg, ein altes Familiengut, das lange unbewohnt gewesen war, zu ihrem Wohnsitz. Seitdem sind sie nun hier, einsam ohne Kinder."

„Aber", warf Hildegard vor Erregung glühend ein, „haben sie sich denn nie nach ihrem Sohn erkundigt? Er könnte doch noch leben!"

„In den ersten Jahren, als der Zorn des alten Grafen noch nicht vorbei war, durfte niemand den Sohn erwähnen; nach und nach ist aber der alte Herr milder geworden. Reue zog in sein Herz über die Härte gegen seinen Sohn. Er hätte alles getan, seine Worte rückgängig zu machen, doch es war zu spät! Alle Nachforschungen nach Kuno blieben vergebens. Ich glaub' es nicht, dass er noch lebt. Aber wissen möchte ich, wo das Grab meines lieben jungen Herrn ist! – Sehen Sie, Fräulein

Hildegard", fügte sie nach einer Pause hinzu, „ich habe ihn nie für so schlecht gehalten, und ich finde, man sollte junge Leute, wenn sie sich lieb haben, nicht so gewaltsam trennen. Es ist nie gut!"

Hildegard war von der Erzählung tief ergriffen, hatte sie doch Ähnliches erlebt. In ihrem Schoß lag das Album, das sie, seit es wieder in ihrem Besitz war, täglich zur Hand genommen hatte.

Es stand dort schwarz auf weiß: „Ihr bis in den Tod getreuer Waldemar." Konnte sie mehr verlangen? Und doch – durfte sie es nicht wünschen nach dem eben Gehörten. Nichts als Elend und Trübsal folgte auf eine Verbindung ohne den Segen der Eltern, und hatte sie nicht kürzlich durch Marie gehört, dass Leutnant Waldemar verlobt sein sollte? Diese Worte, die er damals in augenblicklicher Leidenschaft geschrieben, waren nun längst vergessen, und sie hatte solch Gewicht darauf gelegt!

Endlich sagte die Kastellanin: „Fräulein Hildegard, weinen Sie nicht. Was wird die Gräfin sagen, wenn sie es sieht; die Tränen würden mich ja verraten. Und nun lassen Sie sich's nicht zu sehr zu Herzen gehen, es gibt einmal in der Welt allerlei Herzeleid. Einem fehlt's hier, dem ändern da! Ich bin nur froh, dass meine Gräfin Sie jetzt hat; sie lebt seitdem ordentlich auf!"

„Ja, ich aber bin nur ihre Dienerin, kann ihr nie die Tochter ersetzen", sagte Hildegard und stand dann eilig auf, da ein Blick auf die Uhr ihr sagte, dass sie den Teetisch zum Empfang der Herrschaften ordnen müsse.

Sie ließen nicht lange auf sich warten. Der Graf zog sich bald zurück, während die Gräfin noch länger mit Hildegard im Salon war und ihr von dem Erlebten erzählte. Von Zeit zu Zeit sah sie Hildegard forschend an und sagte endlich: „Kind, ich darf Sie nicht wieder allein zu Hause lassen, Sie haben geweint."

Eine dunkle Röte stieg in Hildegards Gesicht, und sie senkte die Augen.

„Heimweh?", fragte die Gräfin und streichelte ihr liebevoll über die Wangen.

„Ich fühle mich bei Ihnen ganz zu Hause, Frau Gräfin, Heimweh ist es nicht."

„Nun, dann heraus mit der Sprache", sagte die Gräfin lächelnd.

Hildegard, stets gewöhnt, die Wahrheit zu sagen, antwortete: „Es tut mir so leid – ich war so betrübt, dass Sie - Sie ..."

„Dass ich so viel Kummer erlebt? So? Die alte Müllern hat bei Ihnen gesessen und geplaudert! Lassen Sie das den Grafen nicht hören, er würde sehr ungehalten sein", sagte die Gräfin streng. „Um meine Familiengeheimnisse hat sich meine Gesellschafterin nicht zu kümmern."

Hildegard streckte bittend die Hand aus und sagte: „Frau Gräfin, zürnen Sie der Müllern nicht. Was sie mir gesagt, wird fest verschlossen bei mir bleiben, es wird nie etwas davon über meine Lippen kommen."

„Kind, das weiß ich. Und nun kommen Sie. Es tut mir alten Frau auch wohl, wenn ich mich einmal aussprechen kann. Warum muss man Sie so lieb haben? Hildegard, ist es mir doch, als hätte ich meine geliebte Adelheid um mich, wenn du mich so ansiehst! Und nun lass uns von der Vergangenheit reden, zu wem kann ich denn davon sprechen, wenn nicht zu dir? Ich weiß, du hast ein treues, teilnehmendes Herz und verstehst mich recht."

Hildegard aber fühlte sich fortan mit doppelten Banden der Liebe an ihre Gräfin gekettet. Lange sprachen sie zusammen, die Gräfin erzählte die ganze traurige Begebenheit noch einmal und ließ Hildegard einen Blick in ein mütterliches Herz voll Liebe tun, auch gegen den Sohn, der irregegangen war. „Hätte ich ihn nur noch einmal sehen können, meinen Kuno! Wäre er nur nicht das letzte Mal im Zorn von uns gegangen!“, stöhnte sie. „Und mit – dem Fluch des Vaters, der nie, nie in Segen verwandelt werden kann. Doch gehen Sie, Kind, es ist spät.“ Und sie entließ Hildegard, einen Kuss auf ihre Stirn drückend!

Hildegard lag noch lange wach. Sie dachte an den schönen Knaben im lockigen Haar, an das rosige Mädchen, das die Blumen zum Kranze wand. Sie ruhte nun viele Jahre im Grabe, und er hatte vielleicht nach einem stürmisch bewegten Leben endlich Ruhe gefunden, ebenso vielleicht auch seine Frau und sein Kind. Sie dachte und dachte – doch allmählich verschwammen die Bilder ineinander, und sie fand sich mit Waldemar an ihrer Seite am See zu Horst stehend. Er streckte die Hand nach ihr aus und sagte: „Ihr bis in den Tod getreuer Waldemar." – Worauf sie laut und feierlich sagte: „Der Eltern Segen baut den Kindern Häuser, aber der Mutter Fluch reißet sie nieder!"

Die Gesellschaft

Pastor Werner hatte mit dem Gutsinspektor in Birkenfelde eine Angelegenheit zu besprechen und war bei ihm in seiner im Wirtschaftsgebäude gelegenen Wohnung, als er auf einmal Kindergesang hörte. Er fragte erstaunt den Inspektor, was das zu bedeuten habe, es sei doch keine Schule im Wirtschaftshaus. „Doch wohl so etwas Ähnliches“, versetzte der Inspektor, gutmütig lächelnd. „Hätte oft selbst Lust, mittwochs nachmittags bei den kleinen Fräulein stricken zu lernen. Wer hätte das gedacht, dass aus unsern kleinen Wilden noch ehrbare Lehrerinnen würden! Was so eine Erzieherin, wenn sie das Herz auf dem rechten Fleck hat, alles zuwege bringt. Sie hält mir das ganze Dorf in Ordnung. Ja, seit Fräulein Rothe sich der Dorfkinder annimmt, sind sie und ihre Eltern viel höflicher und gesitteter, es kommen gar nicht so viel Rohheiten und Unarten vor. Warten Sie noch ein Viertelstündchen, Herr Pastor, dann tun Sie mir den Gefallen und gucken zum Fenster hinaus; da sollen Sie mal sehen, wie die kleine Rothe die Kinder entlässt. Es ist ordentlich eine Freude, ihr zuzuhören. Wenn ich nicht schon ein alter Kerl wäre, und das Leben läge nicht fast hinter mir, in die verliebte ich mich noch. Das wäre einmal eine Frau für Sie, mein lieber Herr Pastor, die würde eine Frau Pastor abgeben wie keine zweite." Dabei blinzelte er mit den Augen und nickte dem Pastor zu. Dieser antwortete ruhig: „Ich denke ebenso wenig wie Sie ans Heiraten", und setzte das geschäftliche Gespräch über eine Wiesenverpachtung fort.

Nicht lange dauerte es, so hörten die Herren den Schlussvers singen: „Unsern Ausgang segne Gott."

Als das Lied verklungen war, winkte der Inspektor den Pastor ans Fenster; bald kam Marie mit ihren Zöglingen, von einer Schar Dorfkinder begleitet, in den Hof. Die Kinder, alle mit glatten Zöpfen und in Sonntagskleidern, gaben den kleinen Fräulein die Hand. Marie hatte für jedes ein freundliches Wort. „Liese Müller, wie geht es deiner Großmutter? Nimm ihr dies mit!" Mit diesen Worten händigte sie dem

Kind ein kleines Paket aus, das es dankend in Empfang nahm. Ein anderes fragte sie nach seinem Bruder, ein drittes ermahnte sie, nicht davonzulaufen, ohne auf Wiedersehen gesagt zu haben.

Alle aber entließ sie mit einem herzlichen „Gott behüte euch“ und ging mit ihren Zöglingen dem Schloss zu, fröhlich ausrufend: „Kinder, nun wollen wir unsern Hunger stillen, nach getaner Arbeit schmeckt das Vesper gut!“

„Ist sie nicht entzückend?“, sagte der alte Inspektor, indem er triumphierend den Pastor ansah. Als ob er es nicht wüsste! Vor sechs Jahren hatte er auch so gedacht, jetzt wollte er es nicht zugestehen, und er entgegnete: „Es ist ja ganz lobenswert, dass das Fräulein sich des Dorfes annimmt!“ Dann erledigte er seine Geschäfte und ging eilig nach seinem Pfarrdorf. Er begegnete noch einigen Strickkindern mit ihren Müttern, die eifrig dem Geplauder lauschten. „Guten Abend, Frau Schmidt“, sagte er im Vorübergehen.

„Guten Abend, Herr Pastor!“

„Nun, Ihr Töchterchen ist ja recht sonntäglich geputzt!“

„Wissen Sie denn nicht, was mittwochs los ist? Das ist für das ganze Dorf ein Festtag.“ Und nun sang auch sie in beredten Worten Maries Lob. Dem Pastor war seltsam zumute. Er dachte an die alten Zeiten. Warum musste dieses Mädchen, das alle andern Menschen bezauberte, allein gegen ihn so abstoßend sein! „Und wenn er zehnmal um mich anhielte, er kriegte zehnmal einen Korb!“, tönte es wieder in ihm. Seine Züge nahmen den langgewohnten strengen Ausdruck an, und mit raschen Schritten ging er nach seiner Wohnung.

„Ich wollte, morgen wäre vorüber“, sagte er später zu seiner Schwester.

„Warum?“, antwortete sie, von der Arbeit aufblickend.

„Ich soll auf Wunsch der Birkenfelder Herrschaften einem Examen, das Fräulein Rothe mit den Kindern hält, beiwohnen, hab' gar keine Lust!“

„Du dauerst mich weniger als sie“, sagte Therese ruhig.

„Ja, da hast du freilich Recht. Ich ersparte es ihr gern“, versetzte er sinnend und ging in sein Studierzimmer.

Marie war ins Schloss zurückgekehrt, um mit ihren Kindern das Vesper einzunehmen. Als sie in den Speisesaal traten, stürzten die Kinder wie gewöhnlich in den Salon zu ihrer Mama, kamen aber gleich darauf verlegen zurück und flüsterten: „Es ist Besuch da, ein ganz feiner Herr, Papa nennt ihn Graf."

„Es ist der junge Graf Horst, der Erbe des alten Herrn", versetzte der Diener.

Marie war es ziemlich gleichgültig. Sie hatte sich nicht sehr für den Verstorbenen interessiert, viel weniger nahm der Erbe ihr Interesse in Anspruch. Nicht so Theodora. Sie konnte, als der Besuch fort war, nichts weiter reden und denken als an Graf Horst.

„O Mama", rief sie aus, „nun fängt es an, interessant in unserer Gegend zu werden. Graf Horst scheint ein sehr liebenswürdiger Herr zu sein!"

„Eine ganz annehmbare Partie", schmunzelte Herr von Ulbersdorff und blickte Theodora an.

Theodora errötete leicht und erwiderte: „Wer denkt denn an so etwas? Ich bin froh, wenn sich unser gesellschaftlicher

Kreis etwas erweitert. Ihr müsst doch selbst sagen, dass die Umgegend wenig Interessantes bietet."

„Theodora hat Recht", versetzte Frau von Ulbersdorff, „wir wollen daher nicht versäumen, den jungen Grafen Horst durch eine Abendgesellschaft zu feiern."

„Wie es bereits in der Umgegend geschieht", sagte Herr von Ulbersdorff. „Ich habe auf übermorgen eine Einladung nach Klosterberg angenommen. Graf und Gräfin Hoheneck scheinen als nächste Nachbarn den Anfang zu machen."

Über Theodoras Gesicht flog ein Zug vollster Befriedigung.

„Auch Sie, Fräulein Rothe", fuhr Herr von Ulbersdorff fort, „haben eine Einladung erhalten, der Graf erwähnte Sie besonders!"

„Ich werde wohl ablehnen müssen", erwiderte Marie. „Ich passe nicht in dergleichen Gesellschaften!"

„Warum nicht?", entgegnete Herr von Ulbersdorff, dessen Liebling die kleine Erzieherin schon lange geworden war. „Kommen Sie nur mit!"

„Ich fürchte, ich kann der Kinder wegen nicht gut!"

„O Fräulein Rothe, wir wollen so artig sein; fahren Sie nur ruhig mit", versicherte Gretchen und streichelte zärtlich Maries Hand.

„Na, mit dem Artigsein wird es nicht weit her sein!", versetzte Theodora schnippisch. „Meinst du nicht, Mama, dass es besser ist, Fräulein Rothe bleibt diesmal zu Hause? Die Mädchen sind, wie du weißt, wenig zuverlässig."

„Wir wollen später darüber sprechen", sagte Frau von Ulbersdorff, das Gespräch abbrechend, und Marie wandte sich freundlich zu den Kindern:

„Erst wollen wir sehen, ob wir morgen in unserm Examen bestehen, dann wollen wir ans Vergnügen denken."

Sie hatte treu mit den Kindern gearbeitet, sie gut unterrichtet, und hätte ein ihr fremder Pastor den Stunden beigewohnt, es würde ihr nur recht und lieb gewesen sein. Aber unter den jetzigen Verhältnissen! Sie dachte ganz deutlich an jenen Abend, an dem sie als kecker Backfisch gerufen hatte: „Ich danke dafür, mich von

Ihnen examinieren zu lassen!“, und nun fügte es das Geschick, dass gerade er dazu befugt war, ihr Schulinspektor zu sein. Es war eine große Demütigung! Natürlich würde er auch daran denken. So gingen die Gedanken kreuz und quer, doch endlich siegte ihre frische Natur. „Dummes Zeug, warum quäle ich mich so nutzlos! Warum denke ich immer an den Schulinspektor, ich will die Sache umdrehen und zuerst an meine Kinder denken und dann an meinen Beruf. Ich will sie prüfen, ohne mich um die Leute zu kümmern, die zuhören, der liebe Gott wird ja helfen, dass ich nicht stecken bleibe.“ Sie bereitete sich nun mit Ernst auf ihre Lektionen vor, bat Gott um ein gutes Gelingen und legte sich ruhig schlafen.

Als die junge Lehrerin am andern Morgen mit den Kindern am Tisch saß und mit fester Stimme „Herr, hilf und lass alles wohl gelingen“, betete, da ahnten ihre Zuhörer nicht, welche Kämpfe das anscheinend so ruhige Mädchen zu bestehen gehabt hatte. Mit großer Sicherheit begann und leitete sie den Unterricht, die Kinder waren in guter Zucht und leisteten Vorzügliches. Sie waren in allen Fächern gut beschlagen. Als in der Geschichtskunde die Antworten Schlag auf Schlag folgten, da schlug Herr von Ulbersdorff die Hände zusammen und rief: „Kinder, ihr wisst ja dreimal mehr als ich!“ Auch der Pastor nickte beifällig und hörte mit gespannter Aufmerksamkeit zu.

Als das Examen beendet, trat er auf Marie zu, verbeugte sich und sagte mit ernster Stimme: „Mein Fräulein, Ihr Schulinspektor ist mit dem Resultat der Leistungen vollkommen zufrieden!“ Sie verbeugte sich, ohne etwas darauf zu erwidern, und nachdem die Eltern der Kinder sie herzlich wegen des sehr wohl bestandenen Examens beglückwünscht, gingen die Eltern mit dem Pastor fort, und von Maries Herzen wälzte es sich wie eine schwere Last. Was sie so lange gefürchtet, war nun vorüber, und wenn es zum zweiten Male wiederkehrte, hatte es schon viel von seiner Schwere verloren. So wurde ein Kampf nach dem andern bestanden, obwohl es Marie oft weh im Herzen war, dass eine so tiefe Kluft sich zwischen dem Pastor des Ortes und ihr aufgebaut hatte.

Sie war beruhigt, dass die lieben Eltern daheim nun alles wussten. Der Vater schrieb unter anderem: „Liebes Mariechen, erinnere dich stets daran, wenn der Pastor dir kühl und zurückhaltend gegenübersteht, dass er nicht anders handeln kann. Du hast ihn tief gekränkt, tiefer vielleicht, als du ahnst, und es wäre an dir, ihn um Entschuldigung zu bitten. Suche keine Gelegenheit dazu; wenn sie sich dir aber bietet, lass sie nicht ungenutzt vorübergehen."

Und die Mutter fügte hinzu: „Lass dein Herz nicht von Bitterkeit erfüllt sein; denke daran, wie lieb deine Eltern den jungen Mann gehabt haben und dass es vielleicht deine Schuld ist, dass er seine Fröhlichkeit verloren hat."

Marie stand nach dem Examen noch lange sinnend am Fenster. Sie ließ die ganze Vergangenheit an sich vorüberziehen. Sie dachte an das Elternhaus, an Hildegard und ihre Erlebnisse. – Auf einmal drängte sich das glückliche Bild von Hermann und Käthe vor ihre Seele. Sie sah Käthe mit leuchtenden Augen zu Hermann aufschauen und hörte die Worte flüstern: „Nur unverzagt und Gott vertraut, es muss doch Frühling werden!"

Und plötzlich verklärte ein sonniges Lächeln ihr Gesicht, und sie wiederholte leise die Worte für sich:

„Es muss doch Frühling werden!"

Wiedererkennen

Am selben Tage, da Marie Examen hielt, wanderte Hildegard durch das raschelnde Laub des Parkes. Es war Ende Oktober, aber es schien, als wollte der Winter in diesem Jahr noch keine Einkehr halten. Warme, sonnige Tage erfreuten das Herz; sonnige Tage schätzt man vor Wintersanfang doppelt, da man weiß, es sind die letzten. Bald brausen die Stürme und jagen das Laub von den Bäumen; dann wird es öde in der Natur, und der Schnee deckt die Erde wie mit einem Leichentuch, bis sie im Frühling neu ersteht und Leben und Hoffnung auch im Menschenherzen weckt.

Hildegard war sonst wenig allein. Heute hatte aber die Gräfin, die ein Unwohlsein längere Zeit ans Bett fesselte, gesagt: „Liebste Hildegard, Sie sollen sich nicht mit mir in diesen Klostermauern vergraben; es ist so schönes Wetter, machen Sie einen tüchtigen Spaziergang, und kommen Sie mit roten Wangen wieder heim!"

Hildegard ließ sich das nicht zweimal

sagen. Sie liebte es sehr, allein zu wandern und ihren Gedanken nachzuhängen. So hatte sie das Ende der großen Buchenallee und mit ihr das Ende des Parkes erreicht; ein Graben trennte ihn von der Landstraße. Schnell sprang sie hinüber, um ihren Lieblingsweg nach dem Horster See einzuschlagen. Was sie täglich von ihrem Stübchen aus sehen konnte, wurde zu einem Stück Heimat; so übte auch dieser See eine Anziehungskraft auf Hildegard aus, dass sie oft im Sommer an seinen Ufern saß und an die ferne Vergangenheit dachte. Auch heute zog es sie dahin: Ihr Lieblingsplatz, ein großer Stein, war so warm von der Sonne beschienen, dass sie es wohl wagen konnte, sich noch einmal auf diesen Platz zu setzen. Doch warf sie zuerst einen schnellen Blick um sich, um nicht irgendwie überrascht zu werden. Der neue Besitzer von Horst war ihr ganz fremd, doch mochte sie ihm nicht begegnen. Es lag allerdings wenig oder gar nichts daran, ob er sie sah oder nicht; sie als Untergebene der Gräfin Hoheneck war keiner Beachtung wert. Morgen würde sie ohnedies seine Bekanntschaft machen,

Hohenecks gaben ihm zu Ehren eine große Abendgesellschaft, die erste nach langer Zeit.

„Ein lieber junger Mann", hatte die Gräfin gesagt, als er seinen ersten Besuch bei den Herrschaften gemacht hatte.

„Und ein weitgereister, weltgewandter, interessanter Mann", fügte der Graf hinzu, „dabei ein tüchtiger Landwirt, wie mir scheint. Was meinst du, Mamachen, es ist wohl in der Ordnung, dass wir als die nächsten Nachbarn ihn zuerst feiern, und das möchten wir je eher je lieber tun, damit uns die andern nicht zuvorkommen!"

So stand also die erste große Gesellschaft in Sicht, und Hildegard bangte ein wenig. Ihr war noch nichts Offizielles darüber gesagt, daher hoffte sie, sich später, nachdem sie ihre Obliegenheiten erfüllt, auf ihr Zimmer zurückziehen zu dürfen. Einstweilen wollte sie nicht an diese Gesellschaft denken, sondern ihr Herz weit der Herrlichkeit der Natur öffnen und sich an den herbstlichen Schönheiten der Gegend erfreuen. Der hinter dem See gelegene buntgefärbte Wald, der klare blaue Himmel mit einzelnen lichten Wölkchen und der See, in dem sich des Himmels Klarheit spiegelte, lagen so schön in der Landschaft. Die Abendsonne warf ihren goldigen Schein darüber, dass die Zinnen des aus dem Walde hervorragenden Schlossturmes erglänzten.

Da erschreckten sie nahende Fußtritte, sie wandte den Kopf, starrte die Erscheinung an, sprang auf und stieß einen lauten Schrei aus. Dann wurde sie bleich und schwankte; sie wäre beinahe in den See gestürzt, wenn nicht ein Paar kräftige Arme sie gehalten hätten. Eine hohe, kräftige Gestalt stand vor ihr – Waldemar von Buchwald.

„Hildegard“, rief er endlich, „träume ich oder wache ich? Habe ich dich endlich gefunden, nachdem ich jahrelang in Sehnsucht auf dich gewartet habe?“

Hildegard, die sich vom ersten Schreck erholt, machte sich aus seinen Händen los und rief: „Herr von Buchwald, lassen Sie uns das grausame Spiel nicht noch einmal beginnen. Ich glaubte mich am äußersten Ende der Welt und so geborgen vor Ihnen; wie kommen Sie hierher?“

„Geborgen vor Ihnen!“, wiederholte

Waldemar traurig, „das klingt nicht, als ob Sie mir Liebe und Treue bewahrt hätten!“

Ein tiefer Blick aus Hildegards Augen belehrte ihn eines andern. Doch sie sagte zu ihm:

„Eine Verbindung zwischen uns ist unmöglich, Sie wissen es so gut wie ich. Warum uns also mit Dingen quälen, die nicht sein können? Was führt Sie hierher?“

„Ich bin wohl berechtigt, auf meinem eigenen Grund und Boden spazieren zu gehen“, antwortete Waldemar lächelnd, „und dürfte eher die Frage an Sie richten: Wie kommen Sie hierher an meinen See, junge Dame?“

Hildegard errötete tief und fragte klopfenden Herzens: „So sind Sie – Sie – der Erbe von Horst?“

„Graf Horst von Buchwald, Universalerbe aller Güter.“

„Also doppelt veranlasst, eine ebenbürtige Gräfin als Gattin heimzuführen.“

„Lassen wir das vorderhand, und beantworten Sie mir die Frage: Wie kommen Sie hierher?“

„Ich bin Dienerin, oder, wenn Sie wollen, Gesellschafterin der Gräfin Hohen-eck auf Klosterberg, und liebe es, bisweilen einen Spaziergang an den See zu machen. Graf, ich werde Ihren Grund und Boden nicht wieder betreten!"

Eine Wolke zog über Waldemars Stirn. „Hildegard", sagte er traurig, „immer noch der alte Stolz ..."

„Graf", erwiderte Hildegard, und ein Zittern lag in ihrer Stimme, „denken Sie an Ihre Eltern. Ich mag mich nicht noch einmal von ihnen zurückweisen lassen!" Hundegebell schreckte sie plötzlich. Ein Jäger wurde sichtbar, und ehe Waldemar sich's versah, war Hildegard eilig fortgegangen.

Wie sie in den Park gekommen, wusste sie selbst nicht. Wie ein gehetztes Reh war sie vorwärts geeilt, und erst als sie den Graben übersprungen und im gräflichen Park angekommen, sank sie erschöpft auf eine Bank, unfähig weiterzugehen. Es schien alles in ihr zu stocken, und sie rang nach Atem.

„Um Gottes willen, Fräulein, wo stecken Sie, und was fehlt Ihnen?", rief die alte gutmütige Müller. „Die Gräfin ist besorgt, weil Sie so lange ausbleiben, und schickt mich, Sie zu suchen. Wie können Sie auch so unvernünftig sein und zu dieser Jahreszeit so lange im Freien sitzen!" Sie nahm Hildegard am Arm und ging mit ihr dem Schloss zu.

„Nicht zur Gräfin!", stöhnte Hildegard leise.

„Nein, Kind, Sie kommen direkt ins Bett, und dann eine Tasse Tee zum Schwitzen, das wird für Sie das Beste sein!"

Willenlos ließ Hildegard sich von der Alten zu Bett bringen. Ihr war es am liebsten, jetzt allein zu sein; ihre Erregung war zu mächtig, sie hätte ihrer nicht Herr werden können. Waren denn die jahrelangen Kämpfe gegen ihre Neigung nutzlos gewesen? Fühlte sie nicht denselben mächtigen Zug zu dem Geliebten, und musste sie nicht heute mehr denn je aus vollster Überzeugung ausrufen: „Ein wunderbares Zusammentreffen!" War es nicht, als ob Gott selbst sein Ja und Amen zu ihrer Verbindung spräche? Aber plötzlich trat ihr die Mutter ihres Geliebten vor Augen, die mit ihr erlebte Szene brannte noch wie Feuer in ihrer Seele. Sie verbarg ihr Gesicht in die Hände und schluchzte leise. „Solange die Eltern die gleiche Gesinnung gegen mich im Herzen haben, soll mich nichts bewegen, mich ihm zu nähern.“ Es wurde ihr immer wieder aufs neue klar, dass ihre Liebe hoffnungslos sei. „Meines Bleibens wird nun nicht mehr lange hier sein“, dachte sie traurig, „ich muss seine Nähe fliehen und eine Stellung aufgeben, die mir lieb und teuer geworden ist.“ Während so die verschiedensten Gedanken und Gefühle auf sie einstürmten, drückte sie den sorgenschweren Kopf tiefer in die Kissen.

„Nun, Kind, was ist Ihnen passiert?“, ließ sich die milde Stimme der Gräfin vernehmen. „Das dürfen Sie mir nicht wieder machen. Wer setzt sich zu Winters Anfang ins Freie und stürmt gewaltsam auf seine Gesundheit ein?“ Mit diesen Worten hatte die Gräfin sich an Hildegards Bett gesetzt und ihre Hand ergriffen, sie sah ihr forschend ins gerötete Gesicht. „Sie haben Fieber“, sagte sie unruhig, „was wird morgen aus unserer Gesellschaft?“

„Frau Gräfin, es sollte mir leid tun, wenn ich meine Pflichten nicht erfüllen könnte.“

„Davon ist nicht die Rede, Kind. Sie sind morgen ganz davon befreit. Ich habe Marie Rothe mit einladen lassen, und so gut, wie diese unser Gast ist, sollen auch Sie daran teilnehmen."

„Wenn Frau Gräfin mich davon dispensieren möchten", sagte Hildegard mit flehendem Blick. „Ich passe nicht in die vornehme Gesellschaft!"

„Das Urteil überlassen Sie mir, liebe Hildegard. Es freut mich für Sie, dass Sie auch einmal ein kleines Vergnügen haben. Sie sind mir für Ihre jungen Jahre oft zu ernst und haben doch nichts Schweres erlebt, was Ihnen den Frohsinn trüben könnte!"

„Doch auch manches", versetzte Hildegard leise, als die Wirtschafterin klopfte, um etwas Notwendiges mit der Gräfin wegen morgen zu besprechen. So lächelte die Gräfin nur und sagte: „Kleine Schwermütige, bleiben Sie nur heute Abend liegen und schwitzen Sie, dann ist morgen hoffentlich alles wieder gut, und Sie sind wieder frisch und fröhlich!" Mit diesen Worten ging sie und überließ Hildegard ihren eigenen Gedanken.

„Frisch und fröhlich! Ja, wenn ich das sein könnte. Dazu habe ich doch zu viel Bitteres erlebt. Und vergnügt wollte ich morgen Abend ja gern sein, wenn nur Graf Horst ein Fremder wäre, nur nicht gerade er – mein Waldemar."

Was würde er darum gegeben haben, hätte er dies aus Hildegards Munde vernommen statt des stolzen abwehrenden „Graf, ich werde Ihren Grund und Boden nicht wieder betreten".

Hildegard dachte weiter: „Hatte sie ihn abermals gekränkt mit ihrem leidigen Stolz? Nun, dann würde er sie vielleicht gar nicht beachten, und das würde ihre gerechte Strafe sein. Wie nahe stand ihr der Held des Tages, um den sich alles drehte! Wenn das ihre alte Gräfin ahnte!" So sann und grübelte Hildegard, bis der Kopf sie schmerzte. Dann wieder bat sie Gott, ihr doch den bösen Hochmut aus dem Herzen zu reißen, ihr die Neigung zu diesem Mann ganz zu nehmen. Im Gebet fand sie für ihre Seele Frieden. Wie ein müdes Kind legte sie den Kopf in die Kissen und schlief endlich sanft und fest ein. Sie merkte nicht, wie die alte Gräfin noch abends spät an ihrem Lager stand und sie liebevoll betrachtete.

„Ich glaube, wir können ruhig sein, Müllern", wandte sie sich zu ihrer Begleiterin, „sie atmet ruhig und regelmäßig, auch scheint sich etwas Schweiß einzustellen, die Stirn ist feucht. Aber bleiben Sie die Nacht in der Nähe, es ist mir lieber!"

„Das versteht sich", antwortete die Wirtschafterin leise. „Ich werde Fräulein Hildegard nicht hier oben allein lassen, dazu habe ich sie viel zu lieb. Frau Gräfin, Sie können froh sein, dass Sie das Fräulein da haben. Sie hat etwas Apartes und passt zu Ihnen."

Die Gräfin seufzte und sagte: „Ja freilich. Aber Müllern, die Kinder!, die Kinder! Die fehlen mir." Sie verließ hastig das Zimmer. Die alte Kastellanin sah ihr wehmütig nach. „Glaub's schon", sagte sie leise vor sich hin, „das nagt wie ein Wurm an ihrem Herzen, und umso mehr, je weniger sie sich ausspricht."

Mit diesen Worten machte sie sich in Hildegards Stube ein bequemes Lager zurecht und strickte eifrig, von Zeit zu Zeit ihren Liebling beobachtend. Dann und wann schüttelte sie den Kopf und murmelte leise vor sich hin: „Jugend hat keine Tugend. Wie kann sich die Kleine zu dieser Jahreszeit, wo man froh ist, hinter dem Ofen ein warmes Plätzchen zu haben, draußen auf die kalte Bank setzen und träumen! Gott sei Dank, dass ich kam und sie fand. Sie hätte sich den Tod holen können. Na, wenn sie nur morgen wieder frisch ist."

Am Morgen nach dem Fest saß Hildegard in ihrem Zimmer. In ihre Augen war kein Schlaf gekommen, sie sah bleich und abgespannt aus, und ein bitterer Zug spielte um ihre Lippen. Sie ließ den gestrigen Tag noch einmal an sich vorüberziehen. Wie frisch war sie am vorigen Morgen aufgewacht! Der schwere Druck, der auf Herz und Gemüt lastete, war ihr abgenommen, und sie sah alles im rosigen Licht der Tageshelle. Die Gräfin hatte sie mit den Worten begrüßt: „Nun, meine liebe Hildegard, das Aussehen ist ja wieder gut, wie freue ich mich!" Und der alte Graf hatte lächelnd mit dem Finger gedroht und gerufen: „Warten Sie,

Fräulein, ich werde alle Bänke im Park fortnehmen lassen, damit Sie mir nicht wieder solche Streiche machen."

Dann war sie an ihr Tagewerk gegangen, überall tätig eingreifend, wo ihre Hilfe angebracht war. So hatte sie nicht viel Zeit, ihren Gedanken nachzuhängen. Am Abend waren die Gesellschaftsräume nach langer Zeit wieder geöffnet und hell erleuchtet. Diener eilten geschäftig hin und her, silberne Armleuchter tragend, Blumen ordnend, mit der Aufstellung von Büfetts beschäftigt, bis heranrollende Wagen das Nahen der Gäste verkündeten. Hildegard ging auf Wunsch der Gräfin in Weiß, als einzigen Schmuck trug sie eine halberschlossene rote Kamelie im schwarzen Haar. Auch die hätte sie am liebsten weggelassen, wenn nicht die alte Müller energisch ihren Willen durchgesetzt hätte. Sie hatte mit sorgfältiger, geschickter Hand die Blume in Hildegards Haar befestigt, sich dann vor sie hingestellt, sie liebevoll angeblickt und gesagt: „Ganz wie unsere selige Komtesse."

„Lassen Sie das!", hatte Hildegard geantwortet. Was half es, dass sie immer mit einer Komtesse verglichen wurde, während sie es doch nicht war.

Waldemar hatte sich ihr nicht genähert, das konnte ihr nur lieb sein. Sie war dadurch einer peinlichen Szene enthoben, vor der sie sich den ganzen Tag gefürchtet hatte. Wer nur so kindlich und unbefangen sein könnte wie Marie! Kaum hatte Graf Horst den Saal betreten, die Dame des Hauses begrüßt und sich nach rechts und links verbeugt, flog Marie auf ihn zu, streckte ihm beide Hände entgegen und jubelte: „Herr von Buchwald, Sie hier? Das ist ja wunderschön!“ Alles schwieg betroffen; Marie hatte wohl einen groben Verstoß gegen die Etikette begangen, aber ihre gerade, frische Natur zeigte sich wieder einmal in ihrer ganzen Unbefangenheit. Waldemar lächelte auch fröhlich und erwiderte die unverhoffte, herzliche Begrüßung so warm und aufrichtig, dass Marie auf einmal in aller Ansehen stieg. Denn wer mit Graf Horst auf so vertraulichem Fuße stand, musste doch etwas zu bedeuten haben. „Wer ist der reizende Blondkopf?“, hörte man durch die Reihen flüstern, während sie unbeirrt eine Frage nach der andern an Herrn von Buchwald richtete. Erst als er lächelnd sagte: „Hier nennt man mich Graf Horst“, prallte sie einen Schritt zurück und sagte ganz erschrocken: „Sie sind der Erbe von – Horst, der heute hier gefeiert wird? Das wusste ich nicht; verzeihen Sie, dass ich so ungeniert auf Sie zukam.“ Mit diesen Worten reichte sie ihm die Hand, und er schüttelte sie kräftig mit den Worten: „Es wird sich schon noch ein Plauderstündchen heute Abend für uns finden.“ Als sie sich zurückzog, merkte sie, wie die Aufmerksamkeit der ganzen Gesellschaft auf sie gerichtet war. Sie errötete bis an die Haarwurzeln und sah nach Theodora, die sie mit einem unheilverkündenden Blick maß. Marie war aber durch die Überraschung so froh, dass sie sich gar nichts aus Theodora machte. Sie schritt sorglos an ihr vorüber zu Hildegard hin, die in einer Nische verborgen blass und erregt dastand und die Fragen eines jungen, neugierigen Mädchens, so gut sie es vermochte, zu beantworten versuchte. Gern wäre sie Hildegard um den Hals gefallen und hätte gesagt: „Liebste Hildegard, nun ist ja alles gut!“

Da das nicht ging, sah sie sie mit einem verständnisvollen Blick an und drückte ihr leise die Hand. Erst als sie beide einen Augenblick unbeobachtet waren, flüsterte ihr Hildegard zu: „Liebste Marie, verrate mich nicht, erwähne gegen niemand meine frühere Bekanntschaft mit Buchwalds."

Hildegard dachte an den weiteren Verlauf des Abends. Die bunten Bilder, die sich in den Gesellschaftsräumen entfaltet hatten, zogen noch einmal an ihr vorüber. Für sie gab es wenig Erfreuliches. Sie saß am unteren Ende des Tisches, neben einem jungen Leutnant, der fast gar nicht sprach. Es war ihr ganz recht, nicht zum Sprechen veranlasst zu werden, umso mehr konnte sie Waldemar, der am oberen Ende des Tisches saß, beobachten. Richtig, die fröhliche Marie saß ihm gegenüber. Ein junger Baron, der besonderes Wohlgefallen an ihr zu haben schien, hatte sie auf ihre enge Bekanntschaft mit Graf Horst hin zu seiner Nachbarin erwählt und hörte mit Interesse zu, wie im Laufe des Abends Jugenderinnerungen aufgefrischt wurden. Heiter und kindlich wusste das junge

Mädchen zu plaudern, sie musste alles wissen, ob Röschen eine glückliche Braut sei und was ihr Freund Kurt mache. Schließlich bat sie den Grafen, doch von seinen Reisen zu erzählen, und nun wusste er so geistreich und interessant vorzutragen. Er verstand so zu fesseln durch seine Schilderungen vom Gelobten Lande, Jerusalem und seiner Umgebung, dass die Zeit im Fluge dahineilte. Hildegard saß unten am Tisch, niemand achtete auf sie, niemand zollte ihr Aufmerksamkeit. Da plötzlich leuchtete ihr Auge auf; bei einer Erinnerung des gestrigen Abends weilte sie gern. Das Essen war vorüber, die Gesellschaft hatte sich in den anstoßenden Räumen verteilt – die älteren Herren spielten Billard und rauchten, die jungen Damen musizierten. Hildegard ging im Speisesaal auf und ab, um die Diener beim Abräumen zu beaufsichtigen – da sah sie, wie Graf Horst mit einem altern Herrn die verschiedenen Ahnenbilder betrachtete und plötzlich wie gefesselt vor dem Kinderbild stehen blieb. Er prüfte es lange und eingehend, ebenso das daneben hängende Bild der Komtesse Adelheid.

Dann sah er sich plötzlich forschend um, als suche er etwas. Vielleicht hatte er auch wie andere eine entfernte Ähnlichkeit mit ihr gefunden, und die Kornblumen Erinnerungen an alte Zeiten erweckt. Der alte Herr schien etwas zu fragen, Waldemars Antwort konnte sie nicht ganz verstehen, sie hörte nur das Wort: „Erinnerung“, sah, wie er noch einmal die Bilder aufmerksam prüfte und dann den Saal verließ.

Wäre Hildegard nicht die stolze Hildegard gewesen, so wäre es ihr jetzt ein Leichtes gewesen, sich in den Vordergrund zu stellen, seine Aufmerksamkeit auf sich zu lenken, so entzog sie sich seinen Blicken, und das war ja auch das Beste!

An dies alles dachte sie, die Gedanken stürmten und wogten in ihr wie die Wellen eines bewegten Meeres.

Welch ein trotzig und verzagt Ding ist das Herz, wie schwer ist es zur Ruhe zu bringen. Das kann nur der, dem Wind und Meer gehorsam sind.

Dann stand sie plötzlich auf und sah alles ganz klar vor Augen. „Ich bin ein armes Mädchen, von Waldemars Eltern verachtet, ich will seinem Glück nicht im

Weg stehen. Er hat mich gestern Abend vollständig ignoriert, das ist mir ein Zeichen, dass er die Bekanntschaft nicht erneuern will. ‚Er ist auf dem Punkt, sich zu verloben', schrieb Emma Rothe an Marie. Hoffentlich bald, und ich kann ruhig in meinem lieben Klosterberg bleiben. Was wird das junge Paar sich dann aus der armen Gesellschafterin bei Hohenecks machen! Und wie leicht ist es in unsern Stellungen, sich unsichtbar zu machen."

Prächtig sah die alte Gräfin gestern in ihrem schweren, grauseidenen Damastkleid und dem weißen, feinen Spitzenhäubchen aus. Edel und imponierend war ihre Erscheinung. Gütig und herzgewinnend freundlich hatte sie mit ihren Gästen verkehrt, während der alte Graf ritterlich und weltgewandt die Honneurs gemacht hatte. Sie wollte bei ihnen bleiben, solange sie sie haben mochten, sie wollte treu ihre Pflicht tun und alle dummen Träume über Bord werfen. Und jetzt hatte sie auch gar keine Zeit mehr zum Träumen. Sie warf noch einen Blick zum Fenster hinaus, doch dichter Nebel verhüllte die Aussicht.

„Schadet nichts", rief sie fröhlich. „Für mich ist ein dichter Schleier gezogen vor Wald, See und Schlossturm; ist ganz recht, ich will nichts mehr davon sehen!"

Mit diesen Worten griff sie zum Schüsselkorb und eilte die Treppe hinunter, um mit kundiger Hand den Frühstückstisch zu ordnen.

Eifersucht

Marie war mit Ulbersdorffs nach Hause zurückgekehrt, sehr glücklich über das unerwartete Wiedersehen mit Buchwald. Doch konnte sie ihren Gefühlen nicht, wie sie es gerne getan, Ausdruck geben. Theodora lehnte stumm in der Wagenecke, Herr und Frau von Ulbersdorff unterhielten sich von Personen, die sie weniger kannte, der Graf wurde nur flüchtig erwähnt. Aber am andern Morgen kam der Dämpfer auf die Freude. Wie sie es wagen könne, platzte Theodora heraus, den Vornehmsten aus der ganzen Gesellschaft wie einen intimen Freund anzureden? Sie sollte sich doch ihrer Stellung bewusst bleiben und sich ein Beispiel an ihrer Freundin nehmen. Die habe sich benommen, wie sich's für eine Untergebene schicke, die habe man kaum bemerkt und sich dem Grafen nicht einmal so genähert, dass er sie habe anreden können.

Marie, die eigentlich tief beleidigt und gekränkt hätte sein können, schien die

Sache zu belustigen. Sie erwiderte ganz froh: „Aber, mein Fräulein, freuen Sie sich nicht auch, wenn Sie einen guten Bekannten von früher treffen, und sprechen Sie nicht gern mit ihm über vergangene Zeiten?“ Frau von Ulbersdorff, die bei dieser Unterhaltung zugegen war, hatte sich bis jetzt schweigend verhalten; sie war auch nicht ganz einverstanden mit Maries Benehmen gewesen, fand aber, dass Theodora zu weit ging, und sagte einlenkend: „Nun, sagen Sie, Fräulein Rothe, woher datiert sich denn eigentlich Ihre Bekanntschaft?“ „Der Bruder des Grafen war mehrere Jahre bei uns in Pension; der Graf, damals Leutnant, verkehrte sehr viel in unserem Hause, seine Schwester war meine Freundin, auch bin ich selbst wochenlang auf Schloss Wiesendorf zu Besuch gewesen...“ „Immer noch kein Grund, sich an den jetzigen Gebieter von Horst heranzudrängen; Sie müssen Ihre und seine Stellung immer im Auge behalten“, schmollte Theodora.

„Es war gewiss ein Verstoß, den ich begangen habe; daher bitte ich die Damen um Entschuldigung, wenn ich dadurch

Ärgernis bereitet haben sollte. Sonst sehe ich kein Unrecht darin, dass Graf Horst sich mit der Freundin seiner Schwester unterhielt, dass wir als alte Bekannte uns in Jugenderinnerungen ergingen." Mit diesen Worten richtete Marie sich auf und sah Theodora herausfordernd an.

Die stand etwas verwirrt da. Die sonst so freundliche Marie war auf einmal stolz und hochfahrend geworden. Das sei schon die Frucht, wenn bezahlte Personen in ihre Kreise geladen würden, dachte sie bei sich.

Da Theodora schwieg, fuhr Marie fort: „Haben Sie mir sonst noch etwas zu sagen? Sonst", nach ihrer Uhr sehend, „möchte ich mich empfehlen. Die Kinder erwarten mich zur Stunde."

Theodora stieß hastig hervor: „Was hatte der Graf denn so heimlich mit Ihnen in der Ecke des roten Musikzimmers zu reden?"

„Das sind Privatangelegenheiten", sagte Marie mit lustigem Gesicht und verließ schnell das Zimmer.

„Hat man je so etwas Unerhörtes gesehen? So muss ich mich von der Erzieherin meiner Schwestern behandeln lassen? Sie muss augenblicklich fort, ich dulde sie nicht länger hier."

„Willst du etwa den Unterricht deiner Schwestern übernehmen?", sagte Frau von Ulbersdorff unwillig. „Du weißt, welche Schwierigkeiten es gemacht hat, bis wir für unsre kleinen Wilden eine passende Erzieherin fanden; du weißt, wie glücklich Papa und ich sind, in Fräulein Rothe eine so treffliche Erzieherin bekommen zu haben. Sie jetzt gehen lassen hieße, den Kindern den größten Schaden zufügen, und da hier drei meiner Kinder in Frage kommen, muss die eine doch sehen, wie sie mit Fräulein Rothe fertig wird!"

„Sie soll mir wohl den besten Freier wegschnappen!", brauste Theodora auf.

„Aber, bestes Kind, gib dir doch nicht solche Blöße! Wenn du ruhig über das Gesagte nachdenkst, musst du dich schämen."

„Aber das Heimlichtun in der Ecke war mir gar so verdächtig!"

„Was wird es gewesen sein! Er hat vielleicht einen kleinen Scherz gemacht."

„Nein, nein! Sie machte ein sehr ernstes, nachdenkliches Gesicht."

„Wer machte ein nachdenkliches Gesicht?“, fragte Herr von Ulbersdorff, der eben in die Tür trat.

„Wir sprechen von Fräulein Rothe und ihrem taktlosen Benehmen“, versetzte Theodora, noch zu aufgeregt, um das Thema, das sie sonst in ihres Vaters Gegenwart nicht berührte, fahren zu lassen.

„Was, taktloses Benehmen? Das Mädchen hat sich allerliebst gemacht, ganz famos! Sie durchbrach mit einem Male den steifen feierlichen Ton mit ihrem frischen natürlichen Wesen. Wir Herren haben uns alle darüber gefreut, es war, als ob plötzlich ein frischer Luftzug durch den schwülen Saal wehte, der alle angenehm berührte. Es folgte allgemeine lebendige Unterhaltung, und ich war stolz darauf, sagen zu können: Die Kleine gehört zu meinen Damen. Theodora, dass du mir gegen Fräulein Rothe freundlich bist, sonst kriegst du's mit mir zu tun.“

Theodora erhob stolz den Kopf: „Wenn man hier mit den Erzieherinnen solchen Kult treibt, da müssen die Töchter des Hauses weichen“, und bevor ihr Vater eine scharfe Antwort, die er auf den Lippen hatte, aussprechen konnte, war sie hinausgegangen. Dass Marie von nun an einen noch schwereren Stand hatte, lässt sich denken.

Sie war aber durchaus nicht niedergedrückt, es kam ihr spaßig vor, dass Theodora so falsche Schlüsse zog, denn dass Eifersucht dabei im Spiel war, hatte sie sofort erkannt.

Trotz Theodora und ihrem Unmut, war es doch wunderschön gestern gewesen. Sie musste Emma und den Eltern alles schreiben. Sie hatte es so fröhlich und kindlich genossen, von allen Seiten hatte sie Freundlichkeit erfahren, so blieb ihr der Abend in steter guter Erinnerung. Und nun das größte Ereignis: Waldemar, der alte Bekannte, war – Graf Horst! Es war doch zu interessant, dass dieser gefürchtete Graf sich so entpuppte!

„Noch ganz der Alte!“, dachte sie. Plötzlich lachte sie, als ihr Theodoras Frage „Was hatte der Graf so heimlich mit Ihnen zu reden?“, auf einmal einfiel. Doch bald nahmen ihre Züge einen ernsten Ausdruck an, ihre Gedanken lenkten sich auf Hildegard. Der Graf war, als die jungen Damen musizierten, plötzlich auf Marie zugekommen und hatte leise gefragt:

„Wie kommt denn Hildegard – Fräulein Schmidt hierher?"

„Ich habe sie empfohlen, Graf!", hatte Marie lächelnd geantwortet.

„Das ist brav von Ihnen, Fräulein Marie! Ist sie schon lange hier?"

„Seit dem Frühling, Graf! Sie ist hier ganz an ihrem Platz!"

„Das glaub' ich schon", erwiderte Waldemar. „Aber nennen Sie mich nicht immerfort ‚Graf'. Zwischen uns bleibt es beim Alten", fügte er lächelnd hinzu, reichte ihr freundlich die Hand und ging ins andere Zimmer.

Marie dachte daran, wie die beiden nun einander so nahe waren. Aber Hildegard konnte nie an die Erfüllung ihrer Wünsche denken, im Gegenteil war sie gezwungen, sobald wie möglich ihre angenehme Stellung zu verlassen, um nicht neuen Kämpfen ausgesetzt zu sein.

So fiel es Marie schwer aufs Herz, dass sie sich gestern eigentlich doch sehr wenig um Hildegard gekümmert hatte. Jetzt fiel es ihr ein, dass Hildegard sehr blass ausgesehen und sich möglichst unsichtbar gemacht hatte. Und sie hatte fast gar nicht an sie gedacht, es war schlecht von ihr gewesen, eine Freundin so vernachlässigt zu haben. Sie wollte, sobald es ihre Zeit erlaubte, hinübergehen und sie um Entschuldigung bitten. Ihr Herz sehnte sich danach, die Freundin wiederzusehen und alles Neuerlebte mit ihr zu besprechen!

Marie entdeckte im Laufe des Tages, dass sie ein Paar Handschuhe in Klosterberg vergessen, und da der folgende Tag ein Sonntag war, zudem ein schöner, klarer Novembertag, entschloss sie sich, mit den Kindern zu Fuß nach Klosterberg zu wandern und ein Stündchen bei Hildegard zu bleiben. Frau von Ulbersdorff hatte nichts dagegen, und die Kinder waren glücklich. Als sie eben über den Hof wanderten, öffnete Herr von Ulbersdorff das Fenster und rief ihnen zu: „Ich schicke abends die Ponys zum Abholen."

Sie wandelten plaudernd nebeneinander her. Die in den Stunden gefürchtete Lehrerin war sonst die vertraute Freundin der

Kinder. Die Liebe zu ihr hatte in den jungen Herzen bereits feste Wurzel gefasst.

„Fräulein“, sagte plötzlich Gretchen, „ich wollte, Sie wären unsere Schwester und Theodora unsere Erzieherin.“

„Du möchtest wohl lieber bei ihr Stunden haben und mit ihr nach Klosterberg wandern?“

„Nein, nein, darum nicht, Stunden mag ich am liebsten bei Ihnen haben, und spazieren gehe ich auch lieber mit Ihnen als mit Theodora, die immer so langweilig ist!“

„Ich weiß“, sagte Adele, „warum sie möchte, Sie wären unsere Schwester. Dann könnten Sie immer bei uns bleiben und würden nie fortgehen wie die andern Erzieherinnen.“

„Aber, liebe Kinder, ich will euch ja gar nicht verlassen, und ich denke, ihr werdet mir immer solche Freude machen, dass ich gar nicht ans Fortgehen zu denken brauche.“

„Ja, und denken Sie“, fiel nun Luise, die Älteste ein, „Theodora sagte gestern, wir sollten Sie nur immer recht ärgern, desto eher bekämen wir eine andere.“

„Ich habe Theodora nicht ein bisschen lieb", schmollte Gretchen.

„Mein liebes Gretchen, wir müssen alle Menschen lieb haben", sagte Marie, ihre Aufregung verbergend, „besonders unsere Brüder und Schwestern."

„Haben Sie Theodora lieb?", fragte Gretchen, Marie erwartungsvoll anblickend.

„Ich möchte sie gern recht lieb haben und will mich freuen, wenn ich ihr einmal meine Liebe beweisen kann. Doch seht, Kinder, da guckt schon der Schlossturm hervor, wir werden bald da sein!"

So lenkte Marie die Aufmerksamkeit der Kinder auf etwas anderes. Sie begann von der Kastellanin zu sprechen, ob sie wohl heute die versprochenen Puppen holen werde, und so gelangten sie fröhlich plaudernd ins Schloss.

Hildegard, die am Fenster gesessen und der Gräfin vorgelesen hatte, eilte ihnen entgegen und hieß sie herzlich willkommen.

„Ihr sollt alle zur Gräfin kommen", sagte sie, fügte aber leise zu Marie hinzu: „Wir gehen später in mein Zimmer."

Eine Stunde danach saßen die Freundinnen allein.

„Hildegard“, begann Marie, sie umarmend, „sei mir nur nicht böse, dass ich vorgestern Abend so rücksichtslos gegen dich war. Siehst du, so bin ich! Wenn ich es selbst gut habe, denke ich so wenig an andere. Du hast dich gewiss an dem Abend nach einer vertraulichen Aussprache gesehnt.“

„Das kann ich nicht leugnen“, sagte Hildegard und drückte Marie die Hand. „Aber es ist besser so, heute können wir ungestörter und unbeobachteter plaudern. Marie, was sagst du zu dem allem?“ Und nun ging den Freundinnen das Herz auf. Hildegard erzählte Marie von der ersten Begegnung am See, von ihrer Bestürzung und Freude, von den darauf folgenden Kämpfen; Marie ihrerseits teilte Hildegard mit, dass Buchwald nach ihr gefragt habe.

Endlich, nachdem sie ihre Gedanken ausgetauscht hatten, sagte Marie: „Hildegard, ich freue mich, dich so getrost zu sehen. – Ich glaubte schon, du würdest dein Bündel schnüren und auf und davon gehen!“

„Wie damals, als Waldemars Mutter mich von daheim vertrieb!“, antwortete Hildegard mit einem Anflug von Bitterkeit. „Nein“, setzte sie dann hinzu, sich stolz aufrichtend, „ich will der Gefahr nicht entfliehen, sondern tapfer kämpfen und mutig sein, Gott wird mir den Sieg geben. Du, liebe Kleine, bist ja auch nicht geflohen, als dein Werner so plötzlich auftauchte, bist auch in deinem Beruf geblieben.“

„Bitte, sage nicht: ‚mein Werner‘“, erwiderte Marie über und über errötend.

„Es ist und bleibt aber doch wunderbar, dass wir alle, die wir uns lieb haben, auf diesem Fleckchen Erde zusammentreffen müssen“, fuhr Hildegard fort.

„Die wir uns lieb haben?“, fuhr Marie auf. „Pastor Werner und ich lieben uns durchaus nicht, wir hassen uns.“

„Marie“, fiel Hildegard lächelnd ein, „Hass ist keine christliche Tugend, hassen dürfen wir keinen Menschen.“

Marie errötete von neuem. Eben auf dem Wege hierher hatte sie die Kinder ermahnt, alle Menschen zu lieben, wie stimmte das mit ihren eben gesprochenen Worten?

„Nein, hassen will ich auch nicht sagen, wir sind uns aber wenigstens ganz gleichgültig. Nein, das ist auch nicht richtig. Ich weiß für unser Verhältnis keinen Ausdruck. Jedenfalls ist es sehr gespannt!"

„Das scheint mir's auch", versetzte Hildegard lächelnd, während Marie ganz triumphierend dreinschaute, endlich den rechten Ausdruck gefunden zu haben.

Dann plötzlich, weich werdend, fuhr sie fort: „Siehst du, Hildegard, mir ist es schrecklich zu denken, dass jemand etwas gegen mich hat. Aber die Strafe für meine unbesonnenen Worte muss ich eben tragen. Freilich, hart ist es, sich von jemand verachtet zu wissen!"

„Kleine, verachtet er dich denn? Ich kenne zwar Pastor Werner so gut wie gar nicht, kann mir aber nach allem, was man sonst über ihn hört, nicht vorstellen, dass er Hass und Verachtung in seinem Herzen nähren sollte ..."

„Warum tut er dann so fremd gegen mich, ignoriert unsere frühere Bekanntschaft ganz?"

„Es kann dem ebenso gut ein feines Taktgefühl zugrunde liegen. Wäre es nicht peinlicher für dich gewesen, wenn er die alten Verhältnisse berührt hätte? Und besonders jetzt, wo du in der Fremde bist, wo all dein Tun und Handeln strenger beurteilt wird als daheim!"

„Du hast Recht! Es hätte für mich Ulbersdorffs gegenüber peinlich sein können. So mag er ja weise handeln, aber gemütlich ist es nicht – brr!"

„Marie, wir haben beide einen harten Kampf zu bestehen, aber lass uns das festhalten: Was aus Gott geboren ist, überwindet die Welt, und unser Glaube ist der Sieg, der die Welt überwunden hat. Lass uns in der Trübsal nicht verzagen, lass uns Gott bitten, dass er uns erleuchte, allezeit das Rechte zu tun und so getrost von einem Tag zum andern zu gehen, und aus Gottes Hand, was er beschieden, hinnehmen."

„Hildegard, für dich ist es leichter, die Last zu tragen als für mich. Ich büße eine Schuld, du kannst nichts dafür, dass du in einfachen Verhältnissen geboren und darum nicht beachtet wirst."

„Aber ich habe ein stolzes Herz, und das ist schwer zu demütigen, darum nimmt mich Gott in eine so harte Schule."

„Lass uns beide füreinander bitten, dass uns aus unserer Trübsal eine heilsame Frucht der Gerechtigkeit erwachse, dass wir uns dadurch erziehen lassen zum Reiche Gottes."

Die beiden Freundinnen sahen zum Fenster hinaus.

„Siehst du, Marie, nun hat der Schlossturm hinter dem See noch eine ganz andere Anziehungskraft. Aber wenn mein Herz sich in irdisches Träumen verlieren will, dann sage ich mir: ‚Der Turm weist nach oben, dahin soll auch das Herz sich richten.'"

Adventszeit

Nun war der Winter eingekehrt. Erst gab es heftige Stürme und anhaltenden Regen, dann Frost und Kälte, Schnee und Eis. Das Spielen der Kinder im Freien hatte aufgehört, auch Marie war mit ihren Zöglingen bis auf die täglichen regelmäßigen Spaziergänge in der Mittagsstunde ganz aufs Zimmer angewiesen.

Im Hause aber hatte sich ein geschäftiges Leben und Treiben entwickelt. Die Weihnachtsarbeiten waren angefangen, und ein Gedanke, den Marie angeregt, belebte ihre Zöglinge besonders. Sie wollten für die armen Kinder im Dorf eine Bescherung veranstalten, und zwar in dem Zimmer, das ihnen für die Strickstunden im Wirtschaftsgebäude eingeräumt war. Nun mussten die kleinen Wildfänge still sitzen und die Fingerlein tüchtig rühren; sie setzten eine Ehre darin, alles allein zu machen. Es wurden Strümpfe gestrickt, Schürzen und Tücher genäht, und die Eltern gaben gern das dazu Erforderliche. Denn sie freuten sich, dass es Fräulein

Rothe gelungen war, die kleine Gesellschaft gebändigt, ihnen Lust und Freude an der Handarbeit beigebracht zu haben!

„Lauter neue Moden!“, hatte Theodora geäußert und sich mit einem Roman in ihr Zimmer begeben.

Arme Theodora! Hätte sie in ihrer Kindheit auch jemand gehabt, der sich ihrer so treu und liebevoll angenommen, sie wäre vielleicht anders geworden! Marie ignorierte ihre lieblosen Äußerungen so viel wie möglich, und wenn sie auch manche bittere Pille hinunterschlucken musste, so wurden ihr doch so viel Freundlichkeit und Anerkennung zuteil, dass sie im Vergleich zu der ersten Zeit ihres Hierseins sehr zufrieden sein konnte.

Am Freitag vor dem ersten Advent saßen die Kinder mit Marie fröhlich bei ihrer Arbeit, und diese meinte, heute könne schon im Hinblick auf den ersten Advent ein Adventslied gesungen werden. Und so stimmte sie mit heller Stimme an: „Wie soll ich dich empfangen und wie begegn' ich dir“, und die Kleinen fielen fröhlich ein: „O aller Welt Verlangen, o meiner Seele Zier!“

Als sie den zweiten Vers zu Ende gesungen, öffnete Frau von Ulbersdorff die Tür: „Das klingt ja schon ganz weihnachtlich“, sagte sie mit freundlichem Lächeln und strich ihrem Gretchen, die zu ihr geeilt, liebkosend die Wangen.

„Mama, setze dich auch zu uns; es ist so schön unter all den Weihnachtsarbeiten!“

„Hab’ keine Zeit, Kinder, ein andermal!“ Sich zu Marie wendend: „Ich habe es Ihnen schon die ganze Woche sagen wollen, Fräulein Rothe. Wir pflegen immer am ersten Advent zum Abendmahl zu gehen und haben uns und Sie auch diesmal angemeldet.“

„Mich auch, gnädige Frau?“, und ein jähes Rot schoss in Maries Wangen.

„Ja, ich habe gar nicht daran gezweifelt, dass Sie uns begleiten. Es ist immer Sitte in unserem Haus gewesen, dass die Erzieherinnen unserer Töchter sich uns anschlossen. Es ist Ihnen wohl nicht recht?“

„O ja!... Ich dachte ... ich glaubte ... ich könnte lieber zu Hause mit meinen Eltern ...“

„Sie sagten mir, Sie dächten erst nächsten Sommer zu reisen. Aber da Sie zu

Weihnachten Ihre Verwandten in Nienhagen besuchen wollen, ist es Ihnen vielleicht lieber, dort zum Abendmahl zu gehen. Machen Sie es ganz, wie Sie wünschen!“

„Nein“, sagte Mariechen jetzt fest und entschieden. „Ich werde Sie Sonntag begleiten.“

Es dunkelte schon, so dass Frau von Ulbersdorff nicht sah, wie Röte und Blässe bei Marie miteinander wechselten; auch war sie zu unbefangen, um etwas zu merken.

Den andern Tag war Marie auf dem Weg nach Arnsgrün. Es war ein saurer Gang, den sie vorhatte. Und doch musste es sein, Aufschub gab es nicht. So hatte sie sich denn, da die Kinder einer Erkältung wegen nicht hinausdurften, eine Stunde am Nachmittag freigemacht, um einen tüchtigen Spaziergang zu machen. Sie durchschritt hastig den kahlen blätterlosen Wald, der aber in seinem Winterschmuck nicht minder schön war als im Sommer. Sie, die sonst für Naturschönheiten viel Sinn hatte, bemerkte heute nichts von der Außenwelt. Ihre Gedanken waren ganz woanders.

„Herr, hilf mir!" Nun hatte sie den Pfarrhof erreicht. Einen Augenblick stand sie still, die Hand auf das klopfende Herz gelegt, dann betrat sie mit einem mutigen „Es muss sein" das Haus. Es lag nichts Auffallendes darin, dass sie sich selbst zum Abendmahl anmeldete, im Gegenteil, schon auf der Diele begegneten ihr Leute, die vom Pastor in dieser Angelegenheit kamen. Rasch entschlossen klopfte sie und öffnete, als ihr ein kräftiges „Herein" entgegentönte, die Tür. Der Pastor saß über seiner Sonntagspredigt, die Bibel lag aufgeschlagen vor ihm und ein Konzept daneben. Er schrieb eifrig und sah nicht eher auf, als bis Marie vor ihm stand.

„Herr Pastor", begann sie mit leiser, zitternder Stimme, „ich möchte mich zum Abendmahl für morgen anmelden."

Beim Klang der wohlbekannten Stimme fuhr Pastor Werner auf und erhob sich. Marie reichte ihm mit niedergesenktem Blick die Hand und sagte: „Ich bitte Sie, mir alles zu verzeihen."

„Von ganzem Herzen", antwortete Pastor Werner und fügte hinzu: „Gott segne Ihnen den morgigen Tag", darauf machte er eine Handbewegung als: „Es ist gut nun, Sie können gehen, es bedarf keiner weiteren Aussprache zwischen uns."

Und Marie, erfüllt von der Würde des Seelsorgers, kehrte um, um andern Gemeindegliedern, die eben eintraten, Platz zu machen. Sie wusste nicht, was sie tat, aber ohne sich selbst Rechenschaft abzulegen, öffnete sie die gegenüberliegende Tür und betrat das Wohnzimmer.

Fräulein Therese saß am Fenster, mit einer Strickerei beschäftigt. Mariechen flog auf sie zu, umarmte sie und schluchzte bitterlich. Therese, die gar nicht wusste, wie ihr geschah, legte ihre Hand auf Maries heiße Stirn, führte sie zum Sofa und sagte: „Mein liebes Fräulein, beruhigen Sie sich, was führt Sie hierher?"

Mariechen weinte heftiger und sagte unter Schluchzen: „Ich habe mich zum Abendmahl angemeldet."

Jetzt wusste Therese alles, sie begriff die heftige Gemütsbewegung des Mädchens und streichelte ihr leise die Wangen.

Allmählich beruhigte sich Marie und sprang auf. „Ich muss gehen", sagte sie hastig. „Ulbersdorffs wissen nicht, dass ich hier bin.“ Plötzlich, einen Anlauf nehmend, rief sie: „Liebes Fräulein Therese, Sie wissen doch alles. Verachten Sie mich nicht zu sehr. Und ... wenn es möglich wäre, dass Herr Pastor... ich meine, wenn Ihr Herr Bruder...“, sie stockte wieder, „wenn Pastor Werner ein klein wenig bekannter gegen mich tun wollte! Ich bin ja schon in der Fremde unter lauter Fremden!“

„Liebes Kind, haben Sie nur Vertrauen zu mir. Es muss und wird noch alles gut werden.“ Mit diesen Worten gab sie ihr einen herzhaften Kuss. „So, und nun verachten Sie das alte Fräulein auch nicht, sondern besuchen Sie sie hübsch, damit wir endlich einmal warm miteinander werden. Doch ich sehe, Sie sind unruhig, fortzukommen. Wie gern begleitete ich Sie durch den Wald, doch kann ich augenblicklich nicht gut fort.“

„Nein, ich gehe allein“, rief Marie, fuhr sich noch einmal tüchtig mit dem Taschentuch über das Gesicht und verabschiedete sich von Therese.

Sie trat wieder in den stillen Wald. „Nun ist groß Fried ohn Unterlass, all Fehd hat nun ein Ende“, tönte es in ihrem Herzen, das endlich in der Bitte um Verzeihung Frieden gefunden hatte. „Nun ist die Hauptsache geschehen“, seufzte sie innerlich froh, „ich habe den so schwer Gekränkten um Verzeihung gebeten, und er hat mir vergeben!“

Und auf einmal wurde es ihr leicht und fröhlich ums Herz, es war, als habe sich eine schwere Last gelöst. Ringsum war Friede und Stille in der Natur. Die Bäume standen festlich geschmückt in ihren mit Schnee beladenen Zweigen, leise fiel jetzt der Schnee in einzelnen Flocken vom Himmel, und leise ertönte auf einmal das Festgeläute der Glocken vom Dorfkirchlein her durch den stillen Wald. Sie läuteten den Advent ein. Da leuchtete auch in Maries Herzen die Adventsfreude hell auf, und sie rief dem Herrn ihr Hosianna mit Freuden entgegen.

Und als am andern Morgen die gleichen Glocken ins Gotteshaus riefen, waren zwei Menschen aufs tiefste bewegt. Einer, der Vergebung suchte, und der andere, der sie kraft seines Amtes verkündete. Wohl noch nie hatte Pastor Werner sein Amt mit größerer Freudigkeit verwaltet als heute; wie fröhlich und siegesgewiss tönte es von seinen Lippen: „Denn es sollen wohl Berge weichen und Hügel hinfallen, aber meine Gnade soll nicht von dir weichen und der Bund meines Friedens nicht hinfallen, spricht der Herr, dein Erbarmer." – Und: „Mir hast du Arbeit gemacht in deinen Sünden und Mühe in deinen Missetaten. Ich, ich tilge alle deine Übertretungen um meinetwillen." An diese Worte der Verheißung hielt sich Marie, und so erfuhr sie Gnade und Frieden.

Am Abend desselben Tages schrieb Marie an ihre Mutter: „Heute ist der gesegnetste Tag meines Lebens! Wenn man jahrelang ein Schuldbewusstsein mit sich herumgetragen hat und fühlt sich auf einmal frei, so ist das ein beseligendes Gefühl, das sich nicht beschreiben lässt. Pastor Werner weiß nun, dass es mir leid tut, und wird mir gegenüber nun hoffentlich diese peinliche Zurückhaltung fallen lassen. Wenn ich auch nun noch einige Jahre in seiner Gemeinde zubringen muss, so ist das Schwerste überstanden, und ich denke, wir werden fortan leidlich miteinander auskommen. Das wird ja dadurch erleichtert, dass wir uns sehr wenig sehen. Er kommt vielleicht viermal im Jahr aufs Schloss zum Besuch, und ich gehe in die Pfarre selbstverständlich nie, so sehr mich Pastor Werners Schwester, Fräulein Therese, anzieht. Wie sehr wünschte ich, dass Pastor Werner heiraten möge, es ist so bitter, zu denken, dass ich ihn daran gehindert habe. Er verdient es wohl, eine gute Frau zu haben, denn er ist ein reichbegabter Mann, der durch seine Predigten Glauben weckt und durch seine Seelsorge viel Gutes wirkt. Welch eine köstliche Adventspredigt habe ich heute von ihm vernommen, ich nehme mir jeden Sonntag aus der Kirche viel Segen mit nach Haus.

Mit meinem Plan, das Weihnachtsfest in Nienhagen zu verleben, sind Ulbersdorffs einverstanden. Ich habe an Hermann und Käthe geschrieben und erwarte ihre Antwort in den nächsten Tagen. Gott behüte dich, liebe Mutter. Sorge dich nun gar nicht mehr um mich. In treuer Liebe deine Marie."

Am nächsten Sonntag war Pastor Werner

mit seiner Schwester zum Abend nach Birkenfelde eingeladen. Marie bangte etwas vor der Begegnung. Nachdem der Pastor die Herrschaften begrüßt hatte, reichte er auch Marie die Hand, zum ersten Mal, seit sie in Birkenfelde war, und sagte, sie freundlich ansehend: „Guten Abend, Fräulein Rothe." Therese gab ihr wirklich wieder einen Kuss, das war doch freundlich und vertrauenserweckend. So konnte auch Marie das erste Mal in seiner Gegenwart wieder fröhlich und harmlos plaudern, ohne seinen strengrichtenden Blick zu fürchten. Ja, es geschah, dass er sie ein paar Mal mit dem freundlich schalkhaften Blick ansah, der ihr aus der Pensionszeit her noch so bekannt war. Froh war sie jedoch, dass er nicht in Gegenwart Ulbersdorffs auf ihre frühere Bekanntschaft anspielte; das hätte doch zu peinlichen Erörterungen geführt. Als nach Tische mit den Kindern einige Lieder gesungen waren, bat Frau von Ulbersdorff Pastor Werner, etwas vorzutragen. Er wandte sich schnell an Marie mit der Frage: „Wollen wir einmal vierhändig zusammen spielen?"

Marie errötete, als aber Frau von Ulbersdorff sagte: „Fräulein Rothe, Sie spielen so gut, Sie können es schon einmal mit Pastor Werner versuchen“, ging sie ohne Zögern ans Klavier, wo er schon in den Noten blätterte und eben die wohlbekannte Beethovensche Symphonie aufschlug.

„Wie wär's“, sagte er lächelnd, „sollten wir sie wohl noch können?“

Mariechen war ganz verwirrt und errötete wieder. Die erste Anspielung auf das frühere Verhältnis!

Der Pastor ließ nicht lange Zeit zum Sinnen. Das Notenheft stand schon auf dem Pult. Er setzte sich und spielte leise die ersten Takte. Schnell setzte sich nun auch Marie, und das Spiel begann. Bald hatte sie die Beklommenheit überwunden. Sie hielt tapfer stand. Ein paar Mal flüsterte Werner leise wie in früheren Zeiten: „Ein bisschen schneller!“ – Oder: „Jetzt andante, Fräulein Marie!“ Ja, sie hatte es deutlich gehört, er hatte sie einmal während des Spieles „Fräulein Marie“ genannt. Das war denn doch der Anfang zu einem besseren Leben!

„Vortrefflich, ausgezeichnet!“, rief Frau von Ulbersdorff, als die Spielenden geendet. „Man sollte meinen, Sie hätten die Symphonie wochenlang zusammen eingeübt, während Sie doch heute das erste Mal zusammenspielen.“ Pastor Werner sah Marie lächelnd an, sagte aber nichts. Er trat dann zurück und unterhielt sich mit den Herrschaften, Marie wieder, wie gewöhnlich, ignorierend. Nur beim Abschiednehmen traf es sich, dass sie etwas abseits stand. Da sagte er so leise, dass es niemand hören konnte: „Wenn Sie nach Hause schreiben, Fräulein Marie, senden Sie einen Gruß von mir an Ihre Eltern!“

Endlich war der Bann für Marie gelöst, endlich war der schwere Druck von ihr genommen! Nun wollte sie das Schwere, das ihre Stellung mit sich brachte, noch einmal so gern tragen! Mit fröhlichem Herzen konnte sie nun die Advents- und Weihnachtszeit genießen. Heute war ein Brief von Hermann und Käthe eingetroffen, der sie tausendmal willkommen hieß. Sie freute sich, Käthe das erste Mal als Hausfrau zu sehen und in einem Pfarrhause Weihnachten feiern zu können. Das erste Mal seit vielen Jahren lag für Marie die Zukunft wieder licht und rosig vor Augen.

Über ihren Aufenthalt in Nienhagen schrieb sie an Emma am 31. Dezember, nachdem sie ausführlich von ihrer Reise und ihrem Ankommen dort berichtet hatte, noch Folgendes:

„Käthe ist eine prächtige Hausfrau geworden: Alles geht am Schnürchen bei ihr, von früh an ist sie auf den Beinen und weiß ihre Leute anzustellen, dass es eine Lust ist. Wenn sie in die Hände klopft und ruft: ‚Vorwärts!', dann rennt alles. So hat sie Kinder, Knechte und Mägde in Zucht, kurz, weiß ihrem Hause wohl vorzustehen. Emma, du hast es gut, sehr gut gemacht, dass du sie dem Vetter empfohlen hast. Um auf den Vetter zu kommen! Ja, wollte ich dem ein Loblied singen, so müsste ich noch viele Seiten voll schreiben. Wie Käthe eine treffliche Hausfrau, so ist er ein unvergleichlicher Hausherr, beide sind einander wert und stehen in rechter Liebe und Treue zusammen. Obwohl der ländliche Haushalt viel Prosa mit sich bringt, lassen die Ehegatten die Poesie nicht untergehen, sie behandeln einander mit einer Zartheit, die rührend ist. Käthe erzählte mir, dass Hermann schon im Februar unter dem Schnee zu suchen beginnt, um ja der Erste zu sein, der seiner Käthe das erste Schneeglöckchen bringt. Doch, Emma, du kennst ja die beiden selbst am besten, bist auch schon in Nienhagen gewesen, aber ich, die ich zum ersten Mal in diesem gesegneten Pfarrhaus weile, musste meine Gefühle gegen dich aussprechen.

Es geht hier immer fröhlich und gemütlich zu, nur gestern bereitete mir der gute Vetter, ohne dass er es wollte, eine Verlegenheit. Er fragte: ‚Hast du in Birkenfelde einen guten Pastor?'

‚O ja', antwortete ich, ‚einen ganz guten.'

‚Magst du ihn gern, ich meine, verkehrst du freundschaftlich mit ihm?'

‚Das kann ich gerade nicht sagen!' Dabei fühlte ich, wie eine brennende Röte mir ins Gesicht stieg.

‚Also auf vertrautem Fuß stehst du nicht mit ihm; ist denn seine Frau liebenswürdig?' Jetzt wurde ich immer verlegener.

‚Er hat gar keine', stotterte ich.

‚O das ist schlimm, da muss er's machen wie ich und sich eine nehmen.' Bei diesen Worten trat gerade Käthe ins Zimmer. Da breitete er seine Arme aus und rief: ‚Ein getreues Herze wissen ist des höchsten Schatzes Preis.'

‚Was verschafft mir denn die Ehre dieser außergewöhnlichen Umarmung?', sagte Käthe, ihn schelmisch anschauend. ‚Mariechens Pastor in Birkenfelde, der noch keine Frau hat, wie ich eben erforschte.'

‚Du böser Mann', sagte Käthe, ihre Hand auf seinen Mund legend, ‚was examinierst du das arme Mariechen um Dinge, die dich gar nichts angehen!'

‚Nur noch eine Frage', sagte Hermann. ‚Wie heißt er? Kenn' ich ihn vielleicht?'

‚Werner ist sein Name!'

‚Werner, nein, den kenne ich nicht', sagte Hermann unbefangen, während Käthe bei Nennung dieses Namens unruhig wurde und mich forschend ansah. Als wir später allein waren, legte sie die Hand auf meine Schulter und sagte: ‚Es ist doch unmöglich der Werner, Mariechen?'

‚Ja, der ist es', sagte ich. ‚Es ist nicht leicht für mich, immer wieder mit ihm zusammenzutreffen, aber im Ganzen sehen wir uns selten, und ich habe die Sache so weit durchgekämpft, dass ich nun ruhig und höflich mit ihm verkehren kann.' Und nun, da das Herz einmal aufgegangen, berichtete ich Käthe von Anfang bis ans Ende; Käthe war so liebevoll und teilnehmend, und mir tat es so wohl, mich einmal gegen eine Verwandte aussprechen zu können. Wie froh bin ich, Emma, dass alles nun so gekommen ist, dass ich die alte Schuld nicht mit ins neue Jahr hineinzunehmen brauche."

Waldemars Abreise

Am Abend seines Zusammentreffens mit Hildegard Schmidt war der junge Graf in einem seiner Zimmer allein.

Der Diener hatte eben den Tisch abgetragen und kopfschüttelnd draußen geäußert: „Der Herr muss krank sein, denn die Speisen sind kaum berührt, und er, der sonst immer ein freundliches Wort für seine Leute hatte, sitzt da, den Kopf in die Hand gestützt, und schaut drein, als ob es ein Unglück gegeben habe."

Waldemar sah und hörte nicht, was um ihn her vorging; alle seine Gedanken gingen auf in dem einen: „Hildegard lebt, ich habe sie wiedergesehen!" Sie hatte mit ihm gesprochen, es war derselbe Klang ihrer Stimme, und hatte ihm gesagt, dass sie in Klosterberg bei Hohenecks in Stellung sei. Nun war es doch klar, dass sie ihm von Gott bestimmt war, da er sie aufs neue ihm so unerwarteterweise in den Weg geführt. Die sechs Jahre der Trennung hatten die Liebe nicht, wie die Eltern hofften und wünschten, aus dem

Herzen gerissen, im Gegenteil, sie war nur fester verwurzelt. Hildegard war sein guter Engel gewesen, der ihn überall schützend geleitete. Ihre Worte und ihre Erscheinung an jenem Pfingstmorgen hatten zu gewaltig in sein Leben eingegriffen. Ihr verdankte er seine Sinnesänderung, sein neues Leben. Wie traurig, dass immer und immer wieder der Standesunterschied als tiefe Kluft sich zwischen beiden auftat!

Waldemar blieb stehen. Sein Gesicht hatte einen entschlossenen Ausdruck angenommen. „Ich bin ein freier, selbständiger Mann, und als solcher will ich handeln. Hildegard soll und muss meine Frau werden, und sollte ich darüber Erbe, Titel und Reichtum einbüßen. Ich habe Brüder, die an meiner Stelle hier sein können. Mein Glück ist nur an Hildegards Seite. Seit ich sie wiedergefunden, liegt mein Weg mir klar vor Augen."

Er stand lange in tiefes Nachdenken versunken, er überlegte hin und her, was ihm zu tun oblag, endlich war er zu einem bestimmten Entschluss gekommen. Er war nicht mehr der schwankende Jüngling von damals, Festigkeit kennzeichnete sein Wesen, als ein Mann wollte er handeln. Und wenn er nun alles getan, wenn er sich seines Erbes entledigt, den elterlichen Segen erlangt, erst dann wollte er Hildegard wieder gegenübertreten, und das erste Wort, das er an sie richtete, sollte das entscheidende fürs Leben sein. Er wusste, dass er sie am folgenden Tage wiedersehen würde, weil er sich der gesellschaftlichen Pflicht nicht entziehen konnte; der Gedanke, sie übersehen zu müssen, war ihm schwer; er wollte jedoch nicht noch einmal eine stolze abweisende Antwort aus ihrem Munde hören.

Während Hildegard im Herzen trauerte, so ganz von Waldemar unbeachtet geblieben zu sein, hatte er keine Gelegenheit vorübergehen lassen, sie verstohlen zu betrachten. Es war dieselbe Anmut und Grazie, die ihn vor sechs Jahren angezogen hatte, und derselbe edle Ausdruck in dem feinen Gesicht, das ihn damals so gefesselt hatte. Und wenn sie auch älter geworden war, so beeinträchtigte das ihre Schönheit keineswegs, im Gegenteil, das stille Leid hatte das Gesicht vielleicht schmäler gemacht, aber ihm einen Ausdruck frommer Ergebung und stillen Friedens verliehen, dass man sie nicht ansehen konnte, ohne sich angezogen zu fühlen.

Waldemar wollte das nahe Weihnachtsfest zu Hause feiern. Dann wollte er mündlich mit den Eltern die Sache überlegen, und dann wollte er nach Klosterberg eilen, um Hildegard zu fragen, ob sie endlich einwilligen wolle, die Seine zu werden.

Während Marie die schöne Weihnachtszeit in Nienhagen verlebte, war Waldemar am zweiten Weihnachtsfeiertage im elterlichen Schloss zu Wiesendorf. Es war ein fröhliches Durcheinander im großen Saal, wo die Weihnachtsbescherung in glänzender Pracht aufgestellt war. Die Bewohner des Schlosses waren in Gruppen verteilt. In einer Fensternische stand ein schlanker Offizier, der seine Braut Rosa von Buchwald neben sich hatte. Walter betrachtete wohlgefällig eine Schusswaffe, in der sich alles, was er bis jetzt wünschen konnte, vereinigte.

Am hellen Kaminfeuer saßen die glücklichen Eltern. Seit langer Zeit waren alle Kinder Weihnacht unter einem Dache vereinigt. Frau von Buchwald drückte Waldemar, der neben ihr saß, innig die Hand und sagte: „Wie schön, dass du wieder da bist, Waldemar, es taugt nichts, wenn ein Sohn so fern vom Elternhause ist, dass man nicht weiß, wo ihn mit seinen Gedanken aufsuchen!“

„Wer weiß, wie fern ich jetzt vom Elternhause, wie fern ich von Gott wäre, wenn mich der barmherzige Gott nicht zur Umkehr an jenem Pfingstmorgen gerufen hätte.“

Frau von Buchwald wurde bleich. War das nicht wieder ein Anklang an die alte Zeit? Es konnte wohl sein, dass Waldemar an die dachte, der er seine Umkehr zu verdanken meinte. Frau von Buchwald glaubte sicher, dass Waldemar von dieser Neigung geheilt sei, hatte er doch mit keiner Miene, mit keinem Wort verraten, dass er noch an jenes Mädchen dachte, das viel Kummer und Betrübnis über die Familie gebracht hatte. So antwortete sie nur: „Ja, Gott sei Dank, der dich, mein Sohn, so wunderbar geführt hat. Er wird auch ferner mit dir sein auf deinem Lebensweg."

„Und wird dich", setzte Herr von Buchwald hinzu, „eine treue Lebensgefährtin finden lassen."

„Die ist gefunden", unterbrach Waldemar seinen Vater, ihn fest ansehend. „Es liegt nur an dem elterlichen Segen, ohne den ich keine Verbindung eingehen werde."

Mit diesen Worten stand er auf und verließ hastig das Zimmer, es war hier im Familienzimmer nicht der Ort zu Auseinandersetzungen.

Am Abend erschien er nicht. Er ließ durch den Diener sagen, er sei unwohl, Kopfschmerzen verhinderten ihn, am Essen teilzunehmen.

Es war im Zimmer der Frau von Buchwald still. Die elfte Stunde war vorüber, aber sie dachte nicht ans Schlafengehen. Als die Kinder ihr gute Nacht gewünscht und das fröhliche Treiben verstummt war, versuchte sie mit ihrem Mann über Waldemar zu sprechen. Er verhielt sich aber so schweigsam und abweisend, dass sie sich in der stillen Hoffnung zurückzog, einen günstigeren Augenblick zur Aussprache zu finden.

Es ging ihr wie vielen Müttern. Obwohl sie damals mit der Handlungsweise ihres Mannes zufrieden war, weil Waldemars Wahl auch ihren Wünschen nicht entsprach, hatte sie alle die Jahre hindurch, wo der Sohn fern von der Heimat weilte, einen Stachel im Herzen gefühlt. Sie hätte ihrem Sohn und Liebling gern das Weh erspart, ihm gewährt, was seines Herzens Wunsch und Ziel war. Seit er jedoch zurückgekehrt und mit keiner Miene verraten hatte, dass er noch an die alten Zeiten dachte, hatte sie fest geglaubt, die mannigfachen Eindrücke hätten diese törichte Jugendliebe aus seinem Herzen gerissen. Dann kam der Tod des Onkels, der für Waldemars Zukunft so entscheidend war. Die Güter, in deren Besitz er nun gekommen war, lagen zerstreut, und es erforderte alle Energie und Kraft eines Mannes, in die ziemlich ungeordneten Verhältnisse Klarheit zu bringen. Waldemar war in den sechs Jahren ein gereifter Mann geworden. Sein praktischer Sinn, sein festes Auftreten befähigten ihn dazu. Er faßte seine neue Aufgabe mit ganzer Seele an; seine Mutter freute sich über seine jugendliche Frische und Fröhlichkeit, umso mehr, als sie sie für den Ausdruck seines innerlich gemessenen Zustandes ansah. Warum kam nun bei Waidemars kurzem aber inhaltsschwerem Ausspruch die alte Bangigkeit wieder über sie? War nicht durch dies eine Wort alles klar? Er hatte die alte Liebe nicht vergessen, und dies treue Festhalten musste den Beweis liefern, sie mochte es sich zugestehen oder nicht, dass es keine vorübergehende Neigung, keine Liebelei, sondern echte, treue, starke Liebe war! Es war Weihnachten; es sollten die Herzen von der großen Liebe Gottes entzündet werden. Gerade in der Epistel des letzten Advents hieß es: „Eure Lindigkeit lasset kund sein allen Menschen."

„Das hat Gottes Sohn für uns getan. Er hat sich aller seiner Herrlichkeit entäußert und sich selbst erniedrigt, und wir mögen uns nicht herablassen, ein Mädchen in unser Haus und an unser Herz zu nehmen, das uns nicht ebenbürtig scheint", dachte Frau von Buchwald. Sie war überwältigt. Jetzt hätte sie ihrem Sohn alles geben können, was er begehrte; wäre er nun gekommen, sie hätte segnend ihre Hand auf sein Haupt gelegt, hätte ihr Ja und Amen gesprochen zu seiner Verbindung mit Hildegard! Sie hatte nicht bemerkt, daß die Portieren ihres Zimmers sich leise bewegt und eine Männergestalt schon eine geraume Zeit dastand. Als sie jedoch, sich selbst unbewusst, laut die Worte sprach: „Waldemar, meinen Segen hast du“, da stürzte Waldemar strahlenden Antlitzes zu ihren Füßen, umschlang ihre Knie und rief aus: „O Mutter, dies Wort gibt mir meine Mutter wieder. Das ist das schönste Weihnachtsgeschenk, Mutter, ich habe viel gelitten, nun erwächst mir aus allem Leid die schönste Frucht. Ich darf endlich kommen mit dem elterlichen Segen und um Hildegards Liebe werben.“

Und nun erzählte er der Mutter, wie er die Geliebte so wunderbar wiedergefunden, wie sie denselben Eindruck auf ihn gemacht wie früher, wie er aufs neue empfunden, dass sie einander angehören müssten.

Nach längerem Hin- und Herreden sagte Frau von Buchwald ernst: „Nun gilt es vor allen Dingen, den Vater zu gewinnen, und das, fürchte ich, wird schwer sein. Ich will morgen mit ihm sprechen, will tun, was in meinen Kräften steht."

„Tue das, Mutter, die Sache muss möglichst bald zum Abschluss kommen. Ich mag nicht wieder nach Horst zurückkehren, ohne Hildegard die frohe Botschaft zu bringen. Und dann, Mutter, wirst du sehen, wie Hildegard befähigt ist, eine Schlossfrau in des Wortes edelster Bedeutung zu werden. Und wenn das nicht sein darf, wenn sie euch nicht berechtigt scheint, eine Gräfin zu werden, so gebe ich Schloss und Güter, Titel, Rang und Ehre auf und teile ihre Armut! Und du selbst, liebe Mutter, wirst keine bessere Schwiegertochter erlangen. Sie wird ..."

„... hoffentlich dankbar sein", ergänzte Frau von Buchwald, die es natürlich von ihrer Seite als ein gewaltiges Opfer ansah, dass sie das arme aus niedrigen Verhältnissen entstammende Mädchen in ihren Familienkreis aufnehmen sollten.

„Doch nun lass uns zur Ruhe gehen,

Waldemar“, mahnte Frau von Buchwald, „lass uns nicht weiter über die Angelegenheit sprechen, bis der Vater seine Einwilligung gegeben hat.“

Es kam anders, als unsere Freunde dachten. Der folgende Morgen brachte eine Depesche vom Gut Warsow in Pommern. Sie bedingte Waldemars sofortige Abreise. Der langjährige Inspektor dieses Gutes war plötzlich gestorben. Alle bedauerten, dass die Weihnachtszeit so jäh unterbrochen wurde, Waldemar am meisten. Als Walter ihm zurief: „Komm nur bald wieder“, zuckte er mit den Achseln und rief: „Pflicht geht vor Vergnügen!“ Er wäre lieber nach Horst anstatt nach Warsow gegangen. So hoffte er, die Geschäfte bald zu erledigen, fand jedoch so viel Unordnung in der Verwaltung, dass er bald einsah, dass seine Anwesenheit längere Zeit erforderlich sein würde, zumal ihn in Horst ein tüchtiger Inspektor vertrat. Die Hoffnung auf sein zukünftiges Glück belebte ihn, machte alles Schwere leicht.

„Wenn ich in Warsow Ordnung geschafft und das Gut treuen Händen übergeben habe, dann kehre ich nach Horst zurück, und dann ... dann hoffe ich auf mein Glück“, waren seine Gedanken bei der Abfahrt nach Pommern.

Es muss doch Frühling werden

Lange wollte der Winter in diesem Jahr nicht weichen. Bevor der Frühling ins Land kam, suchte der Nienhager Pastor im Februar vergebens nach Schneeglöckchen, und als er traurig war, dass er keins fand, klopfte ihm seine Käthe auf die Schulter und sagte: „Nur unverzagt und Gott vertraut, es muss doch Frühling werden!“

Und es wurde Frühling! Marie jauchzte über die ersten grünen Blättchen, die sie im Garten entdeckte. Und als sie dann vierzehn Tage später mit den Kindern in ihr Lieblingsholz ging, konnten sie schon Veilchen pflücken und Kränze von Anemonen winden. Die Vögel sangen dazu, und die Sonne schien so warm, dass es eine Lust und Freude war, sich draußen zu tummeln. Marie war so fröhlich, und es war fast, als ob der alte Übermut früherer Jahre wieder über sie gekommen sei. Es stimmte sie froh, dass sie sich immer mehr in Birkenfelde eingelebt und auf die ihr anvertrauten Kinder Einfluss gewonnen hatte. Die gegenseitige Liebe wuchs, und das Vertrauen der Eltern zu der bewährten Lehrerin ihrer Kinder wurde immer größer. Die Zeit von Weihnachten bis Ostern war unter fleißigem Lernen und Arbeiten schnell vergangen.

Pastor Werner hatte sie selten gesehen, sie stand jetzt auf leidlichem Fuß mit ihm. Er begrüßte sie freundlich, wenn er aufs Schloss kam, fragte auch ab und zu nach ihren Eltern, aber im Ganzen ging sie ihm gern aus dem Wege, um ängstlich jeden Anklang an frühere Zeiten zu vermeiden.

Was Pastor Werner jetzt überhaupt von ihr dachte, wusste sie nicht. Sie war froh, dass das verzeihende Wort gesprochen war, dass er ihr nicht mehr zürnte. Therese war immer sehr freundlich. Wenn sie doch nicht gerade die Schwester vom Pastor gewesen wäre, wie innig hätte sich dann Marie an sie anschließen können, sie war gereift, hatte ein so verständiges Urteil über alles und war dabei so heiteren, fröhlichen Gemüts, dass sie für Marie etwas sehr Anziehendes hatte. Außer Hildegard hatte sie keine Freundin in der Umgegend, und wie selten nur konnte sie Hildegard sprechen; jetzt, wo sie schon wochenlang verreist war, schon gar nicht.

An dies alles dachte Marie, als sie mit den Kindern Ende April im Wald zu Birkenfelde war. Die Kinder sprangen fröhlich vor ihr her und pflückten Blumen; sie freute sich über den erwachenden Frühling und gab ihren Gedanken freies Spiel.

Die kehrten wieder und wieder zu Hildegard. „Arme Freundin“, dachte sie. „Du hast nicht viel Freude auf dieser Welt.“ Wie traurig war es gewesen, als Marie sie im März das letzte Mal besuchte!

„Hast du es schon gehört?“, hatte Hildegard sie gefragt, und Marie hatte still genickt. Sie wusste, was die Freundin meinte, es war, was alle Gemüter bewegte. Graf Horst, der zu Weihnachten nach Hause gereist war, konnte nicht zurückkommen. Er hatte auf ein weit entlegenes Gut reisen müssen, dort so viel Unannehmlichkeiten abzuwickeln, dass er nicht gleich an die Heimfahrt denken konnte. Am Tag der Abreise nach Horst erkrankte er plötzlich so heftig, dass an keine Reise zu denken war. Einige Tage später saß die Mutter sorgenvoll an seinem Krankenlager, er hatte Typhus, und sein Leben schwebte in großer Gefahr. Der Graf und die Gräfin sprachen von all diesen Sachen bei Tisch, wenig ahnend, wie tief sie Hildegard erschütterten. „Die Nachrichten lauten trüber“, hatte eines Tages der Graf gesagt. „Ich sprach den Inspektor von Horst, er sagte mir, nach den letzten Berichten sei kaum mehr an Besserung zu denken. Der arme junge Graf, dessen Leben so hoffnungsreich vor ihm lag!“ Die Gräfin unterdrückte einen Seufzer, doch ihr schwermütiger Ausdruck ließ ahnen, dass sie an den eigenen Sohn dachte, der ihr in der Blüte seines Lebens entrissen worden war. Was würde sie darum gegeben haben, wenn sie ihn nur hätte pflegen, ihm die Augen zudrücken können. Hildegard musste alles stumm mit anhören und durfte mit keiner Miene verraten, wie nahe das sie anging! Als sie aber oben allein war, brach sie zusammen. „Mein Gott“, schluchzte sie, „er krank und elend, und ich kann nichts für ihn tun!“ Es war ihr, als müsste sie sich aufmachen und zu ihm eilen. Dann aber wieder schüttelte sie traurig den Kopf und sagte leise: „Wie töricht! Wie stolz und kalt würde mich die Mutter behandeln, mich als Eindringling betrachten, der nicht zu ihnen gehört! Ich will meinen Schmerz allein tragen, niemand soll etwas davon ahnen." Sie vergegenwärtigte sich den Gesellschaftsabend in Klosterberg, wo er sie ganz unbeachtet gelassen. „Er will das Verhältnis lösen, seine Freude am See war nur eine vorübergehende, leidenschaftliche Erregung, er will mir nicht mehr begegnen, deshalb hat er auch ein anderes Gut zu seinem Wohnsitz gewählt, ist nicht hierher zurückgekehrt! – Wird er wieder gesund, so mache ich ihm Platz, so weh es mir tut, meine Stelle zu verlassen. Ich muss fort, es geht nicht anders!"

„Und warum müssen Sie fort, mein liebes Kind?", fragte die Gräfin und beugte sich über Hildegard.

Ganz überwältigt warf sie sich leidenschaftlich in ihre Arme und schluchzte so krampfhaft, dass die Gräfin vorderhand nichts weiter tun konnte, als sie durch Zureden zu beruhigen. Dass Hildegard einen großen Kummer haben musste, war ihr jetzt klar. Sie hatte bemerkt, dass sie bei Tisch erbleichte und heftig zitterte, und wenn sie dies auch nicht in Zusammenhang bringen wollte und konnte mit dem Gespräch über Graf Horst, so machte ihr doch die Erregung Hildegards und ihr plötzliches Fortgehen solche Unruhe, dass sie ihr nachging und eben eintrat, als Hildegard die letzten Worte sprach.

Als Hildegard endlich durch den freundlichen Zuspruch der Gräfin ruhiger geworden war, nahm diese sanft ihre Hand, sah sie liebevoll und besorgt an und sagte: „So, mein liebes Kind, nun fassen Sie Vertrauen zu mir, sagen Sie mir alles, was Sie drückt. Es wird Ihnen leichter, wenn Sie sich aussprechen." Da war das Eis geschmolzen. Hildegard konnte nicht widerstehen. Sie begann zu erzählen, von ihrer ersten Begegnung an, von den Kämpfen, von dem Geständnis ihrer gegenseitigen Liebe, von dem Zorn der Eltern, von Waldemars Fortgang in die weite Welt, von den Jahren, wo sie allmählich den Kummer überwunden hatte, und schließlich von der neuen Begegnung in

Horst, einen Tag vor dem Gesellschaftsabend.

Die Gräfin hörte mit staunender Bewegung zu. „Und das alles konnten Sie so lange vor mir verbergen", sagte sie vorwurfsvoll.

„Ein armes Mädchen, das hoffnungslos liebt, darf nicht von seiner Liebe reden, sondern muss sie aus dem Herzen reißen!", erwiderte Hildegard, sich stolz aufrichtend. „Und ich will mich nun auch nicht mehr von dieser Schwäche gefangen halten lassen. Sollte Graf Horst genesen, zu Gott hoffe ich es, sollte er hierher zurückkehren – dann, Frau Gräfin, entlassen Sie mich bitte aus meinem Dienst. Ich muss fort, Sie begreifen jetzt, warum!"

„Wir wollen alles Gott anheimstellen, meine liebe Hildegard. Eine Liebe zwischen zwei im Leben ungleich gestellten Menschen bringt immer Herzeleid. Ich habe es selbst bitter erfahren, darum werde ich die Letzte sein, die Hoffnung in Ihnen erweckt. Es ist sehr schwer für Sie, aber denken Sie, dass wir alle unser Kreuz haben, dass wir alle durch viel Trübsal ins Reich Gottes eingehen müssen." Dieses und noch vieles andere sprach die Gräfin zu Hildegard und wusste sie durch Erzählungen von den mancherlei Prüfungen ihres eigenen Lebens geschickt von ihrem eigenen Kummer abzulenken. Dann wurden sie durch ein Klopfen an der Tür unterbrochen. Der Diener meldete Fräulein Rothe aus Birkenfelde, und Marie folgte ihm auf dem Fuße.

„Das ist das Beste, was Sie hatten tun können, mein liebes Fräulein Marie", sagte die Gräfin, ihr freundlich die Hand reichend. „Plaudern Sie recht fröhlich mit Fräulein Schmidt, erzählen Sie ihr, dass die düstern Wolken von der Stirn weichen. Und nachher können Sie beide den Kaffee mit uns trinken." Sie nickte den jungen Mädchen freundlich zu und entfernte sich.

Die Freundinnen sprachen viel und ernst zusammen. „Weißt du, Marie", sagte Hildegard, „ich will ja gern auf alles verzichten – aber es tut mir so weh, dass er vielleicht meinetwegen Horst verlassen hat und nach Warsow übergesiedelt ist, wo er sich in dem sumpfigen ungesunden Klima die schwere Krankheit zugezogen hat."

„Das ist nicht der Grund, Hildegard. Man sagte mir, der dortige Inspektor sei gestorben, und er habe schleunigst und unerwartet die Reise dorthin machen müssen."

Hildegard atmete erleichtert auf. „Wie mag es nur jetzt gehen!", seufzte sie endlich.

„Es werden gewiss bald günstigere Nachrichten einlaufen", tröstete Marie. „Hast du denn gute Nachrichten von zu Hause, von deiner Mutter?"

„Auch ziemlich lange nicht, das Ausbleiben der Briefe macht mir schon Sorge, es kommt alles zusammen, was das Herz beunruhigt."

Als Hildegard und Marie später mit der Gräfin beim Kaffee saßen, brachte der Diener ein soeben eingetroffenes Telegramm.

„An wen?"

„An Fräulein Hildegard Schmidt!"

Hildegard erbleichte. Sie hatte noch nie ein Telegramm bekommen; es musste etwas Außergewöhnliches sein. Zitternd erbrach sie das Papier, das nur die wenigen Worte enthielt:

„Mutter gefährlich erkrankt! Komme schnell, Minchen."

„Meine Mutter!", stammelte Hildegard, „Ich muss gleich abreisen."

„Armes Kind", sagte die Gräfin, „es kommt alles über dich!" Sie gab sofort Befehl, die Sachen zu packen, Marie half, wo sie konnte. Das Anspannen wurde bestellt, und in einer halben Stunde fuhr der Wagen vor. Hildegard nahm Abschied, vielleicht für immer – und fort rollte der Wagen, um das tiefbekümmerte Mädchen in die Ferne zu führen, zu ihrer todkranken Mutter.

Auf Marie hatte dieser Tag großen Eindruck gemacht; sie war dann einmal wieder in Klosterberg gewesen und hatte von der Gräfin gehört, dass Hildegard die Mutter zwar am Leben getroffen, doch so krank, dass wenig Hoffnung auf Besserung vorhanden sei. Das Befinden von Graf Horst hatte sich gebessert. Herr von Ulbersdorff hatte davon gesprochen, dass er wieder auf sein Gut zurückzukehren beabsichtige. Näheres wusste man auch nicht. Sie hielt es für ein Glück, dass Hildegard jetzt fort war, und glaubte bestimmt, dass sie nun ihre Stellung hier aufgeben würde, um anderswo ein Unterkommen zu suchen.

„Fräulein Rothe, Sie pflücken ja gar nicht mit, sehen Sie nur die schönen Veilchen“, sagte Adele fröhlich, „so viele Veilchen hat es noch nie gegeben.“

„Veilchen sind meine liebsten Blumen, Ihre auch?“, meinte Gretchen.

„Ich habe die Maiblumen so gern“, sagte Marie gedankenvoll ...

„Gewiss, weil Ihr Geburtstag im Mai ist. Da bekommen Sie immer viele Maiblumen geschenkt.“

Adele meinte: „Sie ist ja in diesem Jahr gar nicht hier zu ihrem Geburtstag, sie will ihn ja zu Hause verleben!“

„Meinen Geburtstag verlebe ich noch hier“, sagte Marie, freundlich lächelnd. „Er wird am Freitag vor Pfingsten sein, und erst Sonnabend beginnen die Ferien, da reise ich früh um vier Uhr ab und bin abends um zehn bei den Meinen.“

„Es ist recht schade, dass Sie fortgehen. Es wird ohne Sie gar nicht hübsch sein, es ist immer so langweilig, wenn Sie nicht da sind!“

„Aber Gretchen, du musst dich doch freuen, wenn Fräulein Rothe ihre Eltern und Fräulein Emma wiedersieht! Sie haben sich über ein Jahr nicht gesehen!"

„Ich freue mich auch", sagte Gretchen, sich an Marie schmiegend, „aber am liebsten reiste ich mit!"

„Und ich freue mich am meisten auf den Tag, an dem Fräulein Rothe wiederkommt!", rief Luise. „Da wollen wir alles bekränzen und ein schönes Fest feiern!"

„Das wird schön werden", sagte Marie zerstreut, ihre Gedanken waren gar nicht wie sonst bei den Kindern. Sie dachte an die alten Zeiten.

In den Maiblumen

Es war ein schöner Maitag. Anhaltende Wärme hatte alle Blüten und Knospen schneller entfaltet, als man nach dem langen Winter gehofft hatte; es war eine Freude, die Herrlichkeiten der Natur zu schauen und Gottes Güte zu preisen. Marie feierte heute ihren vierundzwanzigsten Geburtstag; sie war lange im Garten gewesen und hatte sich an den blühenden Bäumen und duftenden Blumen erfreut. Jetzt stand sie sinnend am Pförtchen. „Im Wald ist's noch schöner", dachte sie, öffnete schnell die Tür und schlug den Weg nach dem Walde ein. Sie war fröhlich und dankbar, weil sie heute Liebe und Freude von allen Seiten erfahren hatte. Schon früh hatten die Kinder geheimnisvoll geflüstert und sie durch Gesang und reiche Gaben erfreut. Auch Herr und Frau von Ulbersdorff waren sehr freundlich gewesen und hatten ihr viele Beweise ihrer Anerkennung gegeben. „Heute Mittag", hatte Frau von Ulbersdorff gesagt, „wird

Geburtstagsdiner sein, da spendiere ich die Torte und Papa den Wein, und wir lassen unser liebes Fräulein leben. Wie wird's aber heute Nachmittag? Die Tante hat wieder eingeladen, da das Töchterchen auch Geburtstag hat. Wollen Sie uns begleiten, oder ziehen Sie es vor, zu Hause zu bleiben?" Marie hatte ihren Koffer zu packen und noch Verschiedenes zu ordnen, dazu sollte die Reise morgen in aller Frühe angetreten werden, so lehnte sie dankend ab.

„Aber wir kommen zeitig wieder, damit wir abends noch mit Fräulein Rothe zusammen sind", sagte Gretchen.

„Spätestens um acht Uhr denken wir zurück zu sein! Und nun schnell, Kinder, damit wir bis um zwei mit allem fertig sind."

So kam es, dass Marie in den Nachmittagsstunden wieder, genau wie im vorigen Jahr, allein war. Es war ihr auch ganz lieb so. Sie wurde beim Packen nicht gestört und hatte dann noch ein stilles Stündchen für sich. Da der Tag so wunderschön war, lockte es sie mit Macht ins Freie. Heute war an kein Gewitter zu denken, es war warm, aber nicht schwül, und der tiefblaue Himmel ließ keinen Gedanken an Regen aufkommen. Wie war Maries Herz so tiefbewegt! Morgen ging es der Heimat zu, wie würde es nur sein, wenn sie die Eltern von Angesicht zu Angesicht schaute, wenn sie ihnen mündlich berichtete von allem Erlebten. Und was würde die gute alte Emma sagen!

Unter diesen und ähnlichen Gedanken gelangte Marie wieder in den Wald, und als sie ihn durchstreifte, kam sie von ungefähr an eine Stelle, wo unzählige Maiblumen dufteten. Weiß wie frisch gefallener Schnee guckten sie unter den grünen Blättern hervor; es war ein Wunder, dass sie noch nicht abgepflückt waren, da sie hart am Hauptwege standen. „Das hat der liebe Gott mir beschert", rief Marie glücklich aus, und eifrig begann sie zu pflücken, um sich einen recht großen Strauß mit nach Hause zu nehmen. „Ihr lieben Geburtstagsblumen", rief sie fröhlich und hörte nicht, wie ein schwerer Tritt den Hauptweg entlang kam.

Der sich nähernde Herr, der ihren Ausruf gehört, blieb stehen und sah auf das liebliche Bild. Da stand das blonde Mädchen, den Strohhut am Arm, im hellen Geburtstagskleid. „Meine Maiblume!“, kam es leise von seinen Lippen. „Einst hoffte ich, sie pflücken zu dürfen, da kam ein böser Frost und zerstörte!“

„Herr Werner!“, rief es plötzlich im alten, bekannten freundschaftlichen Ton. „Sehen Sie nur, Herr Werner, die vielen wunderschönen Maiblumen, gerade zu meinem Geburtstag. Ich kann sie gar nicht alle pflücken, so viele sind es!“

„Darf ich Ihnen helfen?“

„O ja, wenn Sie wollen! Bitte nehmen Sie die Seite, ich nehme jene, so werden wir am schnellsten fertig.“

Und dann bückte sie sich wieder und pflückte, sich um nichts weiter kümmernd, und er pflückte an der andern Seite, sich auch um nichts kümmernd, und als er fertig war, stellte er sich mit dem großen Strauß vor Marie hin und sagte in demselben Ton, den sie angeschlagen:

„So, Fräulein Marie, ich bin fertig.“

Sie stand auf, ebenfalls mit einem mächtigen Maiblumenstrauß in der Hand, und so standen sie sich gegenüber zwischen den grünen Bäumen, über sich den blauen Himmel, und nun – erschrak Marie. Ihr wurde auf einmal die ganze Situation klar. Sie war mit ihren Gedanken so viele Jahre zurück gewesen, hatte eben an die schön verlebte Zeit und an alle lieben Menschen in Wiesendorf gedacht. Als nun plötzlich Herr Werner vor ihr stand, war er nicht der gefürchtete Pastor, sondern der frühere Kandidat vom Schloss, mit dem sie auf so vertraulichem Fuß gestanden hatte. Nun hatte sie die Schranke, die noch immer zwischen ihnen aufgerichtet war, durchbrochen.

„Verzeihen Sie, Herr Pastor", stammelte sie glühend rot. „Ich wollte ... ich dachte ..."

„Darf ich Ihnen die für Sie gepflückten Maiblumen geben?"

„Mir? Ach ... ich danke ... ich habe ja schon genug. Bitte, wenn Sie sie Fräulein Therese mitnehmen möchten!"

„Die hat heute nicht Geburtstag!", sagte er ernst. „Ich möchte sie gern einem Geburtstagskind schenken."

„Ja, dann müssen Sie sie mir geben", stotterte Marie verlegen. „Aber Sie sind doch nicht böse?"

„Ich bin gar nicht böse, wenn Sie mich nicht böse machen."

„Ich? Ach, ich möchte ja gern alles tun, um mein schreckliches Unrecht von früher wieder gutzumachen, aber Sie geben mir ja keine Gelegenheit dazu. Ach, Herr Pastor, es tut mir wirklich so leid, dass ich schuld bin, dass Sie... so düster und ernst geworden sind, schuld bin, dass Sie nicht geheiratet haben!"

„Ja, daran sind Sie allerdings schuld", sagte er.

„Aber können Sie denn nicht das alles vergessen und sich doch noch glücklich verheiraten?"

„Das kann ich nicht!"

„Warum denn nicht?"

„Weil die, die ich heiraten möchte, mich nicht will, weil ich aus ihrem eigenen Munde gehört habe, dass sie mich nicht einmal, sondern zehnmal zurückweisen will, und der Gefahr, zehnmal einen Korb zu bekommen, will ich mich doch nicht aussetzen!"

„Aber, Herr Pastor, das war doch alles gar nicht so ernst gemeint. Damals vielleicht, ja! Aber es war alles jugendlicher Übermut den Freundinnen gegenüber, die mich neckten. Ich dachte gar nicht ans Heiraten, alle Herren waren mir gleichgültig."

„So denken Sie jetzt anders?"

„Jetzt weiß ich, dass ich großes Unrecht getan habe, ich weiß, dass ich Sie hochschätze; ich weiß aber auch, dass Sie mich noch immer für das übermütige, naseweise Mädchen halten, das nicht wert ist, einer freundlichen Begegnung gewürdigt zu werden, aber ich weiß auch, dass ich es verdient..."

Pastor Werner wusste nun, woran er war, reichte Marie die Hand und sagte: „Nun, Fräulein Marie, ich will Ihnen etwas sagen – wir wollen es heute machen, wie damals in Wiesendorf, wir wollen die Vergangenheit vergessen und noch einmal gute Freundschaft schließen. Gute Freunde waren wir doch früher, nicht wahr?"

Sie nickte stumm und sah erlöst zu ihm auf. Er hielt noch immer ihre Hand, die sie ihm nicht entzog.

„Marie", sagte er plötzlich, einen gewaltsamen Anlauf nehmend, „wenn derselbe Mann, der heute vor sieben Jahren um

Ihre Hand warb, nun heute noch einmal kommt, es trotz alledem zum zweiten Mal wagt, Sie zu fragen, ob Sie seine Frau werden wollen, ob Sie dem düstern, ernsten Mann das Glück und die Freude wiederschenken wollen, was haben Sie dann für eine Antwort?"

Marie, die bei diesen Worten bleich geworden war und heftig zitterte, sah ihn mit ihren blauen Augen an und sagte: „Ich will!"

„So ist endlich der Bann gelöst, und du bist mein", rief er und nahm sie in seine Arme und an sein Herz. Nun wurde der Bund besiegelt, und unter den grünen Bäumen im Wald, unter den Maiblumen gelobten sie sich ewige Liebe und Treue. Die Vögel sangen dazu, und in Worte übersetzt musste es wohl heißen: „Nur unverzagt und Gott vertraut, es muss doch Frühling werden."

Der Frühling war angebrochen in den beiden Menschenherzen. Das Glück strahlte aus beider Augen, und der Mund strömte über von Lob und Dank. Lange hatten sie dagestanden, alles um sich vergessend, als Marie plötzlich sagte: „Ich muss zurück, Frau von Ulbersdorff wollte um acht Uhr mit den Kindern zu Hause sein.“

Er sah nach der Uhr. „Es ist jetzt sechs Uhr, da haben wir noch Zeit, zu Therese zu gehen, sie muss es von uns beiden erfahren. Mir allein würde sie es gar nicht glauben. In einer Viertelstunde sind wir bei ihr, und nachher begleite ich dich durch den Wald zurück!“

Marie willigte mit Freuden ein. „Das erste Mal“, sagte sie, „dass ich gern in die Pfarre gehe, sonst hatte ich immer so große Angst.“

„Arme Marie“, sagte er, sie an sich drückend, „ich habe dich gewiss recht gequält, aber es war alles nur Schein; geliebt habe ich dich von dem ersten Augenblick an, wo du im Gewitter mein Haus betratst, aber ich konnte nicht anders handeln, als ich getan. Gott weiß es!“

„Der Gewittertag, an dem ich so unvermutet in Ihr Haus kam, war der schrecklichste Tag meines Lebens“, sagte Marie weich. „Ich wünschte immer, die Erde möchte mich verschlingen!“

Da sie sah, wie traurig ihn die Erinnerung daran machte, fügte sie hinzu: „Dafür ist heute der glücklichste Tag meines Lebens!"

„Wollen wir", sagte er, „den Wiesenweg einschlagen, denselben Weg, den du mit Therese heute vor einem Jahr in strömendem Regen gingst und der von hinten in die Pfarre führt?"

„Ganz, wie Sie wollen, Herr Pastor."

„Das ‚Sie'-Nennen hört jetzt auf, auch der Titel", sagte er. „Du weißt recht gut, wie ich heiße, hast mich schon bei meinem Vornamen genannt, als ich dich das erste Mal von der Bahn holte."

„Herr Werner", sagte Marie vorwurfsvoll.

„Wie heißt es also?", sagte Werner schelmisch lächelnd, aber doch mit glückstrahlenden Augen.

„Robert!", sagte Marie mit leiser, verlegener Stimme. „So ist's recht, meine Maiblume. Und nun vorwärts zu Therese."

Therese hatte emsig im Garten gearbeitet. Sie war bei den Gemüsebeeten beschäftigt und dachte eben: „Nun könnte der Bruder kommen, er wollte schon um fünf hier sein, und es ist bereits ein Viertel sieben." Sie ging ans Pförtchen und sah den Wiesenweg entlang. „Was ist denn das?“, sagte sie, ihren Augen kaum trauend. „Das ist ja Robert, aber am Arm hängt ihm ein weibliches Wesen, das ganz vertraulich mit ihm plaudert. Es ist doch nicht möglich!“ Sie war so starr vor Verwunderung, dass sie, anstatt dem Paar entgegenzueilen, mit ineinander verschlungenen Händen am Tor stehen blieb und sich nicht rührte. Umso mehr rührte sich das jugendliche Paar. Sie waren bald bei ihr, und unter Lachen und Jubeln stellte er ihr seine eben errungene Braut vor. „Sieh nur, was ich mir im Walde für ein Maiblümchen gepflückt“, sagte er, und Therese breitete ihre Arme aus und umarmte beide mit den Worten: „So und nicht anders musste es kommen, ich habe es gar nicht anders erwartet.“

„Und mir ist es so unerwartet gekommen, das große Glück, dass ich es gar nicht zu fassen vermag“, sagte Marie mit Tränen in den Augen. „Ich dachte nie daran, dass Herr Pastor mich noch einmal erwählen könnte, sonst hätte ich ihm gewiss nicht im Wald geraten zu heiraten.“

„Aber nun hast du hoffentlich nichts

gegen meine Heirat einzuwenden“, sagte er triumphierend.

„Nichts weiter, als dass ich deiner nicht wert bin.“

Er legte seine Hand auf ihren Mund. „Davon schweigen wir für immer. Wir haben beide gefehlt und haben es beide lang genug gebüßt. Nun wollen wir vergessen, was war, und uns viel Liebes und kein Leides tun.“

„Ja, nur Liebes“, sagte Marie. Sie waren unter diesen Worten der vorauseilenden Therese ins Haus gefolgt. Die hatte bereits das Klavier geöffnet und mit den Worten „Ich muss meinem Herzen Luft machen“ hatte sie das Lied „Lobe den Herren, den mächtigen König der Ehren“ angestimmt, in das er und Marie mit tiefbewegtem Herzen, Hand in Hand dastehend, einstimmten. Als es beendet war, sagte er: „Nun will ich dich nicht mehr zurückhalten, es ist besser, Ulbersdorffs erfahren heute noch nichts von unserem Glück. Es würde zu vielen Erörterungen führen, die heute nicht am Platz sind. Du fährst morgen zu den Deinen; am Dienstag, sobald die Festarbeiten beendet, folge ich dir, und dann wird sich das Weitere finden.“

Marie wollte sich von Therese verabschieden. Doch die meinte lächelnd: „Heute verschmäht wohl das Schwesterchen meine Begleitung. Ich habe aber trotzdem große Lust mitzugehen, mag mich noch nicht gleich von dem glücklichen Paar trennen.“

So wanderten die drei Glücklichen dem Wald zu. Als sie das Ende erreicht, nahmen sie Abschied. „Auf fröhliches Wiedersehen bei den Eltern“, war sein letztes Wort. Er schwenkte noch einmal fröhlich den Hut und war dann mit seiner Schwester im Wald verschwunden. Marie eilte Birkenfelde zu, das sie gerade erreichte, als der Wagen durchs Tor fuhr.

Das Erlebte blieb vorderhand ein Geheimnis, doch Maries Augen strahlten und leuchteten den Abend so, dass Herr von Ulbersdorff zu seiner Gattin sagte: „Was ist nur über unsere kleine Erzieherin gekommen: Sie sieht so verklärt aus!“

Frau von Ulbersdorff sagte ruhig: „Das ist die Vorfreude auf daheim, Fräulein Rothe hängt sehr an den Eltern.“

Am folgenden Morgen hielt um vier Uhr der Wagen vor der Tür, der Marie an die Bahn bringen sollte.

Nicht so leichten Herzens, wie Marie heute, war Hildegard einige Wochen vorher dieselbe Strecke mit der Bahn gefahren. Traurig war sie gewesen, und da sie meistens allein war, konnte sie sich ihrem Schmerz frei überlassen; die Zeit wurde ihr so lang, eh' sie ans Ziel ihrer Reise kam. Endlich gegen Mittag des folgenden Tages war die ferne Hauptstadt erreicht. Es wäre ihr wohl lieber gewesen, wenn sie abends ungesehen und unerkannt hätte ankommen können. Sie zog den Schleier vors Gesicht, damit niemand die verweinten Augen sehen sollte, bestieg schnell eine Droschke und fuhr in den Stadtteil, in dem die Mutter bei ihrer verheirateten Tochter Minchen wohnte. Endlich war das Haus erreicht, leise wurde auf ihr Klopfen geöffnet.

„Hildegard, du bist's? Wie gut, dass du kommst. Die Mutter hatte lange nach dir ausgeschaut!"

„Lebt sie noch?"

„Ja, sie lebt, aber augenblicklich ist das Bewusstsein geschwunden, sie wird dich nicht erkennen."

Minchen oder Frau Reimann, die Tischlersfrau, nahm Hildegard die Sachen ab und führte sie in die Stube. Ein ziemlich geräumiges, einfach möbliertes Zimmer nahm sie auf. Zwei kleine Kinder spielten an der Erde mit Bauhölzern, die sie durcheinander warfen oder einander wegnahmen und dann vor Unart weinten.

„Stört das die Mutter nicht?", fragte Hildegard leise.

„Sie liegt im andern Zimmer", sagte Minchen, „und hört nicht viel davon. Ich bin froh, dass du da bist; es ist mir jetzt fast zu viel mit der Pflege geworden, dabei die kleinen Kinder und der Haushalt."

„Hast du keine Hilfe?"

„Ein kleines vierzehnjähriges Mädchen, das aber selbst noch beaufsichtigt sein will."

„Geht es dir denn sonst gut?"

„Man muss zufrieden sein", sagte Minchen. „Du wirst es freilich besser haben!"

„Am besten ist's bei der Mutter", antwortete Hildegard ausweichend. „Darf ich zu ihr?“

„Ja, geh nur leise hinein, sie liegt immer im Halbschlummer, und das Bewusstsein schwindet oft.“

Hildegard betrat das anstoßende schmale Zimmerchen, wo außer einem Bett nur eine Kommode, ein Pult, ein Tisch und einige Stühle Platz hatten. Sie ging auf das Bett zu, und der Schmerz überwältigte sie von neuem, als sie das bleiche eingefallene Gesicht sah und die abgemagerten Hände, die ineinander gefaltet auf dem Deckbett lagen. „Du liebe Mutter“, schluchzte sie leise, „wär' ich doch bei dir geblieben!“

Jetzt war's, als ob die Hände der Mutter sich ein klein wenig rührten, sie schlug langsam die Augen auf und stieß in Absätzen heraus: „Bist du ... endlich da, mein Kind ... meine Hildegard?“ – Dann schloss sie wieder die Augen und war lange still. Jetzt bewegte sie die Lippen von neuem: „Ich habe dir... viel zu sagen ... und das Sprechen wird mir so schwer!“

„Bitte, liebste Mutter, sprich jetzt nicht. Ich bleibe bei dir!“

Die Mutter schwieg, es schien eine plötzliche Schwäche über sie zu kommen, die Augen waren wieder geschlossen, die Lippen fest aufeinander gepresst, die Gesichtsfarbe noch fahler als zuvor. Hildegard rief ängstlich nach Minchen. „Minchen, ich glaube, die Mutter stirbt!"

Minchen kam herbei und schüttelte leise das Haupt. „Nein, jetzt noch nicht", flüsterte sie. „Die Zustände hat sie jetzt oft gehabt, sich aber immer wieder erholt. Dein Kommen hat sie so aufgeregt, sie verlangte dringend nach dir und war in der vorletzten Nacht so unruhig, dass wir früh telegraphiert haben."

„Hättet ihr mich nur eher rufen lassen", sagte Hildegard.

„Wir glaubten, du würdest schwer abkommen können, dazu die weite Reise; auch hielten wir den Zustand nicht für so gefährlich. Sie ist erst seit vierzehn Tagen krank, der Arzt sagt, es sei eine Lungenentzündung, und fürchtet keinen guten Ausgang, da die Kräfte gesunken sind und der Husten gefährlich ist."

„Arme Mutter", seufzte Hildegard. „Und arme Schwester, du hast es recht schwer gehabt!"

„Mein Mann und ich haben nachts abgewechselt. Wir tun es ja so gern für die Mutter."

„Nun bin ich da, und diese Nacht wache ich bei Mutter", sagte Hildegard, und damit begann die Zeit der Krankenpflege. Der Arzt schien sehr erfreut, dass jemand da war, der sich unausgesetzt der Pflege widmen konnte. Auf Hildegards Befragen jedoch, ob Hoffnung auf Genesung vorhanden, zuckte er bedauernd die Achseln und sah sie zweifelnd an. „Halten Sie jede Aufregung von ihr fern", sagte er beim Fortgehen, „die geringste Erregung kann tödlich wirken."

So pflegte nun Hildegard ihre Mutter mit sanftem, stillem Wesen, mit einer Ruhe und Geschicklichkeit, als sei sie eine geübte Diakonissin. Auch der Schwester suchte sie manches abzunehmen. Sie nahm sich der Kinder an, wenn sie zeitweise die Mutter verlassen konnte, und war so für Minchen eine wesentliche Hilfe.

„Ja, wenn ich dich immer hier haben könnte", sagte sie eines Tages, fügte aber gleich hinzu: „Du würdest dich doch nicht wohl fühlen, wenn du immer bei uns wärest."

„Warum denn nicht“, hatte Hildegard geantwortet, und doch fühlte sie innerlich, dass Minchen Recht hatte. Es war ein so ganz anderer Ton im Hause der Schwester, als wie er ihr zugesagt hätte. Sie konnte sich so schwer an die zwar gutmütige, aber derbe, alltägliche Art des Schwagers gewöhnen. Wie kam es nur, dass sie so ganz anders veranlagt war als die Schwester? Sie hatten doch dieselben Eltern! „Ich passe nirgends hin“, sagte sie dann traurig zu sich selbst, „weder in das Schloss der Vornehmen noch in das Haus der Geringen! Mein Gott, gib mir ein demütiges und gehorsames Herz, deine Wege zu wandeln!“

Drei Wochen waren vergangen, ohne dass sich etwas Wesentliches im Befinden der Kranken geändert hätte. Gesprochen hatte sie fast gar nicht, aber ihre Augen suchten immer Hildegard, und ihre schwachen Hände streckten sich oft aus, ihre Hände zu fassen. Jetzt schlief die Mutter ein wenig. Minchen, die in der Stadt Besorgungen machte, hatte Hildegard gebeten, auf die Kleinen Acht zu haben. Da kam der Postbote und brachte einen Brief, der für Hildegard war, und wie sie bald sah, waren es die Schriftzüge der Gräfin. Sie öffnete, und es fiel noch ein Brief heraus. Sie nahm ihn und erbleichte. Er war von – Waldemar! Also lebte er! Und er schrieb an sie! Sie konnte den Brief nicht öffnen, sondern griff erst nach dem Schreiben der Gräfin. Doch sie konnte ihn nicht lesen, sondern musste erst den andern öffnen. Es war ein langer Brief.

Waldemar schrieb:

„Was Sie mir nicht vergönnt haben, Ihnen mündlich zu sagen, darf ich Ihnen wohl schriftlich anvertrauen. Es scheint mir der sicherste Weg, um endlich zum Ziel zu kommen." Und nun sagte er ihr, wie er nie aufgehört habe, sie zu lieben, wie ihr Bild ihn stets begleitet habe auf seinen Reisen und wie traurig ihn der Gedanke gemacht habe, sie vielleicht nie im Leben wiederzusehen. Dann erzählte er vom Tod seines Onkels und wie dadurch das Leben für ihn so ganz anders geworden sei. Wie er durch die Erbschaft so vieler Güter so viele Verpflichtungen und Verantwortungen übernommen, wie er aber auch dort sie nie vergessen, sondern dankbar an den Tag gedacht habe, wo er durch sie andern Sinnes geworden sei.

Darauf offenbarte er ihr, dass das Wiedersehen am See zu Horst der glücklichste Tag seines Lebens gewesen sei, dass er sich aber nicht eher wieder hätte nähern wollen als nur mit dem Segen der Eltern. „Ich hoffte", schrieb er, „zu Weihnachten ihn zu erlangen, war auch so glücklich, von meiner Mutter das Jawort zu bekommen und die Versicherung, mich beim Vater zu vertreten. Da erfolgte meine plötzliche Abreise nach Warsow und einige Wochen darauf meine Erkrankung. Meine Eltern verlebten traurige Wochen an meinem Krankenlager. Als ich zum Bewusstsein erwachte, saßen sie an meinem Bett mit heißen Danksagungen gegen Gott. Ich habe erfahren, was treue Elternliebe wert ist. Ja, noch mehr. Diese treue Liebe, die Tag und Nacht an meinem Bett gewacht hat, sie tut mehr als das, sie hat sich selbst verleugnet, sie sucht nicht das Ihre, sie will nur das Glück ihres Sohnes. Die Eltern wissen von unserer abermaligen Begegnung und geben ihren

Segen zu unserer Verbindung. In der Hoffnung, dass Sie noch in Klosterberg sind, sende ich den Brief dahin. In einigen Wochen will ich nach Horst zurückkehren. Wollen Sie mir, liebe Hildegard, eine kurze Antwort zukommen lassen, ob ich endlich hoffen darf, dass Sie mir gestatten, nach Klosterberg zu kommen, um mir von Ihnen das lang ersehnte Jawort zu holen?"

Hildegard war ganz überwältigt. Wie froh war sie, dass die Mutter schlief, die Kinder ruhig spielten und die Schwester fortgegangen war, so brauchte sie die Aufregung, die der Brief hervorgebracht, nicht gewaltsam zu unterdrücken. „Er liebt mich! Hat mich immer geliebt! Ist mir treu geblieben all die langen Jahre hindurch!" – „Er kommt mit dem elterlichen Segen, ich soll die Seine werden. Mein Gott, wie danke ich dir!"

Nun las sie auch den Brief der Gräfin. Er lautete:

„Meine liebe Hildegard! Sie fehlen uns überall. Mein Mann sowohl als ich sehnen den Zeitpunkt herbei, wo Sie wieder

die Unsere sein werden. Aber beschleunigen Sie Ihre Abreise deshalb nicht. Pflegen Sie Ihre Mutter, bis es dem Herrn gefällt, sie genesen zu lassen. Einliegender Brief kam gestern. Er wird jedenfalls Wichtiges für Sie enthalten. Meine liebe Hildegard, Sie verargen es Ihrer mütterlichen Freundin nicht, wenn sie Sie bittet, nicht vorschnell zu handeln. Ich habe in meinem langen Leben viel trübe Erfahrungen gemacht, nicht nur mit Fremden, nein, in der eigenen Familie. Heiraten unter und über dem Stand bringt kein Glück, keinen Segen, ein jeder soll in der ihm von Gott angewiesenen Sphäre bleiben. Seien Sie mir nicht böse, liebes Kind, die Liebe zu Ihnen gibt mir das Gesagte ein. Gott behüte Sie und leite Sie auf rechter Bahn. In herzlicher Zuneigung Ihre
H. von Hoheneck"

Es war Hildegard, als hätte sie jemand mit kaltem Wasser übergossen, als sei sie auf einmal in das nüchterne Alltagsleben zurückversetzt. Sie sah um sich und lächelte bitter. Ihre Umgebung war die Wohnung eines Handwerkers; es war natürlich, dass die Erinnerung an alles Erlebte nur zu bald zurückkehrte. Und wenn sie dann an ihre todkranke Mutter dachte, so nahm die jetzt den ersten Platz in ihrem Herzen ein, sie konnte und mochte an nichts weiter denken. Aber antworten musste sie Waldemar. Ohne weitere Überlegung, denn sie musste die kurze freie Zeit benutzen, wo sie unbeachtet schreiben konnte, schrieb sie:

„Verehrter Graf!
Sie können begreifen, welche Gefühle Ihr eben empfangener Brief in mir erregt. Überraschung, Staunen und tiefe Rührung darüber, dass Sie mir armem Wesen durch so viele Jahre hindurch Liebe und Treue bewahrt haben, wechselten miteinander ab. Ich bin jedoch außerstande, Ihnen auf Ihre Frage schon heute die Antwort, die Sie wünschen, zu geben. Sie werden es begreifen, wenn ich Ihnen sage, dass ich am Krankenbett einer sterbenden Mutter sitze. Ich halte mich augenblicklich im Hause meiner Schwester auf. Sie hat vor einigen Jahren einen Tischler geheiratet, der fleißig mit seinen Gesellen in der Werkstätte arbeitet und nur zu den Mahlzei-

ten in blauer Leinwandschürze erscheint, gefolgt von seinen Leuten, die mit uns am Tisch sitzen. Meine Schwester ist eine einfache tüchtige Handwerkersfrau, deren Bildung kaum über die ihres Mannes hinausgeht. Ihre Kinder werden dementsprechend erzogen. Das sind meine einzigen Verwandten, die ich auf der Welt habe, wenn meine Mutter von mir genommen wird. Überlegen Sie sich noch einmal, ob Sie Hildegard Schmidt für nicht zu gering halten, Ihre Gattin zu werden, ob die Liebe und Nachsicht Ihrer Eltern groß genug sein wird, ein Mädchen, das so wenig ebenbürtig ist, nicht nur als Schwiegertochter zu begrüßen, sondern fortdauernd mit Liebe und Vertrauen zu behandeln. Ich muss schließen, die Mutter verlangt nach mir. Sobald ich zur Ruhe und Klarheit gekommen, lasse ich Ihnen eine endgültige Antwort zugehen. Ob ich nach Klosterberg zurückkehre, weiß ich noch nicht; ich kann und mag jetzt nichts weiter denken, als dass ich meiner Mutter durch liebevolle, hingebende Pflege alles vergelte, was sie an mir getan.
Hildegard Schmidt"

Sie ließ den Brief sofort von dem kleinen Dienstmädchen in den Kasten stecken.

Vierzehn Tage später saß Hildegard in tiefer Trauer am Fenster. Es war alles vorüber. Die Mutter war nach langen Leiden heimgegangen, und Hildegard fühlte sich einsamer denn je. Es war alles plötzlich anders geworden. Sie selbst heimatlos und ohne Stütze. Wenn sie nur in Klosterberg hätte bleiben können! Aber auch dort war ihres Bleibens nicht länger, sie wollte der Gräfin schreiben, dass sie ihre mütterlichen Winke nicht unbeachtet lassen und ihrem Glück, so schön es sich böte, entsagen wolle. Bis jetzt hatte sie weder Mut noch Freudigkeit zum Schreiben gehabt. Der Tod ihrer Mutter sowie die Leidenstage vorher hatten einen unauslöschlichen Eindruck hinterlassen, und besonders die letzte Nacht war ihr unvergesslich. Es hatte sich der Mutter schon am Tage vorher eine solche Unruhe bemächtigt, die sie weder schlafen noch ruhen ließ.

„Hildegard, mein Kind“, hatte sie einmal mit auffallend lauter Stimme gesagt, „bist du noch nicht bei Graf Hohenecks? Kehre zu ihnen zurück, versprich es mir!“ Hildegard, die der todkranken Mutter natürlich nichts von Waldemar gesagt, auch nichts von ihren Absichten, Klosterberg seinetwegen zu verlassen, nickte leise mit dem Kopf, um die Mutter nicht zu beunruhigen. Dann hatte diese eine Weile still gelegen; auf einmal war sie aufgefahren und hatte mit ängstlichem Blick gerufen: „Hat Hildegard das Kästchen? Sie muss es haben, sie soll es mitnehmen. Es ist im Pult – gewiss – es muss dort sein!“

Hildegard streichelte sanft die verstörte Mutter, deren Aussehen ihr heute gar nicht gefiel. Auch der Arzt schüttelte bedenklich den Kopf und warnte noch einmal die Töchter, jede geringste Aufregung fernzuhalten, da die kleinste Unruhe einen Blutsturz zur Folge haben könnte. Aber obgleich die Töchter alles taten, alles Aufregende fernzuhalten, trat das längst Gefürchtete ein. Ein Blutsturz machte ihrem Leben ein Ende.

In den ersten Tagen hatte Hildegard an nichts weiter denken können; nun musste sie zu einem Entschluss kommen und wollte heute ihrer Gräfin schreiben. Ihre

Antwort sollte bestimmend für sie sein. Als sie an das alte Pult ging, sich Schreibmaterial zu holen, fielen ihr plötzlich die Worte der Mutter wieder ein: „Hat Hildegard das Kästchen? Im Pult ist es; sie muss es haben.“

Sie hatte erst wenig Gewicht darauf gelegt, da sie die Worte der Mutter zum Teil für Fieberphantasien gehalten. Doch plötzlich kam ihr der Gedanke: „Wenn die Mutter ein Vermächtnis für mich hätte?“ Sie durchsuchte das Pult von oben bis unten, fand aber nichts und wollte sich eben an die Klappe zum Schreiben niedersetzen. Da bemerkte sie, dass das Brett an der hintern Wand locker zu sein schien. Sie versuchte daran zu schieben, und nach einigen vergeblichen Versuchen gab es nach und ließ sich in die Höhe schieben. Ein geheimes Schubfach öffnete sich, das nichts enthielt als ein versiegeltes Päckchen mit der Aufschrift: „Für Hildegard. Nach meinem Tode zu öffnen.“ Hastig löste Hildegard die Siegel und nahm das Papier weg, ein braunes unscheinbares Kästchen kam zum Vorschein. Hildegard öffnete es und fand einen Brief, geschrieben von der Hand ihrer Mutter. Sonst schienen noch einige wertvolle Schmucksachen im Kästchen zu sein. Doch das war Hildegard Nebensache. Sie entfaltete den Brief und las:

„Meine geliebte Tochter! Wenn dieser Brief in Deine Hände gelangt, bin ich nicht mehr unter den Lebenden. Ich schreibe ihn jetzt, wo ich mich noch wohl und kräftig fühle, denn wenn der Tod nahe rückt, kann man oft das nicht mehr sagen oder klar ausdrücken, was wichtig für die Hinterlassenen ist. Und Dir, meinem lieben Kind, habe ich viel Wichtiges mitzuteilen. Du bist nicht, wie Du bisher geglaubt, meine Tochter. Du bist die rechtmäßige Tochter des Grafen Kuno von Hoheneck und seiner Gattin Hedwig von Allner. Es ist eine traurige herzbewegliche Geschichte, die ich als Dienerin Deiner Mutter von Anfang bis Ende durchgemacht habe. Deine Mutter war die Tochter eines armen, pensionierten Offiziers. Seine Frau war längst gestorben, und so lebte er mit seiner Tochter und mir, die ich als junges Ding in ihren Dienst gekommen war, ein-

fach und bescheiden. Fräulein Hedwig hatte eine wunderschöne Stimme, und man hatte ihr schon oft geraten, sie fürs Theater ausbilden zu lassen, sie würde großes Aufsehen machen, ja, viel Ruhm ernten. War es nur, sich durch ihre Stimme Ruhm zu verschaffen oder mit ihr Geld zu verdienen, um ihrem Vater dadurch ein bequemeres, seinem Stande angemesseneres Leben zu schaffen – kurz, ihre Beweggründe kannte ich nicht. Ich weiß nur, dass sie eines Tages zu mir kam und sagte: ‚Wilhelmine, nun wird es nicht lange dauern, so bin ich eine berühmte Sängerin, und das Darben hört auf.' Und sie hatte Recht! Als sie einige Jahre später Opernsängerin in der Hauptstadt geworden war, begann ein anderes Leben. Der alte Vater schmunzelte oft und ließ sich das gute Leben wohl gefallen. Doch konnte er es nicht lange genießen. Ein Schlaganfall machte seinem Leben ein Ende, und ich war mit meinem Fräulein allein. Fräulein Hedwig war so lieb und gut, so sanft und engelrein, sie hat das böse Los, das sie traf, nicht verdient. Was konnte sie dafür, dass sie so schön war, dass sie nicht allein durch ihre Stimme, sondern auch durch ihre Schönheit alle Welt entzückte. Viel Huldigungen wurden ihr zuteil, aber nie hat sie sich eine Ungehörigkeit erlaubt, nie Besuche von Herren empfangen, wie es oft sonst der Fall ist. Ich war ihre stete Begleiterin. Nur einen Verehrer wies sie nicht zurück, das war der junge Graf Kuno von Hoheneck. Wo *sie sich zuerst getroffen, weiß ich nicht. Tatsache aber ist, dass er überall zu treffen war, wohin wir unsere Schritte lenkten. Fräulein Hedwig verhielt sich anfangs kühl und zurückhaltend, aber sie konnte auch ihrer Gefühle nicht mehr Herr werden. Sie gestanden sich ihre gegenseitige Liebe, und er versprach, die Erlaubnis seiner Eltern zu ihrer Verbindung einzuholen. Ich sehe ihn noch, wie er eines Abends bleich und aufgeregt bei uns eintrat. Er hatte die gewünschte Einwilligung nicht erhalten. Im Gegenteil, der Vater hatte seinem ungeratenen Sohn, der sich mit einer Schauspielerin eingelassen, geflucht und ihm mit Enterbung gedroht; auch die Mutter war ungehalten, und es wurde verlangt, er solle das Verhältnis lösen. Daran war nicht mehr zu denken.*

Die gegenseitige Liebe war zu groß, als dass sie je voneinander hätten lassen wollen. Richtiger wäre es gewesen, sie hätten auf den Segen der Eltern gewartet, aber der junge Graf setzte seinen Kopf durch, und mein liebes Fräulein Hedwig fügte sich unbedingt seinen Anordnungen, weil sie nur ihn liebte und niemand hatte, der ihr hätte raten und helfen können. Unter viel Tränen vertraute sie mir denn an, dass sie sich heimlich trauen lassen und ins Ausland gehen wollten, bis sie die Verzeihung der Eltern erlangt. Sie beschwor mich, sie nicht zu verlassen, und wie hätte ich je von meiner geliebten Herrin lassen können. An einem Abend reisten wir ab, zunächst in ein entfernt liegendes Dörfchen, wo die Trauung von dem Pfarrer des Ortes in aller Stille vollzogen wurde. Trauzeugen waren außer mir einige Freunde des Grafen. Der Pfarrer hatte erst die Trauung verweigert, doch da des Grafen Papiere in Ordnung waren, konnte er keine weiteren Einwendungen machen. Wir reisten nun viel und waren fröhlich und guter Dinge. Meine Herrin hatte sich durch ihr Talent viel Geld erworben, auch der

Graf schien anfangs über genug Mittel zu verfügen; so war vorderhand keine Not, und uns gefiel das Leben. Später, als die jungen Leute des Reisens müde wurden, zogen sie sich ins südliche Frankreich zurück. Der Graf mietete in herrlichster Gegend eine reizende kleine Villa, und dort lebten sie ihrer Liebe. Doch merkte ich oft, wie die Stirn des Grafen eine Wolke beschattete, er dachte an die Eltern und sehnte sich nach ihrer Verzeihung. Er konnte es nicht länger ertragen, er schrieb einen langen Brief, darin er sich als reuiger Sohn aller Sünde schuldig gab und um Verzeihung bat. Sie fügte auch einige Worte hinzu, und der Brief ging ab. Aber nach vielen Wochen kommt der Brief als unbestellbar zurück. Die gräflichen Herrschaften hatten ihr Gut verkauft und waren auf Reisen gegangen; niemand wusste, wohin. Dann kam der traurige Tag, der mir zeitlebens im Gedächtnis bleibt, der Tag, wo der junge Graf am Morgen fröhlich ausritt und nach einigen Stunden durch einen unglücklichen Sturz vom Pferde tot nach Hause gebracht wurde. Meine liebe junge Gräfin war starr vor

Schrecken. Sie konnte die ersten Tage nicht weinen, sondern ging bleich wie ein Marmorbild umher, ordnete alles mit Ruhe und Klarheit an, dass es mir angst und bange wurde und ich für ihren Verstand fürchtete. Endlich nach acht Tagen löste sich der Bann. Da hat sie sich an meiner Brust ausgeweint und hat ihrem Schmerz und Kummer freien Lauf gelassen. ‚Wir wollen in die Heimat', hat sie dann gesagt, doch war vorderhand an keine Reise zu denken, da sie sich schonen musste. Nach einem Monat kamst Du! Wir fürchteten für ihr Leben, sie war schon vorher mit Todesahnung erfüllt und hatte mir das Versprechen abgenommen, mich ihres Kindleins anzunehmen, es ganz als das meine zu erziehen und es nur dann den Großeltern zu übergeben, wenn ich fest überzeugt sei, dass sie den Eltern nicht mehr zürnten, dass sie das Enkelkind nicht entgelten ließen, was die Eltern gesündigt. ‚Wenn meine Eltern noch lebten', hatte sie oft ausgerufen, ‚sie würden das Kind an ihr Herz und in ihr Hans nehmen.' Sie erfuhr noch, dass Du ein Mägdlein seist, und hauchte leise: ‚Sie soll Hildegard heißen, mein Mann ... hat seine Mutter ... so *liebgehabt.' Dann stellte sich ein heftiges Fieber ein. Das Bewusstsein schwand, und acht Tage später begruben wir sie an der Seite ihres Mannes. Da ruhen nun Deine Eltern im südlichen Frankreich. Ich nahm Dich armes Kind mit in die Heimat, wo ich bald einem jungen Mann, der schon früher um mich geworben hatte, die Hand reichte. Er wusste alles und gelobte tiefes Schweigen. Dass wir das Geheimnis treu bewahrt haben, weißt Du; jetzt begreifst Du, warum ich Dir eine bessere Erziehung geben ließ als Minchen. Deine Großeltern brauchen sich Deiner nicht zu schämen. Sie sind gefunden! – Und wenn ich auch erst schwankte, als Du die Stelle bei Hohenecks annahmst, so haben es mir Deine Briefe mehr und mehr bestätigt, vorzüglich der eine, wo Du von dem einzigen Sohn Kuno schriebst, der verschollen war. Du brauchst zu deiner Legitimierung nur dieses Kästchen. Es enthält außer einem Brief nichts als den Trauschein deiner Eltern, ein Medaillon, das das Bild einer Schwester des Grafen enthält, ein Bild Deiner Mutter und ei-*

nige andere Kostbarkeiten. Alles andere sollte ich zu Geld machen, um davon Deine Erziehung zu bestreiten. Ich habe nach bestem Wissen und Überlegen gehandelt. Wie gern hätte ich, als Herr von Buchwald um Dich warb, schon damals Deine Herkunft klargestellt, doch die Großeltern waren verschollen, andere Verwandte hattest Du nicht, und so hätten meine Enthüllungen zu nichts geführt. Gott bringt alles zurecht nach seinem Rat und Willen, er wird auch Deine fernere Zukunft bewachen, ich lege alles getrost in seine Hände. Ist es sein Wille, so kann er Dir Deines Herzens Wunsch gewähren, und Du kannst nun als Gräfin Hildegard von Hoheneck getrost Dein Haupt zu Herrn Waldemar von Buchwald erheben. Gott behüte Dich, mein liebes Kind, und führe Dich leichtere Wege als Deine arme Mutter. Sie war nicht leichtsinnig, aber nicht lebensklug. Im Übrigen hatte sie einen edlen frommen Sinn, war rein und keusch und wäre ihren Schwiegereltern, wenn sie sie gekannt hätten, eine liebe gute Tochter geworden. Sage Deinen Großeltern, dass nicht ein hartes Wort gegen sie über ihre Lippen gekommen ist, dass sie immer nur Gott um Vergebung ihrer und ihres Mannes Schuld gebeten hat. Ich zweifle nicht, dass die Großeltern an Dir, der Enkelin, gutmachen werden, was sie an den Kindern versehen. Der Brief ist mir schwer geworden, liebe Pflegetochter, es ist das letzte, was ich für Dich tun kann. Ich fühle es, meine Tage sind gezählt, und meine Aufgabe an Dir ist erfüllt. Ich befehle Dich dem allmächtigen Schutz Gottes. Deine treue Pflegemutter Wilhelmine Schmidt"

Der Brief war zu Ende und Hildegard tief erschüttert. Mehrere Male hatte sie ihn während des Lesens hingelegt, hatte ihre Hände vor das Gesicht gelegt und ausgerufen: „Ist das möglich? Mein Gott, es kann ja nicht sein!" Dann aber las sie in fieberhafter Spannung weiter, immer weiter bis zu Ende, und nun waren auch ihre Kräfte zu Ende. Es wurde dunkel vor ihren Augen, Totenblässe bedeckte ihr Antlitz, die Sinne schwanden, und sie sank zurück in den Stuhl, gerade in dem Augenblick, wo Minchen in das Zimmer trat, um zu sehen, was Hildegard habe, da sie sich den ganzen Morgen noch nicht hatte sehen lassen. Mit einem Schrei sprang Minchen zu und rief ihr Mädchen zu Hilfe. „So, nun stirbt Hildegard auch“, klagte sie, „ich dachte es wohl. Das viele Nachtwachen und die angestrengte Pflege – es ist zu viel gewesen!“ Sie rieb ihr die Schläfen mit Essig und brachte sie mit Hilfe Katharinens zu Bett. Sie beobachtete sie lange ängstlich, es schien wieder Leben zu kommen, Hildegard atmete und schlug langsam die Augen auf.

„Wo bin ich?“, sagte sie matt.

„Liebste Hildegard, werde nur nicht auch krank“, rief Minchen, „soll ich zum Arzt schicken?“

„Nein“, sagte Hildegard, „ich bin nur sehr müde.“ Und kaum hatte sie das gesagt, sank sie in einen tiefen Schlaf. Kummer, Aufregung und Nachtwachen hatten eine solche Abspannung hervorgerufen. Sie hatte aber eine kräftige Natur, die sich durch Schlaf immer wieder erholte, die war auch jetzt ihre Hilfe und unterdrückte eine Krankheit, die bei einer zarteren Verfassung unausbleiblich gewesen wäre.

Hildegard schlief den Tag und auch die folgende Nacht durch. Als sie dann die Augen aufschlug, fühlte sie sich wie neu geboren. Minchen streckte ihr die Hand entgegen und sagte lächelnd:

„Nun, haben Komtesse wohl geruht?"

„Minchen, du weißt?"

„Seit gestern. Du warst ja vor dem Pult umgesunken und wirst es verzeihlich finden, dass ich den offenen Brief unserer seligen Mutter las. Ich freue mich so für dich, habe immer gefühlt, dass etwas Besonderes mit dir sein müsse, die Mutter hat mir nie das Geringste verraten."

„Die gute Mutter", rief Hildegard bewegt, „wie treu und aufopfernd hat sie für mich gesorgt, könnte ich ihr noch einmal für alles danken, was sie an mir getan hat."

Hildegard erhob sich. Nun galt es zu handeln. Kaum war sie fertig, las sie noch einmal den wichtigen Brief, sah die verschiedenen Papiere durch, betrachtete aufmerksam und mit tiefer Rührung das Bild ihrer verstorbenen Mutter, auch fesselte sie ein Bild in einem Medaillon, das sie sofort als das der Komtesse Adelheid von Hoheneck erkannte. Sie hatte das gleiche in einem Medaillon bei der Gräfin gesehen! Es unterlag keinem Zweifel, sie war Gräfin Hildegard von Hoheneck, Enkelin ihrer Klosterberger Herrschaften! Sie packte das Kästchen sorgfältig ein und schrieb dazu ein Briefchen folgenden Inhalts:

„Hochverehrteste Frau Gräfin! Anbei sende ich Ihnen das Vermächtnis meiner Mutter. Es soll mein Vorbote sein. Übermorgen gegen Abend komme ich selbst. Dass ich wiederkommen darf, weiß ich nun. In treuer Liebe Ihre
Hildegard"

Sie siegelte den Brief und das Kästchen vorsichtig zu und trug das teure Vermächtnis, das für sie der größte Reichtum auf Erden war, eigenhändig auf die Post. Am andern Tag packte sie, und am dritten früh um fünf Uhr fuhr sie ab.

„Lebe wohl, Minchen", sagte sie noch einmal, nachdem sie sie herzlich umarmt. „Lebe wohl, Franz, behalte auch du mich in gutem Andenken."

Hildegard schüttelte noch einmal den Geschwistern herzlich die Hand, die Lokomotive pfiff, und fort brauste der Zug in die weite Ferne.

Hildegard war froh, dass sie einen Tag vor sich hatte, an dem sie ihre Gedanken sammeln konnte, bevor sie in das gräfliche Haus zurückkehrte. Ihr Herz war voller Lob und Dank gegen den Herrn, der alles so herrlich regiert. Nun war ihre Zukunft auf einmal geklärt. In rosigem Licht stand sie nach allen Jahren des Leides und der stillen Ergebung vor ihr. Es war zu viel des Guten, das über sie gekommen war. Sie wollte es aber nicht gleich verraten, Waldemar sollte sie noch als Hildegard Schmidt die Seine nennen. Und die Überraschung dann! Wie langsam ging heute der Zug. Es war ihr, als sollte sie Flügel haben, um schneller ans Ziel zu kommen. Nun noch wenige Stationen, und die Bahnfahrt war am Ende. Als die vorletzte passiert war, befiel sie auf einmal eine eigentümliche Bangigkeit. Wie würden Hohenecks sie aufnehmen? Wie, wenn sie ihren Eltern noch nicht vergeben hätten? Doch nein, das konnte nicht sein. Die

Gräfin hatte sich so oft versöhnlich ausgesprochen! Nun dachte sie der im fernen Frankreich ruhenden Eltern, auch an ihre arme Mutter, die das Opfer einer von den Eltern nicht gebilligten Heirat geworden war; jetzt verstand sie umso besser die Warnung der Gräfin.

Der Zug hielt. Sie stieg aus und erblickte den alten gräflichen Diener, der nach ihr ausschaute. Er kam eilig auf sie zu, nahm ihr Reisetasche und Plaid ab und sagte: „Fräulein, es ist gut, dass Sie wieder da sind. Der Herr Graf sagte zu mir: ‚Nun, Christian, heute musst du mit und das Fräulein abholen!' Und Frau Gräfin schickt Ihnen noch eine Reisedecke, da der Abend kühl ist."

„Danke, danke, Christian. Ist alles wohl?", fragte Hildegard mit leisem Zittern der Stimme.

„Ich denke", sagte Christian nachdenklich. „Frau Gräfin habe ich den ganzen Tag noch nicht gesehen, es kann sein, dass Frau Gräfin Kopfschmerzen hat."

Hildegard war eingestiegen, die Sachen waren untergebracht. Die Pferde zogen an, und in raschem Trab ging es den bekannten Weg dahin, bis der Wagen links in die große Buchenallee abbog, die gerade auf den Schlosshof führte. Es war Hildegard, als stockte alles in ihr, die Aufregung hatte mit jeder Minute zugenommen. Der Wagen hielt, die alte Müllern erschien. Sie war sichtlich bewegt, sagte aber nur, indem sie ihr Hut und Mantel abnahm: „Kommen Sie, Fräulein Hildegard, ins rote Eckzimmer. Der Graf und die Gräfin sind allein!“

Sie öffnete die Tür. Da stand ihre alte Gräfin mit ausgebreiteten Armen. Hildegard flog hinein und hatte eine Mutter wiedergefunden. Nun kam auch der Graf und sagte mit tiefbewegter Stimme: „Liebe Hildegard, lass dich von deinem Großvater umarmen.“ Er nahm sie in seine Arme und drückte einen Kuss auf ihre Stirn.

„Ich wusste es immer“, sagte die Gräfin, nachdem sie ihrer Bewegung einigermaßen Herr geworden, „dass du, liebe Hildegard, mich näher angingst als jedes andere Mädchen.“

Nun erzählten die alten Leute, wie gestern Abend um diese Zeit Hildegards Brief mit dem wichtigen Kästchen eingetroffen sei und wie tief erschüttert sie beide bei seinem Öffnen sowie beim Lesen gewesen waren. „Es ist gut, dass du es so machtest, liebe Hildegard, dass du das Kästchen nicht selbst mitbrachtest, so hatten wir Zeit, uns zu sammeln, uns auf deinen Empfang vorzubereiten. Heute ist uns der Tag sehr lang geworden, wir konnten deine Ankunft kaum erwarten."

„Nun haben wir wieder ein Kind", sagte der alte Graf, „mir ist, als finge ein neues Leben an. Sieht Hildegard nicht unserer seligen Adelheid ähnlich?"

„Das sagte ich gleich", antwortete die Gräfin „das Bild von Adelheid im Medaillon, das sie ihrem Bruder Kuno schenkte, könnte man mit Hildegard verwechseln! Auch das Ölgemälde im Speisesaal. Und wenn alle diese äußeren Zeichen täuschten, der mächtige Zug des Herzens zueinander ist das untrügliche Zeichen, dass wir einander angehören." Mit diesen Worten umarmte sie wieder die Enkelin und küsste sie zärtlich.

Die drei verlebten einen schönen Abend. Es waren ernste Stunden, als der Graf und die Gräfin von ihrem Sohn sprachen und von allem Kummer und Leid, das sie seinetwegen gehabt hatten. Sie erkannten aber auch ihr eigenes Unrecht, dass sie nicht erst geprüft hatten, welche Wahl Kuno getroffen hatte, sondern ihn ohne weiteres verstießen, als sie hörten, er habe sich eine Schauspielerin erwählt. „Und nun", jammerte die Gräfin, „sehen wir aus dem Brief, was es für ein edles, gutes Wesen gewesen sein muss, um wie viel Glück und Freude wir uns selbst gebracht haben!" Mit diesen Worten legte sie die Hände vors Gesicht und weinte.

„Liebe Großmutter", sagte Hildegard zärtlich und umarmte die Gräfin, „du hast lange genug dafür gebüßt, nun wollen wir uns freuen, dass Gott uns so wunderbar zusammengeführt hat."

„Ja, das wollen wir", sagte die Gräfin und trocknete ihre Tränen. „An ihrem Kind wollen wir gutmachen, was wir an den armen Eltern verfehlt."

Noch am selben Abend, an dem sich die Dienerschaft zur Abendandacht versammelte, verkündete der alte Graf mit lauter Stimme, dass durch eine gnädige Fügung Gottes ihre einzige Enkelin, die

Tochter seines verstorbenen Sohnes, aufgefunden sei und dass sie vor ihnen stehe. Fräulein Hildegard Schmidt sei von Gottes und Rechts wegen Komtesse Hildegard von Hoheneck. Hildegard senkte den Kopf und sagte leise: „Ich bin zu gering aller Barmherzigkeit und Treue, die der Herr an mir getan!"

Als sie am andern Morgen mit ihren Großeltern beim Kaffee saß, meinte die alte Gräfin, die ihre Enkelin immer wieder mit mütterlicher Zärtlichkeit ansah, sie hätte sich schon die ganze Nacht nach ihr gesehnt und habe es kaum erwarten können, sie wieder vor sich zu haben.

„Wir sind auch lange getrennt gewesen", sagte Hildegard, „beinahe zwei Monate. Mitte März reiste ich, nun ist schon Mitte Mai ..."

„Und morgen Pfingsten", sagte die Gräfin. „Wie schön, dass du gerade zum Pfingstfest wiedergekommen bist!"

Warum zuckte Hildegard plötzlich zusammen? Dachte sie an jenen Pfingstmorgen, als sie Waldemar zuerst gesehen hatte?

„Großmütterchen", sagte sie später leise, als der Graf auf die Terrasse getreten, „hast du etwas von Graf Waldemar gehört?“

„Er ist einmal hier gewesen – vorige Woche. Er sieht wohl und kräftig aus!“

„Fragte er nach mir?“

„Ja, er fragte – es sollte gleichgültig scheinen – nach Fräulein Hildegard Schmidt. Ich erzählte ihm, dass die Mutter gestorben und dass es noch unbestimmt sei, wann du zurückkehren würdest. Er runzelte die Stirn und empfahl sich bald.“

„Großmama“, sagte Hildegard und sah sie bittend an, „nun darf ich doch?“

„Uns wieder verlassen, du böses Kind“, sagte die Gräfin schmollend.

„Aber, Großmütterchen, Horst ist ja gar nicht weit“, sagte Hildegard wieder mit bittender Stimme.

„Ja, so ist es; kaum hat man die Kinder, so fliegen sie wieder aus. Doch“, setzte sie ernst hinzu, „unsern vollen Segen hast du, hast lange genug darauf warten müssen, armes Kind!“

Hildegard umarmte die Großmutter voller Freude!

Am andern Morgen war sie zeitig auf.

Es war ihre Gewohnheit, am Pfingstmorgen einen längeren Spaziergang zu machen. Auch heute, an dem lieblichen Maienmorgen, lockte es sie hinaus. Sie ging durch den schönen Park und kam wieder zum Schloss zurück. Alles war noch still, die Großeltern schliefen. So wanderte sie abermals fort und ging durch das Pförtchen ins Freie, freute sich an den grünenden Feldern und Wäldern und bedauerte nur, dass es in diesem Jahr, wo Pfingsten so zeitig fiel, noch keine Kornblumen gab. Sie wanderte immer weiter und war so in Sinnen verloren, dass sie auf einmal aufschreckte, als sie am Anfang des Waldes den Horster Grenzstein erblickte. „O weh, schon das Gebiet Horst", dachte sie und wollte eben umkehren. Da rief eine Stimme: „Es ist Horster Grund und Boden – Sie können ihn getrost betreten!" Vor ihr stand Waldemar und streckte ihr beide Hände entgegen. „Und", fuhr er fort, „kann der Herr von Horst endlich die langersehnte Antwort auf seine Frage haben?"

Hildegard sah ihn mit leuchtenden Blicken an, legte ihre Hände in die seinen und sagte leise und vernehmlich: „Ja!"

Und so waren nach acht Jahren des Kampfes und der Zucht die beiden vereinigt. Sie hatten ausgeharrt in der Schule der Geduld, hatten sich Liebe und Treue bewahrt und sich den elterlichen Wünschen gehorsam gefügt.

Als sie sich Liebe und Treue bis zum Grabe gelobt und als sie Gott gedankt hatten, der sie so wunderbar und herrlich geführt hatte, dachten sie an den Pfingstmorgen vor acht Jahren, wo sie sich zuerst gesehen hatten, und nun beteten sie zusammen:

O Heilger Geist, kehr bei uns ein und lass uns deine Wohnung sein. O komm, du Herzenssonne! Du Himmelslicht, lass deinen Schein bei uns und in uns kräftig sein zu steter Freud und Wonne. Sonne, Wonne, himmlisch Leben willst du geben, wenn wir beten. Zu dir kommen wir getreten.

Eine feierliche Ruhe lag über Wald und Flur! Auch ihre Herzen feierten Pfingsten und waren in heiliger, erhobener Stimmung. Sie gingen den einsamen Feldweg, der in den Klosterberger Park führte.

„Es ist so schön, Hildegard, dass wir uns heute am Pfingstmorgen verlobt haben“, sagte Waldemar, als sie eine Weile schweigend nebeneinander hergegangen waren. „Wie gnädig ist Gott uns gewesen, dass er alles geebnet und gelichtet, dass er die Herzen meiner Eltern so bereit gemacht hat. Sie heißen dich durch mich als Schwiegertochter herzlich willkommen. Nun, bist du zufrieden, meine liebe, kleine, stolze Braut?“

„Ja, ich bin zufrieden und sehr glücklich“, sagte Hildegard.

Das junge Paar schritt in tiefer Bewegung und Freude dem Park zu. Sie hatten einander viel zu erzählen. Hildegard ließ vorderhand Waldemar berichten. Das große, freudenreiche Ereignis, das ihrem Leben eine ganz andere Wendung gegeben hatte, sollte er erst bei den Großeltern erfahren. Er erzählte ihr von den letzten Wochen der Krankheit, wie er durch seine Mutter gehört habe, dass ihr Name in den Fieberphantasien eine Hauptrolle gespielt habe, und wie die Eltern an seinem Krankenbett sich gelobt hatten, allen Stolz fahren zu lassen und das Mädchen, das

Waldemar so treu liebte, als Schwiegertochter willkommen zu heißen.

„Und sieh“, fuhr er fort, „als sie es mir sagten, war ich bereit, mein ganzes Erbe und meinen Titel an Kurt abzutreten, ich wollte mich mit einem geringen Gut bescheiden, weil ich dich hatte – aber nein, ich sollte alles behalten. In dem Testament war keine Bedingung gestellt, die mich zu ebenbürtiger Heirat verpflichtete, und so wirst du nun unbestrittene Herrin von Horst.“

Hildegard konnte sich eines schalkhaften Lächelns nicht erwehren, und Waldemar, der nach dem letzten Brief fürchtete, noch einen Kampf mit Hildegards Stolz haben zu müssen, wunderte sich, sie so willig und bereit zu finden.

Sie standen am Park. Waldemar machte Miene umzukehren, doch hatte Hildegard schon das Pförtchen geöffnet und sagte: „Waldemar, sieh die wunderschönen alten Bäume, wie sie sich im lichtgrünen Frühlingsschmuck prächtig ausnehmen, und die herrlichen Blumen. Du musst dir wirklich unsern schönen Park einmal näher ansehen.“

„Lieber später“, sagte Waldemar unruhig. „Es ist Morgenstunde, es möchte den Herrschaften nicht recht sein, wenn ihre Gesellschafterin ...“, er stockte.

Jetzt kam eben Christian in Livree die Allee hinauf. „Christian, sind der Graf und die Gräfin auf?“

„Jawohl, Gräfin“, sagte Christian, verwundert auf die beiden schauend.

Waldemar traute seinen Ohren nicht. „Er nennt dich wohl jetzt schon Gräfin?“

„Der Alte ist manchmal in Gedanken“, versetzte sie munter lachend. „Doch, nun komm, dass ich dich meinen Herrschaften vorstelle.“

Waldemar suchte von neuem, sie zurückzuhalten, aber im selben Augenblick machte der Weg eine Biegung, und sie standen dem Schloss gegenüber. Die Flügeltüren, die auf die Terrasse gingen, waren weit geöffnet, und eben trat die Gräfin heraus und schaute sich suchend um. Hildegard eilte Waldemar voran, flog die Schlosstreppe hinauf, warf sich in die Arme der Großmutter und rief: „Großmama, Waldemar ist da, wir sind verlobt!“ Jetzt stand auch der Graf in der Tür. Auch ihn umarmte sie und rief: „Lieber Großvater, gib uns deinen Segen!“

Waldemar stand wie versteinert. Er hatte keine Zeit zum Nachdenken, Hildegard war schon wieder bei ihm, fasste ihn bei der Hand, und mit ihm die Schlosstreppe hinaufsteigend, sagte sie: „Waldemar, du hast um Hildegard Schmidt geworben, um die Einsame, Verlassene. Sie ist nicht mehr verlassen, vor dir stehen ihre rechtmäßigen Großeltern, Graf und Gräfin von Hoheneck.“

„Und wir geben Ihnen von ganzem Herzen unser teures Kind, unsere Enkelin Hildegard“, sagte der Graf.

Waldemar strich sich mit der Hand über die Stirne; er glaubte nicht recht gehört zu haben.

Hildegard aber umarmte ihn, zog ihn auf einen Sitz und erzählte ihm in Kürze das Wissenswerte. Nun musste er es glauben, und wie gern glaubte er es! Die Großeltern aber legten segnend die Hände auf das junge Paar, tief bewegt, dass ihnen der Herr solche Gnade gewährte.

Dann brachte Hildegard ihren Verlobten in den Speisesaal vor das Bild, das

Gräfin Adelheid als Kind darstellte, einen Kornblumenkranz windend, und den schönen Knaben, mit dem Ziegenbock spielend. „Das ist mein Vater", sagte Hildegard ernst, „und das ist meine Tante."

„Das bist du selbst, liebe Hildegard, und hier bist du noch einmal im dunkelblauen Kleid. Ich habe die Bilder schon einmal gesehen und sofort Ähnlichkeit mit dir entdeckt. Mein Gott, welche Überraschung, was werden die Eltern sagen!"

Und nun standen sie Hand in Hand vor dem Kinderbild und betrachteten mit Ernst und Rührung den schönen Knaben, der erst die Freude seiner Eltern gewesen war und dann so viel Herzeleid über sie gebracht hatte.

Hildegard drückte innig Waldemars Hand, sah ihn an und sagte:

„Du sollst deinen Vater und deine Mutter ehren, auf dass es dir wohl gehe und du lange lebest auf Erden!"

„Amen", sagte Waldemar leise und schloss Hildegard in seine Arme.

Freude und Friede zum Schluss

Marie war zu Hause!

Als sie die Eltern immer wieder umarmte, nahm Emma die Lampe, leuchtete ihr ins Gesicht und sagte: „Nun, Kind, lass dich ordentlich anschauen, wie siehst du denn aus?“

„Hoffentlich wie eine glückliche Braut“, rief Marie, die sich nun nicht mehr halten konnte und den erstaunten Eltern das hochwichtige Ereignis mitteilte. „Euren Segen, liebe Eltern, hatten wir, also konnten und durften wir uns verloben, und nicht wahr, ihr seid's zufrieden!?“

„Wenn du glücklich bist, mein Kind“, sagte Frau Rothe, sie besorgt ansehend. „Und ob“, antwortete Marie. „Mein Glück ist so groß, dass ich es kaum zu fassen vermag. Je mehr ich Robert kennen lerne, desto höher schätze ich ihn, und es kommt mir mitunter der Gedanke: Wenn du ihn früher so gekannt hättest, da hättest du ihn wohl lieben können! Aber dass Robert noch an mich denken könnte, dass er mich noch einmal begehren würde – das habe ich nie gedacht – sonst hätte ich ihn gewiss nicht gebeten zu heiraten."

„Du hast ihn gebeten zu heiraten!", rief Emma erstaunt. „Ja, das erste Mal, da wir seit langen Jahren allein und vertraulich beim Maiblumenpflücken miteinander redeten. Da war's mir auf einmal, als sei alles wie früher, und ich bat ihn noch einmal, mir meinen Unverstand zu verzeihen und als Beweis hierfür zu heiraten."

„Naiv bis zum Ende", sagte Emma vor sich hin. „Und da?"

„Nun, da gab ein Wort das andere, und wie alles dann kam, habe ich euch erzählt. Zweimal erzählt man so was nicht."

„Gott sei Lob und Dank", sagte der Professor freudig. „Wenn ich mir je hätte etwas wünschen können, so war es das."

„Und nun tausend Grüße von meinem lieben Robert an euch alle, und Dienstag kommt er selbst."

„Das ist ja prächtig! Auch Wilhelm will sich Dienstag hier einstellen", sagte die Mutter fröhlich. „Nun, Emma, da kannst du einmal wieder deine Kochkünste zeigen."

„Und eine Verlobungsschokolade kochen, die ihresgleichen sucht“, rief Emma.

Und als nun der Dienstag die beiden jungen Pfarrer, Wilhelm und Robert, dazu Schwester Therese brachte, war großer Jubel und Freude.

„Mieze, du verlobt? Es ist doch nicht möglich! Wie siehst du denn aus?“, rief Wilhelm, sein Schwesterchen ein über das andere Mal umarmend. Und Robert war, nachdem er seine Braut begrüßt hatte, zu seinen Schwiegereltern geeilt, von denen er sich nun noch einmal den freudig erteilten Segen holte. Es war ein froher, glücklicher Tag in dem stillen Häuschen am Walde, das Professors jetzt bewohnten. Marie saß an Roberts Seite und sah ihn mit glücklich strahlenden Augen an, von Zeit zu Zeit ihr Köpfchen verlegen an seiner Schulter bergend, wenn er den Eltern erzählte, wie sie sich da draußen in der Welt so viel Achtung erworben, wie sie alle Schwierigkeiten in der nicht leichten Stellung überwunden, wie er sie oft im Stillen bewundert wegen ihrer vortrefflichen Erziehungsgabe und wie dies auch von den Eltern ihrer Zöglinge anerkannt worden sei.

Schwester Therese, im eifrigen Gespräch mit Emma begriffen, fiel plötzlich ein: „Kurz und gut, Marie hat sich in der Fremde exemplarisch benommen, das ganze Dorf liebt und verehrt sie."

Jetzt bat Marie energisch, still zu sein. „Ich werde ja ganz beschämt durch das unverdiente Lob. Es ist gar nicht so schlimm. Wenn wir das Unrecht, das ich getan, dagegenhalten, so ist das viel mehr. Und ihr habt alle so große Nachsicht mit mir gehabt."

„Nur ich ließ Strenge walten und habe sie, mein liebes Mariechen, nur zu sehr empfinden lassen", sagte Werner, sie zärtlich anblickend.

„Es war ja nur zu meinem Besten", erwiderte Marie, während Therese meinte, der Bruder sei mitunter zu schroff gewesen, und nun erzählte sie von dem Gewittertag. Dann sagte sie triumphierend und ging an ihre Ledertasche: „Hier ist der Maiblumenstrauß, den Mariechen bei uns vergessen hatte und den der Herr Bruder mit Verachtung von sich wies; ich nahm ihn an mich, weil ich wusste, dass noch alles gut werden würde!“

„Mit so etwas kann ich auch dienen“, sagte Emma, ging hinaus und kam sehr bald wieder mit einem ebenso vertrockneten Maiblumenstrauß, hielt ihn hoch in die Höhe und rief: „Und dies sind die Maiblumen, die Herr Werner Marie an ihrem siebzehnten Geburtstag schenken wollte und die er dann voll Unmuts hier vergessen hatte.“

„Geht mit euren vertrockneten Maiblumen“, rief Robert vergnügt. „Ich lasse mir an meiner frischen Blume genügen.“

So wurde gescherzt, gelacht und geplaudert, bis Robert plötzlich sagte: „Ich hätte bald vergessen, euch etwas sehr Interessantes mitzuteilen. Ich ging am zweiten Pfingstfeiertag nach Birkenfelde, um Ulbersdorffs persönlich von meiner Verlobung in Kenntnis zu setzen. Sie waren natürlich sehr erstaunt und meinten, es sei ihnen nicht der leiseste Gedanke gekommen, da wir beide jede persönliche Annäherung ganz gemieden hätten. Sie schienen sich jedoch sehr zu freuen und senden dir durch mich innige Segenswünsche.“

„Ich werde morgen selbst schreiben!“, sagte Marie. „Was werden sie aber sagen, wenn ich nicht zu ihnen zurückkehre?“

„Verlobung hebt alle anderen Verpflichtungen auf“, sagte Robert. „Ich habe versprochen, baldmöglichst für einen guten Ersatz zu sorgen. Du musst nun die Wirtschaft lernen, und im Herbst hole ich dich in mein Pfarrhaus!“

„Da musst du zu Käthe“, sagte die Mutter.

„Ich gehe gern zu ihr. Doch, Robert, du wolltest uns etwas Interessantes mitteilen, was du in Birkenfelde gehört hast!“

„Ihr lasst mich ja nicht zu Worte kommen. Hast du gewusst, Marie, dass Graf Horst der ehemalige Waldemar von Buchwald ist?“

„Freilich habe ich das gewusst!“

„Unsereiner kennt niemand, der nicht zur Gemeinde gehört. Hätte ich das geahnt, hätte ich ihn einmal aufgesucht. Also, dieser Graf Horst oder vielmehr Waldemar von Buchwald soll verlobt sein, und zwar mit einer Gräfin Hoheneck!“

„Das ist nicht möglich“, rief Marie erregt, „gar nicht möglich!“

„Und doch scheint es eine ganz authentische Nachricht. Ulbersdorffs behaupteten, ein Diener von Horst, der mit dem ihrigen befreundet, habe es diesem anvertraut, Näheres wussten sie selbst noch nicht. Theodora, die den Grafen wohl am liebsten selber genommen hätte, schien sehr aufgeregt, meinte, sie habe gar nicht gehört, dass Hohenecks Verwandte haben."

„Ich auch nicht", fiel Marie ein.

„Das hätte Hildegard sicher gewusst. Arme Hildegard, während sie bei der kranken Mutter weilt, entscheidet sich nun ihr Schicksal für immer. Aber wer mag diese Gräfin Hoheneck sein?"

Der folgende Tag brachte Aufklärung. Es kamen zwei Briefe an Marie. Der erste war von Frau von Buchwald und machte die Verwirrung noch größer.

Robert hatte nämlich noch am Tage seiner Verlobung nach Wiesendorf geschrieben und es dorthin berichtet, auch gesagt, dass er sich Urlaub nehmen und am Dienstag nach Sachsen reisen würde, um seine Braut und ihre Eltern zu besuchen. Sollte er Zeit haben, würde er bei dieser Gelegenheit endlich seinen längst versprochenen Besuch in Wiesendorf ausführen. Frau von Buchwald schrieb voll herzlicher Anteilnahme und fügte dann hinzu: „Es scheint ein glückliches Jahr zu sein. Auch Waldemar hat sich, wie er uns gestern schreibt, am ersten Pfingstfeiertag verlobt, und zwar mit der Ihnen bekannten Hildegard Schmidt!"

Marie jubelte! „Waldemar und Hildegard ein Brautpaar! Emma, was sagst du?"

„Das hätte ich allerdings nicht gedacht", erwiderte diese ganz erstaunt. „Doch weiter, was schreibt Frau von Buchwald darüber?"

„Mein Mann und ich wissen nun, dass es Gottes Wille ist, und wir wollen sie mit elterlicher Liebe in unsern Familienkreis aufnehmen. Wir haben gebeten, dass das junge Mädchen, das, nach dem kürzlichen Tode der Mutter, allein in der Welt steht, zu uns kommt, damit sie hier in allem unterwiesen wird, was zu ihrem künftigen Beruf gehört. Am Sonnabend will Waldemar uns seine Braut bringen, auf deren Bekanntschaft wir, wie Sie sich denken können, sehr begierig sind. Die alte

Gräfin von Hoheneck, die Hildegard sehr zu lieben scheint, will das junge Paar begleiten und einige Tage bei uns bleiben. Nun komme ich heute mit der großen Bitte an die ganze Familie Rothe, uns die Freude zu machen, sich am Sonnabend in Wiesendorf einzufinden und es sich einige Tage bei uns wohl sein zu lassen. Da Pastor Werner von einem vierzehntägigen Urlaub sprach, kann er uns schon ein paar Tage gönnen; wir möchten Sie, liebe Marie, so gern an seiner Seite sehen!"

Frau Rothe hatte auch einen Brief von Frau von Buchwald erhalten, in dem sie die Freundin bat, am Sonnabend zu kommen. „Hildegard", schrieb sie, „ist mit Ihrer lieben Familie befreundet gewesen, sie ist viel bei Ihnen aus und ein gegangen; es wäre mir lieb, wenn Sie als vermittelndes Element dazwischenstünden. Für Hildegard wird es jedenfalls eine Erleichterung sein, und uns persönlich wäre es ein großer Liebesdienst."

Frau Rothe sah ihren Mann an. „Was sagst du, wollen wir alten Leute uns noch auf die Reise begeben?"

„Warum nicht, Mutter? Ich denke, will's

…t, im nächsten Jahr meine Marie so… Käthe und Hermann zu besuchen – … wird sich wohl eine kürzere Reise noch machen lassen."

Und zum Brautpaar gewendet: „Was sagt ihr dazu?"

„Wir sind dabei!", sagte Robert. „Nicht wahr, Marie, für uns ist es höchst interessant, den Grund und Boden, wo wir zuerst unsere Bekanntschaft machten, gemeinsam wieder zu betreten und alte Erinnerungen aufzufrischen."

„Ja, es wäre reizend!", rief Marie.

„Und was wird denn aus uns alten Damen?", erlaubte sich Emma zu fragen.

„Ihr kommt natürlich auch mit. Für dich, liebe Emma, steht hier extra eine Einladung, auch für die Schwester von Pastor Werner und für Wilhelm, wenn er abkommen kann", rief die Professorin, den Brief durchsehend.

Während nun die Familie durch die Aussicht auf die Reise und das, was sie in Wiesendorf erleben sollten, fröhlich erregt war, öffnete Marie den zweiten Brief, der von Hildegard war und zwei eng beschriebene Bogen enthielt. Sie las und las, und je weiter sie las, desto erregter wurde sie, endlich rief sie laut:

„Es ist doch nicht möglich! Nein, es kann nicht sein! Theodora hat Recht: Waldemar hat sich mit einer Gräfin verlobt, und Frau von Buchwald hat Recht: Er hat sich mit Hildegard Schmidt verlobt, denn Hildegard ist – eine Gräfin!“

Maßloses Erstaunen malte sich auf allen Gesichtern, und nun las Mariechen aus Hildegards ausführlichem Brief laut vor:

„Wir sind namenlos glücklich“, schrieb Hildegard am Schluss, „keine Wolke trübt unser Glück, und nun freuen wir uns auf Sonnabend, wo es zu den Schwiegereltern geht. Sie ahnen noch nichts von meiner Herkunft, meine Großeltern wollen uns begleiten und mich ihnen selbst vorstellen.

Wenn Du doch auch in Wiesendorf sein könntest, es wäre wunderschön! Großmama grüßt Dich herzlich. O Marie, wie ist alles jetzt so licht geworden, es ist fast zu viel Segen. Grüße Deine lieben Eltern und Emma, meine erste Vertraute, und freue

Dich mit Deiner glücklichen Hildegard"

Alle waren tief ergriffen und zu gleicher Zeit hoch erfreut, dass auch diese jungen Leute, deren Liebe so hoffnungslos schien, ans Ziel ihrer Wünsche gekommen waren und dass sich alle Missverhältnisse schöner gelöst, als sie gehofft.

Rothes versprachen, gegen Buchwalds zu schweigen, wenn sie vor Hohenecks dort eintreffen sollten.

Am Sonnabend, und schon die Tage vorher, war viel Leben und Bewegung im Schloss Wiesendorf. Als die Ankunft der Gäste nahte, saß Frau von Buchwald in ihrem Zimmer und überdachte alles Erlebte. Wie ganz anders hatte sie sich einst die Auserwählte ihres Waldemar, ihres Erstgeborenen, gedacht. Sie bat Gott um die rechte Weisheit und Liebe, der Braut zu begegnen.

„Nun, Mamachen", sagte Herr von Buchwald fröhlich eintretend, „bist du bereit?"

Sie nickte leise. Er zog sie an sich und sagte: „Wir haben ein großes Opfer gebracht, doch wenn es etwas wert sein soll, müssen wir's mit Freuden bringen, dürfen niemand merken lassen, wie schwer es uns geworden ist. Und nun wollen wir uns auf die jungen Brautpaare freuen!"

Er trat ans Fenster und rief: „Da sind Marie und Werner ja schon!" Und wirklich, da kamen sie, Arm in Arm, begleitet von zwei stattlichen jungen Herren, in denen wir kaum Kurt und Walter wiedererkennen. Der an die Bahn geschickte Wagen vermochte nur vier Personen zu fassen. Werner und Marie hatten gleich erklärt, sie würden diesen hochberühmten Weg zu Fuß gehen. Als er schelmisch neckend seine Braut fragte: „Darf Robert denn heute den Regenmantel tragen?", hatte Marie schmollend die Oberlippe aufgeworfen und ihn Kurt, ihrem alten Freund, der freundlich die Hand danach ausstreckte, über den Arm geworfen und gesagt: „Nein, du Böser, heute zur Strafe nicht!"

Und nun gab es eine freudige Begrüßung, erst mit Röschen, die schon im Hof ihrer Marie entgegenlief, und dann mit Herrn und Frau von Buchwald, die das junge Paar von Herzen willkommen hießen, dann kam der Wagen mit den alten Herrschaften, und es war eine Freude des Wiedersehens, wie sie nur unter denen sein kann, die von Herzen gleichgesinnt sind. Frau Rothe drückte Frau von Buchwald innig die Hand, sah sie bewegt an und sagte: „Heute kommen zwei glückliche Mütter zusammen." Frau von Buchwald nickte freundlich mit den Worten: „Wenn die Kinder glücklich sind, müssen es die Eltern auch sein. Ich kenne ja meine zukünftige Schwiegertochter noch gar nicht, habe sie nur einmal flüchtig gesehen, hoffe aber, wenn sie bei uns bleibt, mich mit ihr einzuleben."

Es war wohl niemand unter den Anwesenden, der nicht mit Herzklopfen der Begrüßung des Brautpaares entgegensah. Professors mussten an sich halten, um das Geheimnis, das sich nun bald enthüllen sollte, zu bewahren. Der Wagen war bereits an die Bahn gefahren, man erwartete ihn jeden Augenblick zurück. „Jetzt kommt er", rief Kurt, und in schnellem Lauf trabten die Rappen durch das Hoftor. Buchwalds traten vor das Haus. Der Wagen hielt, Waldemar sprang heraus und reichte Hildegard die Hand. Die Gräfin winkte, sie sollten die Eltern begrüßen.

„Wir folgen“, flüsterte sie. Hildegard verneigte sich anmutig und küsste Frau von Buchwald die Hand, doch die schloss sie mütterlich in ihre Arme, auch Herr von Buchwald hieß sie herzlich willkommen, und nun sahen beide zu ihrem Erstaunen, dass nicht nur eine alte Dame, sondern auch ein alter Herr dem Wagen entstiegen. „Graf und Gräfin Hoheneck, die beide meine Hildegard geleitet“, sagte Waldemar mit stolzem, glücklichem Lächeln. Herr von Buchwald bot der alten Gräfin seinen Arm, der Graf der Dame des Hauses, die Diener öffneten die Türen des Empfangszimmers, und nun folgte ein fröhliches Begrüßen und ein Jubel, als Marie auf Hildegard zueilte, Werner und Waldemar sich die Hände schüttelten; auch Hohenecks schienen angenehm berührt, die Familie des Professors, von der sie durch Marie so viel gehört hatten, hier zu treffen. Herr und Frau von Buchwald aber sahen staunend auf ihre Schwiegertochter aus den niedrigen Verhältnissen.

Da stand sie, schlank aufgerichtet, mit vornehmer Haltung und feinem Anstand. Das schöne Mädchen mit den leuchtenden Augen und den feinen aristokratischen Gesichtszügen war die Hildegard Schmidt, die sie sich so ganz anders gedacht hatten? Sie hatte die Trauer abgelegt; das dunkelblaue Seidenkleid hob noch ihre Gestalt.

Eben drückte Herr von Buchwald seiner Frau die Hand und flüsterte ihr zu: „Jetzt begreife ich Waldemars Liebe, der Junge hat keinen schlechten Geschmack." Da fasste der alte Graf Hildegard bei der Hand, ging mit ihr auf Buchwalds zu und sagte mit bewegter Stimme: „Wenn Hildegard heute Eltern hätte, würden sie sie in das Haus der Schwiegereltern begleitet haben. Hildegards Eltern sind tot, darum übernehmen es die Großeltern, ihre Enkelin Hildegard den Schwiegereltern zu bringen, mit der Bitte, sie an ihr Herz und in ihr Haus zu nehmen."

Herr und Frau von Buchwald sahen den Grafen an, als hätten sie den Sinn seiner Rede nicht verstanden. Endlich sagte Herr von Buchwald fragend: „Graf Hoheneck, haben Sie unsere Schwiegertochter adoptiert?“

„Keineswegs. Sie ist die rechtmäßige Tochter meines einzigen, leider nur zu früh verstorbenen Sohnes Kuno und seiner Frau Hedwig von Allner, die einige Tage nach der Geburt des Kindes starb. Eine treue Dienerin des Hauses, Frau Wilhelmine Schmidt, wurde Pflegerin des Kindes und hatte es in treue Hut genommen. Sie ist kürzlich gestorben; nach ihrem Tode wurde ein Brief aufgefunden nebst wichtigen Dokumenten, die Hildegards Geburt als Gräfin Hoheneck bestätigten. Gestern sind es acht Tage, dass wir unser liebes Kind zuerst als Enkelin umarmten. Und nun, Hildegard, geh! Erzähle deinen Schwiegereltern allein, was sie noch zu wissen begehren.“

Frau von Buchwald umarmte in tiefer Bewegung Hildegard und führte sie ins Nebenzimmer; Herr von Buchwald und Waldemar folgten.

Und während die Gäste sich fröhlich unterhielten, sprachen Hildegard und die Eltern lange zusammen. Als sie wieder zur Gesellschaft zurückkehrten, sah man es an den ernsten Gesichtern und den geröteten Augen, dass es nicht ohne tiefe, innere Bewegung abgegangen war. Was Hildegard am meisten beglückte, war die Versicherung der Eltern, dass sie sie auch ohne ihre Standeserhöhung an ihr Herz und in ihr Haus genommen haben würden. Als die Eltern ihre Kinder segneten, flüsterte Waldemar seiner Hildegard zu: „Das habe ich dir zu verdanken! Es gab eine Zeit, da ich glaubte, den elterlichen Segen zu unserer Verbindung nicht nötig zu haben. Nun weiß ich, dass du Recht hattest!"

Hildegard sah ihn strahlend an. „Der Herr hat alles wohl gemacht!", sagte sie einfach.

Als es zu Tisch ging, klangen die Gläser fröhlich, und die alten wie die jungen Herren wetteiferten in ernsten und munteren Toasts. Nachdem den Eltern, Großeltern sowie den Brautpaaren verschiedene Hochs gebracht waren, erhob sich der alte Graf und bat die Gäste, mit ihm anzustoßen auf ein junges Mädchen, das am Bahnhof in Berlin einer alten Dame die verlorene Tasche aufgehoben und nachgetragen habe. Aller Augen richteten sich auf die hocherrötende Marie. Der Graf fuhr fort: „Hätte unsere liebe Marie dort meiner Frau die Tasche nicht gebracht, so hätten wir die Reise nicht zusammen gemacht; hätte sie uns unsere Hildegard nicht empfohlen und sie uns ins Haus gebracht, so hätten wir jetzt keine Enkelin und Waldemar keine Braut. Also, es lebe Fräulein Marie Rothe, die kleine glück- und heilbringende Fee!“ Alle Gläser klangen: „Hoch!“

Robert sah sie an. „Meine Waldfee“, sagte er, und Kurt, der ihr gegenübersaß, meinte lächelnd: „Fräulein Marie, Sie sind heute wieder die Fee aus ‚Rolands Knappen‘!“

Nach Tisch ging die Gesellschaft in fröhliche Gruppen verteilt in den Park. Robert und Marie suchten alte Erinnerungspunkte auf, und als sie auf die Veranda traten, zeigte Marie auf die Bank mit den Worten: „Hier weinte ich die ersten Tränen um dich!“

„Und nicht die letzten“, sagte Werner ernst.

„Oh, wenn ich damals gewusst hätte, wie viel bitterer ich noch weinen würde ...“

Später gingen die zwei Bräute zusammen, sie hatten sich so viel von inneren und äußeren Erlebnissen zu erzählen. Waldemar und Robert schritten in ernstem Gespräch auf und ab, während die älteren Herrschaften auf der Terrasse dem fröhlichen Treiben ihrer Kinder zusahen und Emma und Therese sich bald zu den jungen, bald zu den alten Leuten gesellten. Erst der Abend vereinigte alle im Musikzimmer. Es herrschte allgemeine, lebhafte Unterhaltung, Pläne für die Zukunft wurden entworfen, dies und jenes beraten.

Hildegard sollte drei Wochen bei den Schwiegereltern bleiben, dann nach Klosterberg zu den Großeltern zurückkehren, und im Spätherbst sollte dort die Hochzeit gefeiert werden. Pastor Werner sollte das junge Paar trauen. Marie wollte einige Monate nach Nienhagen, dann zu den Eltern zurückkehren und Hochzeit halten. Ihr Bruder Wilhelm würde die Traurede halten, und sie freute sich, als junge Frau schon Hildegards Hochzeit mitfeiern zu dürfen.

Die Eltern schauten mit strahlenden

Augen auf ihre glücklichen Kinder, die in langer Prüfung das Leid des Lebens kennen gelernt hatten, um nun in Liebe zusammen zu sein.

Nachdem alle eine Weile geschwiegen, sagte der Professor: „Es wurde bei uns oft das Wort eines Dichters erwähnt, ja vielfach von unseren jungen Leuten zitiert:

Nur unverzagt und Gott vertraut, es muss doch Frühling werden!

Und wenn wir jetzt hinaussehen, so steht der Frühling in voller Pracht. Und sehen wir unsere jungen Leute an, so ist auch bei ihnen der Frühling eingekehrt, alles atmet Lust und Freude. Und uns Alte bewegen Anklänge an die längst entschwundene Zeit, wo auch uns der Frühling blühte. Der Frühling des Lebens entschwindet, es kommt die Hitze des Sommers, die Stürme des Winters brausen daher. Freude und Leid wechseln miteinander wie Tag und Nacht, Frühling und Winter. Wir aber, die wir im Glauben stehen, wissen, dass für uns alle, wir seien alt oder jung, verheiratet oder ledig, ein ewiger Frühling anbrechen wird. So lasst uns denn, so viele Wechsel uns noch bevorstehen mögen, dennoch frisch und fruchtbar sein in unserem Tagewerk, damit wir einst würdig erfunden werden, einzugehen in das unbewegliche Reich der Herrlichkeit, wo der ewige Frühling blüht.

‚Der Herr hat Großes an uns getan, des sind wir fröhlich!' Es liegt gewiss in aller Sinn, wenn ich auffordere, mit mir gemeinsam dem Herrn zu danken in dem Liede ‚Lobe den Herren, o meine Seele'."

Robert war leise ans Klavier getreten und griff einige Akkorde. Dann stimmten alle dankerfüllt in das Lied ein:

„Selig, ja selig ist der zu nennen, des Hilfe der Gott Jakobs ist. Welcher vom Glauben sich nicht lässt trennen und hofft getrost auf Jesum Christ. Wer diesen Herrn zum Beistand hat, findet am besten Rat und Tat, Halleluja, Halleluja!"

Weitere Titel aus der Reihe Heimatlicht:

Helene Hübener
Olga und ihre Schwestern
ISBN 3-86122-798-3
322 Seiten, kartoniert

Olga, der Krauskopf, ist ein frisches, gesundes Mädchen, voller Kraft und Arbeitslust. Sie schämt sich keiner Arbeit, sondern greift auf dem elterlichen Gut überall zu, wo es fehlt. Doch dann bietet sich ihr ein großes Abenteuer:
Für einige Zeit soll sie bei Tante Susanne in der Stadt wohnen ...
Ein Buch, wie es nur Helene Hübener schreiben konnte: Schlicht und ergreifend ist die Geschichte von der fröhlichen Olga und ihren Schwestern Rika und Elvira.

Kristina Roy
Ohne Gott in der Welt
ISBN 3-86122-829-7
128 Seiten, kartoniert

Martinko, der Waisenjunge, findet als einfacher Dorfhirte den Weg zu Jesus. Beständig folgt er seinem geliebten Herrn nach. Eines Tages erfüllen ihm die Dorfbewohner einen Herzenswunsch und quartieren den kleinen Joschko, der ebenfalls ohne Eltern aufwächst, in seiner windschiefen Hütte ein. Bald lesen sie beide die frohe Botschaft in der Bibel. Nun stehen sie zwar beide ohne Eltern in der Welt – doch nicht ohne Gott!

Auch als Hörbuch:

Ohne Gott in der Welt
– Das Hörbuch
ISBN 3-86122-845-9
2 CDs, 100 Minuten
Laufzeit

Kristina Roy
Die Schwärmer
ISBN 3-86122-731-2
240 Seiten, kartoniert

Während seines Militärdienstes bekehrt sich der lebenslustige Stephan zum Glauben an den lebendigen Gott. Voller Begeisterung macht er sich daran, in seinem Heimatdorf eine Gemeinde aufzubauen. Bald aber stößt er auf schier unüberwindliche Widerstände. Dass sein jähzorniger Vater versucht, ihn mit Gewalt in das seichte Leben zurückzuzwingen, das die Gesellschaft vorgibt, wäre noch zu verschmerzen. Dass auch die Amtskirche ihm Knüppel zwischen die Beine wirft, macht ihm das Leben schon schwerer.
Was aber wird es ihn kosten, dass er sich in ein Mädchen aus der Gemeinde verliebt, das auch von seinem besten Freund umworben wird?

Kristina Roy
Glück
ISBN 3-86122-770-3
272 Seiten, kartoniert

Die beiden Zwillingsbrüder Pavel und Andrej sind ein Herz und eine Seele. Doch dann wird ihr gutes Verhältnis zueinander auf eine schwere Probe gestellt, als sie sich beide in das gleiche Mädchen verlieben. Durch einen Nachbarn lernen sie den lebendigen Gott kennen. Kann dadurch ihre Bruderliebe wieder neu erwachen?

Kristina Roy
Glückliche Menschen
ISBN 3-86122-729-0
80 Seiten, kartoniert

Wann sind Menschen wirklich glücklich?
Diese wunderschöne Geschichte aus einem kleinen slowakischen Dörfchen des 19. Jahrhunderts gibt die Antwort. Gut und Geld allein machen nicht glücklich. Das zeigt das traurige Leben des steinreichen, aber gottesfernen Schlossherren Rudohorsky, dessen Besitz seine Ehe nicht retten kann. Auch der einfache Schmied Adam genießt zusammen mit seiner kleinen Familie zunächst die süßen Früchte seines Fleißes. Er aber weiß um den Geber allen irdischen Segens. Und als sich das Blatt seines Schicksals wendet, darf er vorstoßen zur tiefsten Quelle des Glücks …

Kristina Roy
Ein Sonnenkind
ISBN 3-86122-769-X
224 Seiten, kartoniert

Mit Liebe und Geduld gewinnt der junge Lehrer Stefko die Herzen der völlig verwilderten Dorfjugend. Er baut einen geregelten Unterricht auf und bringt ihnen die frohe Botschaft. Doch seine Erfolge rufen auch Neider auf den Plan ...